"Записки безумной оптимистки"

«Прочитав огромное количество печатных изданий, я, Дарья Донцова, узнала о себе много интересного. Например, что я была замужем десять раз, что у меня искусственная нога... Но более всего меня возмутило сообщение, будто меня и в природе-то нет, просто несколько предприимчивых людей пишут иронические детективы под именем «Дарья Донцова».
Так вот, дорогие мои читатели, чаша моего терпения лопнула, и я решила написать о себе сама».

Дарья Донцова открывает свои секреты!

Читайте романы
примадонны иронического детектива
Дарьи Донцовой

Дарья Донцова

Синий мопс счастья

Москва

ЭКСМО

2004

ИРОНИЧЕСКИЙ ДЕТЕКТИВ

Глава 1

Если выполнять домашнюю работу по всем правилам, дотошно, то она может убить вас. Ну-ка представьте себе на минуточку, что вы моете пол так, как описано в книге «В помощь молодой хозяйке». Цитирую: «Вначале тщательно пропылесосьте пол. Затем влажной тряпкой обработайте плинтусы, ножки столов, стульев и кресел. Отодвиньте диваны и кровати. Следом пройдитесь по полам веником, даже очень хороший пылесос не способен тщательно собрать всю пыль. Потом протрите поверхности тряпкой, смоченной в дезинфицирующем растворе, тщательно выстирайте мешковину и повторите процедуру. Смойте хлорку, несколько раз меняя чистую воду, протрите полы насухо, проветрите квартиру. Помните, паркет и линолеум нужно обрабатывать не менее двух раз в день».

Я с тоской посмотрела на окружающий меня «пейзаж». Два раза в день мыть полы, переставляя в процессе всю мебель? Это здорово. Наверное, тогда бы даже в нашей квартире воцарилась чистота. Сейчас же, если быть откровенной, жилище выглядит не слишком опрятно.

Впрочем, всему есть оправдание. На дворе слякотный ноябрь. С неба падает снег, который, попав на землю, мигом превращается в кашу, поэтому в прихожей около вешалки остаются черные следы. Да еще Сережка всякий раз, уже натянув куртку, начинает орать:

— Забыл, забыл! — И несется в свою комнату прямо в сапогах.

На все мои вопли типа: «Немедленно переобуйся!» — он отвечает: «Ну не занудничай, Лампа, они же чистые, ночь стояли в коридоре и уже высохли».

Но верно, штиблеты сухие, и теперь с них просто сыплется песок, а не ошметки черной грязи.

Еще в нашем доме живут собаки, целых четыре штуки. И, как ни странно, лохмато-клочкастый Рамик не линяет, а вот короткошерстные Муля, Адюша и Рейчел оставляют повсюду очень мелкие, едва различимые глазом ворсинки.

Если собачья шерсть почти незаметна, то почему она должна кого-то раздражать? Дело в том, что эти шерстинки через некоторое время сбиваются в комки, а еще они острые, словно иголочки, и впиваются в вашу одежду. В придачу Муля с Адой большие любительницы поваляться на диванах, креслах и кроватях. Осенью и весной процесс линьки ужесточается. Вчера Костин долго орал, обнаружив, что сам стал похож на гигантского мопса: «Отвратительно, немедленно вытащите из меня шерсть!»

Услыхав эту фразу, Лиза захихикала, а Юля совершенно серьезно ответила:

— Боюсь, мы потратим слишком много времени, ты волосатый. Может, сходишь на эпиляцию? Адресок салона я тебе дам.

— С ума сойти! — завопил Костин. — Я имел в виду: стряхните с моих брюк шерсть мопсов!

— Так бы сразу и сказал, — зевнула Юля, — а чего сам не отряхнешься?

— У меня не получается! Волоски как иголки.

— Я в таком случае пользуюсь пинцетом, — влезла Лиза.

— В прихожей лежит липкая щетка, — посоветовал Кирюшка.

Костин ушел из кухни, сердито бубня себе под нос:

— Это ужасно! Где ни сядешь, повсюду клочья шерсти. Лампа, когда ты в последний раз убирала квартиру?

Я сделала вид, что не услышала вопроса. Когда, когда! Ну не помню. Вот зеркало в ванной я протирала в понедельник, и каков результат? Да, пока никого не было дома, санузел сверкал чистотой, но стоило Кирюшке прийти из школы и разок помыть руки, как снова все вокруг оказалось заляпано.

— И какой смысл убирать? Ну пропылесосю коридор... Потом, вечером, выйду с собаками, после прогулки псы побегут в ванную мыть лапы — и чистота насмарку, — вздохнула я.

— А ты неси псов на руках, — посоветовала Юлечка.

— Здорово придумано! — возмутилась я. — Предположим, я справлюсь с задачей, подцеплю одновременно двух жирных, похожих на бочонки мопсов и отопру дверь в ванную. Подумаешь, Муля весит пятнадцать кило, а Адюша всего двенадцать! Но Рейчел и Рамик? Как оторвать от пола стаффордширих и двортерьера, каждый из которых тяжелее хозяйки?

Сережка допил чай и с самой серьезной миной сообщил:

— Есть выход! И псы в ванной, и пол нетронут. Просто гениальная мысль! Потрясающая идея.

Я знаю, что Сереже верить нельзя, он просто не способен вести себя серьезно, но перспектива не мыть полы, запачканные собаками, была столь заманчива, что я попалась на удочку и нетерпеливо воскликнула:

— Какая мысль? Расскажи.

— Покупаем багажную тележку, — с абсолютно непроницаемым видом заявил Сережка, — ну знаешь, на таких носильщики на вокзале чемоданы доставляют! Приводишь собак с прогулки, усаживаешь на нее и рулишь в ванную. Класс!

Лиза, Юля и Кирюшка захохотали, я разозлилась окончательно, а Сережка, страшно довольный произведенным впечатлением, продолжал:

— А еще можно сшить им костюмы, наподобие водолазных. И дело в шляпе. Ни одного волосатика вокруг. Или покрасим собак в черный цвет, на темном грязи не видно!

— Черный неинтересно, — протянула Лизавета, — вот если в синий, то прикольно будет!

— Классно, — подскочил Кирюшка, — суперпесики! Синие собаки.

— Ну всех-то не выкрасить, — покачала головой Юлечка.

— Это почему же? — задиристо спросил Кирюша.

— Рейчел очень большая, на нее краски два ведра уйдет, — пояснила жена Сережки, — на Рамике не заметно будет, он же почти черный, да и вертится все время, остаются Муля и Ада.

— Значит, их покрасим, — не дрогнули Кирюша и Лизавета.

Я, подавив гнев, ушла в свою комнату, а гадкие дети еще долго веселились на кухне.

Но сегодня утром, когда все разбежались, кто на учебу, кто на работу, я оглядела квартиру и приняла историческое решение: пора навести порядок.

Ну-ка признайтесь честно, какие эмоции вызывает у вас необходимость браться за пылесос? Я тоже не ощутила никакого энтузиазма, поэтому, прежде чем приняться за нудное дело, решила побаловать себя чашечкой вкусного чая.

Наши собаки в осенне-зимний сезон предпочитают спать по двадцать часов кряду. Даже вечно пристающая ко всем с предложениями поиграть Ада и та умеряет пыл. Вывести стаю из анабиоза не может никто. Звонок в дверь, радостные вопли: «Кто к нам пришел!» — не вызывают у четвероногих никаких эмоций. Приказ «Пошли гулять» не доставляет им радости. Услыхав его, Муля начинает зарываться в подушки, Рейчел принимается зевать во всю клыкастую пасть. Рамик прикидывается внезапно оглохшим, а Ада... вот та поступает умнее всех. При звуке выдвигаемого ящика, в котором хранятся поводки, она мигом понимает: сейчас ее засунут в противно шуршащий комбинезон, а потом поволокут во двор, где заставят месить нежными лапками ледяные лужи.

Оценив ситуацию, Адюша, изображая полнейший восторг, летит на мой зов, только до прихожей мопсиха не добирается. По дороге она быстренько заруливает в ванную, сладострастно писает на коврик, а затем принимается звонко лаять. Перевести ее речь на русский язык очень просто, скорей всего мопсиха сообщает: «Все. Меня выводить не стоит. Дело сделано».

Адюше настолько неохота выбираться на слякотную улицу, что она готова примириться с наказанием, которое получит за содеянное безобразие. Порой мне кажется, что Ада совершенно не боится моего гнева. Ну сидит глупая Лампа перед ней на корточках, ну стучит свернутой в трубку газетой по полу перед носом хулиганки, ну шипит сердито: «Фу, как не стыдно! Плохой мопс!»

И что? На улицу-то ее не ведут, значит, все просто отлично. Наверное, чтобы отучить Аду от гадкой привычки, мопсиху, невзирая на ее хулиганство, следует втиснуть в комбинезон и вытолкать на холод. Может, тогда в хитроумной собачьей голове зародится правильная мысль: сколько ни писай на коврик, а на дворе все равно окажешься. Только я ленива до крайности, мне очень не хочется тащить под снег и дождь лишнюю псину, которая уже справила нужду, а потом ее отмывать от грязи. Вот из-за моей лени все и идет так, как оно идет!

Но все же придется браться за пылесос! Не успела я с этим смириться, как в прихожей раздался звонок. Явление кого угодно в районе девяти утра обычно меня не радует, но сейчас я в полном восторге порысила к двери. Кто бы ни был незваный гость, он избавит меня от уборки. Смело смогу потом заявить домочадцам: «Да, я собралась пылесосить, а тут на голову свалилась...»

Не поглядев в «глазок», я распахнула дверь и попятилась. На пороге стояла цыганка, одетая в довольно грязную куртку-пуховик, из-под которой виднелась цветастая юбка. Ноги не слишком приятной гостьи были обуты в грубые сапоги, голова повязана красным платком.

— Слушай, красавица, — пропела цыганка, прищурив красивые, чуть выпуклые карие глаза. — Позволь ребенка перепеленать.

И сунула мне под нос меховой конверт, из которого не доносилось ни звука.

Я, конечно, наивна, но не до такой же степени, и потом, просто до самозабвения люблю детективные романы и очень хорошо понимаю: в меховом свертке никого нет. Скорей всего там полено. Если сейчас я поймаюсь на эту удочку и впущу черноокую красавицу, то скорей всего она выманит у меня деньги или попросту стащит то, что плохо лежит.

— Уходите, — сердито сказала я.

— Ты не бойся, — улыбнулась цыганка, — я плохого тебе не сделаю, приехала в гости к тете Маше, знаешь ее? На последнем этаже живет, а ее нет. Не знаю, куда подевалась. Мне бы ребенка помыть и смесь развести.

Смуглая ручонка нырнула в карман и вытащила

прозрачный пакетик, в котором лежала пустая бутылочка и небольшая банка.

— Чего испугалась? — тараторила смуглянка. — Я сестра невестки тети Маши, ну, жены Павлика. Кстати, не знаешь, где они все?

— Нет, — машинально ответила я.

На самом деле в нашем доме, на последнем этаже, проживает успешная бизнес-дама по имени Мария. Близко мы не знакомы, в гости друг к другу не ходим, но, столкнувшись в лифте, всегда вежливо раскланиваемся и обмениваемся парой фраз типа: «Сегодня на улице очень противно». Или: «Как вам нравится новый супермаркет на первом этаже?»

Пару месяцев назад я пересеклась с Марией во дворе. Сидела на скамейке и ждала, пока собаки сделают свои делишки. Вдруг из красивой иномарки вылезла Маша. Сначала она, как всегда, вежливо сказала:

— Здравствуйте, Лампа.

Потом внезапно подошла ко мне и спросила:

— Не помешаю, если покурю около вас?

— С удовольствием составлю вам компанию, — ответила я и вытащила свои сигареты.

Пару минут мы обменивались ничего не значащими фразами, потом Маша, вздохнув, поинтересовалась:

— Вы уже слышали о моем несчастье?

— Что случилось? — испугалась я. — Павлик заболел?

— Лучше бы какую инфекцию подцепил! — в сердцах воскликнула мать. — Все гораздо хуже: он женился.

— Ну это не самое страшное! — с облегчением воскликнула я.

— Господи, — всплеснула руками Маша, — да просто ужас! Павлик еще учится, значит, мне придется тащить молодую семью на своем горбу до тех пор, пока кто-нибудь из них не начнет зарабатывать, в чем лично я сильно сомневаюсь. А если еще и ребенок появится...

— Ну не все так плохо, — попыталась я успокоить Машу, — многие вступают в брак, сидя, так сказать, на студенческой скамье, и ничего. Конечно, первое время...

— Вы еще основного не слышали, — нервно перебила меня соседка, — знаете, кто моя невестка?

Я благоразумно промолчала. Судя по перевернутому лицу Маши, ее Павлик привел домой нечто экстраординарное: вдруг парень придерживается нетрадиционных взглядов на семейную жизнь и обзавелся «молодой женой» по имени Ваня?

— Торговка капустой, — взвилась Маша, — ужасная, совершенно неотесанная девица, стоявшая у лотка возле метро! Молдаванка! Да она по-русски ни бельмеса не знает, я не понимаю ни слова из того, что она говорит, зовет меня тетей, и вся такая чумазая, сморкается в скатерть. За что мне это, а?

— Ну, — промямлила я, — всякое случается, вы не расстраивайтесь, пообтешется.

— А еще у нее, наверное, куча бедных родственников, — тихо добавила Маша, — полезут изо всех щелей, как тараканы. Это сейчас она блеет: «Сирота я», — а потом отовсюду попрут двоюродные, троюродные, седьмая жена пятого дедушки. Запоют: «Дайте водички попить, а то так есть хочется, что переночевать негде!»

— Ни в коем случае! — с жаром воскликнула я. — Никого не пускайте.

Маша отшвырнула окурок.

— Павлик Марийку обожает, я сыну не хочу неприятности доставлять. Нет, просто куплю им квартиру и отселю.

Я кивнула. Похоже, это единственно правильное решение...

— Экие вы, москвичи, встрепанные, — вклинился в мои воспоминания голос смуглянки, — чего так пугаться? Одна я, с дитем, родственница вашей соседки. Неужто воды жаль?

Внезапно из кулька донесся сердитый плач. Внутри красивого конверта оказалась не деревяшка, а самый настоящий, похоже, сильно проголодавшийся младенец. Мне стало стыдно. Действительно, мы слишком подозрительны и даже жестоки друг с другом. Лет двадцать тому назад небось...

— Входите, — пригласила я, — идите по коридору прямо. Там кухня, а ванная слева.

— Ну спасибо тебе, — обрадовалась гостья.

Ловко выскочив из куртки и сняв сапоги, она быстро проследовала в ванную комнату, положила кулек на стиральную машину, размотала одеяльце, пеленку, и я увидела довольно толстого бутузика в памперсе.

— Где помойка? — деловито осведомилась мамаша, стаскивая с ребенка бумажные штанишки.

— Ведро на кухне под мойкой.

— Пригляди за дитем, — попросила цыганочка, — выкину лучше прямо на лестнице, в мусорник, а то вонять будет.

Я кивнула, гостья, взметнув юбкой, унеслась, мы с младенцем остались вдвоем. Собственных отпрысков у меня нет, Лизу и Кирюшу я воспитываю не с пеленок, поэтому возраст щекастого существа определить не смогла. Может, ему два месяца, а может, все шесть. Одно ясно точно — передо мной девочка, чистая, ухоженная, хорошо кормленная. И, похоже, у нее отличный характер. Увидев незнакомую женщину, она не стала рыдать, лежит себе, улыбается, в больших голубых глазенках нет ни одной слезинки.

Неожиданно малышка вытянула вперед ручонки и отчетливо сказала:

— Гу-гу.

Я умилилась и ответила:

— Агу-агу.

Кроха заулыбалась и быстро задвигала ручками в разные стороны.

Цыганка вихрем прилетела назад, неловко замотала малышку в пеленку и попросила:

— Дай кипяточку.

Мы переместились на кухню.

— Галя, — неожиданно сказала гостья, наливая в бутылочку горячую воду.

— Что? — не поняла я.

— Зовут меня Галя.

— Очень приятно. Евлампия, — кивнула я.

— Спасибо тебе! — с чувством воскликнула Галя, покормив дочь. — Пойду.

— Можешь посидеть, подождать, пока кто-нибудь домой вернется, Павлик или Марийка, — предложила я.

— Не, я поеду к тете Лене, — мотнула головой Галя, — в Москве у нас много своих. К Марийке позже приду.

Уже дойдя до двери, Галя вдруг притормозила.

— Хочу тебя отблагодарить. Моя мама — цыганка, Софией зовут, лучше всех гадает, будущее видит. К ней бог знает откуда приезжают. Вот и ко мне дар частично перешел. Хочешь погадаю?

— Спасибо, не надо.

— Бесплатно!

— Все равно не хочу.

— Не обману, расскажу правду.

— Нет, нет, я обойдусь.

— Хочу тебя предупредить.

— Давай лучше прощаться, — не дрогнула я, — уж извини, я не верю предсказаниям.

Но Галя, не слушая меня, принялась тараторить:

— Было у тебя счастье, да ушло. Взмахнуло крылом и улетело, упустила ты свою судьбу, живешь чужой жизнью. Но испытания только начались. Ждет тебя много горя, беда впереди...

— Ступай отсюда, — разозлилась я, — раскаркалась. Хорошо же ты меня отблагодарить решила!

— Знай же, — не обращая внимания на мои слова, монотонно гундела гостья, — смерть стоит у порога, ждет, ой ждет. И первой умрет собака, пучеглазая такая, толстая...

Я схватила Галю за грудки и попыталась вытолкать ее из квартиры. Куда там! Наглая цыганка оказалась словно высеченной из стали, даже не шелохнулась.

— Сначала собака, потом дети, следом подруга, затем сама преставишься.

Я с силой лягнула Галю в лодыжку.

— Убирайся, дрянь, чтобы тебе самой плохо было.

— От меня отлипни — назад прилипни, — мигом ответила гадалка, — спасет же вас всех встреча с ангелом. Пока он тут жить будет, беды не подойдут, прогонишь ангела, все умрут, все, все, все...

У меня помутилось в глазах. Я схватила длинный зонтик, стоящий у двери.

— Неблагодарная ты, — шепотом просвистела Галя. — Я просто предупредить хочу: беду ангел отведет, встретишь ты его случайно, чуть не убьешь, но, помни, он — ваше общее спасение, оставь его, иначе смерть всем!

Быстро развернувшись, цыганочка выскочила на лестницу, плюнула на пороге и выпалила:

— Будь в этом доме по-моему, аминь!

Дрожащими руками я захлопнула дверь, заперла

все замки, навесила цепочку и задвинула задвижку. Потом принялась ругать себя.

— Ну ты, Лампа, просто идиотка! Впустила в дом абсолютно незнакомую женщину, проявила милосердие и получила по заслугам. Еще хорошо, что Галя ничего не украла. Хотя если вспомнить, что она, велев мне постеречь младенца, исчезла на некоторое время из поля зрения...

Подгоняемая этой мыслью, я понеслась в свою спальню, там, в шкафу, спрятана коробка с деньгами.

Я вбежала в комнату, распахнула гардероб, открыла заветную укладку и перевела дух. Все на месте, похоже, Галя и впрямь ходила выбрасывать памперс.

Ноги подогнулись в коленях, я рухнула на кровать около спящих Мули и Ады. Собаки, как я уже упоминала выше, в слякотную осеннюю погоду не реагируют на внешние раздражители. Никто из четвероногих не прервал сладкой дремы, услыхав звонок в дверь, а потом чужой голос. Вон как сопит Муля, а Ада...

Внезапно мне стало не по себе. Мулечка, мирно закрыв глаза, уютно свернулась калачиком на подушке, а вот Дюся! Рот Ады был приоткрыт, из него обильно текла пена, глаза почти вылезли из орбит, тело сотрясала судорога.

Предсказание цыганки начало сбываться с ужасающей быстротой. «Первой умрет собака, такая пучеглазая».

Глава 2

Я не слишком бойкая личность, мне свойственно теряться. Очень часто я совершаю ошибки и начисто лишена дара предвидения. Кто из вас хоть раз видел передачу «Поле чудес», тот знает, что иногда ведущий велит принести в студию две совершенно одинаковые шкатулки. Одна пустая, в другой лежит приличная сумма денег. Игроку лишь требуется правильно угадать, какой черный ящик открыть. Так вот я, сидя перед теликом, всегда попадаю впросак. Коробочка, которая лично мне кажется «денежной», на поверку всегда бывает пустой.

Но в минуту опасности у меня невесть откуда появляются абсолютно несвойственные мне качества: умение быстро и четко действовать, полное хладнокровие, наглость и даже агрессия.

Схватив Адюшу на руки, я, замотав ее в куртку, прямо в тапках и без верхней одежды вылетела на улицу. Если сама сяду за руль, буду ехать очень долго. Очутившись посреди проезжей части, я заорала:

— Стойте!

Тут же рядом с обочиной притормозила шикарная иномарка.

— Офигела совсем, дура, — начал было шофер, но я решительно распахнула дверь, плюхнулась на роскошное бело-голубое сиденье и велела:

— Живо, давай налево, направо, вперед и вновь налево. У меня собака умирает. Поехал!

По непонятной причине водитель повиновался. Я вмиг оказалась в клинике, где, не обращая внимания на сидевших в очереди людей, вломилась в кабинет, плюхнула перед доктором на стол Аду и заорала:

— Она умирает!

Надо отдать должное ветеринару. Бросив беглый взгляд на хрипящую, колотящуюся в судорогах мопсиху, врач развил крейсерскую скорость. Откуда ни возьмись прилетели еще трое в голубых халатах. Меня выпихнули в коридор, я упала на стул и затряслась в ознобе.

Сидевшие у кабинета люди молча смотрели на

меня. Потом женщина с облезлым котом робко поинтересовалась:

— Совсем плохо?

Я кивнула.

— Вот беда, — ожила старушка с клочкастой болонкой.

По виду и бабушка и собачка были современницами Пушкина.

Дверь соседнего кабинета приоткрылась.

— Кто грызун? — донеслось оттуда.

— Я, — оживился мужчина и понес коробку в комнату.

— На, — сказала старушка, протягивая мне монетку, — держи.

— Зачем?

— Там автомат стоит, кофе наливает, выпей, успокаивает.

С трудом отрывая ноги от пола, я добрела до аппарата, получила порцию отвратительного пойла и стала вливать его в себя, оглядывая очередь.

Женщины, мужчины, старушки, дети, кошки, собаки всех размеров, кролики, хомяки... Никто не ругается, не лает, не шипит. Хозяева прижимают к себе больных животных, одетых самым невообразимым образом. Вон шпиц, замотанный в старый шарф, рядом кот в дорогой попонке, явно привезенной из-за границы, чуть поодаль пудель в вязаной кофте и спаниель в шапке, а там корзинка, в которой, полуприкрытое рваной простынкой, мается нечто лохматое, размером с мышь, а по виду — кролик, только уши короткие...

Раздался грохот, из кабинета вытолкали железную каталку с Адой.

— Что с ней? — прошептала я, бросаясь к хмурому врачу с бейджиком «Роман» на груди.

— Похоже на отравление, — буркнул тот, — садитесь здесь и следите за капельницей.

— Но мы кормим собак хорошими продуктами, — залепетала я, — никаких просроченных консервов, все свежее, качественное.

— Речь не о еде.

— А о чем?

Роман покрутил колесико капельницы.

— Крыс в Москве много, вот в некоторых домах около мусоропроводов яд и раскладывают, бывает, что собака его съедает.

— Ужасно! Ада! Она умрет! — заорала я в исступлении.

— Надеюсь, что нет, — хмуро ответил Роман, делая несчастной мопсихе один укол за другим. — Вы сходите в аптеку, купите памперс и наденьте на собаку, а то она описается и замерзнет. Дырку прорежете, хвост вытащите.

Я бросилась к ларьку в холле.

— Дайте мне памперсы!

— Какой размер? — спросила девушка в белом халатике.

— Ой, не знаю!

— Вес?

— Двенадцать кило.

— Тогда эти, двести двадцать рублей пачка.

Выполнив приказ Романа, я села около Ады и, одной рукой поглаживая ее, другой принялась вытаскивать телефон.

Дома мы оказались лишь около полуночи. Аду, слабую, с трясущейся головой, уложили на полу, подстелив под нее пуховик Кирюшки, накрытый чистой простыней.

— Может, лучше устроить ее на кровати? — пробормотала Лиза. — Мопсы же всегда с кем-нибудь спят, Адюше будет грустно одной.

— Нет, — покачала головой Катя, — собака очень слабая, еще упадет ночью и расшибется. И потом, ей сейчас так плохо, что она не понимает, где лежит. Эй, Муля, не смей лизать Аде лапу, там канюля для капельницы стоит. Нет, лучше я устрою Дюську у себя в комнате и запру дверь.

Мы перетащили слабо дышащую Аду в спальню к Кате и пошли на кухню.

— Где она только отраву нашла? — покачала головой Юлечка.

— Ты же знаешь Дюшу, — грустно ответила Катя, — хватает что попало и глотает, не прожевав, а уж потом начинает кумекать, следовало ли эту гадость даже нюхать. Небось сегодня утром у мусорных бачков шныряла.

— Завтра же устрою скандал в домоуправлении, — раскипятился Сережка, — вообще с ума посходили! Раскладывать отраву прямо на улице! Да в нашей башне полно собак и детей. Представляете, что случится, если какой-нибудь малыш заинтересуется ядом! Страшно подумать!

Я поставила чайник на стол и спросила:

— Скажи, Катюня, а почему ты решила, что Ада слопала отраву утром? Может, это вечером случилось!

Катя стала наливать себе чай.

— Нет. Тогда бы собаке стало плохо ночью. А она спозаранку, в семь, когда я уходила на работу, вела себя совершенно обычно, прыгала, лаяла, требовала еду. Утром беда произошла, Аде еще повезло.

— Интересно, в чем? — воскликнул Кирюша.

— Ночью мы бы спали, — вздохнула Катя, — а так Лампа сразу заметила неладное и вовремя понеслась в клинику. Надеюсь, обойдется.

Я молча вытащила из холодильника батон «Докторской» колбасы и стала ее нарезать. Да, Катя права, Ада не могла проглотить яд перед сном, тогда в семь часов мы бы нашли ее уже мертвой. Мопсиха явно отравилась утром, но вот только одна любопытная деталь: я не успела выгулять псов. Обычно я выхожу с собаками около девяти. Время выбрано не случайно. К этому часу в нашем дворе, как правило, пусто. Народ разбежался на работу, школьники сидят за партами, детсадовцы уже в группах, а пенсионеры еще не выползли на прогулку. Самый подходящий момент для того, чтобы вывести свою свору, никто не станет бросать косые взгляды и приговаривать нарочито любезным голосом: «И как вы только с такой оравой справляетесь! Небось денег кучу на них тратите!»

Но сегодня, проводив домашних, я так и не успела нацепить на собак поводки, потому что явилась цыганка с ребенком.

Сначала я занималась с младенцем, потом выслушивала ее предсказания, а затем помчалась в клинику с Адой.

Значит... Колбаса чуть не выпала из моих рук. Значит...

Юля выхватила у меня нож.

— Иди приляг.

Я покорно пошла в ванную умываться. Первое, что я увидела, была стоявшая на раковине упаковка краски для волос. Машинально взяв коробочку, я стала читать текст на ней: «Специальное суперсредство, призванное придать шерсти голубой оттенок. Колер синий. Антиаллергично. Применять только для животных. При длинной шерсти увеличить дозу. Тщательно соблюдайте инструкцию».

Значит, это предназначено не для людей. Ну и ну, однако, далеко зашел прогресс. Видно, Лиза и Кирюшка все же решили выкрасить мопсих. Но, напуганные происшествием с Адой, отложили процедуру.

Забыв умыться, я схватила коробочку и пошла в спальню. Еще неизвестно, что случится с Мулей после применения сей краски, спрячу лучше пока это средство от греха подальше в свой шкаф.

Кто-то из домашних мне постелил, я уже хотела умилиться от такой заботы, но потом пригляделась, увидела вздыбленное одеяло, скомканные подушки, смятую простыню и вспомнила, что не успела утром застелить кровать, унеслась с Адюсей в лечебницу. Я, испуганная внезапной болезнью мопсихи, не сделала вообще ничего: не выгуляла собак, не покормила их, не пропылесосила полы...

И откуда, скажите на милость, Ада взяла крысиный яд? Дома мы ничего подобного не держим. В квартире есть средства, которыми можно отравиться, допустим, средство для мытья унитаза или жидкость для удаления засора труб. Но все бутыли стоят в специальном, хорошо закрывающемся шкафу. К тому же Ада не щенок, а взрослая собака. Да, она способна утащить со стола еду, но жевать стиральный порошок и лакать растворитель не станет.

Дверь тихонько приоткрылась, на пороге возникла обиженно сопящая Муля.

— Иди сюда, — похлопала я по кровати.

Мульяна легко вспрыгнула на матрац, фыркнула и исчезла под одеялом. Я вытянула ноги, обняла собаку и горько вздохнула. Обычно мы спим так: я на боку, Муля лежит около моего живота, а Ада подпирает спину. Честно говоря, быть начинкой в этом «гамбургере» не слишком комфортно. Если хозяйке хочется пошевелиться, мопсихи ворчат, а стоит мне повернуться на другой бок, как они начинают рокировку, Муля ползет к животу, Ада к спине, по дороге они натыкаются друг на друга и начинают разборки.

Но сегодня место у моей спины оказалось свободно. По щекам потекли слезы. Бедная Дюша. Нет, надо пойти к Кате, взять мопсиху и положить ее к себе в кровать, туда, где она привыкла спать. Конечно, Адюся очень слаба и может напрудить в постели лужу, но не наплевать ли на это? Однако сил встать не было. Я натянула одеяло на голову и внезапно заснула.

Разбудил меня запах кофе. Я села, взглянула на часы: одиннадцать!

Меня как ветром смело с постели. С ума сойти! Неужели я проспала звонок будильника? И как там мопсиха? Натянув халат, я ринулась на кухню и обнаружила на столе еще горячий кофейник, а на холодильнике записку, прижатую магнитом:«Уехал в клинику с Адой ставить капельницу. С собаками не гуляли, проснешься — выведи их. Серега».

Я перевела дух. Значит, домашние встали сами и разбежались по делам, меня не стали будить, пожалели бедную Лампу. Если бы еще и с собаками погуляли, то жизнь могла показаться мне прекрасной, но полного счастья не бывает, придется самой топать во двор. Внезапно из прихожей послышался шум открываемой двери. Я похолодела, небось Сережка, унося Аду, забыл закрыть замок и в квартиру снова проникла цыганка. Я схватила молоток для отбивания мяса и понеслась в коридор.

У вешалки стаскивал ботинки Костин.

— Привет, Лампецкий, — пробубнил он, — как там Ада?

— Вроде ничего, — ответила я, пряча молоток за спиной, — ее повезли в лечебницу на очередную процедуру.

— Дай кофейку.

— Пей на здоровье, а я пока собак выведу.

— В одиннадцать утра? — удивился Вовка. — С какой стати?

— А они еще не выходили, я проспала, голова болит.

Сказав это, я стала вытаскивать из ящика комбинезоны: два громадных, принадлежащих Рейчел и Рамику, и пару маленьких, для Мули и Ады. На глаза навернулись слезы, я быстро отложила одну из голубых одежек. Господи, сделай так, чтобы Ада снова гуляла в ней, веселая и здоровая.

— Слышь, Ламповецкий, — внезапно сказал Володя, — что-то ты плохо выглядишь. Давай я псов прогуляю.

— Ты?!

— А что такого?

— Ну, ничего, конечно, большое спасибо, просто не ожидала такой удачи.

— Ладно, одевай их! — приказал майор.

Я принялась впихивать собак в непромокаемые мешки. Самая послушная из стаи — Рейчел. По-моему, стаффордширихе просто все по фигу. Она не особо печалится из-за необходимости одеваться и спокойно стоит, пока хозяйка, сопя, натаскивает на нее шуршащий комбинезон. Рамик менее покорен, но тоже не особо вертится, а вот Мулечка ведет себя просто отвратительно. Только засунешь передние лапы в «рукава» и схватишься за задние, глядь, а мопсиха уже вытащила первые наружу. Когда же, проявив чудеса изворотливости, вы все же умудритесь ее одеть, она застывает, как изваяние, отказываясь идти. Приходится выволакивать упрямицу на лестницу силой.

Должна вам сказать, что сама прогулка во дворе — это еще полбеды, основная неприятность в этом процессе: одевание, раздевание и мытье лап. Вспотев и разозлившись, я нацепила на собак ошейники и, дав Вовке рулетки, предупредила:

— Будь аккуратен, поводки могут запутаться. Держи Рамика и Рейчел в одной руке, а Мулю в другой, она...

— Скажи, Лампа, — не дал мне договорить Вовка, — ну отчего женщины такие зануды?

— Просто я хочу все объяснить, ты ведь выходишь со стаей в первый раз.

— Экая наука! Подумаешь!

— Не такое это простое дело.

— Я тебя умоляю, — скривился майор, — тоже мне задача! Походить по двору! Только баба способна из такой ерунды создавать проблему.

Глава 3

Снарядив Вовку с собаками во двор, я пошла на кухню, поставила чайник, вытащила пачку с чаем, отрезала кусок лимона, выудила из холодильника коробочку с плавленым сыром, намазала тостик, открыла рот... и услышала вопль.

— Лампа!

Пришлось распахнуть окно и выглянуть наружу. Костин стоял посреди двора, задрав голову вверх.

— Что случилось? — крикнула я.

— Они не хотят гулять.

— В каком смысле?

— В прямом. Сели и не шевелятся.

— А ты не стой, ходи, тогда и собаки задвигаются, — посоветовала я и, захлопнув раму, вернулась к завтраку.

Но не успел вкусный тостик оказаться во рту, как с улицы опять донеслось:

— Лампа!!!

Положив недоеденный кусок на стол, я снова высунулась наружу.

— Теперь что?

— Они ничего не делают, просто бродят!

— Подожди, сразу процесс не начинается.

— И сколько мне тут прыгать?

— Ну пока все не сделают свои делишки.

— И что, до вечера таскаться?! — возмутился Костин.

— Нет, к обеду вернешься, — усмехнулась я и снова попыталась вернуться к чаю.

Ан нет, спокойно позавтракать сегодня не удастся. Со двора опять послышалось:

— Лампа!!!

— Что???

— Рейчел за дерево замоталась.

— Распутывай.

— Как?

— Просто, вели ей обойти ствол.

— Лампа!

— Ну?

— Смотри.

Я прищурилась. Стаффордшириха стояла вплотную к большому тополю.

— Глупость мне посоветовала, она еще хуже запуталась, — сообщил Вовка.

— Ты заставил ее бегать не в ту сторону, — объяснила я, — и вообще, кто гуляет со стаей? Больше не кричи. Попытайся сам справиться с такой простой задачей, как прогулка собак. Ничего сложного, это любому по плечу.

Вовка промолчал, но не успела я сделать и глотка холодного чая, как раздался звонок. Я побежала в прихожую, глянула в «глазок» и распахнула дверь. Многолаповый комок вкатился в квартиру, за ним тащились рулетки.

— Все, — выпалил Вовка, — теперь вымой их!

И тут я обозлилась донельзя, вытолкала собак назад, на лестницу, и сердито спросила у Костина:

— Ты жареную картошку на ужин любишь?

— А то!

— И что, когда ты приходишь домой, я сую тебе клубни и велю чистить, мыть, резать, а потом только бросаю подготовленную тобой заготовку на сковородку и помешиваю?

— Нет, — оторопело ответил Вовка.

— И как же дело обстоит?

— Ну... я просто ем жареную картошку.

— И с прогулкой так же! — рявкнула я. — Тот, кто берется вывести стаю, сначала сам одевает псов, молча их выводит, а затем моет им лапы в ванной. Иначе полуфабрикат получается. Ясно?

— Угу, — кивнул Вовка, — их надо мыть?

— Да! А я пока спокойно попью остывший чай. И вообще, ты сам решил мне помочь.

Костин тяжело вздохнул:

— Ага, понятно.

Сидя на кухне, я прислушивалась к сопению, кряхтению, повизгиванию собак и плеску воды. Потом раздался громкий хлопок, звон разбивающегося стекла и вопль:

— О, черт!

Меня помимо воли понесло в ванную. Перед глазами предстала изумительная картина. Внутри чугунной чаши стоит тройка собак в комбинезонах и в ошейниках. Мыльная вода покрывает их почти до шеи, сверху плавают мочалки, губки и бутылочка с гелем для душа. На полу валяется разбитая банка с кремом. Красный Вовка поливает скулящую компанию из душа.

— Что ты делаешь? — завопила я, выключая воду. — С ума сошел!

— Сама велела их мыть.

— Ты запихнул всех вместе.

— А надо было по одной?

— В комбинезонах!

— А что? Их снять требовалось?

— Да тут полно мыла!

— Разве псов без шампуня купают?

— Ошейники не снял, рулетки не отцепил!

— Так мне их не удержать. И вообще, хватит придираться, — зашипел Костин, — что ни сделаю, все плохо, поучаешь меня постоянно. Если ты такая умная, делай все сама!

С этими словами Вовка выскочил из ванной. Я уставилась на собак. Ей-богу, мужчины — дикие люди. Любой женщине понятно, что сначала нужно раздеть пса, снять с него поводок, а потом просто аккуратно обмыть ему лапы. Вовсе незачем устраивать банную процедуру по полной программе. Лучше бы и правда я сама пошла гулять со стаей, получила бы меньше проблем. А то сейчас даже не знаю, с чего начать...

И тут Рамик, который терпеть не может омовений, одним прыжком вылетел из наполненной ванны. За ним потянулся поводок, перепутавшийся с другими. Следом из воды выскочила Рейчел, за ней выкарабкалась Муля. Ошметки мыльной пены полетели в разные стороны.

— Фу! — заорала я.

Но поздно, одетые в насквозь мокрые комбинезоны, сцепленные перепутанными поводками, собаки понеслись по коридору, оставляя позади себя белые клочья, лужи и брызгая на стены.

— Стойте! — кричала я.

Куда там! Псы, обиженно скуля, исчезли в моей спальне.

Когда я, обретя способность двигаться, добралась до своей комнаты, перед глазами развернулась дивная картина. Все постельное белье валяется на полу, подушка истоптана, одеяло скомкано, на матрасе копошится мокрый грязный комок.

Кое-как расцепив стаю, я стащила с собак комбинезоны и вернулась на кухню. Вовка, успевший к тому времени благополучно съесть приготовленные мною бутерброды, ехидно поинтересовался:

— Ну, чего? Успокоилась?

И тут я просто слетела с катушек.

— Нет, какое безобразие! Помог, называется! Теперь мне придется сушить собачью одежду, менять белье на кровати, мыть полы, ванну и покупать себе новый крем! Ты разбил банку!

Костин побагровел, отодвинул пустую тарелку, встал и заявил:

— Неудивительно, что тебе никто помогать не хочет. Вот сегодня я решил облегчить вашу жизнь, мадам, и получил скандал.

У меня пропал дар речи. Майор спокойно ушел, я плюхнулась на стул. Ну и ну. Он всерьез говорил о помощи? В груди начала подниматься темная волна гнева, я схватила мобильный, вот сейчас выскажу Костину все, что про него думаю!

Но не успела я набрать его номер, как сотовый зазвонил сам.

— Алло, — прошипела я, ожидая услышать извинения Вовки.

Но в ухо вонзился визгливый дискант:

— Екатерину Андреевну Романову позовите, пожалуйста.

— Она на работе. Кто говорит?

— А это из школы, Кирилл...

— Что случилось? — испугалась я.

— Так, ну, того, в общем...

— Скажите нормально, что произошло?

— Не орите, — пошла в атаку тетка, — мы тут ни при чем, покупаете детям всякую дрянь иностранную, потом удивляетесь и на нашу столовую валите...

— Господи, да что стряслось?

— Ну... траванулся он, лежит у медсестры в кабинете, но мы ни при чем...

Не дослушав, я схватила с вешалки куртку и ринулась вниз.

Бедному Кирюшке катастрофически не везет со школой. Сначала он ходил в жуткое учебное заведение, по недоразумению носящее название «гуманитарный лицей». Педагоги там подобрались пакостные, директриса была откровенной сволочью, завуч походил на надзирателя в концлагере. Поэтому мы перевели мальчика в другую, самую обычную школу. Но не успела я вздохнуть с облегчением, как случилось новое несчастье. Дело в том, что здание учебного заведения, куда теперь с радостью бегал Кирюша, расположено в самом центре Москвы, вблизи станции метро. Парадный вход школы выходил на тихую улочку, а через пару метров, минуя проходной двор, вы оказывались на Тверской.

Одним словом, этот дом приглянулся некоей богатой и чиновной особе, захотевшей разместить в нем штаб-квартиру своей партии. Началась нешуточная борьба, директриса сражалась, аки лев, родители бегали по разным инстанциям и пачками писали письма мэру. Но депутат закусил удила и не отступался. В конце концов он натравил на школу особую комиссию, которая вынесла заключение: дом стоит слишком близко от магистрали, детям нельзя учиться в нем, им вредно дышать выхлопными газами, долетающими в цитадель знаний с Тверской. Лично мне непонятно, почему за шестьдесят лет существования школы никто никогда не говорил о ее невыгодном местоположении.

Но факт остается фактом. Школе выделили другое здание, на краю Москвы, и Кирюше пришлось вновь идти на учебу в другое место. Чтобы успеть к первому уроку, ему пришлось бы вставать в пять утра.

Мы с Катей подумали и приняли соломоново решение: в выпускном классе, до которого Кирюшке остался год, отправим его в экстернат, где он будет усиленно готовиться к поступлению в институт, а пока пусть ходит в школу около дома, чтобы не тратить несколько часов на дорогу.

Поэтому сейчас Кирюша посещает самое заурядное заведение, которое расположено у нас под окнами. Слава богу, там детей не притесняют, просто их не замечают и ничему особо не учат. Но мы не волнуемся, знания Кирюша с сентября получает от наемных репетиторов. Кстати, Лиза тоже теперь учится с ним в одном классе.

Добежав до школы, я отыскала кабинет медсестры и увидела там иссиня-бледного Кирюшку, лежащего на топчане, накрытом оранжевой клеенкой.

— Котик, что с тобой! — кинулась я к нему.

Кирюшка не отвечал, я потрогала его лоб. Кожа оказалась липкой и холодной.

— Что же «Скорая» до сих пор не едет? — вырвалось у меня.

— А я ее не вызывала, — ляпнула толстая тетка в белом халате, восседавшая за письменном столом, — ясное дело, отравился. Забирайте домой!

От возмущения я вначале поперхнулась, но потом налетела на меланхоличную медсестру:

— Вы с ума сошли! Ребенку плохо, а никто не позвонил доктору!

— Я сама медик и прекрасно понимаю, в чем дело! — бросилась в атаку толстуха. — Кормите детей марсами да сникерсами, даете с собой бутерброды, вот и результат! Тошнило его, прямо страсть как, теперь вот лежит.

Дрожащими руками я вытащила телефон.

— У нас в столовой исключительно диетические продукты, — злилась фельдшерица, — севодни сосиськи с гречей давали и кофе, растворимый, отечественный, первый сорт, со сгущенкой. Чем там травануться можно? А? Нет, все родители, наложуть колбасы всякой...

Вызвав в школу медиков, я попыталась напоить Кирюшку водой из бутылки, не достигла успеха, перепугалась еще больше и услышала новую порцию упреков от медсестры:

— Во! Французская бурда! Купили хрен знает что в пластике. Свое надо брать, боржоми!

— Боржоми не наше! — рявкнула я.

— А чье же?

— Источник принадлежит Грузии.

— Вона, умная какая, — завела было бабища, но тут наконец появились две суровые женщины с железным чемоданом.

Остаток дня я провела с Кирюшкой и прочими домочадцами в больнице. Узнав, что мать больного мальчика их коллега — оперирующий хирург, медики стали приветливее, более того, они без всяких споров перевели Кирюшу в клинику к Катюше, где его сразу окружили пристальным вниманием и заботой.

Около полуночи Катя прогнала нас домой.

— Нечего тут всем толкаться, — сурово сказала она, — ступайте спать.

Мы с Сережкой и Юлечкой возвратились домой, попили чаю и уставились друг на друга.

— Ну и ну, — покачала головой Юля, — вчера Ада, сегодня Кирюха.

— Чем же он траванулся? — спросил Сережка.

Я пожала плечами:

— Наверное, сосисками, которые давали в школе. Сам знаешь, какую еду детям привозят.

— Кирюха не ходит в столовую, — напомнила мне Юля.

— Верно. Но сегодня утром я проспала и не положила ему завтрак. Небось он проголодался и пошел в буфет.

— Все по кроватям, — велел Сережка, — ноги подкашиваются.

Я заглянула в свою спальню, с удовлетворением отметила, что привезенная из клиники Ада выглядит намного бодрее, чем вчера, и пошла разбирать Кирюшкин рюкзак.

Внезапно ожил телефон. Я посмотрела на часы и испугалась. Уже поздно, в такое время могут сообщить лишь о несчастье. Руки схватили трубку.

— Алло.

— Позовите Кирюшу, — послышался голосок.

Я перевела дух. Слава богу, ничего страшного не случилось, мальчик мирно спит в своей палате. Ну и глупости лезут в мою голову. Просто это одна из одноклассниц Кирилла, плохо воспитанная девица. Небось сидит до утра в Интернете, вот и решила поговорить с ним, невзирая на время.

— Кирилл не может подойти.

— А что случилось? — с тревогой спросила девочка. — Он заболел, да? Давно звоню, но у вас никто трубку не берет.

Я улыбнулась. Похоже, Кирюша просто нравится этой однокласснице, вот и волнуется.

— Он в больнице.

— Ой!

Я поспешила успокоить девочку:

— Сейчас уже все в порядке.

— А было плохо?

— Ну, достаточно, он сильно отравился.

— Чем?

— Какой-то едой, скорей всего сосисками из вашей столовой в школе.

— И ему было совсем плохо? Он мог умереть?

— В это время Кирюша спокойно спит, правда, он пока в палате реанимации, под капельницей, но угрозы для жизни уже нет. Он скоро поправится, не расстраивайся.

Ту-ту-ту... — понеслось из трубки. Ошарашенная одноклассница отсоединилась, или наш разговор прервался сам собой. Я подождала пару секунд, поняла, что девочка не собирается перезванивать, и занялась рюкзаком Кирюши.

Вытряхнутые учебники и тетради я сложила на столе, пенал сунула в ящик, дневник на всякий случай раскрывать не стала, хватит на сегодня стрессов. Последнее, куда я заглянула, было внешнее отделение, застегнутое на «молнию». Внутри оказался прозрачный пакет с остатками еды. Недоеденная пачка печенья, огрызки булочки и полный пакет сока. Я повертела в руках упаковку с тем, что без зазрения совести изготовители назвали натуральным персиковым нектаром. Значит, Кирюша на большой перемене сгонял в ларек и купил себе перекус. Колбасу, сосиски или шаурму он есть не станет, мы с Катей многократно повторяем детям: «Если хотите чего-то мясного, никогда не приобретайте это в вагончике на улице. Скорей всего там вам всучат просроченный товар».

И Кирюша, как послушный мальчик, взял то, что показалось ему безопасным: печенье, булку и сок. Отравиться печеньем и плюшкой с изюмом, наверное, можно, но все же менее вероятно, чем колбасой или сардельками.

Я внимательно изучила упаковки. Печенье оказалось совершенно свежим, а сок мог храниться еще пару месяцев. Вот остатки булки были без всяких опознавательных знаков, но на вид они смотрелись совершенно нормально, пахли свежей выпечкой и не вызывали никаких сомнений.

Может, напихавшись печеньем и схомякав калорийку, Кирюшка захотел мясного и польстился все же на школьные сосиски?

Я в задумчивости разглядывала остатки завтрака. Тут в комнату влетела Лиза и затараторила:

— Лампа, я хочу завтра Кирюхе ноутбук отвезти. Ты не видела, есть в палате телефонная розетка?

— Сережа оставил брату свой мобильный.

— Да не о телефоне речь! Розетка есть?

— Электрическая? Наверное, извини, я не обратила внимания.

— Фу, Лампа! Телефонная!

— Мобильный...

— Интернет подключить! — рявкнула Лизавета. — Лампа, ты пещерный человек. Для мобильного не нужна розетка! В гнездо телефона втыкают провод для сети! Ясно? Ой, персиковый, мой любимый! Можно, я выпью или ты сама хочешь?

— Угощайся на здоровье, — разрешила я.

Лизавета оторвала от картона пластиковую трубочку, содрала с нее хрусткую целлофановую обертку, проткнула дырочку в пачке и закрыла от наслаждения глаза.

— М-м-м, обожаю персиковый нектар, хотя этот не такой вкусный, как тот, что мы всегда берем. Горчит немного и отдает чем-то непонятным. Зачем ты его купила?

Не выслушав моего ответа, Лизавета унеслась, бросив на стол смятую упаковку. Я тяжело вздохнула, отнесла пустой пакетик на кухню, обнаружила под раковиной переполненное ведро и, скрежеща зубами, отволокла его на лестницу. Конечно, можно было поднять бучу, затопать ногами и заорать: «Вечно мне приходится помойку вытряхивать!» Только какой в этом смысл?

Разгорится скандал, а ведро все равно достанется нести мне, лучше быстренько опустошить его и пойти почитать детектив.

Лечь спать сразу мне не удалось. Сначала я накрыла Аду пледом, предварительно поменяв ей памперс, потом позвонила Кате, узнала, что Кирюшке лучше, и только потом рухнула в кровать. Руки потянулись было к книге, но глаза закрылись сами собой, голова вдавилась в подушку, Мульяна, сопя, устроилась рядом со мной.

— Лампа, — зашептала Лиза, входя в спальню, — Лампа...

— Что еще? — с трудом спросила я. — Давай завтра все проблемы решим.

— Умираю...

— Завтра, Лизавета, все завтра.

— Плохо мне совсем, помоги.

Я села.

— Лиза, хватит идиотничать. Ну как ты не понимаешь, такие шутки...

Раздался тихий стон, потом звук упавшего тела. Решив, что Лизавета надумала испугать меня, я зажгла настольную лампу, увидела девочку, бледную, лежащую на спине с раскинутыми в разные стороны руками, слетела с кровати и заорала:

— Все сюда, скорей!

Глава 4

Ночью мы не сомкнули глаз. Лизу доставили в клинику к Кате и положили в соседнюю с Кирюшкой палату. Все началось по новой: капельницы, уколы, промывание желудка.

Около девяти утра я оказалась дома, влезла под душ, потом схватила Аду, положила ее на заднее сиденье и порулила в ветлечебницу. Собаке предстояло провести в процедурном кабинете несколько часов.

Умостив Дюшу на каталке, я спросила Романа:

— Нельзя ли попросить какую-нибудь нянечку присмотреть за мопсихой?

— Лучше, если с больным животным сидит хозяин, — сурово отрезал ветеринар.

— Да, я понимаю, но у нас форсмажор, два ребенка одновременно попали в больницу.

— Что случилось? — Ветеринар снял очки. — У вас инфекция? Между прочим, некоторые человеческие болячки опасны для собак.

— Лиза и Кирюша отравились.

— Чем?

— Ну, похоже, недоброкачественным персиковым нектаром.

— Чем?

— Ну, знаете, такой сок продают, в маленьких картонных пакетиках, с трубочкой, — пустилась я в объяснения. — Кирюша купил две упаковки, одну выпил сам, и ему сразу стало плохо. А вторую схватила Лиза и тоже едва жива осталась.

— Странные дела творятся у вас дома, — протянул Роман, — сначала Ада крысиного яда отведала, потом мальчик с девочкой дряни напились. Подозрительно это. Прямо как сглазил кто.

Я опустилась на табуретку. Сглазил. Ада отравилась, Кирюша и Лиза тоже. Правда, Дюше уже лучше, вон она лежит, вертит головой, очень смешная, в памперсе!

Памперс! Однако странно получается. Пришедшая цыганка держала в руках младенца в меховом конверте. Иногда я натыкаюсь на улице на таборных гадалок и знаю, что они не слишком озабочены соблюдением стерильности и не кутают своих детей. Вызывая оторопь у нормальных женщин, цыганята спокойно разгуливают босиком на холоде, очень часто девочка лет десяти тащит младенца, привязанного у нее за спиной при помощи грязного платка. Ни разу мне не попалась цыганка с крошкой в меховом конверте. Потом, на девочке был памперс. Я купила это приспособление для Адюши и была немало удивлена его ценой.

Пачка, содержащая десять штук непромокаемых штанишек, стоила больше двухсот рублей. Как дорого! Небось ребенок использует такую упаковку за два дня! Ладно, за три, все равно это удовольствие не для всех, и уж никак не для цыганки. Одета эта Галя была не самым лучшим образом. И потом, она очень неумело стаскивала с малышки штанишки, даже не расстегнув их. Я поступила точно так же, увидев памперс впервые. Но сегодня в клинике одна молодая женщина, заметив, как я пытаюсь освободить Дюшу от испорченных подгузников, сказала:

— Не дергайте так. Сбоку есть язычок, потяните за него, и сами расстегнутся.

Похоже, Галя не умела пользоваться памперсами, у нее не было запасного подгузника, свою голубоглазую малышку цыганка просто замотала в пеленку. Голубоглазую... От кого ребенку достались такие очи? Может, от отца?.. И где Ада нашла яд? Галя пошла к мусоропроводу, я на пару минут упустила ее из вида, а потом мопсиха стала умирать. Напрашивается лишь один вывод: цыганка отравила Адусю. Но зачем? Значит, она решила убить собаку, а потом Кирюшу и Лизу? Соком?

Но ведь, когда дети угостились нектаром, цыганки давно и след простыл.

— Если хотите съездить к ребятам в больницу, —

вдруг участливо сказал Роман, — можно попросить мою жену посидеть с Адой. Лена ветеринар, сегодня у нее выходной, мы живем в двух шагах отсюда, она быстро придет.

— Спасибо, — обрадовалась я, — естественно, я заплачу вашей жене за дежурство.

— Договоримся, — буркнул Роман, и снова его лицо приняло равнодушное выражение.

Обвешавшись пакетами с едой, я ворвалась к Кате в ординаторскую. Подруга раздавила в пепельнице окурок и устало спросила:

— Ты чего притащила?

— Все, что они обожают. Для Кирюшки твердокопченую колбасу, слабосоленую семгу и торт, а Лизавете ее любимые конфеты.

— Уноси все домой, — перебила меня Катя, — потом, на Новый год, это на стол поставишь.

— Почему? — удивилась я. — Надо же несчастных больных побаловать.

— Они пока на капельницах, — объяснила Катя, — а потом детям придется на диете сидеть, после отравления. Кстати, пустой пакет сока, ну тот, что Лиза выпила, ты оставила?

— Нет, выбросила в помойку, а что?

— Ничего, — вздохнула Катюша, — теперь уже ничего, надо было упаковку на анализ послать, посмотреть, что там внутри имелось.

— А с ребятами поговорить хотя бы можно?

— Лиза спит, к Кирюшке загляни.

Я вышла в коридор и приоткрыла дверь палаты.

— Лампа, — слабо улыбнулся Кирюшка, — классно вышло.

— О чем ты, дружочек? — не поняла я. — Что «классного» ты нашел в столь неприятном событии?

— Сегодня городская контрольная по математике! — радостно воскликнул Кирюшка. — Вера Алексеевна сказала вчера: «Если кто прогуляет, тому сразу в четверти «два» поставлю». А Лариска Кристова ее спросила: «Что, даже больным приходить?» Верка надулась вся, покраснела и как взвизгнет: «Всем симулянтам «банан» влеплю, даже не пытайтесь пропустить урок. Исключение сделаю лишь для того, кто попал в реанимацию, ясно вам, Митрофаны?» А я как раз в палате интенсивной терапии и оказался. Во суперски вышло! Прям как по заказу получилось. Мне эту контрольную никогда бы не решить.

— Послушай, — перебила я ликующего дурачка, — скажи, что ты ел вчера на завтрак?

— Я не успел даже чаю попить, — пожаловался Кирюшка, — меня Серега из постели вытолкал и как заорет: «Скорей, опаздываем!» Умыться и то не дал.

— Значит, дома ты ничего не брал из холодильника?

— Нет.

— А в школе чем полакомился?

— Печенье съел, потом булочку с изюмом и один пакетик нектара выпил, второй на потом оставил.

— Сосиски в столовой не ел?

Кирюша сурово глянул на меня:

— Лампа, в нашей школе, в местном ресторане, харчатся лишь малыши, потому что училку боятся. Она их строем приводит и велит: «Жрать молча, иначе всему классу «два» по поведению поставлю». Вот первоклассники и давятся, а с нами уже такое не пройдет, старшеклассники в буфет ни ногой. Никому в голову не придет местные сосиски хомякать, их даже дворовый пес нюхать не станет. Поняла?

— Да. А где ты взял сок, печенье и булочку?

Кирюша помолчал, потом усмехнулся:

— Знаешь, Лампудель, тебе пора пить танакан или стугерон. Вон наша географичка стала эти лекарства употреблять и теперь больше не рассказывает на уроке, что Киев на Волге стоит. Ты тоже сходи в аптеку, сейчас маразм лечат.

— Я не просила оценивать мои умственные способности, просто хотела узнать, откуда у тебя взялся завтрак?

Кирюша захихикал:

— Маразм крепчал! Откуда, откуда — из портфеля! Ты же мне его сама положила!

— Я?!

Кирик взглянул на меня с огромной жалостью.

— Знаешь, Лампудель, очень тяжело видеть, как деградирует близкий человек. Вот ты уже не помнишь утром, что делала вечером, затем начнешь вместо хлеба деревяшки грызть, макароны гвоздями заменишь, нацепишь на голову кастрюлю и так гулять отправишься. Прямо беда с этими стариками. Нет, я точно в тридцать лет с собой покончу, чтобы не влачить ужасное существование развалины. Напоминаю: Лампудель, ты постоянно кладешь мне завтрак, правда, часто невкусный.

Я слегка растерялась. Может, конечно, моя память и начинает подводить хозяйку. Вот, например, неделю назад я ускакала на работу, не помню, говорила ли вам, что теперь веду передачу на радио «Бум»[1], а когда прибежала домой, то не нашла в сумке ключей, пришлось звонить в дверь. Целый час потом я перетряхивала карманы и рылась в ридикюле. Тщетно, ключи испарились. Вечером ко мне, хитро улыбаясь, вошел Кирюша и, положив на подушку железное колечко с брелком, сказал:

— На.

— Ты нашел мои ключи, — обрадовалась я, — где?

Мальчик прищурился:

---

[1] См. книгу Дарьи Донцовой «Но-шпа на троих», издательство «Эксмо».

— А там, где ваше высочество их забыло, в замочной скважине, с наружной стороны. Дверь заперла и убежала, а ключики висят себе, покачиваются, заходите, воры дорогие, нам ничего для вас не жаль. Балда ты, Лампа, просто жуткая балдища!

И что было ответить? Кирюшка-то прав, ключи ни в коем случае нельзя оставлять снаружи, и теперь я самым тщательным образом, прежде чем двинуться к лифту, осматриваю дверь. Но вот завтрак! Я очень хорошо помню, что в тот день проспала, домашние сами собирались кто на работу, кто на учебу, никакого пакета с печеньем в рюкзак мальчика не клала!

— Кирюша, — осторожно спросила я, — тебе завтрак не показался странным?

— Да нет, — он пожал плечами, — впрочем, мне больше нравятся глазированные сырки, чем печенье с булкой, но я просто идеальный ребенок, ем, что сунули.

— Значит, ничего особенного?

— Нет.

— Совсем?

— Абсолютно. А в чем дело?

— Да так просто...

— Нет уж, отвечай!

— Видишь ли, я не клала тебе в сумку еду.

— Кто же ее положил?

— Ну... надо спросить у наших. Может, Катя?

— Мама в тот день дежурила.

— Точно. Тогда Юля или Сережка.

— Да ты чего, — засмеялся мальчик, — еще про Костина вспомни или на собак погреши!

— Действительно, — протянула я, — откуда же появился пакет?

— Не знаю, — тихо ответил Кирюша.

Я молчала.

— Слушай! — вдруг воскликнул он. — Была одна странность.

— Какая?

— Помнишь, год назад я раздавил в рюкзаке йогурт и пришлось выбрасывать тетради?

— Было дело, ужасная картина. Как назло, десерт оказался с черникой.

— И что ты мне велела?

— Никогда не засовывать завтрак во внутреннее отделение.

— Верно. И я больше не кладу бутерброды вместе с учебниками.

— Ну и что? Я вытащила остатки еды из внешнего кармана!

— Правильно, я положил туда несъеденное, но первоначально печенье, булка и сок кантовались на книгах.

— И кто поместил харчи туда?

— Понятия не имею, — вздохнул Кирюша.

— Ты за портфелем следишь?

— Ну...

— Да или нет?

— Бросаю его на пол, возле класса, чтобы постоянно с собой не таскать, — признался Кирюшка, — а чего его стеречь? Кошелек и мобильный выну, остальное никому не надо. Может, кто перепутал и свою хавку ко мне пихнул? Ранцы-то у многих одинаковые!

Внезапно я вздрогнула. Цыганка! Это она! Сначала отравила Аду, потом подсунула яд мальчику. Зачем? Чем ей насолили мопсиха и парнишка? Хотя Аду отравили на день раньше...

— Скажи, ты ни с кем в последнее время не ругался?

— С Анькой Левитанской подрался, — признался Кирюша, — но она сама виновата, чес слово. Дразнила меня, дразнила и получила в лоб.

— Это ерунда, я имею в виду на улице, с посторонними людьми. Ну, допустим, подошла к тебе цыганка и предложила погадать, а ты ей нагрубил. Не было такого?

Кирюша вытаращил глаза.

— Не. Никакие гадалки ко мне не приставали.

— Точно?

— Конечно. А в чем дело?

— Ничего, потом объясню, — пообещала я, вставая, — ты лежи смирно, и вот что — если вдруг принесут пакет с едой, ничего не ешь. Никто из наших не станет передавать тебе сладости через нянечку, сами в палату доставим. Будь осторожен.

— Лампа, объясни, в чем дело, — заныл Кирюша.

— Тебя хотели отравить, — сказала я, — не исключаю возможности, что Ада просто слопала шоколадку, которую некто положил в детской, на подушке. Поняв, что попытка не удалась, преступник решил предпринять новую попытку и пихнул в твой портфель завтрак.

— И зачем меня травить? — подскочил Кирюша. — Че я сделал-то? Аньке пятак начистил?

— Думаю, Левитанская тут ни при чем.

— А кто?

— Пока не знаю.

— Лизку-то тоже хотели убить?

— Наверное, нет, сок предназначался тебе, Лизавета — случайная жертва.

— Ох и ни фига себе, — дрожащим голосом сказал Кирюша. — Я фильм на днях смотрел, там дядька просто так людей мочил, без повода, псих был. Может, и на меня такой напал?

— Есть у меня одна мыслишка, — протянула я.

— Выкладывай! — жадно воскликнул мальчик.

— Пока нечего, но, как только что-нибудь узнаю, мигом сообщу. А ты до поры до времени никому из наших не говори ни слова. Вдруг мне в голову глупость пришла, потом засмеют и дразнить до конца жизни будут!

— Ага, — кивнул Кирюша, — молчу и ничегошеньки не ем!

— Ну это уж слишком, если свои принесут, угощайся. Ладно, лежи, отдыхай.

— Лампа, ты уж постарайся разобраться в этом деле, — взмолился Кирюшка, — а то мне чего-то страшно!

— Не волнуйся, — обняла я его, — все раскопаю обязательно и найду того, кто задумал эту гадость.

Выйдя из больницы, я позвонила Роману, узнала, что Адюша мирно спит под присмотром Лены, слегка успокоилась и поехала домой. Сначала на секунду заглянула к нам, а потом доехала до последнего этажа и стала требовательно звонить в квартиру Маши.

— Хтой-то тут торопливый такой, — понеслось из-за створки, — чаво колотиться?

Дверь распахнулась. Я никогда до этого не была в гостях у соседки и невольно вздохнула. Маша, очевидно, недавно сделала хороший ремонт. В частности, она разбила стену между прихожей и комнатой, получился большой холл, в котором стояла вешалка, пара кожаных кресел и висело круглое зеркало.

— Ну, — прищурилось существо, открывшее дверь, — ты, ваще, хто? Чаво меня дергаешь? На время глянь! Народ спит ищо, сранья явилася!

— Полдень на дворе, — возразила я.

— И чаво? Пили отсюда!

Я окинула взглядом девицу, маячившую у порога. Слов нет, хороша, как конфетный фантик. Темно-каштановые кудри тяжелыми волнами спускаются на точеные плечи. Огромные, бездонные карие глаза сияют на смуглом личике, нос тонкий, очень аккуратный, рот совершенной формы, да и фигура хоть куда. Нахалка не потрудилась набросить на себя халат и стоит сейчас передо мной в лифчике и крохотных мини-шортиках. На запястье тонкой руки видна довольно крупная родинка, но она не портила девчонку, скорей придавала ей шарм. Не произноси девица ни слова, ей бы цены не было.

— Вы Марийка? — вежливо поинтересовалась я.

— И чаво?

— Так да или нет?

— И чаво?

— Марийка?

— Ну?

Я решила заехать с другой стороны:

— Ваша свекровь, Маша, дома?

— Не.

— А Павлик?

— Хто ты якая, шоб у меня спрашивать про мояво мужика?

— Видите ли, я ваша соседка...

— Коли вода на башку льется, то не от нас.

— Вы меня не поняли...

— Ступай в жэк, там и скандалься! Ищь, заявятся усякие, денег им на обои давай! Нашли дурней. У свекровки ничаво нет, усе в бизнес вложено, а я нищая, уматывай вон!

Разозлившись, я отчеканила:

— Марийка, перестаньте идиоткой прикидываться, со мной это не пройдет. Я на самом деле Машина соседка, но живу не под вами, затопить нашу квартиру вам трудно.

— В чем тогда дело? — удивленно и вполне по-русски осведомилась Марийка.

— Ко мне приходила ваша сестра, Галя.

— Хто? — снова перешла на привычный сленг Марийка. — Якая такая Халя? Да ты заходь в хату, не мнись на приступке.

Я вошла в квартиру, Марийка быстро захлопнула дверь, ловко задвинула две огромные щеколды, села на диван и нахмурилась:

— О чем вы балакаете? Прям пургу гоните!

Ее стройные, гладкие, без признаков какой-либо растительности ножки начали постукивать по полу. Девушка либо нервничала, либо в силу природной живости была не способна спокойно сидеть на месте.

— Ваша сестра, — повторила я, — Галя, на днях заглянула ко мне. Она хотела перепеленать дочку и забыла у нас шарфик, вот я принесла его вам, отдайте ей.

С этими словами я вытащила из кармана ярко-синий кусок кашемира, которым заматываю в мороз шею, и продемонстрировала его Марийке.

— Брешешь! — рявкнула та.

— Что? — не поняла я.

— Комедию ломаешь, — сказала Марийка. — Нету у меня никакой сеструхи Халки, и ваще, сиротина я, одинокая! Ни матери, ни отца, по улице толкалась, капустой торговала, пока Павлуху не повстречала. Ён мине таперича и родитель, и муж, и брат!

— У вас нет сестры, цыганки Гали? — спросила я еще раз. — Точно помните?

— А то я на мозги зашибленная, — затрясла роскошными кудрями Марийка, — и родню не упомню. Померли усе мои, в хате погорели. Дед с пьяных глаз полез самогонный аппарат вострить, ён электричество економил, ну и попер на столб, прямиком в линию, его током шандарахнуло, пожар пошел, уся изба погорела, с народом, тама люди пьяные лежали.

— Вы, значит, выскочили?

— Мине там не було, в поле горбатилася, свеклу полола, приперлася домой, глянь, пепелище черное. Вон какой рулет случился. Крайняя, одинешенька осталась, а штоб с голодухи не сгибнуть, поехала в Москву.

— Мне всегда казалось, что таборные цыгане — люди очень родственные и одну девушку на заработки в чужое место не отпустят.

— Хто? Цыгане? Так они мне хто?

— Вы не цыганка?

— Ваще, прям! Ищо скажи эфиепка, — всплеснула руками красавица, — с Молдавии я, с хутора, цыганам не родня. Во, сказанула! И никаких сестер с братьями не имею!

— Но эта Галя...

— Набрехала она тебе, — улыбнулась Марийка, — облохала. Небось чего спереть пришла, ты глянь-то вокруг, мабуть деньги пропали але золото, а шарфик-то выброси, наверно, заразный.

Глава 5

Я в задумчивости вышла на лестницу и выключила лежавший в кармане диктофон. Костин многократно ругал меня за желание самостоятельно распутывать детективные истории. Вообще-то я пропускаю его слова мимо ушей, но одно замечание приняла к сведению.

— Ты вечно совершаешь глупости, — шипел майор, — забываешь то, о чем тебе рассказывали люди, занимаешься не своим делом.

По поводу не своего дела еще можно поспорить, а вот насчет моей забывчивости все чистая правда. Поэтому, сделав правильный вывод из услышанного, я теперь постоянно прихватываю «на дело» диктофон, включаю его незаметно в кармане, а потом дома по несколько раз прослушиваю запись.

Значит, Галя наврала, она просто использовала имена Маши, Марийки и Павла, чтобы беспрепятственно проникнуть в нашу квартиру. И ведь справилась с задачей, я поверила ей, разрешила пройти в ванную, а потом на кухню.

Следовательно... Ох, похоже, дело плохо. Галя серьезно подготовилась к преступлению, узнала имена наших соседей и безошибочно выбрала тех, чьей родственницей могла прикинуться без всякого труда.

Смуглая Марийка и цыганка похожи, во всяком случае, цвет кожи и волос у них один, глаза у обеих карие, огромные. Странно, однако, что у младенца они были ярко-голубые.

Я дошла до своей квартиры и присвистнула. Вот оно что! Малышка вовсе не дочь Гали, она взяла ее напрокат. Поэтому молодая мать так неловко управлялась с памперсом, небось увидела непромокаемые штанишки впервые в жизни. И о чем это говорит? Да о том, что Галя тщательно, прямо как агент ФСБ, выстроила свою легенду. Она стремилась во что бы то ни стало попасть в квартиру, чтобы отравить Аду и Кирюшу.

Быстроглазая девица, уходя, начала мне «гадать» и сообщила про смерть пучеглазой собачки. Что она там несла? Вот черт, не помню дословно. Вроде умрут все: собаки, люди. Спасти нас может лишь появление ангела, который придет сам в результате какой-то неприятности.

И что мы имеем на сегодняшний день? Ада, Кирюша и Лиза оказались под капельницами.

В полном ужасе я схватила телефон и принялась обзванивать своих.

— Юля, не езди в метро, не ешь обед, не пей воды! Нигде, кроме дома.

— Ага, — хихикнула та, — классно придумано.

— Пообещай, что и Сережка поступит так же!

— Лампа, ты упала и ударилась головой?

— Дело очень серьезное! Поверь. Ничего не берите в рот, ни при каких обстоятельствах. Только дома ешьте, из моих рук.

— Да мы умрем от истощения!

— Не глупи! Подумаешь, до вечера не поесть! Да человек способен голодать без ущерба для здоровья целый месяц.

— Лампа, мы же с Сережкой сейчас улетаем во Владивосток. Или ты забыла? Столько про командировку рассказывали! Вернемся через три недели. Уж не знаю, что ты задумала, но нам придется все-таки хоть один разок за двадцать дней покушать. Извини, если нарушила твои планы. Кстати, мы только что в Домодедово кофейку с пирожными схомякали, и ничего, классно пошло. Все, заканчиваю, нас на посадку зовут. Прилетим, позвоню. Чао.

Действительно, совершенно вылетело из головы! Сережка и Юля несколько дней талдычили о страшно выгодном заказе, который удалось получить их новорожденному рекламному агентству во Владивостоке. Все-таки дети правы, я бываю крайне к ним невнимательна.

Следующий звонок я сделала Вовке.

— Костин, — сурово ответил приятель.

— Мне надо с тобой поговорить.

— Не сейчас.

— Дело очень срочное.

— Вечером, — сухо отреагировал майор.

— Речь идет о жизни и смерти.

— В прошлый раз, когда ты сделала подобное заявление, — сердито ответил Вовка, — я, как дурак, попался на удочку, примчался на твой зов, и что оказалось? Тебе понадобился человек, способный взглянуть со стороны на пальто. Приволокла меня в магазин, нацепила на себя хламиду и стала вертеться перед моим носом, приговаривая: «Ну как? Спина не морщит?»

— Но пальто невозможно покупать одной, — возмутилась я, — от продавцов правды не услышишь, им хочется побыстрей вещь сбыть с рук. Сейчас речь не об одежде идет!

— Значит, о сапогах или губной помаде. Вечером поговорим.

— Меня хотят отравить!

— Знаешь, иногда подобные мысли посещают и мою голову!

— Катю тоже. Впрочем, и Сережу, и Юлю, и Рейчел, и Рамика, и Мулю. Может, и тебя. Спасут же нас ангелы, они будут нас хранить, понимаешь?

— Ага, — буркнул майор, — шиза накатила. Ты грибы галлюциногенные не ела? Клей не нюхала?

— Вовка! Дело слишком серьезное. На днях ко мне явилась цыганка с голубоглазым младенцем. Она отравила Аду, подсунула Кирюше сок с ядом.

— Лампудель, — перебил меня Костин, — сколько раз я предостерегал тебя от неумеренного просмотра телесериалов и чтения детективов, которые строчит обожаемая народом госпожа Татьяна Устинова. Впрочем, до цыганки, пришедшей с голубоглазым младенцем в квартиру, дабы отравить мопсиху, даже Устиновой не додуматься, все-таки ей до такой степени чувство меры не отказывает. Значит, так, ангел мой, если в стенах видишь люки, не волнуйся, это глюки. Выпей успокоительное и ложись отдыхать.

— Володя! Сконцентрируйся! Аду отравили, Кирюшу и Лизавету тоже!

— Мопсиха, любительница хватать всякую дрянь, подобрала у бачков отраву, Кирюхе впарили в ларьке стухший сок, а Лизавета совершенно случайно выпила второй пакет! — рявкнул майор.

— Сок был свежим, я проверила дату.

— Даже самый качественный продукт испортится, если сначала его подержать в ящике, на холодной улице, а потом пристроить у раскаленного обогревателя, — сердито возразил Костин, — а именно так очень часто поступают продавцы в тонарах.

— Но цыганка! С младенцем!

— Осеннее обострение у тебя скоро пройдет, — заявил Вовка, — ласковый дядя психиатр вылечит. Кстати, Славка классный анекдот рассказал: «Сидит под деревом доктор Айболит и говорит зайчику: «Сейчас пришью тебе новые ножки, и ты снова побежишь по дорожке».

«Может, не надо? — молит косой. — Это уже сороковые ножки, мне, ей-богу, трудно скакать по дорожке!» Правда, смешно?

— Вовсе нет, — обозлилась я, — глупо очень!

— Совсем ты плохая, — пожалел меня Вовка, — эх, что с людьми шиза делает! Юмор понимать перестают.

— Дурак! — буркнула я и отсоединилась.

Вот и имей дело с таким. Вместо того чтобы насторожиться и принять экстренные меры, Костин идиотничает. Ладно, с ним разберусь потом, теперь же надо предупредить Катюшу.

— Да, — устало ответила подруга, — что у нас еще стряслось?

— Все нормально.

— Это удивительно.

— Ничего не ешь и не пей и вообще питайся только дома, нас хотят отравить, цыганка...

Выслушав мой обстоятельный рассказ, Катя осторожно спросила:

— Лампуша, ты витамины принимаешь?

— Нет, — удивилась я, — а при чем тут они?

— Есть совершенно замечательные средства, — вдохновенно завела подруга, — дают удивительные результаты, просто волшебные. Люди на глазах меняются, память укрепляется. Вот, допустим, средство, содержащее гинкго, ты купи. Правда, дорого, одна баночка под тысячу рублей тянет, но, во-первых, там сто восемьдесят капсул, а во-вторых, какой эффект!

— Намекаешь, что я сумасшедшая!

— Никогда в жизни, — затараторила Катюша, — с чего тебе в голову такая дурацкая идея влетела? Просто осень на дворе, идет перестройка организма. Многие люди ошибочно полагают, будто поддерживать себя надо весной, дескать, к марту у нас иммунитет ослабляется. Оно и верно, только ближе к зиме дело обстоит еще хуже...

— Катя, — прервала я подругу, — очень тебя прошу...

Но закончить фразу мне не удалось. Из телефона послышался еще чей-то чужой голос:

— Екатерина Андреевна, у Федоськина опять началось.

— Потом, Лампуша, поговорим, — скороговоркой бросила подруга и отсоединилась.

Я топнула ногой. Ну что за люди меня окружают! Просто слепоглухонемые! Никто из домашних не видит подкрадывающейся опасности и не верит в рассказ о цыганке. И как теперь поступить?

Злясь на своих, я оделась и порулила в ветеринарную лечебницу. Роман встретил меня с таким мрачным лицом, что мои ноги внезапно подломились в коленях. На каталке лежало нечто, целиком, с головой, прикрытое одеялом.

— Уже пришли? — рявкнул ветеринар. — Ну-ну.

— Да, — прошептала я, — говорите.

— Что?

— Все. Не волнуйтесь, я не истеричка. Ада?..

— Ее Лена повела на нашу кухню, — спокойно

сообщил Роман. — Собаку следовало чуть-чуть покормить диетической едой.

Ледяная рука, сжимавшая желудок, разжалась. Я опять уставилась на страшное НЕЧТО, укутанное одеялом, и внезапно поняла, что вижу тюк грязного белья, приготовленный, очевидно, для прачечной.

— Сколько я вам должна?

— Счет на кассе, за капельницу.

— А лично вам?

— Ничего.

— Но как же?

— Евлампия Андреевна, ступайте.

— Ваша жена сидела весь день с Адой!

— Это ее работа.

— Но вы сказали, что у супруги сегодня выходной!

— Лена всегда проводит его со мной, в клинике.

— Не могу же я просто так уйти!

Роман снял очки, устало вытер глаза носовым платком, близоруко поморгал, посадил вновь оправу на нос и ледяным тоном заявил:

— Забирайте Аду и уезжайте. Привезете мопсиху через три дня, возьмем для порядка анализы, но, надеюсь, все будет благополучно. Сейчас придет Лена, вы ступайте в двенадцатый кабинет, Аду туда приведут. Жена детально расскажет о диете, вам придется некоторое время готовить мопсихе особую еду.

— Но... — Я попыталась вновь завести песню о гонораре.

— Ступайте, Евлампия Андреевна, — измученным голосом велел Роман, — оставьте меня с крайне неприятным делом наедине.

— С каким делом? — не поняла я.

Ветеринар ткнул рукой в угол:

— Да вон, спят, несчастные, ничего, конечно, не понимают, а у меня рука не поднимается. Но куда деваться, с утра собираюсь, собираюсь, до конца рабочего дня дотянул. Даже передать не могу, до чего мерзко на душе.

Я присмотрелась. В картонной коробке, похоже, упаковке из-под бананов, на рваной простынке, прижавшись друг к другу, лежали два мопсенка, совсем еще крошки. Нежно-бежевые шубки украшала темная полоска, бегущая от головы к хвосту, большие ушки свешивались вдоль умильно-складчатых черных мордочек, бублики хвостиков раскрутились. Щеночки мирно спали.

— Какие хорошенькие! — умилилась я. — Лапочки! Ой, миленькие! Смотрите, один зевает!

— Это девочки, — совсем помрачнел Роман, — Феня и Капа, им по три месяца.

— Такие маленькие тоже болеют? А что с ними?

— Ничего.

— Их на прививку принесли?

— На усыпление.

Я заморгала. В этот момент одна мопсишка села, потрясла башкой и, недолго думая, кинулась на мирно сопящую сестру, та, моментально проснувшись, принялась кусать озорницу. В ящике началась веселая возня. Мы с Романом молча наблюдали за потасовкой. Внезапно ветеринар встал и забегал по кабинету.

— Да, — забормотал он, — я усыплял животных, и не раз, по жизненным показаниям. Вон, сегодня утром овчарку принесли, восемнадцать лет, запущенная онкология, парализованные ноги. Собака страдает, и потом, она прожила весь свой век, а эти? Ну чем они виноваты? Только тем, что к придуркам попали? Здоровые, веселые, им бы жить да жить. Так нет, давай, Роман, убивай. Не могу! Не хочу!

— А за что их? — пробормотала я, наблюдая, как мопсята пытаются выбраться из короба.

— В общем, ничего экстраординарного, — пожал плечами Роман. — Девочка Олеся давно просила собачку, только мама была против, дескать, животное все порвет, испортит и обои съест, а у них в квартире евроремонт. Мама уехала в командировку, а папа взял да и купил ребенку двух мопсят, Феню и Капу. Естественно, щенки везде писают, еще они ножки у стола сгрызли. Мама вернулась, пришла в ужас, устроила мужу вселенский скандал, вот он нам собачат сюда и приволок на усыпление. Еще порядочный человек оказался. Другой бы просто вынес к помойке, а этот «пожалел». Убивал бы таких «собачников». Знает ведь, на какой ведьме женат, слышал не раз от своей супруги фразу: «Терпеть не могу собак», и принес домой мопсят, кретин, недоумок, урод!

— Бедная девочка, — вырвалось у меня, — представляю, что испытывает ребенок.

— Ей сказали, что они потерялись во время прогулки, — вздохнул Роман. — Ладно, идите, Евлампия Андреевна.

Он подошел к шкафчику, распахнул стеклянные дверцы, вытащил ампулу, взял пилку...

— Стойте! — крикнула я.

Роман вздрогнул.

— Что?

— Они никому не нужны? Феня и Капа?

— Да.

— Вы их сейчас убьете?!

Роман положил ампулу в эмалированный лоток и зло спросил:

— А у меня есть альтернатива?

— Предложите кому-нибудь взять щенят.

— Весь день только этим и занимался, никто не хочет.

На мои глаза навернулись слезы. В этот момент Феня и Капа, словно поняв, что их ждет, притихли, прижались друг к другу и затряслись. Одна мопсишка посмотрела на меня умоляющим взором, вторая тихонько заскулила. Я ринулась к ящику и схватила собачат. От щенков пахло чем-то приятным, нежная шерстка на ощупь напоминала шелк. Мягкие язычки быстро-быстро облизали мои руки.

— Я забираю их!!!

Роман вытаращил глаза.

— Извините...

— Беру себе Феню и Капу.

— Но...

— Нельзя? Вы же только что сказали: они никому не нужны.

— Насколько я понял, у вас, кроме Ады, еще три собаки.

— Ну и что? Квартира большая, и вообще мы планировали строить дом в Подмосковье и переезжать туда на постоянное жительство.

— Ваши родственники могут быть против.

— В нашей семье уродов нет, — сообщила я, заматывая отчаянно вертящихся мопсят в остатки рваной простыни, — как-нибудь прокормим. Если совсем оголодаем, станем вместе пшенку есть. Впрочем, такое нам не грозит, все в семье работают, вертимся, никто не ноет и не стонет. Только помогите мне Аду до машины донести, а то рук не хватает.

Глава 6

Оказавшись в автомобиле, щенки заснули. Вполне живая Ада с легким изумлением оглядывала мопсят. Сначала она их обнюхала, потом недоуменно гавкнула, на ее морде явственно читался вопрос: «Это что, мои?»

Год назад Ада уже побывала в этой клинике. На даче, в Алябьеве, она нашла в прямом смысле этого слова под кустом свою любовь, дворянина Дика, и повеселилась с кавалером по полной программе. Адюша, начисто забыв про то, что является девушкой из приличной семьи, каждое утро, визжа от счастья, убегала на свидание. В сентябре наступила расплата: на свет явились два дитенка, названные Винни и Риччи. Ада едва разродилась, пришлось делать ей кесарево сечение. В тот раз я так же везла из больницы Адюшу и двоих новорожденных, и она тогда тоже с огромным недоумением смотрела на детей. В момент родов собака находилась под наркозом и просто не поняла, откуда появились щеночки.

— Гав? — деликатно поинтересовалась Ада. — Гав? Гав?

— Именно так, — согласилась я, — гав, гав. Если тебе приятно, можешь считать их своими отпрысками.

Перетащив всех мопсов в квартиру, я оставила Феню и Капу в коридоре. Из комнат моментально принеслись Рейчел, Рамик и Муля. Раздалось сопение, пофыркивание, почавкивание. Собаки приветствовали выздоравливающую Адюшу и знакомились с новыми членами стаи.

На мгновение я присела около кухонного стола. И тут раздался телефонный звонок.

— Что у нас нового? — спросила Катя.

— Э... в принципе все по-старому. Адюша дома, вполне бодра, сама передвигается.

— Отлично, Кирюшка с Лизаветой уже поругались.

Я засмеялась:

— Хорошая новость, значит, они выздоравливают.

— Не волнуйся, я приеду поздно.

— Почему?

— Ну, пока доплюхаю до метро, потом пересадки.

— Ты же на машине.

— Она не заводится.

— Подожди, сейчас приеду за тобой.

— Не надо, я воспользуюсь подземкой.

— До нее еще добраться надо, жди, несусь!

— Лампа, уже поздно, я звонила не для того, чтобы выдернуть тебя из кровати, просто хотела предупредить: не волнуйся, задержусь.

— Все поняла, лечу.

Если честно признаться, я очень плохо вожу машину. Никакой радости сидение за рулем мне не доставляет. Хорошо, если приходится катить по известному маршруту, ну, допустим, дом — рынок — супермаркет — прачечная. Этот путь знаком мне до деталей, без особого напряга могу добраться еще в школу к Лизавете и Кирюшке, хотя туда быстрее дойти пешком. Все остальные поездки — сплошной стресс. Сначала я беру атлас и тщательно прокладываю путь по карте, особое внимание обращаю на левые повороты. Я долгое время ездила за троллейбусом и только недавно освоила новый трюк: теперь качу около общественного транспорта, прикрываясь железной махиной, набитой пассажирами, от потока бешено несущихся автомобилей. Поэтому повернуть налево для меня жуткая проблема.

Впрочем, неприятности на дороге возникают постоянно. Очень часто я, тщательно подготовившись, следую проложенным маршрутом и натыкаюсь на знак «Проезда нет» или «Одностороннее движение». Ежу ясно, двигаться по переулку следует совсем не в ту сторону, куда нужно мне. Я паркуюсь, хватаю атлас и начинаю злиться. В моем «путеводителе» данная магистраль отмечена как обычная, значит, знак повесили недавно. А еще я бы запретила сотрудникам ГАИ вручную переключать светофоры. Если у пульта маячит плотная фигура в форме, жди громадную пробку. Ну почему бы метров за сто не поставить предупреждение вроде такого: «Внимание. По улице Росовихинской теперь можно двигаться лишь в сторону рынка. Левый поворот с проспекта запрещен». Увидав подобное дацзыбао, даже я успею перестроиться. А то доедешь до места, ткнешься носом в перечеркнутую стрелку, притормозишь в недоумении и создашь затор.

Но дорога к Кате на работу мне отлично известна. Примерно через час я подхватила подругу и попросила:

— Сядь сама за руль.

— С огромным удовольствием, — согласилась Катюша.

И это правда, для нее управление машиной праздник, даже такой убитой «шестеркой», которая принадлежит мне. Вернее, раздолбанный «жигуленок» был первым авто, которое приобрела себе Катюша, у нее в тот момент просто не было денег. Потом Сережка и Юлечка стали вполне прилично зарабатывать, и семья высунула голову из болота нищеты. Вот тогда Катя и приобрела себе подержанный «Фольксваген», который оказался вполне надежным средством передвижения, до сегодняшнего дня он Катюшу не подводил. Старую «шестерку» продавать не стали. Во-первых, ее никто не купит, даже даром не возьмут, слишком непрезентабельно выглядит тачка, а во-вторых, домашние настояли, чтобы я получила права.

— Катайся на колымаге, — велел Сережка, — убьешь драндулет, наберешься опыта, тогда и купим тебе новенькую машинку.

Я не стану тут описывать, как овладевала ремеслом гонщика, уже один раз это делала и повторяться не хочу[1], скажу только, что «шестерка», несмотря на

---

[1] См. книгу Дарьи Донцовой «Созвездие жадных псов», издательство «Эксмо».

убитый вид, верой и правдой служит мне. Под уродливой внешностью часто скрывается красивая душа, не все то золото, что блестит, и не все плохо, что ужасно выглядит, простите за банальное замечание.

Катюша ловко выехала за ворота, и мы лихо понеслись сквозь пелену дождя. Ливень лил как из ведра, видимости почти не было. Я со страхом посмотрела на спидометр. С ума сойти, какая скорость! Целых шестьдесят километров в час. Сама я больше сорока никогда не газую.

Поймав мой взгляд, Катюша улыбнулась, красная стрелка прибора тихо поползла вниз, я расслабилась и задремала. Внезапно меня кинуло вперед, голова со всего размаха стукнулась о торпеду, из глаз посыпались искры.

— Мама! Что случилось? — взвизгнула я, потирая ушибленный лоб. — Разве можно так тормозить!

Катя, бледная, словно чисто выстиранная простыня, сидела, вцепившись в руль.

— Что случилось? — повторила я.

— Кажется, я сбила человека, — прошептала подруга.

— Как? — перепугалась я.

— Не понимаю, — прошептала Катюша, — он сбоку выскочил, словно тень, тут ведь есть подземный переход, мы уже от дома в двух шагах, осталось во двор заехать, и вдруг такое...

— Может, ты ошиблась? — робко предположила я.

— Нет, — лепетала Катя, — он прямо перед стеклом возник, руками так взмахнул и обвалился. Надо посмотреть, может, жив?

Плохо повинующимися руками я нашарила ручку, Катя сделала то же самое, и мы одновременно оказались на улице. Сырой ветер ударил в лицо, холодный дождь мигом потек за шиворот, я вздрогнула и увидела, что мостовая пуста. Огромное облегчение и полнейшее счастье наполнили душу.

— Тебе показалось! — заорала я.

— Нет, — качала головой Катюня, — нет, он был, падал.

— Значит, ты его не задела! — ликовала я. — Парень нарушил правила, пренебрег переходом, пошел через проспект, чуть не попал под нашу машину, а потом, испугавшись, что мы ему наподдадим, удрал. Садись, поехали домой. Кстати, у нас там сюрприз. Давай, чего стоишь!

Но Катюша не шевелилась, она молчала, кусая губы, потом принялась тыкать пальцем куда-то вбок. Я проследила за ее рукой и онемела. Из-под капота выглядывал ботинок. Вернее, нога, обутая в сильно потрепанный штиблет.

— Я убила его, — прошелестела Катя, — надо вызывать милицию.

Я схватила ее за руку.

— Постой, быстро иди домой.

— Но наезд!

— Живо уходи. Скажу, что сама сидела за рулем.

— Нет, ты с ума сошла.

— Да! У тебя дети, у меня никого. Ты работаешь, и вообще это моя машина.

— Лизавета и Кирюша тоже твои, — тихо возразила Катя, — и денег ты в прошлом месяце за треп на радио больше моего получила.

— Уходи, у тебя слабое здоровье, в тюрьме можешь заболеть.

— Нет, отвечать мне!

— Лучше мне!!! Я сильнее!

Тут из-под машины раздался тихий стон.

— Вы живы? — заорали мы с Катюшей и, шлепнувшись разом в холодную грязь, стали заглядывать под «Жигули».

— Да, — донеслось в ответ, — позовите врача.

— Доктор здесь, — деловито ответила я, — руки, ноги шевелятся?

Мужчина задергался.

— Отлично, — приободрилась Катюня, — попробуйте вылезти.

Послышалось кряхтение, бормотание, потом из-под днища показалась вторая нога, торс, руки и голова. Незнакомец сел и обалдело спросил:

— Где я?

— Здрасте, — на всякий случай сказала я, — вы на мостовой, перебегали дорогу в неположенном месте, рядом с подземным, совершенно безопасным переходом, и угодили мне под колеса.

— Мне под колеса, — перебила Катя.

— Нет, мне, — повторила я.

— За рулем сидела я!

— Врешь, я.

— Тут две машины? — закрутил головой мужик.

— Нет, — хором ответили мы.

— У вас где болит? — В Кате проснулся хирург.

Подбитый потряс головой:

— Нигде.

— Совсем?

— Да.

— Думаю, тогда нет необходимости вызывать ГАИ, — быстро сказала я, — тем более что вы... э...

— Юра, — представился пострадавший, — Юрий Иванович.

— Очень приятно. Евлампия Андреевна Романова, это я вас сшибла.

— Нет, я, — принялась настаивать на своем подруга, — Екатерина Андреевна Романова.

— Вы сами виноваты, — я решила расставить точки над i, — побежали через проспект, в темноте, одеты в серую куртку. Еще счастье, что мы не убили вас. Отвратительное поведение.

— А убили бы, — обреченно заявил Юра, — так и ничего, плакать некому, я один на белом свете, никого близких нет.

— Вам-то точно хорошо было бы, — окончательно рассердилась я, — лежи в уютном гробу, спи спокойненько, а мне на зону? Между прочим, у меня двое детей!

— Это мне в тюрьму, — не упустила момента, дабы настоять на своем, Катя, — а дети не совсем сироты, они при Лампе, но все же плохо было бы.

— Убивать таких надо, — кипела я, — переход рядом. Да ты просто козел!

Юра молчал.

— Тебе плохо? — насторожилась я.

— Нет, вернее, да.

— Что болит?

— Ничего.

— Зачем тогда врешь, что плохо! — понеслась я вновь по кочкам. — Если хочешь от нас деньги получить, то имей в виду, не дадим ни копейки.

— Только на химчистку, — влезла Катя, — вон всю куртку и брюки испачкал.

— Еще чего! — возмутилась я. — Это он тебе денег должен за моральный ущерб, небось чуть инфаркт не получила, когда эта гадость в куртке перед тобой внезапно возникла.

Катя тяжело вздохнула:

— Ужасно. Думала — умру.

— Вот видишь! Еще на химчистку ему! Ну-ка, быстро отползай, нам домой пора.

Юра покорно встал. Я дернула Катю:

— Пошли, труп совсем здоров.

Но подруга приблизилась к Юре:

— У тебя что-то случилось?

— Маму сегодня похоронил, — ответил он, — отвез на кладбище и пошел по городу бродить куда глаза глядят, сам не понимаю, как к вам под колеса попал, уж извините. Только за моральный ущерб сразу не возмещу, зарплату тридцатого дают. Сколько вы хотите? Триста баксов хватит?

— Нисколько, — ответила Катя, — Лампа пошутила. Ты где живешь, далеко?

Юра замялся:

— Ну... в общем, да, в Жулебине.

— Господи, — удивилась я, — сюда-то как приплюхал?

— Понятия не имею, шел, думал о своем. Вы не волнуйтесь, сейчас чуть-чуть обсохну и к метро двину, авось пустят, хоть и грязный весь.

Я поежилась под проливным дождем, да уж, высохнуть в такую погоду представляется проблематичным. Катюша нахмурилась.

— Пошли к нам, — сказали мы с Катей в один голос.

— Что вы! — испугался Юра. — Вас мужья отругают, привели неизвестно кого с улицы.

— Мы живем без супругов, — хмыкнула я, — сами себе хозяйки.

— Тем более неудобно, что соседи подумают.

— Нам на них наплевать, — улыбнулась Катя, — и потом, о нас с Лампой даже сплетничать перестали. Хватит тут мокнуть. Не жить же к себе зовем, вымоешься, почистишь костюм, куртку, поужинаем, вызовем такси, и уедешь спокойно.

— Однако...

— Хватит, — оборвала его я, — еще секунда, и получу воспаление легких. Значит, так, все слушают меня. Ты, Катя, снимай грязное пальто, садись в машину и паркуй ее во дворе. Юра, шагом марш вперед, тут десять метров до подъезда, в «шестерку» незачем садиться, да и перемажешь все сиденье.

Новый знакомый неожиданно покорно кивнул и двинулся за мной.

Прямо с порога мы впихнули Юру в ванную.

— Там на крючке висит халат, темно-синий, — сообщила Катя, — надевай спокойно, мы его для Костина купили, а он его даже примерить не захотел. Одежду брось на пол, ты выйдешь, мы ее постираем и сразу в машине высушим.

Пока Юра умывался и переодевался, я прошла на кухню, поставила чайник и быстро соорудила яичницу.

Через полчаса гость, розовый и сытый, рассказывал нам свою жизнь.

Юра жил вместе с мамой в коммунальной квартире. Две комнаты в ней занимала семья Федорчуков, одна принадлежала Анне Ивановне и Юре. Потом парень женился на симпатичной девушке из провинции, хохлушке Яне. Счастье улыбнулось молодым, дом пошел под снос, и жильцам дали отдельные квартиры, правда, в Жулебине, а не на Мясницкой, где раньше обитал Юра.

Пару лет Юра наслаждался семейной жизнью, омрачали ее лишь скандалы, которые устраивали Яна и Анна Ивановна. Свекровь никак не могла подружиться с невесткой и постоянно ее шпыняла, а та, естественно, не оставалась в долгу.

Потом Анна Ивановна заболела, очень тяжело, ей сделали сначала одну операцию, потом другую, третью, Юра поселился в клинике, около любимой мамы, выхаживал ее, как мог, кормил с ложечки, давил соки, но не сумел отнять у смерти.

Три дня назад Анна Ивановна скончалась. Юра, ослепший от горя, приехал домой и не смог открыть дверь. Довольно долго он пытался вставить ключ в скважину, пока до него не дошло: Яна сменила замок.

Жену он прождал долго. Яна явилась за полночь, не одна, в сопровождении амбала, мужика ростом под два метра и весом в полтора центнера.

— Приперся? — безо всякой радости спросила она мужа.

Тот, обалдев от такого приема, выдавил из себя:

— Яна, что происходит?

— Развожусь с тобой, за другого выхожу.

— Как? — изумился Юра.

— Так, — злорадно прищурилась Яна, — а ты чего хотел? Целыми днями дома нет, шляешься неизвестно где, не ночуешь. Кто ж такое вытерпит? Ясное дело, и я не стала, устроила свою судьбу.

Обалдевший Юра моргал глазами. Единственное, что он сумел выдавить из себя, было:

— Мама умерла.

— Ну и ладно, — кивнула Яна, — не о чем особо печалиться, она большую жизнь прожила, я до ее лет не дотяну, раньше в ящик сыграю, поэтому надо пользоваться каждой минутой.

Следующие дни превратились в кошмар. Пока Юра занимался похоронами, Яна вела себя так, словно ничего не произошло. Сегодня утром, перед тем как Юре отправиться в морг за телом Анны Ивановны, жена вошла в комнату, где он спал, и заявила:

— Лучше сам, по-хорошему, подпиши заявление на развод, поделим жилплощадь и разбежимся.

Сил спорить с теперь уже бывшей супругой у Юры не оказалось, да и мысли его текли совсем в ином направлении, поэтому он, не читая, подмахнул подсунутую бумагу и уехал хоронить маму.

Поминок Юра не устраивал, у Анны Ивановны не осталось подруг, все ее «девочки» давно переехали на тот свет, но следовало поднять хоть рюмку за упокой ее души, и Юра забрел в какое-то кафе.

Странно, но алкоголь совсем не подействовал на редко пьющего мужчину. Просидев несколько часов за столиком, Юра вышел из заведения и отправился куда глаза глядят, домой его ноги не несли. Как он оказался в незнакомом районе, Юра не понимал, отчего не услышал шум мотора «Жигулей», объяснить не мог. Почувствовал довольно сильный толчок и свалился.

Глава 7

— Вот что, — решительно заявила Катя, — в таком состоянии тебе уходить нельзя. Останешься у нас.

— Что вы, — замахал руками гость, — это абсолютно невозможно.

— Почему? — спросила я.

— Ну, с какой стати?

— Ночь на дворе, — пояснила Катя, — Жулебино далеко.

— Доеду потихоньку.

— Одежда грязная и мокрая, — вздохнула Катя.

— Можно подсушить.

— Она уже в стиральной машине вертится! — рявкнула я. — В доме полно места. Переночуешь и уйдешь.

— Спасибо, — прошептал Юра и опустил голову.

— Мы сейчас коньячку выпьем, — засуетилась Катя, — очень хорошо в качестве профилактики от простудных заболеваний.

— Я не пью совсем, — тихо возразил гость, — только из-за маминой смерти налил рюмку.

— В чай нальешь, — не сдалась Катя и вышла.

Мы остались с Юрой вдвоем. Внезапно в кухню, зевая во всю пасть, вошла Муля. Увидав Юру, она решила свести знакомство с новым человеком и бросилась к нему со всех лап. На секунду лицо Юры приняло брезгливое выражение, но потом широкая улыбка растянула его губы, и он воскликнул:

— Ой, я сначала принял ее за обезьянку! Теперь понял — это собака. Что за порода такая? Первый раз встречаю подобную. Она кусается?

— Муля? Конечно, нет. А порода называется мопс.

— Скажите пожалуйста, — завертел Юра головой, — вообще-то я очень люблю собак.

Продолжая улыбаться, он начал гладить Мульяну, потом, когда мопсиха отошла, Юра встал и спросил:

— Можно руки помыть?

— Конечно, — кивнула я, — хочешь, прямо на кухне краном воспользуйся.

— Лампа, — закричала Катя, — это что?

Испугавшись, я побежала на зов. Подруга сидела на ковре, вокруг нее в безумном восторге скакали мопсята.

— Ой, совсем забыла, — всплеснула я руками, — тут такая история приключилась. Знакомься, Феня и Капа. Честно говоря, я хочу, чтобы они жили с нами, но если ты посчитаешь, что мопсишки лишние, тогда подыщу им хорошую семью.

— Кто же таких ангелов отдаст! — воскликнула Катя. — Какие хорошенькие!

Катины слова упали на мою голову, словно нож гильотины. Ангелы! Появившиеся ниоткуда ангелы, которым суждено беречь нашу семью от неприятностей. Нет, это сумасшествие какое-то. Предсказание гадалки продолжает сбываться. Значит, цыганка была настоящей? Ладно, она прикинулась родственницей косноязыкой Марийки, украла у кого-то младенца, а все для того, чтобы проникнуть в нашу квартиру и отравить Аду с Кирюшкой. Лизавета, по моему глубокому убеждению, попала в больницу случайно. Но теперь выходит, что смуглянка еще договорилась и с ветеринаром Романом, приволокла в клинику Феню с Капой? Нет, собачат принесли на усыпление, Роман категорически не похож на человека, способного на подлый или лукавый поступок. Значит, Галя настоящая предсказательница и теперь нам следует беречь щенков пуще зеницы ока?

— Эй, — толкнула меня Катя, — ты чего?

— Да так! Голова заболела, мигрень начинается, — протянула я.

Прижимая к себе неожиданно заснувших щенков, Катюша встала и озабоченно произнесла:

— Очень мне не нравятся твои головные боли. Надо обязательно сделать томограмму мозга.

— Зачем?

— На всякий случай, всегда хорошо вовремя поставить диагноз, — завела подруга, — если знаешь причину болезни, легко подобрать лечение.

— Считаешь, что у меня что-то страшное?

— Типун тебе на язык, — рассердилась Катя, — скорей всего ерунда. Этимология мигрени до сих пор не ясна... Ладно, сейчас меня унесет в медицинские дебри. Короче, я договорюсь на работе, тебе сделают снимки, увидим, что в мозгу ничего, кроме глупости, нет, и успокоимся. А сейчас ложись, я устрою Юру сама.

Утром невидимая рука ткнула меня в бок, и я проснулась. В спальне стояла сонная тишина, прерываемая дружным сопением армии мопсов. Я повернулась на правый бок, потом на левый, затем села, сон улетучился. До семи утра я проворочалась в кровати, а с рассветом обрела четкость мышления и поняла: надо немедленно искать эту цыганку. Никакая она не предсказательница, а преступница, задумавшая нечто, пока мне непонятное. Рассчитывать на помощь Костина не приходится, домашним рассказывать ничего о планируемом расследовании не надо, меня попросту засмеют. Слава богу, Юля и Сережа во Владивостоке, а Кирюшка и Лизавета в больнице. Как ни дико звучит последняя фраза, но она верна. Детям сейчас лучше в клинике, вход в которую стерегут охранники. Надо поговорить с Катей, пусть ребят немного придержат в больнице, ну, для обследования.

Так что под ударом остаются лишь два члена семьи: я и Катя. Но Катюша почти все время пропадает на работе, а меня так просто не убить. Да и не я следующая жертва. Кабы цыганка хотела извести Лампу, она бы сделала это сразу, я ведь впустила ее в квартиру, что мешало ей стукнуть меня по башке стулом? И вообще, чем больше думаю о произошедшем, тем четче понимаю: цыганка задумала плохое против Ады и Кирюши. Но чем ей насолили собака и мальчик?

Я встала, умылась, проводила на работу Катю, Юра ушел с ней. Чувствуя, как к голове снова подкрадывается мигрень, я схватила джинсы. Хватит кукситься, надо действовать. Гадкая Галя, впрочем, сильно сомневаюсь, что это ее настоящее имя, ухитрилась запихнуть пакет с завтраком в рюкзак Кирюши, значит, следует опросить школьников, может, кто из детей заметил нечто подозрительное.

В школу я пришла во время большой перемены, специально подгадала так, чтобы открыть дверь в класс в тот самый момент, когда учеников отпускают на двадцатиминутный перерыв.

Галдящая толпа школьников рванулась в коридор.

— Эй, ребята, погодите, — попросила я.

Подростки замерли.

— Нет, — простонал кто-то, — только не говори-

те, что вы сотрудница ГАИ, которая явилась рассказывать нам о том, на какой свет следует переходить
дорогу.

— Угадали, да не совсем, — улыбнулась я и подняла вверх руку с красным удостоверением, — давайте знакомиться, майор Романова, уголовный розыск, следователь по особо важным делам. Надо поговорить!

Школьники переглянулись, потом молча пошли
назад в класс и безропотно сели за парты. Я удовлетворенно вздохнула. «Корочки», приобретенные
мною у уличного торговца, оказывают просто вол-
шебное действие на все слои населения. Вовка, правда, пару раз с диким криком отнимал у «майора»
«служебный документ», но купить новый не составляет особого труда. Вот и сейчас помогло.

— Что случилось-то? — спросила красивая белокурая, чуть полноватая девочка.

— Вы, конечно, знаете Кирилла Романова?

Класс загудел.

— А что он сделал? — выкрикнул с «камчатки»
рослый парень.

— Ничего, Кирилл лежит в больнице, в реанимации.

Дети зашептались, а та же белокурая девочка внезапно заявила:

— Это Федотов из одиннадцатого «В», его давно
посадить надо.

— Федотова? — удивилась я. — Почему?

— Он всегда у ребят деньги отнимает, — понеслось в ответ.

— Мобильники тоже!

— Еще и кошелек прихватит.

— У него брат с зоны вышел, Федотов им всех пугает.

— Это он Романова избил!

— Стойте, стойте, — попыталась я успокоить разбушевавшиеся страсти. — Может, ваш Федотов и безобразный хулиган, только в нашем случае он совершенно ни при чем. Кирилла никто не бил, его отравили.

На секунду в комнате повисла тишина, потом низенькая девочка, сидевшая одна у окна, воскликнула:

— Во, блин! Чем?

— Кто?

— Почему?

— А че он сделал? — посыпались со всех сторон вопросы.

Я подняла правую руку.

— Спокойствие. Идет следствие, пока ничего сообщить не могу. Ясно лишь одно: в портфель к Романову кто-то положил завтрак, яд находился в пакетах сока.

Снова воцарилось молчание.

— Постарайтесь вспомнить, — попросила я, — может, видели подозрительную личность, скорей всего цыганку, которая рылась в портфеле Романова?

Через пять минут стало ясно: за сумками дети не следят, бросают их перед классом и уходят. В школе развито воровство, из оставленного рюкзака запросто могут стырить что-то ценное, поэтому мобильники, кошельки и все мало-мальски привлекательное ребята распихивают по карманам, а вот учебники, тетради и дневники никому не нужны, поэтому рюкзаки сваливают горой. Иногда случаются смешные казусы, когда школьники путают сумки, но чтобы некто подложил завтрак, о таком тут не слыхивали. Вот слямзить и схомякать чужие бутерброды — это за милую душу.

Потерпев сокрушительное фиаско, я встала в коридоре у окна и пригорюнилась. Мимо с топотом и визгом неслась разновозрастная толпа детей. Младшие школьники били друг друга ранцами и пинали ногами, старшие невозмутимо перешагивали через разбушевавшихся малышей. Изредка какой-нибудь двухметровый одиннадцатиклассник замирал, потом решительно выхватывал из кучи «мелких» особо расшалившегося мальца, отвешивал ему подзатыльник и спокойно продолжал свой путь. Шум и гвалт висели над коридором, учителей не наблюдалось. Очевидно, беспокоясь о своем психическом здоровье, они забаррикадировались в кабинетах или мирно пили чай в учительской. Повсюду валялись разноцветные сумки, которые все, не стесняясь, пинали ногами.

Резкий звонок заставил меня вздрогнуть. Дети вмиг расхватали рюкзаки и исчезли. Блаженная тишина опустилась на коридор. Я горько вздохнула. Да уж, тот, кто подсунул Кирюше отраву, практически ничем не рисковал. В сумасшедшем доме, именуемом «школа», совершить подобное действие можно абсолютно безнаказанно. Теоретически в учебное здание не должны пускать посторонних. Но на практике дело обстоит иначе. Я-то совершенно спокойно вошла сюда, бабулька в синем халате, сидящая у гардероба, даже не проснулась, а никакого охранника тут и в помине не было.

— А Кирюше очень плохо? — прозвучал около меня звонкий голосок.

Я вынырнула из тяжелых мыслей, увидела крохотную девочку и спросила:

— Ты знаешь Романова?

— Конечно, мы в одном классе учимся, вы же у нас только что были, я Ася Точилина, — представилась школьница.

Я с сочувствием посмотрела на малышку, наверное, ее постоянно дразнят из-за маленького роста. Лично мне сильно доставалось от одноклассников.

Килька, Спица, Расческа — далеко не самые неприятные прозвища из тех, которыми троечницу Романову награждали в школе.

— Во всяком случае, пока речь о выписке не идет, — обтекаемо ответила я.

— Бедный! Можно его навестить?

— Нет, к нему никого не пускают.

— Угу, понятно... Знаете... ну, в общем...

В моей душе разгорелся огонек надежды.

— Ты что-то видела?

— Ну...

— Говори скорей!

Ася оглянулась.

— Неохота прослыть ябедой. Вы ведь никому про меня не стукнете?

— Конечно, нет!

— Ну...

— Господи, прекрати мямлить!

Внезапно Ася сильно покраснела.

— Кирюша очень симпатичный, он к нам недавно пришел, из другой школы.

— Знаю.

— Откуда? Ах да, вы же из милиции. Ну... в общем...

— Я тебя умоляю, не жуй жвачку!

— Понимаете, — стала совсем пунцовой Ася, — мне Кирюха нравится, а он в мою сторону и не глядит. Ростом я не вышла.

— Глупости, я тоже величиной с табуретку и живу счастливо, не зацикливайся на ерунде.

— Да, — кивнула Ася, — понимаю, но все равно я невольно думаю: «Эх, будь я повыше!» Ну не в этом дело. Кирюше нравится Римма Борискина.

Я обняла Асю за плечи.

— У тебя урока нет?

— Физра у нас, я освобождена.

— Пошли в мою машину, там и поболтаем спокойно.

— Точно, — радостно воскликнула девочка, — неохота у всех на виду торчать!

Оказавшись в «Жигулях», Ася спросила:

— Сигареткой не угостите?

— Ты куришь?

— Выросла уже, — фыркнула крошечная старшеклассница.

Я протянула девочке пачку сигарет и зажигалку. Школьница принялась неумело затягиваться. Что ж, все понятно, Ася пытается «взрослым» поведением компенсировать маленький рост. Промучившись минуту, девочка, довольная тем, что создала о себе нужное впечатление, с явным облегчением выбросила окурок в окно и затараторила.

Поскольку Ася влюблена в Кирюшу, то старается поближе держаться к объекту воздыханий. Нет, она не следит за мальчиком, но постоянно поглядывает в его сторону, и больше всего ее раздражает поведение Риммы Борискиной. Та, совершенно не стесняясь, кокетничает с Кирюшей, Романов же не упускает момента, чтобы не стукнуть Римму. А ведь всем известно: бьет, значит, любит. Впрочем, обоюдная любовь не мешает парочке постоянно цапаться, и у Аси становится радостно на душе, когда Кирюша орет:

— Борискина, ты сволочь!

— От такого слышу, — не остается в долгу Римма.

Правда, к концу уроков они, к огромному Асиному сожалению, мирятся и уходят домой вместе. Кирюша, как правило, тащит два рюкзака: свой и «Джульетты», а маленькая Ася, глотая слезы, сама волочит свою сумку к метро.

Так вот, в тот день, когда Кирюше стало плохо, Ася поймала Борискину на некрасивом поступке.

Точилина пошла в туалет, завернула за угол и приметила Римму, которая рылась в портфеле Кирюши.

— Ты чего делаешь? — накинулась на нее Ася.

Борискина — хамоватая особа, за словом в карман обычно не лезет, но в тот момент отчего-то испугалась и забубнила:

— Это сумка Романова.

— Знаю, поэтому и спрашиваю, что ты делаешь? — не дрогнула Ася. — Кошелек стырить надумала?

— Офигела, да? — подскочила Борискина.

— Зачем тогда шаришь?

Внезапно Римма захихикала.

— А он мне открытый тюбик с клеем в ранец положил! Вот я и надумала отомстить. Сунула ему между учебниками презерватив, наполненный водой.

— Очень глупо, — возмутилась Ася, — все тетради испортятся.

— Ага, а клей пихнуть умно? — обозлилась Борискина. — И вообще, это мой парень. Я понимаю, что тебе его отбить охота, только зря стараешься, мышь обморочная!

Ася обиделась и ушла. В конце концов, противная Борискина права, милые бранятся, только тешатся, без нее разберутся. Она и думать забыла об этой истории, но сегодня, выслушав рассказ майора Романовой, насторожилась и подумала: а вдруг Римма запихивала в сумку тот самый пакет с завтраком?

Я схватила Асю за плечо.

— Немедленно идем назад. Физра у вас? Борискина там?

— Не, она болеет. Небось симулирует.

— Где живет Римма?

— Понятия не имею.

— Дай мне ее телефон.

— Не знаю его.

— Как же так, учитесь ведь в одном классе.

— И что, — скривилась Ася, — я теперь обязана со всеми придурками дружить? Между прочим, Борискина из бараков! Она мне не ровня!

— Откуда?

— Если за школой налево свернуть и до конца пройти, — объяснила Ася, — там бараки стоят, много. Вот Римма в одном и живет, двоечница, прогульщица и вообще оторва. Небось у нее родители алкоголики, во всяком случае, одежды у Борискиной приличной нет, косметики тоже, уши не проколоты. И вообще, это она из сумок деньги и мобильники тырит.

— Ты точно знаешь? — нахмурилась я.

— За руку не ловила, — призналась Ася, — но в бараках одна пьянь и воры живут, какие у них дети получатся? Только такие, как Борискина. Даже удивительно, что Кирюша, мальчик из приличной семьи, на шалаву смотрит. Промежду прочим, у Кирюхи мама врач, хирург, а у брата рекламное агентство. Отца, правда, у него нет, но по нынешним временам он и не нужен вовсе. Моя мама тоже в разводе. Из нас бы хорошая парочка вышла. Так нет, вечно мужиков на дерьмо тянет, — с взрослой горечью закончила Ася.

Глава 8

Вооруженная интересными сведениями, я вернулась в школу и поскреблась в дверь с табличкой «Директор». Раз, другой, третий. Не дождавшись ответа, приоткрыла створку, увидела письменный стол и сидящую за ним огромную бабищу. Тетка подняла голову и издала рык, услыхав который упал бы замертво даже самый кровожадный тигр:

— Занято!

Я немало удивилась. Что она имеет в виду? Место

занято? Директриса испугалась, что ее подсидят, выкинут из кресла?

— Занято, — вновь рявкнула директриса, — русским языком говорю, так не понимают! На двери табличка висит, прием по вопросам отметок и поведения учащихся осуществляется по четвергам, согласно предварительной записи. Вам ясно, родительница?

Я вытащила удостоверение.

— Уголовный розыск.

На лице дамы появилась кривая улыбка, и она заговорила совсем другим тоном:

— Ох, простите. Замучили матери, вваливаются, ругаются, просто сил никаких нет. Проходите, садитесь. Вы по поводу Лизы Романовой?

Я удивилась до крайности. Мы с Катюшей ничего не сообщали педагогам о происшествии с девочкой. Просто я позвонила классной руководительнице и сказала:

— Лиза заболела, потом, естественно, мы представим справку.

— Ужасная неприятность, — пела директриса, одновременно вытаскивая из шкафчика банку растворимого кофе и коробку конфет, — просто кошмар. Но, поверьте, школа не виновата, мы только обучаем детей и несем за них ответственность лишь в стенах здания. А несчастье с Лизой произошло на стройке.

— На стройке?

— Ну да! Вы не знали?

— Мне представили дело по-иному, — осторожно ответила я.

— Конечно! Небось школу обвиняют, — всплеснула руками директриса, — кстати, я не представилась, Неля Иосифовна.

— Евлампия Андреевна, — кивнула я, — расскажите подробно о Лизе Романовой.

Неля Иосифовна покачала головой.

— Сколько ни говори детям об осторожности, толку нет. Считают себя бессмертными и искренне верят: несчастье может случиться с кем угодно, только не с ними. Эта стройка! Конечно, так быстрей идти к метро, но ведь твердим им ежедневно: не ходите через стройплощадку. Нет, все равно норовят угол скосить!

— Простите, я плохо понимаю, о чем речь.

Директриса ткнула пальцем в сторону окна.

— За нашей школой стояли блочные пятиэтажки, их сейчас разобрали, и на этом месте возводят башню. Раньше ребята бегали к метро дворами, теперь из-за стройки им приходится делать круг, тратить больше времени, всего-то о пяти минутах речь идет, но дети нетерпеливы.

После того как Слава Котов споткнулся об арматуру, упал и получил сотрясение мозга, Неля Иосифовна позвонила в контору, которая строит здание, и добилась возведения глухого забора вокруг котлована. Но конструкция из досок школьников не остановила. Кто-то перелезал через нее, кто-то проделал в ней дыры. Вообще-то, коллектив педагогов ответственности за детей, вышедших из школы, не несет, но все-таки они волнуются за ребят, поэтому без устали твердят: «Не гуляйте по стройке, это опасно».

И вот вчера случилось несчастье. Лиза Романова пошла домой по привычному пути. Наплевав на все предостережения учителей, девочка стала пересекать стройплощадку. Что случилось потом, не знает никто, Лиза была одна, без подруг. Домой она так и не пришла, обеспокоенные родители начали поиски, бегали по району, обзванивали приятелей дочери, пытались соединиться с ней через мобильный —

все зря. Тело школьницы утром нашли рабочие. Лиза лежала на дне шахты лифта недостроенного здания, рядом валялись выпавшие из раскрытого портфеля учебники. Бедная девочка не догадалась, что в центре дома оставлено место для лифта, и свалилась в провал шахты. Дело в том, что ее родители купили в этом здании новую квартиру, и Лиза, очевидно, решила на нее посмотреть.

— Ужасная история, — качала головой Неля Иосифовна, — мы в шоке. Конечно, никакого криминала здесь нет. Девочку не насиловали, не били. При ней остались ценные вещи: серьги, золотая цепочка, мобильник, кошелек. Она сама свалилась, но от осознания этого факта только хуже делается.

Я с трудом переварила информацию, потом осторожно спросила:

— Вы уверены, что погибла Лиза Романова?

— Конечно.

— Кто-нибудь опознал девочку?

— Естественно, мы тут же вызвали родителей, — пояснила Неля Иосифовна, — матери плохо стало, отец в морг поехал.

— Видите ли, — осторожно сказала я, — у меня совсем иные сведения о Лизе Романовой. Сказали, будто девочка просто заболела и временно не ходит в школу. И потом, у нее нет отца.

Неля Иосифовна открыла было рот, но тут в кабинет без стука вошла толстая женщина и чуть задыхающимся голосом спросила:

— Гляньте, так пойдет?

Не дожидаясь ответа, вошедшая развернула большой лист ватмана. «Трагически погибла Лиза Романова». Внизу виднелась фотография. Маленькое личико, украшенное копной сильно вьющихся белокурых волос.

— Это не Лиза, — помимо воли вырвалось у меня.

— Лиза, — настаивала директор.

— Да нет же! Лиза Романова слегка полновата, волосы у нее прямые, а здесь...

Директриса печально улыбнулась:

— В классе две Елизаветы Романовы. И фамилия и имя не из редких. Одна девочка погибла, другая на самом деле больна, вроде у нее грипп, я не уточняла.

И тут мне вспомнилось, как в самом начале сентября Лиза, придя с занятий, швырнула в прихожей рюкзак. Я, ворча, подобрала его, отнесла к ней в комнату и, открыв наружный карман, решила проверить дневник. В глаза бросились сразу три жирные двойки.

— Ну ты даешь! — возмутилась я, когда Лизавета влетела в детскую. — Умудрилась столько «лебедей» заработать!

— Где? — заорала та и выхватила из моих рук дневник. — Офигеть прямо!

— И я о том же!

— Это не мои пары, — завопила девочка, — ну ваще!

— А чьи?

— Лизки Романовой!

Я засмеялась.

— Оригинальное объяснение, я всегда считала, что именно так тебя и зовут! Впрочем, давай познакомимся, ты кто? Маша Иванова? Или другую какую фамилию носишь?

Лиза в упор посмотрела на меня, потом повернулась и ушла. Мне тут же стало неудобно. Очень глупо пошутила насчет фамилии. Тот, кто хорошо знаком с нашей семьей, сейчас тоже не одобрит меня: Лизавета не является родной дочерью ни мне, ни Кате, она даже не родственница[1]. Но так уж случи-

---

[1] См. книгу Дарьи Донцовой «Гадюка в сиропе», издательство «Эксмо».

лось, что Катюша удочерила девочку и теперь Лиза носит фамилию Романова, о своей настоящей она даже и вспоминать не хочет. Я ее понимаю, потому что сама в свое время, поменяв имя, начала новую жизнь[1].

Полная раскаяния, я побежала за девочкой.

— Лизочек, прости меня, глупую.

— Да ладно, — улыбнулась она, — у нас в классе две Лизы Романовы, вот училка и перепутала, мне ее двояки поставила, завтра вычеркнет.

— Ты никогда не рассказывала про свою полную тезку, — удивилась я.

— Так я хожу в эту школу лишь с сентября, — напомнила Лиза, — вы же нас сюда с Кирюшей перевели только на этот учебный год. Похоже, отстойное место, ну да ладно, потерпим до экстерната!..

Пока директриса рассматривала скорбное объявление, я пыталась привести мысли в порядок. Значит, Лиза Романова погибла. Это случайность или девочка пострадала из-за своих паспортных данных? Может, она просто так упала с высокого этажа?

— Лиза Романова была девочкой из неблагополучной семьи? — поинтересовалась я.

— Что вы, — замахала руками Неля Иосифовна. — Отец бизнесмен, не из самых богатых, но вполне обеспеченный, мать художница. Девочка присмотренная, домашняя, вот только плохо училась, на слабые троечки. Но учителя ею были довольны: тихая, аккуратная. Честно говоря, трояки Лизе из жалости ставили, ее родители очень нам помогали, купили линолеум, мама картины для актового зала написала. Надо же, такое несчастье! И ведь буквально неделю назад Олеся Сергеевна, мама по-

---

[1] См. книгу Дарьи Донцовой «Маникюр для покойника», издательство «Эксмо».

гибшей, была у меня, сидела на вашем месте и просила перевести дочь в другой класс, из «А» в «Б».

— Почему?

— Олесе Сергеевне очень не понравилось, что Лиза начала общаться с Риммой Борискиной!

Услыхав знакомое имя, я насторожилась:

— С кем?

— С Риммой Борискиной, — повторила Неля Иосифовна. — Я Олесю Сергеевну понимаю, Римма проблемный ребенок. Отца нет, а мать... Эх, лучше бы ее тоже не было. Девочка живет в отвратительных условиях, ругается матом, грубит учителям, но учится великолепно. Просто жду не дождусь, когда она получит аттестат и уйдет от нас. Кто бы мог подумать, что подобная девица станет отличницей, на золотую медаль идет, хочешь поставить ей «четыре» и не можешь. Я попыталась Олесе Сергеевне объяснить, что перевод в другой класс ничего не даст, но она так просила. Ну а потом Лиза погибла.

— Дайте мне, пожалуйста, адрес Борискиной, — попросила я.

Неля Иосифовна встала, вынула из шкафа тоненькую папку, перелистала подшитые в нее бумажки и сказала:

— Новокрасковская, восемнадцать, квартира шесть, телефона нет. Мать зовут Елена Семеновна, сведения об отце отсутствуют. Но не знаю, там ли Римма живет, у нас указан адрес прописки.

Я вышла во двор и почувствовала, как к голове начинает подкрадываться мигрень. Наверное, Катюша права, следует пойти к врачу, сделать томограмму, узнать, что там такое в моем мозгу. А сейчас надо зайти в аптеку, купить цитрамон.

Вывеска с зеленым крестом обнаружилась через квартал. Я вошла в большой, совершенно пустой зал и попросила провизора:

— Дайте мне, пожалуйста, цитрамон.

— Нету, — лаконично ответила фармацевт, — весь съели.

— Посоветуйте что-нибудь еще от головной боли.

— Возьмите вот это.

На прилавок легла яркая коробочка иностранного производства. Перед глазами возникла Катюша, в ушах зазвучал ее голос: «Лампуша, прежде чем засовывать в рот лекарство, внимательно изучи его состав, указанный в листовке».

Я стала вчитываться в текст. Через пару секунд до меня дошло, что средство состоит в основном из одного парацетамола. Нет, оно мне не поможет.

— Другого ничего нет?

Провизорша бросила на прилавок новую, такую же цветастую коробочку. И снова в составе средства один парацетамол.

— Это не хочу.

— Господи, — вздохнула фармацевт, — идут в аптеку и сами не знают, чего надо.

— Очень хорошо могу объяснить свои желания: я решила купить средство от головной боли.

— Так я уже два вам предложила!

— Это не то. Сами посмотрите: чистый парацетамол. В чем, скажите, разница между препаратами?

— В названии, — спокойно сообщила девушка, — и стране-изготовителе.

— Наши лекарства лучше, — кипела я, — не помню точно, но в состав «тройчатки» и анальгин и кофеин входят. Ну зачем мне парацетамол? Его теперь везде суют. Хочешь от температуры — парацетамол, от боли — получи его же.

Провизор улыбнулась:

— Ну, понимаете, лекарства всякие бывают, сильнодействующие в том числе. От парацетамола-то вам хуже не станет, лучше, впрочем, тоже. В качестве лекарства от головной боли я, допустим, предложу вам андипал. Наше, отечественное, проверенное средство отличного действия. Но подходит оно лишь тем, у кого повышенное давление. Вдруг у вас гипотония, глотнете андипал и в обморок завалитесь. А от парацетамола ничего не случится. Все эти нурофены имеют скорее психологическое воздействие, вроде как помог себе, слопал таблеточку. Имейте в виду, если хотите избавиться от головной боли, сначала следует установить ее причину.

Я вздохнула, именно такой совет дала мне и Катя.

— Да, надо бы томограмму сделать, только никак время не выберу.

Внезапно девушка по ту сторону прилавка преобразилась, ее хорошенькое личико потеряло сурово-официальное выражение.

— Вообще-то меня Ритой зовут, — неожиданно сообщила она.

— Очень приятно, — удивилась я, — Евлампия Андреевна.

— Вам пятьсот рублей на себя не жалко?

— Ну, нет, наверное.

— Так вот, — улыбаясь, сказала Рита, — мы очень хорошо понимаем, что у женщин времени нет. Сами служим и семью имеем, даром что медицинские работники, анализы идем сдавать, лишь когда припечет, а надо раз в полгода диспансеризацию проходить.

— Интересно, бывают ли люди, которые ходят по врачам просто так? — усмехнулась я.

— Случаются, — улыбнулась в ответ Рита, — в основном иностранцы. Вот они давно поняли: лучше болезнь в самом начале прихватить, а не тогда, когда уже к патологоанатому везут. Значит, слушайте. Вам дико повезло, что в нашу аптеку заглянули, потому что здесь открыт новый диагностический центр. Ис-

следование стоит пятьсот рублей, результат выдают
сразу, доктор его прокомментирует. Не сомневайтесь, Ирина Петровна — классный специалист, у нас
она просто подрабатывает. Мигом установим причину вашей головной боли, подберем препарат, уйдете
от нас здоровая.

— Да? — недоверчиво спросила я. — Прямо так
сразу?

— Точно. Здесь установлен супермощный лазер,
проникает прямо в глубь организма, от него ничего
не скроется.

— Это долго?

— Пятнадцать минут максимум, простыни у нас
одноразовые, после процедуры бесплатно угоща-
ем чаем с пастилой! И лицензия у нас есть! От Мин-
здрава!

— Хорошо, — кивнула я, — куда идти?

— Сюда, — засуетилась Рита и, открыв дверь, рас-
положенную между двумя стеклянными шкафами,
крикнула: — Ирина Петровна, больная на обследование.

— Отлично, Риточка, — донеслось из глубины
аптеки.

Потом послышалось тихое покашливание, и на
пороге возникла старушка, круглая, как колобок.
Маленькая, румянощекая, без всяких признаков
шеи, она была облачена в голубой халатик, достигав-
ший пола. На носу бабуси сидели очки с толстыми
стеклами, вторая оправа болталась на шнурке, акку-
рат посреди большой подушкообразной груди, третья дыбилась на макушке.

— Где клиент? — поинтересовалась она.

— Вот, — Рита ткнула в меня пальцем.

— Пойдемте, молодой человек, — с интонацией
актрисы Малого театра заявила Ирина Петровна.

— Я женщина, — вырвалось у меня.

Врач медленно сняла очки, спустила с макушки другие, окинула меня оценивающим взглядом и без тени смущения сказала:

— А теперь и не понять, кто перед тобой. Люди одинаковые стали, джинсы, кроссовки, куртки. То ли мужчина, то ли девушка — и не разобрать.

Глава 9

По узкому коридору мы добрались до просторного кабинета, обставленного со спартанской лаконичностью: стол, два стула, кушетка, накрытая бумажной одноразовой простынкой, и большой аппарат, мигающий разноцветными лампочками. Стену украшал листок бумаги, окантованный металлической рамочкой: «Прием ведет доктор наук, член-корреспондент Академии медицинских электронных средств, невропатолог Ирина Петровна Самойленко».

— Ложитесь сюда, — велела старушка, — расслабьтесь. Больно ни в коем случае не будет. Рентген когда-нибудь делали?

— Конечно.

— Ощущения те же, их попросту нет, главное, не шевелитесь. Единственная неприятность — темнота. Надену вам на голову вот эту симпатичную шапочку.

С этими словами Ирина Петровна нахлобучила на мою макушку нечто, похожее на водолазный шлем.

— Лежите спокойно, — донеслось будто издалека, — не дергайтесь. Ну, начали.

Послышались щелчки, потом стук и равномерное гудение. Я лежала тихо-тихо, удивляясь тому, как далеко шагнул прогресс. Вот здорово, не надо колоть пальцы и вены иголками, нет никакой необходимости глотать омерзительные резиновые трубки, спи себе спокойно, а потом узнаешь правду о своем здоровье. Лазер обмануть невозможно. Это ерунда, что

Ирина Петровна почти слепая, сейчас компьютер выдаст распечатку, и можно уходить. Дома Катя, наверное, сумеет разобраться.

— Вот и все, — ласково пропела Ирина Петровна, освобождая меня от душного колпака, — ну-ка, смотрите сюда, вот ваш мозг.

На экране компьютера появился ряд прямоугольных картинок, внутри которых виднелись расплывчатые пятна.

— Сейчас, сейчас, — нудила профессор, меняя очки, — ну-кась, минуточку... э... Что это такое, а? Это что?!

Я вздрогнула. Есть фразы, которые пациент меньше всего хочет услышать от врача. Согласитесь, очень неприятно, лежа на операционном столе, уловить слова хирурга, ну вроде таких: «Оперировать не станем, так зашьем», «Где наши тампоны, вы уверены, что один не остался внутри больного?» или «Господи, что это у нее такое, никак не пойму?»

— Да, — недоуменно ворчала Ирина Петровна, — положеньице! Однако какой фортель! И не подумаешь никогда! По виду и не скажешь! Вас привезли?

— В каком смысле?

— Где сопровождающий с коляской?

— Какой?

— Инвалидной!

— С-с-сама пришла, — стала заикаться я, — ногами.

— Ногами? Не может быть.

— Чем вас так удивил факт появления женщины, стоящей на нижних конечностях? — дрожащим голосом попыталась пошутить я. — Лично меня бы насторожила больная, вошедшая на руках или приползшая на животе.

— Вы в школе учились? — перебила меня Ирина Петровна.

— Да.

— Сколько классов окончили?

— Десять, в мое время не было одиннадцатилетки, дети шли в институт после...

— Вспомогательная школа не давала права продолжать образование в вузе, — неожиданно заявила профессор.

— Какая? — насторожилась я.

— Вспомогательная, — повторила Ирина Петровна. — Ах да, вам, наверное, непонятно это слово. Ну, в общем, такое учебное заведение, в котором элементарные знания постигают люди с вашими проблемами. Вы работаете? Или получаете пенсию по инвалидности?

Ноги подогнулись в коленях, я села на кушетку.

— Со мной что-то ужасное? Рак головного мозга? Менингит?

— Нет, нет, — очень четко и громко произнесла Ирина Петровна, — полный порядок, никакой онкологии. Душенька моя, вы знаете свой адрес?

Я кивнула.

— Молодец, — умилилась Ирина Петровна, — просто отлично! Маловероятно, конечно, но, может, и телефончик выучили?

— Какой?

— Свой, конечно.

— У меня их два, один мобильный.

— Домашний помните?

— Естественно.

— Ах, какая умница, просто редкостная, удивительно талантливая девочка, — запела Ирина Петровна, путаясь в очках. — Сейчас я запишу цифирки, позвоню вашим мамочке и папочке, они вас отсюда заберут.

— Не надо! — испугалась я.

— Почему? — насторожилась профессор. — Дома с вами плохо обращаются, бьют? Морят голодом?

Кстати, сейчас угостим вас чаем с пастилой. Ешьте на здоровье, бедняжечка!

Ощутив себя персонажем пьесы абсурда, я попыталась объяснить ситуацию:

— Мои родители умерли, я очень надеюсь на встречу с ними, но в отдаленном будущем. Пока, ей-богу, не готова, много дел на этом свете не завершила.

— Кто же вас сюда привел?

— Сама пришла.

— Ходите одна?

— Да.

— Ай, молодец! Ай, умница, — зашлась в восторге Ирина Петровна, — какая компенсация! Но мне не очень хочется отпускать вас вот так, без сопровождающего. Сейчас поговорю с Ритой, вызовем такси и отправим вас домой.

— Спасибо, но мне вечером на работу, и я не планировала возвращаться в квартиру.

— И где мы работаем? — засюсюкала Ирина Петровна.

— На радио.

Очки упали с носа старушки.

— Где?

— На радиостанции «Бум», я веду там музыкальную передачу. Навряд ли вы слышали ее, наша программа предназначена для молодых людей, — схамила я.

Но Ирина Петровна не заметила моего бестактного замечания.

— Ведущей? — оторопело повторила она. — Говорите о книгах? Вы читаете?

Ситуация стала казаться мне занимательной.

— Читаю, — подтвердила я, — умею писать, считаю, правда, плохо, но, учитывая мое консерваторское образование, это объяснимо.

— Вы учились в консерватории? — Старушка чуть не упала со стула.

— Да, по классу арфы, но сейчас не концертирую.

— О господи, — в изнеможении выкрикнула Ирина Петровна, — с вашим-то диагнозом!

Страх вновь схватил меня за горло, я вскочила и, тронув Ирину Петровну за плечо, приказала:

— Немедленно говорите правду! Имейте в виду, у меня двое детей, мальчик и девочка, их надо поставить на ноги. Не волнуйтесь, я сильная, выдержу любую неприятную новость. Начинайте!

— Милочка, — дрожащим голосом сообщила профессор, — вы олигофрен.

— Кто?!

— Ну... э... такой человек, который в силу некоторых обстоятельств, абсолютно от него не зависящих, совершенно не способен к умственной деятельности. Поверьте, это не стыдно, это генетика!

— Я идиотка? Дебилка?

— Зачем так резко, — залебезила Ирина Петровна, — скажем по-иному, имбецил с поражением головного мозга. Вот гляньте.

Трясущейся рукой бабуся схватила мышку и пощелкала ею. На мониторе возникли новые картинки.

— Слева мозг нормальной женщины, — пустилась в объяснения Ирина Петровна, — собственно говоря, это содержимое моей головы, человека, который написал и защитил две диссертации. И что мы видим? Четкий рельеф, ярко выраженные извилины, правильные контуры. А у вас?

Стеклянная указка переместилась вправо.

— Сглаженность поверхности, — бойко вещала Ирина Петровна, — пустоты, а вот белое пятно. Знаете, о чем оно свидетельствует?

— Нет, — в полной растерянности ответила я.

— У вас отсутствует речевой центр, — сообщила

врач, — просто удивительно, что вы способны издавать звуки! Поразительно! Да и ходить вы не должны. Опишу вас в своей очередной книге, редкий, уникальный случай.

Меня слегка затошнило. Так вот почему я плохо училась в школе! Теперь понятно, по какой причине всегда получала по контрольным двойки, которые после визита в школу моей мамы волшебным образом трансформировались в тройки. Ну и ну. Следовательно, нельзя обижаться на Вовку, когда он орет: «Лампа, ты дура!»

Теперь мой идиотизм подтвержден медицинским обследованием. Ох, не дай бог домашние узнают о диагнозе! Засмеют насмерть. Вот отчего мне скучно читать философские книги, вот по какой причине я никогда не могу понять, о чем толкуют гости в аналитических передачах на TV. Впрочем, и ведущие сидят иногда в студии с такими лицами, что у меня начинают в голове роиться сомнения: а они сами хорошо разбираются в озвучиваемой проблеме? Похоже, что нет, а некоторое время назад у меня сложилось впечатление: кое-кому платят за то, что они молчат и кивают с умным видом. В принципе в ряде передач ведущий совсем не нужен, гости великолепно договорятся друг с другом и без него, но как-то не принято оставлять студию без хозяина.

Однако сейчас мне стало ясно: телевизионщики-то умные, а Лампа — клиническая идиотка.

— И что, — я решила выяснить все до самого конца, — у олигофренов всегда болит голова?

— Нет.

— Почему же у меня мигрени?

— О, это уже другая проблема. Видите позвонок? Он называется Атлант, вот первый шейный позвонок.

— Прямо в черепе?

— Ах, молодец, какие умные слова знаете, — не упустила возможности похвалить кретинку Ирина Петровна, — именно у основания черепа, а он с ним сочленяется. Атлант должен стоять ровно, у вас он вдавлен внутрь и пережимает сосуд. Это ужасно!

— Почему?

— Вы можете умереть в любой момент.

Я снова рухнула на кушетку.

— Отчего?

— Дернете резко головой, слишком сильно задерете ее или упадете, стукнетесь лбом о землю, позвонок сдвинется, пережмет сосуд окончательно...

— И что?

Ирина Петровна пожала плечами:

— Экзитус леталис, смерть. Одно радует!

Я сидела не дыша. Интересно, что может радовать в данной ситуации?

— Скончаетесь быстро, — обнадежила меня профессор, — долго мучиться не станете, агония продлится минут шесть, семь, уйдете тихо, скорей всего и не поняв, что происходит! Хотите совет?

— С-с-слушшшаю.

— Носите на шее медальон, наподобие солдатского, или бирку с адресом и номером телефона.

— З-з-зачем?

— А то свезут вас в морг, свалят к неопознанным телам, — участливо сообщила Ирина Петровна, — родственники потом все башмаки истопчут и не отыщут ваш труп.

— Делать-то что? Может, мне операция поможет?

— В вашем случае медицина бессильна. Кстати, зачем вы пьете таблетки от головной боли? Они помогают?

— Не очень, — призналась я.

— И не должны! — радостно воскликнула врач. — Вся проблема в позвонке. Сегодня головой вертели?

— Вертела.

— Отсюда и мигрень.

— Мне нельзя смотреть по сторонам?

— Нежелательно, шею не следует напрягать.

— Как же жить?

— Поворачивайтесь всем телом, представьте себе, будто позвоночник — каменный монолит. Или забинтуйте шею туго-туго, перетяните как можно крепче полотняным платком, — посоветовала профессор.

— Но тогда я умру от удушья.

— Ангел, вы хотели услышать мой совет по поводу Атланта, — напомнила Ирина Петровна, — об удушье иной разговор, мы его сейчас не ведем. Кстати, вам может помочь мануальная терапия.

— Да? — с огромной надеждой спросила я.

— Абсолютно точно, — кивнула Ирина Петровна, — стопроцентно. Вам просто развернут Атлант. Значит, так, платите пятьсот рублей, забирайте снимки, а я вам абсолютно бесплатно дам телефончик настоящего кудесника, Петра Лыкова, золотые руки!

Стараясь не вертеть головой, я выползла на улицу, кое-как добрела до машины и опустилась на сиденье. Вот оно что! Смерть ходит буквально по пятам за несчастной Лампой, в любую секунду я могу отъехать к любимым родителям. Конечно, перспектива встречи с папочкой и мамочкой радует, мне нужно многое им рассказать, но как оставить домашних? Без меня они вновь станут есть пельмени и отвратительные готовые салаты, заправленные не слишком свежим майонезом. Кстати, может, кто и забыл, но я обеспеченная женщина, имею коллекцию картин, хороший дом в Алябьеве и отличную квартиру, многокомнатную, с добротной мебелью и евроремонтом.

Коллекция живописи досталась мне от родителей, сейчас полотна висят у нас дома, я не собираюсь продавать их, это память об отце. Особняк в Алябьеве был построен одним человеком для меня на месте старой дачи, опять же принадлежавшей папе. Жить бы нам теперь в кирпичных хоромах и радоваться, только с новой фазендой связана одна крайне неприятная история, о которой я уже рассказывала. Ни Кате, ни детям, ни мне не хочется теперь даже приближаться к Алябьеву. Мы, правда, пытались обжиться в шикарном здании, но не сумели. Не могу я ступить и в роскошные апартаменты, в которых Фрося когда-то обитала вместе с мужем Михаилом Громовым[1]. Где сейчас мой бывший супруг — понятия не имею, скорей всего до сих пор ходит строем по зоне, срок ему, насколько помню, дали большой. Ни жить, ни продать, ни сдать замечательную квартиру я не могу по моральным соображениям. Поэтому апартаменты стоят закрытыми, над входной дверью тревожно горит красная лампочка, предупреждающая лихих людей: осторожно, комнаты под охраной милиции.

Так обстоят дела фактически, но юридически я являюсь единоличной владелицей всего. Следовательно, надо составить завещание. Картины разделю поровну, стоимость их примерно одинакова, пусть каждый выберет себе любую по вкусу. Ох нет, насколько я знаю домашних, они схватятся все за одно полотно и поругаются. А я не хочу, чтобы у моей могилы ссорились. Значит, самолично распределю пейзажи и портреты. А как поступить с недвижимостью?

Я нащупала пачку, потом отбросила сигареты. Нет, курить мне нельзя, с таким состоянием здоровья! Хотя, наверное, уже все равно.

Я щелкнула зажигалкой. Есть некоторые абсо-

---

[1] См. книгу Дарьи Донцовой «Маникюр для покойника», «Фиговый листочек от кутюр», издательство «Эксмо».

лютно непонятные мне вещи. Ну почему ни один экстрасенс, ни одна гадалка ни разу не выиграли в «Спортлото» или не сорвали куш в другой лотерее? Неужели им трудно заглянуть в ближайшее будущее и подсмотреть результат? И с какой стати я должна отказываться от сигарет, зная о приближении конца? Кстати, курю я очень редко, делаю это совершенно неправильно, практически не затягиваясь...

Итак, как поступить с дачей и квартирой? Вот, придумала. Мы давно хотели переехать в ближайшее Подмосковье, только денег на строительство особняка нет. Пускай после моей скорой кончины Катюша продаст принадлежащее мне имущество и построит дом, на фасаде можно привинтить табличку: «Тут хотела жить счастливо до глубокой старости Евлампия Романова в окружении детей и собак. Но злая смерть нарушила ее планы».

Да, так я и поступлю, завтра же отправлюсь к нотариусу. Не надо только никому из домашних рассказывать о проблемах со здоровьем, не люблю, когда меня жалеют.

Неожиданно из глаз закапали слезы. В поисках носового платка я полезла в карман и вытащила бумажку с надписью «Петр Лыков». Это же координаты мануального терапевта, врача — золотые руки.

Я быстро набрала номер.

— Алло, — сказал густой баритон.

— Можно Лыкова?

— Я у аппарата.

— Мне посоветовала к вам обратиться Ирина Петровна.

— Хорошо, в чем ваша проблема?

— В шее есть такой позвонок, Атлант, знаете?

Петр хмыкнул.

— Мой Атлант стоит неправильно, пережимает сосуды.

— Снимки есть? — перебил меня врач.

— Да.

— Приезжайте завтра утром, пишите адрес, сеанс стоит тысячу рублей.

— Сегодня нельзя?

— Я занят.

— Я могу умереть, примите меня сейчас.

— С какой стати вам погибать? — удивился Петр.

— Атлант пережмет сосуд, и мне каюк.

— Вам сколько лет? — перебил Лыков.

— Ну... за тридцать.

— Теперь подумайте, столько времени вы живете с таким позвонком, и ничего.

— Значит, до завтра дотяну?

— Абсолютно точно обещать вам такого не могу, — рассмеялся Петр, — вдруг под машину угодите или кирпич на макушку свалится.

— Но такое положение Атланта ведет к быстрой гибели.

Лыков крякнул.

— Кто внушил вам такую ерунду?

— Ирина Петровна Самойленко.

— Старая обезьяна.

— Простите?

— Ирина Петровна — безмозглая мартышка. У каждого человека имеются индивидуальные особенности. Завтра в девять утра!

— Господи, я не умру?!!

— Предполагаю, что когда-нибудь с вами случится сей казус, но, надеюсь, не завтра, — отрезал Петр и бросил трубку.

Глава 10

Невероятно приободрившись, я повернула ключ и услышала тихое урчание мотора. Ну с какой стати я поверила старушке Ирине Петровне? Хотя это ведь не ее диагноз, а беспристрастный снимок, сделанный лазером.

На всякий случай я осторожно повертела головой в разные стороны. Вроде ничего, жива пока. Ладно, завтра в девять утра Лыков поставит позвонок на место, а сейчас поеду к Борискиной и попробую поговорить с девочкой. Девяносто девять процентов за то, что она просто решила подшутить над Кирюшей и на самом деле засунула ему в портфель презерватив, наполненный водой, но один шанс остается. Вдруг Римма подложила ему пакет с завтраком?

Поплутав по улицам и переулкам, я выехала в нужное место и увидела ряд совершенно одинаковых, двухэтажных, длинных домов, покрытых облупившейся штукатуркой. Номеров на них не было. Я дошла до первого подъезда. Двери здесь не было и в помине, перед глазами сразу возникла лестница, а справа от нее тянулся длинный коридор. Тут только до меня дошло, что «к. 6» означает номер не квартиры, а комнаты, люди, обитавшие в бараке, жили в огромной коммуналке.

Слегка поколебавшись, я постучала в первую дверь. Оттуда высунулась полная тетка в цветастом халате. Приглаживая рукой вздыбленные волосы, она приветливо спросила:

— Вы ко мне? Заказ принесли?

— Простите, бога ради, за беспокойство, но здесь здания стоят безо всяких опознавательных знаков, мне нужно отыскать восьмой дом.

— Разве ж это дома, — вздохнула тетка, — гнилушки картонные, по частям разваливаются. Вы ступайте вправо, за гаражи, там восьмой барак найдете. Небось к Борискиным торопитесь? Наши все уже там. Надо бы и мне, конечно, пойти, только внучок приболел, сижу, караулю младенца. Правда, у Светки тоже малыш засопливел, да она его взяла и поперла. Света просто выпить хочет! Совсем девка в алкоголичку превращается, шестнадцать лет всего...

— Отчего вы решили, что я к Борискиным иду?

— Не из наших вы, — вздохнула тетка, — мы тут все друг другу почти родственниками стали, лаемся и миримся постоянно. Вон какое несчастье приключилось! Беда горькая! Хотя Ленке наплевать, небось так до сих пор и не поняла, что случилось с Риммой.

Я прислонилась к грязной стене.

— А что произошло?

— Так вы не знаете, — покачала головой собеседница, — уж извините, я решила, что вас из школы прислали. Девочка умерла, Римма Борискина.

— Когда? — еле выдавила я из себя.

— Вроде этой ночью, — пожала плечами тетка, — за ней из башни прислали, а она... Вот как, деньги заработать решила, хозяева ее и нашли.

У меня окончательно пошла голова кругом. Плохо гнущимися пальцами я выудила из кармана куртки красное удостоверение и ткнула бабенке под нос.

— Милиция, разрешите пройду к вам. Назовите свое имя.

— Зина, — растерянно сообщила тетка и посторонилась.

Я вошла в небольшую, до отказа забитую мебелью комнатенку, села на ободранную табуретку и сказала:

— Зина, видите, я никаких бумаг сейчас не оформляю, бланк допроса свидетеля не вынимаю, у нас частная беседа. Расскажите мне откровенно, как своей подруге, все, что знаете про Римму Борискину.

Зина опустилась на стоявший рядом стул, сложила на коленях большие кисти рук и словоохотливо начала:

— А у нас тут ничего не скрыть, вся жизнь на виду. Кто к кому пошел, кто у кого ночевал, мигом известно станет. Ванна с кухней в конце коридора, толчок там же, любого гостя сразу видно. Вот Ира Маслова хотела кавалера скрыть, уж как старалась! Он к ней через окно с улицы лез, чтобы по коридору на глазах у соседей не переть. И все равно вычислили. Раиска Маркова тут же поняла: мужик у Ирки сидит, потому как она из своего шкафчика на кухне два стакана взяла и к себе понесла. А к чему ей две хлебалки, одной? То-то и оно.

— Вы лучше о Борискиных расскажите, — я попыталась повернуть беседу в нужное русло.

— Ленка Борискина незнамо от кого девчонку нагуляла, — пояснила Зина. — Законного мужика у нее никогда не было, хотя точно не скажу, она к нам попала, когда Римке три года исполнилось, поменялась, в халупу выехала, а доплату пропила.

Люди в бараках живут разные, в основном пьющие, но и на их фоне Лена выделялась своим отвратительным поведением. Борискину считали оторвой даже на этом дне жизни. Квасила Лена не переставая, а деньги на водку зарабатывала древним, как мир, способом. Кавалерам дама обходилась дешево, поднеси ей стакан и делай что хочешь. В результате сейчас, в свои нестарые годы, Лена выглядит Бабой Ягой. Так вот, тот факт, что безголовая пьяница не имеет мужа, не удивил население бараков, изумило другое. Почему Лена не оставила девочку в родильном доме.

— Может, она полюбила дочку, — предположила я, — такое случается даже с маргиналами.

— Куда там, — отмахнулась Зина, — она постоянно бросала малышку одну дома и пропадала на сутки. Ребенок криком исходит, соседки пожалеют и накормят девочку. И ведь что удивительно, Римма нормальная выросла, здоровая, в двенадцать лет стало понятно: красавица будет. Другую черной икрой кормят, а она кривобокой выходит, тут же никто особо не заботился, и получилась «мисс Россия».

Кроме красоты, бог отсыпал Римме еще и ум. Большинство детей из бараков, глядя на родителей, начинали прикладываться к бутылке с десяти лет, еще раньше они постигали все жизненные тайны. Да и как могли ребята сохранить невинность, живя в тесных комнатах вместе с родителями и женатыми старшими братьями и сестрами? Узнав много интересного, дети тут же начинали применять новые знания на практике. Четырнадцатилетняя беременная девушка в местном околотке никого не удивляет. Впрочем, сейчас времена иные, чем раньше, аборты малолеткам делают без проблем, и у большинства юных дурочек все же хватает ума вовремя сбегать на малоприятную операцию.

Но Римма не заводила шашней с парнями, не брала в руки бутылку, а старательно училась. Местные кумушки без конца ставили младшую Борискину в пример своим детям.

Не так давно Зина около десяти вечера шла домой через пустырь, раскинувшийся около бараков.

— Здрасте, — вдруг услышала она тоненький голосок.

Из темноты вынырнула Римма, тащившая на поводках двух лохматых псов.

— Господи, — всплеснула руками Зина, — самим жрать нечего, так они еще собак завели! Да каких здоровых! Римма, ты с ума сошла, они же небось по кастрюле каши за раз лопают!

Девочка захихикала.

— Не, теть Зинь, это не наши. Я с ними просто гуляю.

— Зачем? — не поняла Зинаида.

Римма махнула рукой в сторону красивых кирпичных башен, стоявших по ту сторону пустыря.

— Подрядилась к людям, они врачи, им с животными шляться некогда. Утром, до школы, успеваю собак вывести и вечером, перед сном.

— Хорошо, — одобрила Зинаида, — небось теперь мороженым объедаешься?

— Нет, — совершенно серьезно ответила Римма, — доллары покупаю, коплю.

— Никак шубку приобрести хочешь? — прищурилась Зина.

Римма качала головой:

— Нет. На институт собираю. Как ни стараюсь, а вступительные экзамены честно не сдать, взятку давать буду, а где тугрики нарыть? Мама-то не поможет.

С этими словами Борискина дернула поводки и ушла. Зина только покачала головой. Бывает же людям счастье. У нее, никогда даже не нюхавшей рюмки и честно проработавшей на одном предприятии всю жизнь, дочь получилась полной оторвой. Вот и думай теперь о генетике и воспитании.

Зина замолчала.

— Что же случилось с Риммой? — тихо спросила я.

Собеседница замялась.

— Точно не скажу. Вроде сегодня люди, которым она собак прогуливает, сами в барак пришли. Ждали, ждали Римму и забеспокоились. Вломились в комнату, а девчонка мертвая, но это мне уже Олька Колесникова натрепала, а от нее слова правды не услышишь. Знаете что, поговорите с...

— Ее мамой?

— Нет, Ленка скорей всего пьяная валяется, потолкуйте с Иркой Масловой, она с Риммой не разлей вода была.

— Где можно найти Иру?

— Так она своего младенца схватила и к Борискиным понеслась, когда про несчастье услыхала, — зачастила Зина, — двором идите, и прямехонько в восьмой барак и уткнетесь.

Я двинулась в указанном направлении. Странное дело получается! Сначала Ада невесть где находит отраву, потом Кирюша непонятно откуда получает испорченный сок, Лиза тоже выпивает нектар, и в результате оба оказываются на больничных койках. Одноклассница ребят, полная тезка Лизы, погибает на стройке. А Римма Борискина, которая рылась в портфеле у Кирюши в тот день, когда у мальчика из ниоткуда материализовался завтрак, умирает. И что вы думаете по этому поводу?

Лично мне кажется, что несчастная Лиза Романова была убита по ошибке. Охота шла на нашу Лизу. Просто убийца не знал, что в классе имеются девочки-тезки, и, естественно, был не в курсе того, что сестра Кирюшки тоже в больнице. Напиток предназначался мальчику. Лизавета нахлебалась им вечером, ночью ей стало плохо. Утром преступник явился в школу и попросил у кого-то из одноклассников показать ему Лизу Романову.

Очевидно, злодею указали девочку, только это была другая Романова. Господи, кто открыл охоту на нас? Из-за чего?

У входа в барак стояла шушукающаяся группка людей. Вернее, тут было две толпы. В одной тихо переговаривались взрослые, в другой шумели подростки. Я подошла к тинейджерам, обнаружила среди них рослую девицу с коляской, приблизилась вплотную к ней и спросила:

— Вы Ира Маслова?

Девчонка окинула меня взглядом.

— И чего?

— Давайте отойдем, я из милиции.

Ира толкнула коляску.

— Ваши уже со мной разговаривали.

Я вытащила удостоверение.

— Те сотрудники представляли районное отделение, меня отправило городское управление. Где бы тут найти местечко потише?

Внезапно из коляски понесся писк.

— Мокрая небось, — констатировала Ира, — ладно, потопали к нам. Дома никого, мамка на работе, брательник в рейсе, а жена его, прошмандовка, шляется неизвестно где.

Мы вернулись в первый барак. Ира с грохотом, оставляя за собой черные полосы грязи, прокатила коляску по коридору и, поковырявшись ключом в замке, пнула сапогом дверь.

Я кое-как втиснулась в помещение. Горький вздох вырвался из груди. И кто-то еще смеет осуждать жителей барака за пьянство? Да как выжить трезвому человеку в подобной обстановке?

Справа от двери стоял диван, слева софа, у окна тесно прижались друг к другу два раскладных кресла. А еще сюда ухитрились поставить стенку, маленький обеденный стол, холодильник и детскую кроватку весьма потрепанного вида. Свободного пространства тут просто не осталось.

— Сколько же вас здесь живет? — не выдержала я.

— Было пятеро, — охотно пояснила Ира, доставая младенца из одеял, — потом бабка померла, посвободней стало. Она у нас последний год лежала овощем, под себя ходила, то-то воняло, хоть святых выноси. Слава богу, отмучилась. Брат радовался, чуть не плакал, а потом я родила, снова нас пятеро стало. Но Нюська маленькая, много места не занимает, и тихая, не орет совсем, только кряхтит, если ей чего не по нраву.

— Ты знаешь, что случилось с Риммой?

— Умерла она, — тихо ответила Ира, — одним

словом, скончалась. Ее Касаткины нашли, Наташа пришла узнать, почему Римка к ним не явилась.

— Это та женщина, собак которой Римма прогуливала?

— Ага. Она врач, — пояснила Ира, — вроде чего-то делать пыталась до приезда «Скорой», но хрен получилось! Вот как бывает! А мы хотели учиться дальше, а потом уехать отсюда! И деньги теперь вроде как лично мои, ой!

Поняв, что сболтнула лишнее, Ира быстро захлопнула рот, но правильно гласит пословица: «Слово не воробей». Впрочем, я знаю еще одно не менее крылатое выражение: «Болтун — находка для шпиона».

— Какие деньги? — воспользовалась я оплошностью девочки. — Говори немедленно.

Ира положила малышку на диван, села рядом и подперла щеку кулаком.

— Римма в институт поступать собиралась, копила доллары на взятку. Так ведь не попасть, с улицы туда не берут.

— Если хорошо выучить предмет, то проблем не будет!

— Фигня все, — тяжело вымолвила Ира, — в жизни как получается: есть у тебя деньги — живешь хорошо, нету — паришься в бараке. Римка очень отсюда вылезти хотела, каждую копеечку откладывала. У меня дома народу полно, но не пьют особо, разве что брат с женой по пятницам нажрутся и куролесят, а у Риммы Ленка без тормозов, с отшибленной начисто крышей. Наберется по самые брови, мужиков наведет, такое у них начинается! Римма в коридор выползала и на подоконнике уроки делала. Ясное дело, трудно, вокруг все ходят, орут. Только Римка была упертая, очень уж ей в институт хотелось, думала, поступит, общежитие ей дадут. Я бы ее к нам поселила, наши не против были, только куда? К потолку койку подвесить? Знаете, как Римка заработать хотела? Она за каждую возможность цеплялась, а накопленное мне на хранение отдавала, боялась, мать найдет и пропьет. Вот, смотрите!

Глава 11

Ира встала, подошла к гардеробу, порылась на полке, вытащила пачку прокладок и протянула мне.

— Держите.

— Что это?

— Деньги. Я их между прокладками запихнула, думала, если вор влезет, то побрезгует в гигиенических средствах рыться!

Наивность девочки, успевшей стать в столь юном возрасте матерью, удивляла. Домушники, как правило, лишены брезгливости и всяких моральных стоп-сигналов, перевернут вверх дном все, желая отыскать «нычку».

— Вы пересчитайте, — велела Ира.

Я вытащила пачечку зеленых купюр и через некоторое время удивленно спросила:

— Тут целых четыре тысячи долларов!

— Именно так.

— Откуда же у Риммы столь огромная сумма?

— Накопила.

— Гуляя с собаками? Ира, не ври.

— Я всегда говорю правду, — обиделась подруга Борискиной, — или почти всегда. Римка их заработала, ни копейки не потратила. Правда, до недавнего времени тут всего полторы тысячи баксов было. Две с половиной она пару дней назад притащила, ей заплатили!

— За что? Где Римма могла получить такое большое вознаграждение?

— Не знаю, — грустно ответила Ира, — она совсем поздно прибежала, около полуночи, дико радостная, сунула мне конверт и шепнула:

— Спрячь, тут доллорешники.

— Ох и ни фига себе, — воскликнула Ира, — откуда столько?

— Дали.

— За что?

— За работу!

— Какую? — испугалась Ира.

Маслова очень хорошо знает: длинные рубли никто просто так не отмеряет. И чаще всего большие деньги потом оборачиваются крупными неприятностями.

— Ерунду сделать надо, — зашептала Римма, — одноклассника моего завтраком угостить. Прикинь, как мне повезло.

— Ты с ума сошла, — покачала головой Ира, — за такое две с половиной тысячи не дают. Ой, смотри не вляпайся в дрянь.

— Мой одноклассник, — принялась объяснять Римма, — поругался с одним парнем, тот очень богатый, его родители деньгами просто нафаршированы. Ему эти баксы как тебе копейка. Кирилл этого богатенького идиотом при ребятах выставил, вот он и надумал отомстить. Мне велено ему в портфель завтрак запихнуть, его собственный вытащить, а новый положить.

— И что?

— А то, — захихикала Римма, — там пургена полно будет, чтобы Кирюха обосрался! На уроке! Вот умора-то!

Ира с недоверием глянула на подругу. Но в глазах Риммы сверкало лишь неприкрытое веселье.

— Все равно деньги огромные, — повторила Ирина. — Ладно бы тебе за такую шутку сто баксов дали, а то тысячу!

— Эй, погоди, — прервала я ее, — ты же только что называла совсем другую цифру — две с половиной тысячи.

— Остальные она потом донесла, — объяснила Маслова. — Тоже очень поздно прибежала и новый конверт сунула.

Ира очень удивилась и воскликнула:

— Ну ты даешь! Под золотой дождь, что ли, попала?

— Не-а, — замотала головой Римма, — все от тех же богатеньких баксы. Они мне теперь платить будут.

— Интересно, с какой стати? — прищурилась Ира.

— Потом объясню, сейчас спать охота, — ответила подруга и унеслась.

Но поговорить им так и не удалось, Римма умерла.

— Борискина не называла случайно имени того богатого парня, который замыслил накормить Кирилла сильным слабительным?

Ира покачала головой:

— Нет, только я все равно знаю, чей он сын.

— Говори скорей! — нетерпеливо воскликнула я.

— А этих Касаткиных, — выпалила девушка, — врачей, у которых она собак прогуливала. Они жутко богатые, машины имеют, целых две, да не «Жигули», а иномарки. Хозяйку Наташей зовут, а самого Борисом Сергеевичем, он в институте преподает и бешеные тысячи небось с людей за поступление берет. И у них сын есть, Виталик, жутко противный, ленивый кабан. Только Римка ему постоянно угодить хотела, чуть ли не ботинки чистила.

— Почему?

Ира скривилась:

— Надеялась уроду понравиться. Столько раз восклицала: «Эх, везет Виталику, он родителями как хочет крутит, надо ему понравиться». Скорей всего этот кретин и придумал шутку с пургеном, это в его духе, ну окончательный идиот!

— Адрес Касаткиных знаешь?

— Они в башне живут, во втором доме ихняя квартира, ни номера, ни этажа не знаю.

— Спасибо, — кивнула я и встала, — если еще возникнут вопросы, приду.

— Ладно, — кивнула Ира. — Эй, а деньги?

— Какие?

— Римкины. Вы же их, наверное, заберете?

— Почему?

— Ну, не знаю, — растерялась Ира, — они не мои, куда их девать? Ленке отнести?

Я взяла девочку за руку.

— Послушай, вы, наверное, с Риммой очень дружили?

— Крепче сестер.

— Она тебе доверила накопленное и умерла. Мне кажется, Римма бы не хотела, чтобы с трудом заработанные ею средства пошли на выпивку для матери. Думаю, она отдала бы их тебе. Похоже, ты девочка разумная...

— Я не курю и не пью, — быстро сказала Ира, — а Нюся у меня по глупости получилась, но я совсем не жалею, люблю дочку сильно, ради нее учиться пойду, на парикмахера. Как вы считаете, правильно?

— Отличная работа, — одобрила я, — с ремеслом в руках никогда не пропадешь, всегда на кусок хлеба заработаешь!

Ира прижала к себе конверт.

— На квартиру копить стану. А то, может, наши бараки снесут и нам жилплощадь дадут, отдельную, давно разговоры идут. Брату с женой однушку и нам с мамой. Вот жизнь пойдет! Я в салоне работаю, там и зарплата, и чаевые. А мамонька Нюсю воспитывает. Вот оно, счастье!

Я кивнула:

— У тебя обязательно все будет хорошо.

Башни из белого кирпича выглядели не слишком богато. Скорей всего их возвели в начале 80-х, и тогда они считались суперэлитным жильем, но сегодня строят более шикарные хоромы, подъезды в которых отделывают натуральным камнем и дорогими породами дерева. Я же сейчас стояла в самом обычном, не слишком просторном вестибюле. У окна за письменным столом восседал крепкий старичок с газетой. Увидев незнакомую женщину, он отложил шуршащие страницы и бдительно осведомился:

— Куда идем?

— К Касаткиным.

Пенсионер, потеряв ко мне всякий интерес, потянулся к отложенному изданию.

— Уж извините, — помешала ему я, — Наташа называла номер своей квартиры, да я позабыла...

— Сто десять, — перебил меня старичок, которому не терпелось вновь погрузиться в интересную статью, — тринадцатый этаж.

Перед тем как позвонить в дверь, я посмотрела на телефон. Часы показывали половину восьмого вечера. Будем надеяться, что Наташа, Борис Сергеевич и Виталий мирно смотрят телевизор.

Я нажала на красную кнопочку. За дверью моментально раздался разнотональный лай. Одна собака обладала меццо-сопрано, вторая вела теноровую партию, изредка голоса сливались и вместе издавали довольно чистое ля.

— Ваще, блин, — вплелся в хор раздраженный баритон, — сколько ждать-то можно!

Дверь распахнулась, на меня пахнуло дорогим одеколоном и чем-то непонятным, сладким, конфетным. В просторной прихожей высился огромный парень. Смуглое, хорошо накачанное тело обтягивала футболка с портретом Масяни. Самая популярная Интернет-героиня России улыбалась во весь рот. Через всю майку шла надпись «Massianja». Вот уж глупость давать это имя в латинской транскрипции, иностранцам скорей всего неизвестно, кто такая Масяня. И вообще, имена собственные, перетолкованные на чужой язык, подчас выглядят совершенно дико.

Не так давно Кирюшке задали перевести дома текст из немецкой газеты «Цайт». Я ничем не могла ему помочь, потому что не обучена иностранным языкам. Все попытки мамочки впихнуть в дочь по очереди английский, французский, немецкий и испанский закончились ее сокрушительным поражением. В моей памяти остались лишь обрывки каких-то фраз типа «Ихь бин голодная» и «Не могу дормир в темноте»[1]. Поэтому толку от меня при выполнении заданий по немешу чистый ноль.

Несчастный Кирюша почти два часа пропыхтел за письменным столом, потом вышел на кухню, швырнул словарь и взмолился:

— Лампудель, помоги!

— Рада бы, но ведь ничегошеньки не пойму.

— Все слова перевел, а одно никак не найду. Наверное, глаз замылился. Погляди сама, а?

— Ну давай, — согласилась я, — показывай слово.

Палец, украшенный темно-синими пятнами, ткнул в строчку. «Yeltzin». Я принялась листать словарь, на «Y» такого слова не нашлось, на «U» и «J» тоже. На всякий случай я повторила процедуру поиска, но с тем же успехом.

— Поставит мне Нелька завтра «два», — горестно вздохнул мальчик.

---

[1] «Я голодная» — испорченный немецкий. «Не могу спать в темноте» — испорченный французский.

— За одно слово? — возмутилась я. — Это же несправедливо.

— Нелька говорит, что в домашнем переводе, который готовится в спокойной обстановке, со словарем, не должно появиться ни одной, даже крохотной ошибочки, — с самым разнесчастным видом сообщил Кирюша.

— Погоди горевать, — я решила приободрить его, — неси сюда весь переведенный текст, может, мы догадаемся.

— Всю голову сломал, — пожаловался Кирюшка, — это явно одушевленное существо, но не животное.

— Да? Человек?

— Человек по-немецки «Mensch», а это не пойми кто!

— С чего ты решил, будто речь идет о человеке? Вдруг оно как раз животное? Ты уверен, что все виды упоминаются в данном словаре?

— Лампа, — обозлился Кирюшка, — ты текст внимательно читала?

— Нет, даже не проглядела, — призналась я.

— Речь в нем идет о каком-то международном совещании, — пояснил Кирюша, — написано в одном месте «Yeltzin сказал». Ты можешь себе представить хоть какое-нибудь животное, которое принимает участие в конгрессе и еще выступает на нем?

Внезапно меня осенило.

— Кирюша! Yeltzin — это Ельцин, так ужасно перевели его фамилию!

Мальчик секунду моргал глазами, потом заорал:

— Я кретин, дебил, идиот! Час рылся в словаре! Ну кому в голову пришла идея так его обозвать! Отчего попросту не поставить: Elzin.

Я пожала плечами, сие мне неизвестно.

...— Чего вытаращилась, — грубо прервал мои мысли парень, — опоздала, между прочим, на полчаса! Из-за этого Симка в коридоре обосралась. Иди убери.

— Я?!

— Ну не я же. Давай шевели копытами, убогая. Где только вас мать находит. Небось у себя в морге. Ну чего уставилась, лахудра! Скидывай свои говнодавы, тряпка на балконе. Сначала коридор мой, а уж потом гулять ступай!

— И не подумаю, — пошла было я в атаку, но мои возражения были моментально растоптаны юношей.

— Еще скажи, что в домработницы не нанималась, — заорал он. — Вовремя приходить надо!

На лестничной площадке послышался тихий, шуршащий звук. Очевидно, кто-то приехал на лифте.

— Что происходит? — прозвучало бодрое контральто.

Я обернулась. Стройная женщина со светло-карими глазами, в которых застыло недоумение, приближалась к двери. В руках она держала огромные пакеты.

— Во, полюбуйся, — зло сказал юноша, — приперлась! Сама с этой м... и разбирайся.

Выговорив последнюю фразу, он спокойно развернулся и пошел в глубь квартиры. Я невольно залюбовалась фигурой грубияна, небось молодой человек целые дни проводит на тренажерах, ну не мог же он родиться с такой рельефной мускулатурой.

— Что, собственно говоря, здесь происходит? — повторила Наташа и опустила на пол туго набитые сумки.

— Ваш сын, кажется, его зовут Виталием, принял меня за женщину, которую вы наняли вместо Риммы прогуливать собак, — объяснила я. — Новая служащая опаздывает, и одна псина, не утерпев, набезобразничала в коридоре. Виталик был так зол, что я не успела объяснить ему: на самом деле работаю в милиции и убирать за животными не стану. Пришла к вам, чтобы поговорить о Римме. Насколько я поняла, вы хорошо знали девочку?

— Вовсе нет, — вздохнула Наташа. — Да вы входите.

Я вошла в шикарно отремонтированную квартиру. Два миттельшнауцера кинулись облизывать хозяйку, на постороннего человека собаки не обратили никакого внимания.

— Знаю, знаю, — сердито сказала Наташа, — это ты, Сима, набезобразничала. Виталик, сделай одолжение, прогуляй собак.

— Я к зачету готовлюсь, — донеслось из коридора, — оставь меня в покое, сама сбегай, невелик труд.

Наташа покраснела, но все же крикнула:

— Ко мне человек пришел, нам поговорить надо!

— Давайте вместе сходим, — предложила я, — у меня тоже собаки есть.

— Да? — обрадовалась Наташа, вытаскивая поводки. — А какие?

— Всякие: мопсы, двортерьер и стаффорд.

— Странный набор.

— Ну уж так получилось.

Мы вышли во двор, миттельшнауцеры принялись нарезать круги по небольшому садику.

— Как собачник вы меня поймете, — вздохнула Наташа, — прогулка — огромная проблема. Я работаю в больнице, ехать мне до нее в лучшем случае час, это если в пробку не попадаю. Пятиминутку главный в восемь созывает, он у нас из семьи военных, опоздания не прощает, я на всякий случай вылетаю из дома в шесть тридцать. Псов следует выгуливать минут сорок, следовательно, в полшестого я должна их вытащить во двор, затем поднять в квартиру, вымыть им лапы, накормить. Посчитайте, во сколько самой встать надо? Получается самое позднее в полпятого. Немыслимое дело! Вечером и того хуже! Приползаю еле живая, сил нет даже чаю попить, на мужа рассчитывать нечего, он лишь собой занят.

— Зачем же вы завели собак?

— Виталик захотел, — зевнула Наташа, — это его песики.

Интересно получается, животные принадлежат парню, а выводит, моет и кормит их мать.

— Ваш сын может взять на себя заботу о собаках.

— Виталечка в институт ходит, — напряглась Наташа, — ему в девять утра надо из дома выскакивать.

Я промолчала. По-моему, Виталию совсем не помешает встать в семь, это не полпятого.

— Мучилась я, мучилась, — не замечая моей реакции, спокойно рассказывала Наташа, — и решила нанять кого-то в помощь. Вы не поверите, как это сложно! Народ у нас стонет: денег нет, голодаем. А работать никто не желает. Я предлагала сто долларов в месяц за крайне необременительное дело. Два раза в день прийти и погулять с псами. Ключи у лифтера, Иван Семенович у нас человек ответственный, откроет, закроет квартиру, приглядит за «выгульщиком», только все равно лучше иметь дело с честной женщиной. И представляете: приходят ко мне тетки, два дня потаскаются с Симой и Наной, а потом начинают ныть, все поют одну песню: «Очень тяжело каждое утро и вечер работать. Нельзя ли три раза в неделю?»

Вот лентяйки, ведь деньги плачу, отличная прибавка к пенсии или зарплате. Но нет, никто не желает трудиться, хотят доллары просто так получать. А потом появилась Римма, и проблема решилась! Такая замечательная девушка! Ни разу не пропустила прогулки, приходила минута в минуту, очень аккуратная, одним словом, находка. Тихая, лишнего слова не обронит. Я про нее знала минимум информации: учится в школе, живет в бараках, мать пьяница. Иногда я ей старые вещи отдавала, и девочка так меня благодарила, что неудобно делалось.

— Она никогда с вами не откровенничала?

— Нет.

— Не жаловалась на жизнь?

— Нет. Ходила к нам долго. Последнее время я дала ей ключи, она очень честная, можно было оставить любые деньги — не возьмет. И ни разу не пропустила службу. Вот почему я заволновалась, когда она не пришла в урочный час, и побежала к ней домой.

Наташа сразу нашла нужную комнату, открыла незапертую дверь и обнаружила Римму в куртке и сапогах лежащей около кровати.

— Вы пытались ее спасти?

Наташа покачала головой:

— Нет.

— Почему? Ведь вы медик! Отчего не делали искусственное дыхание, массаж сердца.

— Бесполезно было, — тихо ответила Наташа, — реанимационные действия хороши лишь тогда, когда человек скончался на ваших глазах. А когда я влетела в ее комнату, Римма уже давно была мертва.

— А отчего она умерла?

Наташа дернула поводок.

— Эй, Сима, пошли кушать. Отчего? Разве можно ответить без экспертизы! Но лично мое, частное мнение: у Риммы скорей всего имелся порок сердца.

— Почему вы так решили?

— По некоторым признакам похоже было. Кстати, патология развития часто бывает у детей алкоголиков. Лично мне кажется: у девочки случился сердечный приступ. И Борис Сергеевич того же мнения.

— Ваш муж тоже ходил в барак?

— Нет, конечно, он с моих слов заключение сделал. Поверьте, нам искренне жаль Римму, но ничего про нее, кроме общих сведений, мы не знали. И, как нам с мужем кажется, в смерти девочки нет ничего криминального.

Мы вошли в лифт, чуть раскачиваясь и постанывая, кабина поползла на нужный этаж.

— Где вы познакомились с Риммой? — поинтересовалась я.

— Ее Виталик привел.

— Ваш сын? — удивилась я.

— Да, — кивнула Наташа, — просто однажды я иду домой и вижу, как наших собак прогуливает незнакомая девочка. Ну вошла в квартиру, а Виталя и заявляет: «Мать, я нашел прислугу, можешь много ей не платить, грошам обрадуется». Вот так Римма у нас и появилась.

— И вы не поинтересовались, откуда сын знает Римму? — еще больше удивилась я. — Не проверили девочку? Однако вы сильно рисковали, сейчас время суровое, мало ли кто мог проникнуть в квартиру. Молодые люди беспечны, увидят друг друга на дискотеке и считают, будто отлично знакомы.

Наташа стала рыться по карманам в поисках ключей.

— Паспорт у Риммы я посмотрела, увидела московскую прописку, потом меня подкупила ее предельная откровенность, девочка не стала врать, сразу сказала, что происходит из социальных низов, мать алкоголичка, отца нет, деньги очень нужны. И потом, мой Виталя по танцулькам не шляется, с сомнительными девицами знакомства не заводит, отсидев лекции, мальчик идет в тренажерный зал. Среди его приятелей лишь хорошие дети из приличных семей. Не могли бы вы подержать Нану, пока я Симе лапы вымою?

Я кивнула, Наташа подхватила одного миттельшнауцера и, сгибаясь от тяжести, понесла его по коридору. Показательно-образцовый Виталик, студент, отличник и спортсмен, даже не выглянул в прихожую, он и не собирался помогать маме, которая вернулась с прогулки в окружении «песиков сыночка».

Сидевшая у моих ног собака тихо заскулила, я погладила ее по голове.

— Сейчас тебя тоже возьмут на санобработку, потерпи чуток, потом получишь миску с кашей, я же пойду поболтаю с Виталием. Кажется, он частенько врет матери. Ведь познакомилось же где-то сие сокровище с Риммой Борискиной? И навряд ли они встретились в аудиториях института или залах фитнес-центра.

Глава 12

Когда я вошла в комнату, Виталий сидел у компьютера. Услыхав шаги, парень быстро кликнул мышкой, на мониторе мигом сменилась картинка, появился текст, набранный мелким шрифтом.

— Чего надо? — капризным тоном осведомился юноша. — Не видите, я курсовую пишу!

Я усмехнулась:

— Только что ты спешно выскочил из порносайта!

Виталий поджал губы.

— Мой комп, какое право вы имеете мне делать замечания? И ваще, вы кто такая?

— Компьютер твой, — согласилась я, — в прогулках по «горячему» адресу нет ничего плохого, многие люди так проводят свой досуг. Замечаний я не делала, просто констатировала факт: ты не работаешь над курсовой, а любуешься голыми девицами. Злиться тут нет причин, я ничего не придумала. А вообще-то я служу в Главном следственном управлении и пришла задать тебе пару вопросов о Римме — надеюсь, ты слышал о ее смерти?

Виталий скривился:

— Да уж! Сплошные неприятности, мать в истерику впала, послала меня в аптеку, валокордин покупать. Пришлось на проспект плюхать, целый час туда-сюда таскался. Между прочим, мамахен в больнице работает, не первый трупешник видит, с какой стати так пугаться?

Ну и зачем объяснять такому, что в клинике доктор видит «чужую» смерть, а здесь умерла хорошо известная девочка.

— Не о матери речь, а о тебе!

— И при чем тут я? — лениво протянул Виталий.

— Ты хорошо знал Римму?

— Вовсе нет.

— Совсем?

— Пять слов ей сказал!

— Прямо-таки пять?

— Ну десять, — сердито ответил Виталий, — если сталкивались, обменивались приветствиями. О чем мне с этой малограмотной, нищей девицей трепаться? Не нашей стаи птица!

— А вот мне одна птичка совсем другую песню спела, — спокойно возразила я.

— Какую? — насторожился студент.

— Ты приглянулся Римме, и она делала все, чтобы тебе понравиться!

Виталик засмеялся.

— Я многим нравлюсь. Такого жениха еще поискать: красивый, умный, сексуальный, обеспеченный. Знаете, какие бабы мне на шею вешаются! Точно, Римка пыталась мне глазки строить, только живо поняла: тут ей ничего не светит — и отлипла. Не сама, правда, пришлось работу провести. А то вначале завела моду, обработает собак и пищит: «Виталик, угости кофейком». Я ей кружку налил, потом листок бумаги взял, крестик поставил и велел: «Расписывайся». Эта дура и спрашивает: «Ой, Виталик, зачем?» — «Мать у тебя из зарплаты вычтет за угощение». Живо удрала и больше не приставала.

— Но ведь это ты Римму на работу пристроил.

— Точно.

— Где же вы познакомились?

Виталий потянулся, поерошил идеально постриженные волосы и равнодушно бросил:

— В институте, на дискотеке.

— Да ну? В каком же?

— Я у отца учусь, — бойко ответил парень, — в Академии медицинской психологии.

— И Римма туда пришла?

Виталий пожал плечами.

— Ко мне ее Алла Свириденко подвела. Притопал я на диско, Алка подбегает и орет: «Твоя мать нашла тетку с собаками гулять? Вот, знакомься, Римма, рекомендую». Ну и пошло-поехало. Алка дура, но не падла, если кого приведет, доверять можно.

Посчитав разговор завершенным, Виталик вновь вперился в экран, весь его вид говорил: тетя, вали отсюда. Наглость и беспардонность избалованного парня стали меня раздражать.

— Виталий, — сурово воскликнула я, — немедленно отвечай, зачем ты велел Римме положить в портфель завтрак?

Юноша оттолкнулся ладонями от стола. Дорогой стул — не пластиковая конструкция на хлипких колесиках, которая стоит в комнате у Лизаветы, а VIP-вариант из натуральной кожи — легко откатился на середину комнаты. Младший Касаткин положил ногу на ногу и скорчил очередную противную рожу.

— С какой стати мне прислугу завтраком уго-
щать? Может, еще бегать в барак кофе ей подавать?

Собрав все самообладание в кулак, я спокойно
сказала:

— Ты не понял. Объясни, почему приказал девочке положить в сумку учащегося Кирилла Романова
печенье, булочку и два пакета сока.

Виталий крякнул:

— О...ь можно! За фигом мне со школьниками
дела иметь! Вы того? Да?

— Не ругайся!

— А вы мне не тыкайте, — взвился нахал, — на
одной помойке с вами не рос. Извольте обращаться,
как положено: Виталий Борисович.

Мое терпение лопнуло.

— Будет тебе Виталий Борисович и все остальное
по закону, — зашипела я, — свидание раз в месяц за
хорошее поведение, тушенка в посылке и душ по
пятницам.

Студент разинул рот:

— Вы о чем?

— О том, сизый голубь! Окажешься на нарах, там
живо выпендриваться отучат!

— Больная, да? Да знаешь, кем у меня отец работает? У него все твое ментовское начальство кон-
сультируется. Пожалуюсь ему, и мокрое место от тебя останется.

— На здоровье, — ухмыльнулась я, — прямо сейчас беги, смотри не споткнись о ковер. Только, когда речь об убийствах идет, никакое начальство вме-
шиваться не станет.

— О чем вы? — изумился Виталий.

— Ты дал Римме отравленные пакеты сока и велел подложить их Кириллу. А когда девушка выпол-
нила поручение, убил ее. Думаю, Римма принялась
тебя шантажировать. Сначала потребовала денег, ты

испугался и отстегнул очень большую, по ее понятиям, сумму, решил по наивности, что девица отстанет. Не учел, дружочек, ее психологию, хоть и учишься в соответствующем вузе. Аппетиты шантажиста лишь возрастают от получения мзды. Что она возжелала потом? Еще кучу долларов? Или потребовала жениться на ней? Думаешь, свидетелей не найти? Миленький, ты убил Римму в бараке, вокруг полно любопытных глаз. Стоит лишь начать опрос, и мигом найдется куча людей, которые видели и слышали абсолютно все.

— Нет, вы и впрямь сумасшедшая, — протянул Виталий, — на всю башку долбанутая. Какой сок? Какой Кирилл? Что я Римме давал? Не знаю ничего. Римку-то как следует не разглядел. Алка ее притащила, я домой привел, иначе самому бы пришлось с псами по улице прыгать. И все! Да, она пыталась со мной амуры завести, только напрасно. Она дворняжка. Не в моем духе цветок, еще и дура...

Чем дольше я слушала Виталия, тем яснее понимала: студент не обманывает, он и впрямь ничего не знает о произошедшем.

— Кто, по-твоему, мог предложить Римме деньги за подсунутый завтрак?

— Да откуда мне знать! — взвыл юноша. — Ничего общего у нас не было! Вообще! Она прислуга, я хозяин! Сделала работу, получила деньги, пшла вон! Вот вы станете дружить с домработницей?

— Мы сами убираем квартиру, готовим обед и гуляем с собаками.

— Нищета богатого не поймет, — резюмировал студент.

Я снова ощутила гигантское желание сбить с поганца спесь.

— Уважаемый Виталий Борисович, вы пока единственный, кто мог Римму заставить...

— Поговорите с Алкой Свириденко, — перебил меня наглец, — я их часто в институте видел, по коридорам шныряли вместе.

— Алла?

— И Римма, — гаркнул Витя. — Каждый раз недоумевал: с какой стати ей по академии бродить! Потом узнал, что она к Алке таскается. Вот со Свириденко и болтайте, а от меня отвяньте! На компе поклясться могу: ничегошеньки про Римку не знаю, такие девки меня не интересуют.

— Давай телефон Аллы, — устало сказала я, — кстати, пока у вас новая прислуга не появилась, помоги матери с «песиками» справиться, тяжело ей их по коридорам таскать, а ты одной рукой двух миттельшнауцеров поднимешь.

— Оставьте при себе идиотские советы, — ответил грубиян, вновь подъезжая к столу, — сам разберусь, без ментовского ума. Прощайте, дверь за вашей спиной.

Больше всего мне хотелось надавать противному парню пощечин. Но, во-первых, я представилась сотрудницей милиции, следовательно, не имею права распускать руки, а во-вторых, просто элементарно не имею на это времени, до начала передачи на радио «Бум» осталось всего ничего, и, если я сейчас не понесусь со всех ног на службу, могу лишиться заработка.

Влетев в холл, расположенный между двумя студиями, я увидела режиссера Карину, которая недовольно воскликнула:

— Вы меня до инфаркта доведете!

— Почему? — тяжело дыша, спросила я и поставила на столик пакет с бутылками. — Хочешь попить? Минералку принесла.

— Офигеть прямо, — дудела свое Карина, — у «четверок» ведущий не пришел. Катастрофа!

Я посмотрела на двери в студии. Мне через час идти в правую, оттуда ведет вещание «Бум», а слева находится радиостанция, которая называется «Сорок четыре». Обе принадлежат одному хозяину, их сотрудники работают бок о бок в соседних комнатах, но рассчитаны выпуски на разную аудиторию. «Бум» адресован молодежи, в основном тем, кто еще не справил двадцатипятилетие, «Сорок четыре» без устали вещает для пенсионеров. «Бум» много времени отдает музыке, встречам с деятелями шоу-бизнеса, всяким викторинам и конкурсам. Диджеи «Бума» изъясняются на особом сленге, который не имеет ничего общего с русским языком. Мне потребовалось приложить максимум усилий и потратить много времени, дабы освоить местное «суахили».

«Сорок четыре» имеет совсем иную направленность, основное место в его сетке занимают «бубнильные передачи», которым охотно внимают бабушки. Музыку здесь передают соответственную: народные песнопения, Людмилу Зыкину, классику, романсы.

Хитрый владелец двух полярных точек рассудил правильно: кто в наше время в основном слушает радио? Молодежь и старики, остальные работают. Правда, имеется еще масса людей в конторах, автолюбители, но нельзя же охватить всех!

— Ну ты прикинь, — жаловалась Карина, — что делать-то, а? Гость ждет, приличный человек, профессор, языки изучает. Что я ему скажу? Извиняйте, диджей запил? Ну, блин, блин, блин!

— Никогда не опаздываю, — быстро сказала я, — меня ругать не за что. Всегда являюсь за час до эфира.

Внезапно в глазах Карины загорелся огонь.

— Верно! Твой отстой через пятьдесят восемь минут пойдет. Быстро иди в «четверку»!

— С какой стати? — уперлась я.

— Лампуша, — взмолилась Карина, — выручи, всего на полчасика. Дядечка симпатичный, Иван Петрович Котов, говорит, как поет. Передача про русский язык, ее каждый раз разные люди ведут, постоянного ведущего нет. Котик, спаси! Не дай бог, до главного дойдет, вышибет меня пинком на улицу. Милая, любимая, родная! Сама на пульт сяду, подстрахую!

— Хорошо, — кивнула я, — так и быть!

— Ты мое солнышко, — взвизгнула Карина и впихнула меня в студию, — располагайся.

Я села на неудобный стул и машинально нацепила на себя «уши».

— Завтра в Москве сухая, солнечная погода, — раздался спокойно-равнодушный голос, — ветер слабый, осадков не предвидится. Днем плюс пятнадцать, по области плюс восемнадцать, ночью около десяти градусов выше нуля.

Я удивилась безмерно. На дворе осень, холодная, слякотная, дождливая. Сегодня, например, с неба сыпалось нечто, больше всего похожее на мелкую крупу саго. Такие беленькие, крохотные, ледяные катышки. И не снег, и не дождь, нечто непонятное, мерзкое. Оказавшись на асфальте, градины мигом раскисают и трансформируются в грязь. О каких восемнадцати градусах тепла может идти речь?

Но времени на недоумение не осталось. В студию вошел пожилой дядечка, Иван Петрович Котов. Я привычно поправила микрофон и начала:

— Добрый вечер, дорогие радиослушатели!

Только бы не забыться и не начать по привычке выдавать в эфир лексику радио «Бум». «Эй, хай, кексы, у меня лососевый шнурок с погонялкой Котов у визжальника».

Первые десять минут протекли волшебно. Иван Петрович четким, ясным «преподавательским» голосом рассказал много интересного. Потом я воткнула рекламу и улыбнулась гостю:

— Можете передохнуть минуту, и поедем дальше.

— К вопросу о том, что речь выдает происхождение человека, — вдруг сказал Котов, — я принес с собой кассету, которая должна проиллюстрировать мой рассказ.

— Приготовь запись, — велела я Карине.

— Какую?

— Ту, что дал гость!

— Он мне ничего не показывал, — затрясла головой Кара с той стороны стекла, — влетаешь через двадцать секунд, прямо на хвосте рекламы.

— Без иллюстрации разговор бессмыслен, — начал «звездить» Котов.

— Где кассета? — нервно спросила я.

— У меня в сумке.

— Где кассета? — влезла с вопросом Карина.

— У меня в сумке, — машинально повторила я и потянулась к красной кнопке.

— Не стану говорить без записи, — капризничал Иван Петрович.

Я хмыкнула. Теперь меня так просто не напугать, не первый раз в эфире. Откажется болтать, отсеку его микрофон и стану играть со слушателями в вопросы и ответы. Эка сложность.

Но тут Кара закивала, и я с облегчением сказала:

— Сейчас мы послушаем специально сделанную запись, а потом Иван Петрович прокомментирует нам текст.

— Хто там? — раздался смутно знакомый голос. — Чаво дергаешь! На время глянь! Народ спит ищо, сранья явилася!

— Полдень на дворе, — ответил тоненький дискант.

— И чаво? Пшла отсюда.

— Вы Марийка?

— И чаво?

— Марийка?

— Ну.

— Ваша свекровь, Маша, дома?

— Не.

— А Павлик?

— Хто ты якая...

Иван Петрович уставился на меня, я на него. И где я слышала этот диалог?

Гость отвернулся от микрофона и шепнул:

— Это не моя запись, вы с кем-то беседуете, но я могу прокомментировать ваш разговор! Интересный материал.

Тут только до меня, как до жирафа, дошла суть происходящего. В эфире сейчас звучит запись моего разговора с Марийкой, невесткой соседки Маши. Не надеясь на свою память, я записываю «показания». Аппаратом пользуюсь допотопным, взяла его у Кирюшки. Мальчику подарили современный диктофон, крохотный, плоский, вот он и решил выбросить старый агрегат, в который следует вставлять кассету обычного формата, а не микропленку.

Сама виновата, повторила машинально за гостем «кассета в моей сумке», вот Кара ее и нашла в указанном месте!

Я быстро подняла над головой скрещенные руки. Звук стих.

— Ну что я могу сказать по поводу услышанного материала? — хитро прищурился Котов. — Работники радио решили меня поймать, но не так прост профессор, как выглядит. Думаю, голос ведущей узнали все. Судя по ее речи, девушка — коренная москвичка, имеет высшее образование, происходит из интеллигентной семьи, много читает и скорей всего хорошо играет на музыкальном инструменте, вот только не скажу на каком. Так?

— Вы просто Шерлок Холмс! — восхитилась я. — Абсолютно верно и про родителей, и про чтение, и про музыку. Я училась в консерватории по классу арфы. Но как вы об этом узнали?

— Речь вас выдала, — хохотнул Иван Петрович.

— Объясните.

— Сначала давайте с вашей собеседницей разберемся, — погрозил пальцем Котов, — думали, не пойму, ан нет. Разговаривали вы с девушкой, молодой, москвичкой, скорей всего студенткой, имеющей определенные актерские способности и некое музыкальное образование. Она тоже происходит из интеллигентной семьи, много читает, может, даже пробует писать.

Я рассмеялась:

— Пальцем в небо попали. Насколько вы угадали со мной, настолько попали впросак во втором случае! Общалась с девочкой, приехавшей из Молдавии, из глухого села. Родителей у нее вроде нет, и я очень сомневаюсь, что они умели читать. Бедняжка торговала у метро капустой, голодала, спала в подвале, но потом, как в сказке, случилось чудо. К лотку подошел принц, увидел красавицу, полюбил ее и взял замуж. У Марийки нет никакого образования, она никогда не училась в институте, и очень сомнительно, что девочка у себя дома посещала музыкальные занятия!

— По сути сделанного вами заявления могу ответить, — отрезал Иван Петрович, — настоящего специалиста, такого, как я, обмануть невозможно. Молдаване не «хекают» и не «гекают». Эта Марийка очень неумело подделывается под малограмотную хохлушку. Украинские слова, которыми она обильно пересыпает свою речь, звучат ужасно, произношение у девушки абсолютно неправильное. Она пытается исполнять роль украинки.

— Молдаванки, — я попыталась настоять на своем.

— Это просто смешно, — взвился профессор, — где же ее родной язык? Уж поверьте мне, человеку, который всю свою немаленькую жизнь отдал изучению диалектов. Ваша Марийка не произнесла ни одного правильного выражения! Девица насмотрелась по телевизору на Верку Сердючку и теперь весьма неумело копирует артиста. Согласен, большинство окружающих, услыхав «хто», «шо» и «якая», мгновенно примут девицу за приезжую из ближнего зарубежья, но только не я. Настаиваю на своем: услышанный диалог вели две москвички, имеющие в карманах дипломы о высшем образовании или учащиеся в институте. Извините, но разыграть меня вам не удалось, слишком плохая инсценировка.

Глава 13

Избавившись от Ивана Петровича и отбившись от желающей непременно меня расцеловать Карины, я галопом сбегала в буфет, залпом выпила чашечку отвратительного пойла под названием «кофе по-восточному» и примчалась назад, в студию «Бум».

— Хай, — крикнула режиссер Нина, устраиваясь за пультом, — сегодня мы в паре.

— Классно, — кивнула я, — дай на последней минуте музыку в ушки.

— Хочешь Шнура? — хихикнула Нина.

— Хоть звон будильника, — ухмыльнулась я, — лишь бы конец не проспать.

— Ну крутая стала, — Ниночка принялась трясти растопыренными пальцами, — и не испугать ничем. Гости будут?

— Нет, сегодня «Розыгрыш».

— Дурацкая затея, — скривилась Нина.

— Начальству нравится, — ответила я и потянулась за наушниками.

Некоторое время назад умные головы, просчитывающие стратегию «Бум», придумали новую забаву, программу «Розыгрыш». В студию звонят слушатели, желающие подшутить над родными или знакомыми. Мое дело, быстро сориентировавшись, подыграть слушателю, который, затаив дыхание и ничем не выдавая своего присутствия в эфире, слушает беседу между диджеем и «жертвой». Совсем уж глупые и грубые шутки мы не озвучиваем, предлагаем свой вариант. Но очень часто собеседники сообщают смешные вещи, и, когда я торжественно говорю: «Стоп. Розыгрыш, вы были в прямом эфире радио «Бум», — от смеха погибают все. Пару раз я сама принималась хихикать, чего, конечно, делать не должна. Вести такую игру диджею, с одной стороны, легко, потому что у него есть помощник, слушатель, замутивший историю, с другой стороны, очень часто возникают всякие казусы, порой требуется проявить смекалку и находчивость. На крайний случай имеется особый знак. Если я подниму руку с опущенным вниз большим пальцем, режиссер моментально «отсечет» собеседника. Но до сих пор я ни разу не прибегала к экстремальным мерам.

— Готовность номер один, — прозвучало в ухе, — влетаем после погоды.

Я кивнула. Все как всегда.

— В Москве в ближайшие сутки ожидается холодная погода. Днем дождь, который к вечеру превратится в мокрый снег. Особое внимание автолюбителей, на дорогах гололед, температура минус пять, ночью ожидается мороз до десяти градусов.

В полном недоумении я спросила у Нины:

— Это что?

— Гидрометеоцентр сообщает, — бодро отчеканила режиссер, — ты после прогноза входишь.

— Да знаю, только сейчас на «четверке» я совсем другое слышала: тепло, сухо, солнце светит, плюс пятнадцать. Кому верить?

— Никому, — авторитетно заявила Нина, — я сейчас обедать мимо студии «Аванты» бегала и там третий вариант прогноза слышала. Вообще взбеситься можно, прикинь, они грозу обещали!

— Надевать-то что на себя?

— Утром встала, в окошко поглядела и сориентировалась, — проинструктировала меня Нина, — и вообще, поменьше слушай радио, ты же на нем работаешь! Давай приступай, вон, уже звонят.

Я ткнула пальцем в красную кнопку.

— Здравствуйте, это «Розыгрыш». Ну и кто у нас в эфире?

— Меня зовут Николай.

— Отлично, кого разыграть хотите?

— Жену, Ленку.

— Хорошо, что делать станем?

— Ну, она в командировку ездила, — зачастил Коля, — во Владимир, от своей фирмы. Сегодня утром вернулась. Вы прикиньтесь администратором гостиницы, скажите, что она в номере пистолет забыла.

— Не поверит.

— Испугается, — заржал Николай.

В трубке послышался многоголосый смех.

— Вы не один звоните?

— Не-а. С пацанами сидим, в ночную работаем, вот решили развлечься, ща послушаем, как моя баба вертеться станет.

— Гы-гы-гы, — понеслось в эфире.

— Придурки, — сообщила Нина мне в ухо.

Я кивнула. А что делать? Забава рейтинговая, по

итогам прошлого месяца «Розыгрыш» вышел на первое место. А раз так, то придется «шутить», при слове «рейтинг» наше начальство мигом вытягивается в струнку. И если вы наивно полагаете, что передачи на TV и радио делают для зрителей и слушателей, то ошибаетесь, на самом деле все, от продюсера до администратора, озабочены только одним: как бы попасть в первые позиции рейтинга.

— Говорите фамилию своей жены, — велела я.

— Крысова.

— Отлично, начали.

Ту-ту-ту-ту.

— Алло.

— Елена Крысова?

— Да, кто говорит?

— Из Владимира беспокоят, из гостиницы. Вы тут у нас проживали.

— В «Центральной», что ли?

— Точно.

— Ну и че?

— В номере кое-что забыли.

— Не поняла!

— Вещичку оставили, а теперь у нас неприятность из-за вас, простите, я не представилась. Евлампия Романова.

— И че я посеяла?

— Пистолет.

— Че?!

— Оружие, из которого стреляют пулями.

— Вы что! У меня такого не было.

— Не знаю, нашли под матрацем, надо сообщить в милицию.

Повисла тишина. Потом женщина дрожащим голосом спросила:

— Может, предыдущий жилец посеял?

— Нет-нет, это невозможно, каждый раз мы тщательно убираем номер, вот после вашего выезда начали производить санобработку и нашли.

— Знаю, — вдруг закричала Лена, — это он забыл!

— Кто? — насторожилась я.

— Понимаете, — затрещала Лена, — ну вы меня как женщина не должны осудить. Муж мой, Колька, чистый козел. Пива напьется, на бок завалится и ну храпеть, никакой любви. Хорошо, я часто в командировки езжу, подыщу себе парня посимпатичней и уведу в номер. Поразвлекаюсь пару дней и снова к козлу, так жить веселей, а то ведь молодость пройдет и нечего вспомнить будет. Ясно?

— Да, — сдавленным голосом ответила я. Вот уж не ожидала такого поворота разговора.

— В вашем Владимире я с ментом познакомилась, — на всех парах летела дальше Лена, — звать его Серегой, фамилию не помню, он на вокзале работает. Вы туда звякните, точно Серегин пистолетик. Во раззява, и зачем он его под матрац сунул? Положил бы на одежду, в кресло. Нет, все мужики козлы.

Я резко вскинула вверх руку с опущенным вниз большим пальцем, Нина двинула рычажком на пульте, голос Лены оборвался.

— Знаете, дорогие мои, — прочирикала я, — совсем не туда наш «Розыгрыш» завернул. Николай, ты тут?

— Здесь, — просвистело из эфира.

— Хорошо жену разыграл? — спросила я.

В ответ тишина, прерываемая лишь тяжелым дыханием.

— Вот оно как случается. Как самочувствие, Коля?

— Сама догадайся, — рявкнул парень, — убью падлу. Приду домой...

— Э... э... постой, — прервала его я, — мы тебя разыграли.

— Как? — заорал мужик.

— Договорились с Леной, она нам помогала.

— Врешь! Откуда же узнали, что я позвоню?

— Эх, Коля, — укоризненно сказала я, — наивный ты, поэтому и попался. Ты же наш номер набрал и сначала с редактором поговорил. Тебя о чем спросили?

— Имя, фамилия, адрес, телефон.

— Правильно, мы так всегда делаем, чтобы человек в эфире хулиганить не начал. Пока реклама шла, мы твоей жене позвонили. После паузы ты снова услышишь Лену!

Вся мокрая от напряжения, я ткнула пальцем в кнопку. Эфир заполнил фальшиво-веселый голос:

— Наши абоненты всегда...

— Она на проводе! — проорала мне в ухо Нина.

Нет, все-таки Нинуша классный режиссер, мигом просекла ситуацию.

— Лена, — быстро сказала я, — Евлампия Романова, радио «Бум», программа «Розыгрыш», слушай меня внимательно, не перебивай...

Не успела отзвучать реклама, как я снова влетела в эфир.

— Коля, ты тут?

— Угу?

— Звоним Лене.

Ту-ту-ту.

— Лена? Евлампия Романова беспокоит.

— Опять играем?

— Нет, теперь открываем карты.

— Коля, ку-ку, это я, Ленка! Классно мы тебя! Ха-ха-ха, любовник-мент! Ха-ха-ха.

— Ха-ха-ха, — старательно подхватила я, — вот это розыгрыш! Ну, класс!

— Во бабы, — понеслось из эфира, — гы-гы-гы... Цирк прямо.

— Ха-ха-ха!

— Гы-гы-гы.

— Ай да Ленка, — задыхался от восторга Коля, — ну, шутканула! Я чуть не умер. Не, пацаны, какая у меня баба!

— Вы получаете от нашего спонсора, ресторана «Телячьи нежности», приглашение на оплачиваемый ужин, — бодро пообещала я, вытирая пот со лба.

После окончания эфира я выпала в холл и увидела Нину, жадными глотками пившую воду из бутылки.

— Господи, — простонала я, — ну с какой стати дурочка принялась откровенничать! Я испугалась до жути, представила, как этот Коля, бросив работу, мчится домой убивать неверную жену.

— Хорошо, что он идиот! — сказала Нина.

— Кто? — спросила я, отнимая у нее бутылку.

— Николай!

— Ты так считаешь?

— Конечно, — кивнула Нинка и выхватила у меня минералку, — был бы поумней, мигом спросил бы у нас: «Девки, с какой стати вы решили, что я надумал жену разыграть? Может, над сестрой, братом или приятелем пошутить хотел? И откуда про пистолет догадались?»

— Господи, — пробормотала я, натягивая куртку, — надеюсь, на сегодня все неприятности закончены.

— Вот и день завершился, — вздохнула Нина, — хорошо тебе, сейчас прикатишь домой и баиньки спокойно плюхнешься, а мне еще тут до шести утра париться. Будь оно неладно, это круглосуточное вещание.

Но сразу лечь спать мне не удалось. Сначала пришлось выгулять стаю, потом кормить собак. Феня и Капа совершенно освоились и первыми ринулись на кухню. Стоило только удивляться, каким образом два глупых щенка просекли, где дают еду. На улицу я малышей, естественно, не водила, им сначала надо сделать прививки, а уж потом выталкивать во двор. Поэтому, пока из кухни раздалось бодрое чавканье, я побрела по квартире с тряпкой, вытирая многочисленные лужи и подсчитывая нанесенный урон.

Сначала взгляд упал на тумбочку, где стоит телевизор. Еще утром она была целой, сейчас у нее не хватало одного угла. Расстраиваться я не стала, мы собирались давно купить новый телик с широким экраном, а под него сия подставка категорически не годится. Мы все равно бы ее выбросили, а раз так, то и не жалко.

Еще мопсята слопали две тапки и изорвали кипу газет — вполне нормальное поведение для детей. Вот если, придя домой, вы обнаруживаете полнейший порядок, а щенков тихо лежащими в углу, тогда следует немедленно, схватив их в охапку, мчаться к ветеринару, подобное поведение говорит о болезни собачат. Равным образом советую родителям радоваться, ежели их пятилетнее чадо, расшвыряв все вокруг, с дикими воплями носится по квартире. Поверьте, намного хуже, когда ваши сын или дочка, бледные и вялые, молча заползают под одеяло.

Вымыв полы, я собрала миски, бросила их в мойку и поняла, что сейчас просто упаду от усталости. Слава богу, день закончен. Я в квартире одна, Катя на дежурстве, надо ей позвонить, узнать, как там дети, а потом пойду лягу в кровать, почитаю детективчик, съем пару бананов...

В замочной скважине заворочался ключ, не успела я насторожиться, как дверь со стуком распахнулась, и передо мной появился Костин, но в каком виде!

Темно-синяя куртка майора была расстегнута и

как-то странно сидела на плечах, вернее, она с них
спадала. Пятна грязи покрывали светло-серые брюки, пуловер, выглядывающий из распахнутой верхней одежды, потерял свой первоначальный цвет и
украсился темными разводами, о состоянии башма-
ков лучше умолчу.

— Катюха! — икнул Вовка. — Давай чайку по-
пьем!

— Ты пьян? — воскликнула я.

Было от чего прийти в изумление. Знаю Костина
не первый год и ни разу не видела его в столь свин-
ском состоянии. Вовка — высокий, крупный мужчина — способен спокойно выпить бутылку водки,
видимых последствий возлияния, как правило, не
заметно. Впрочем, Костин пьет редко, а уж пьяным
мы его видели один или два раза.

— Катюня, — пробасил Вовка, — налей чаю.

— Я Лампа.

Майор изогнул правую бровь.

— Да? Верно. То-то я думаю, с какой стати Катюха такой страшилой стала. Лампа, дай мне чаю,
крепкого.

— Может, лучше рассол? — прищурилась я, потом не выдержала и засмеялась.

У нас в консерватории учились иностранцы, в
частности, англичанин Джон Вебер, меланхолич-
ный молодой человек, плохо пиликающий на скрипке. Студенты народ веселый, те, кто живет а общежитии, еще и совершенно бесшабашные. Семнадца-
тилетние первокурсники, вырвавшиеся из-под опеки
мамы, начинали творить невероятные вещи и часто,
напрочь забыв о предстоящей сессии, принимались
гулять в компании с бутылкой. Правда, в сессию народ спохватывался и пытался проглотить кусок не
прожеванных в семестре знаний за пару дней. Наши
мальчики, несмотря на то что ловко играли, кто на

рояле, кто на скрипке, кто на виолончели, ничуть не отличались от остальных, и в общежитии консерватории творились чудные дела. Джон, никогда до тех пор не пробовавший водки и не употреблявший крепких спиртных напитков, сначала сильно рассмешил своих соседей по комнате. На первой вечеринке он, разглядывая стакан с бесцветной жидкостью, сказал:

— Дайте мне тоник.

— Что? — не поняли наши.

Напоминаю вам: действие разворачивалось еще до перестройки, кока-кола, жевательная резинка и ментоловые сигареты считались атрибутами чуждого, буржуазного образа жизни и в СССР были редкостью.

— Или содовую, — не успокаивался Джон.

— У тебя изжога? — спросили его товарищи.

— Нет, — ответил англичанин.

— За фигом тогда сода понадобилась?

— Алкоголь разбавить.

— Чего? — заржали все. — С какой стати?

— Чистым шнапсом отравиться можно, — выдал Джон.

Он явно собирался продолжить фразу дальше, но ему не дали. Раскаты громового хохота прокатились по комнате.

— Пей так, чудик, — велел Роман Глотов, подающий большие надежды скрипач, — не бойся.

Джон сморщился, но опрокинул в себя «огненную воду». Самое интересное, что употребление неразбавленного алкоголя пришлось ему по вкусу, и парень начал пить наравне со всеми. Но что русскому здорово, то остальным смерть.

Наши спокойно заснули, а Джон стал маяться. Состояние его было ужасным. Англичанин бегал в ванную, засовывал голову под кран, пытался пить чай, сварил кофе, но ему делалось лишь хуже.

Проснувшийся Роман с участием поинтересовался:

— Плохо тебе?

— Умираю, — простонал Джон, — что вы делаете в подобных случаях?

Глотов указал на трехлитровую банку, в которой плавал огрызок огурца.

— Рассол — вот самое верное средство. Попробуй, будешь свеженький, веселенький и бодрый.

Джон вцепился в банку и поволок ее в коридор. Роман, слегка удивившийся и не понявший, отчего житель туманного Альбиона не захотел приложиться к банке прямо в комнате, решил вновь заснуть, но тут Вебер вернулся назад и напал на скрипача:

— Ты есть врун! Обманильщик!

— Обманщик, — машинально поправил англичанина Рома.

— Пусть так, — взвизгнул Джон, тряся мокрой головой, — мне ничуть не помогло. Вылил на себя все, и никакого облегчения.

— Постой, — оторопело переспросил Рома, — я не понял. Что ты сделал с рассолом?

— Вылил на голову, — повторил Вебер, — а она болит по-прежнему.

— С ума сойти, — протянул Роман, — кому сказать, не поверят!

— Это мне не поверят! — подскочил Джон. — Теперь весь воняю. Что, по-твоему, следовало сделать с сиропом, в котором плавали огурцы? Уж не пить ли его?

Глава 14

Костин попытался снять куртку.

— Сколько раз ты падал? — поинтересовалась я. — И по какому поводу гуляли?

— Праздник был, — туманно ответил Вовка и, решив повесить одежду на вешалку, начал набрасывать куртку на крючок.

И тут в прохожую вылетели собаки.

— Адюня, — умилился Вовка, хватая Мулю, — здоровая совсем, веселая, ты моя киса!

— Это Муля, Ада пока слабая, она еще не бегает!

— Адюся, — не слышал меня Костин, — девочка хорошая. Эй, погоди, ты тоже Ада?

Отпустив Мулю, майор попытался сесть, но не удержался на ногах и шлепнулся посреди прихожей. Мопсята пришли в полнейший восторг и стали скакать вокруг Костина, норовя облизать его лицо.

— Постой, постой, — бормотал Вовка, — что-то в глазах рябит. Всем смирно, равнение на разводящего. Одна Ада, вторая Ада, третья... Нет, дайте сначала посчитаю. Одна Ада, вторая Ада, третья Ада... Ух ты! Это как же такое получилось? А еще четвертая Ада!

— Кого ты имеешь в виду, — еле сдерживая смех, поинтересовалась я, — меня или пришедшую сюда Рейчел?

— Каким образом из одной Ады получилось столько? — еле ворочал мозгами Костин. — Офигеть не встать. И с каждой минутой их больше делается. Во, смотри.

— А вот это и впрямь Ада, — сказала я, — она услышала шум и выползла.

— Это ж страшно! — воскликнул Вовка. — Понял! Адка размножается простым делением. Завтра их много-много станет. Ламповецкий, туши свет. Скорей. В темноте Адки заснут, и процесс остановится.

— Хватит, вставай.

— Чаю дайте, — прокряхтел Костин, поднимаясь. — Эй, Адки, заварите цейлонский чай, живо, одна нога тут, другая лапа там. По порядку рассчитайся, распишись за полученное табельное оружие, старшим назначается Лампа. Заступить на патрулирование. Дадут мне чаю или нет?

— Тебе обязательно дадут, причем многократно и каждый раз в нос, — разозлилась я и ушла в ванную.

Ни за что не стану рассказывать ему про щенков, пусть строит по росту многочисленных Адочек, я тем временем спокойно умоюсь и пойду баиньки.

Но не успела я схватить бутылочку с гелем, как из кухни послышался визг:

— Помогите!

Я ринулась на зов. Вовка стоял на табуретке, внизу весело скакали щенята.

— Что еще? — сердито осведомилась я, переводя дух. — Думала, ты упал и весь сломался. Снова в Адочках запутался? Или принял их за зеленых чертиков? Слезай, они добрые, целиком тебя не съедят!

— Там, — указал Вовка рукой на мойку, — сидит!

— Кто?

— Такой, противный, рыжий, жуткий!

Я приблизилась к раковине. Так и есть, таракан! Ну скажите на милость, отчего маленькое, вполне безобидное насекомое вызывает у людей такую бурю эмоций? Тараканы не кусаются, не пахнут, не пристают к людям, они пугливы, завидя ярко вспыхнувший свет, мигом стараются улепетнуть. Это не мыши, не крысы, не комары и даже не мерзко жужжащие мухи. Тараканы очень тихие. Ну почему тогда при взгляде на них у меня мороз бежит по коже? Нет, все-таки люди очень странные существа. Мы преспокойно держим дома змей, пауков, грызунов, любим их, покупаем питомцам лакомства и витамины, но никому, кроме сумасшедших энтомологов, не придет в голову посадить в клетку парочку тараканов и умиляться, глядя на их проделки. Спрашивается, почему? Лично я не способна даже убить таракана, просто не могу к ним притронуться, испытываю панический ужас. Схватив тапку, я стала стучать по мойке, приговаривая:

— А ну, пошел вон! Не смей сюда показываться!

Завтра же вызову морильщика. И откуда только взялся прусак? Вроде их у нас не наблюдалось!

Вовка слез с табуретки, зевнул и, не говоря ни слова, ушел. Феня и Капа, счастливо повизгивая, кинулись за ним. Муля осталась на кухне. Сначала она спокойно посмотрела, как я надеваю тапки, а потом укоризненно сказала:

— Гав, гав, гав!

— Совершенно с тобой согласна, — кивнула я, — в нашем доме покоя не жди.

Позвонила Кате, узнала, что с детьми все в порядке, и отправилась спать.

Утром меня разбудил запах кофе, накинув халат, я вышла на кухню и обнаружила там свежевыбритого Вовку, кормившего щенков сыром.

— Ну и классные, — восхищался Костин, — где ты их взяла?

Быстро рассказав ему историю появления у нас мопсят, я не утерпела и спросила:

— А ты где вчера набрался?

— Я?

— Ну не я же! Это ты пришел никакой.

— Знаешь, Лампа, — возмутился майор, — ты меня просто поражаешь! Или бабы поголовно такие? Мужик сделал пару глотков пивка, и все, вселенский скандал, вопли, паника! Мы же не вопим, когда вы в очередной раз всю нашу получку в продуктовом магазине оставляете!

От возмущения у меня пропал дар речи. Значит, Костину не нравится, когда ему делают совершенно справедливые замечания?! Кто, скажите, пожалуйста, вчера ставил по росту Адочек и пытался раздать им табельное оружие? В чью трезвую голову залетела мысль потребовать от собак свежезаваренный чай? И разве женщины тратят деньги на продукты только для себя?!

— Вместо того чтобы говорить гадости, — кипел Вовка, — лучше бы чистоту соблюдала. Вон, сидят, усами шевелят.

Я невольно проследила за указательным пальцем Костина и вздрогнула. На мойке мирно пило воду семейство тараканов.

— Вот поэтому я и не женюсь, — неожиданно начал философствовать майор, — ну за каким чертом идти в загс? Пока ты свободен, живи и радуйся, делай, что пожелаешь. Как только связал себя по рукам и ногам, все, закончилось счастье. Деньги все отнимут и из твоего же заработка станут выдавать копейки, да еще визжать примутся: «Заначки делаешь!» Курить выгоняют на лестницу, по выходным будут таскать к малоприятной бабке, которую по непонятной причине велят звать мамой, пива у телика спокойно не попить... Знаешь, что у нас с Ленькой произошло?

— Нет, — сердито ответила я, издали разглядывая тараканов.

Просто уму непостижимо, откуда они взялись? Два дня назад никого не было, вчера на мгновение появилась одна пугливая особь, сегодня, пожалуйста, целое стадо!

— Ленька, — как ни в чем не бывало вещал майор, — в принципе хорошо живет с Анькой, не ругается, но тут чего-то они не поделили и перед сном повздорили, да так сильно, что Леня пошел спать на раскладной диванчик, на кухню.

Утром он проснулся и увидел на холодильнике записку, прижатую магнитом: «Леня — мусор!!!» Вся кровь бросилась парню в голову. Хорошо еще, что

Анька, работающая медсестрой, отправилась на работу спозаранку, иначе бы оскорбленный муж не удержался и надавал вконец обнаглевшей половине тумаков.

Кипя от негодования, Ленька сорвал листок и нацарапал свое послание. Печатным в нем было лишь начало «Сама ты...». Остальное приводить тут не стану.

Вечером Леню встретила неубранная квартира, пустые кастрюли, опять начался скандал. Размахивая запиской, Анька топала ногами и орала. Прервав супругу, парень заявил:

— Ты первая начала! С какой стати меня мусором обозвала!

Анька сначала примолкла, а потом стала хохотать как безумная.

— Леня, — простонала она, вытирая выступившие слезы, — ты кретин. Я имела в виду совсем не тебя. Опаздывала и не смогла вынести на двор помойку, вот и оставила тебе писульку.

— Вот поэтому, — закончил Вовка, — я женюсь только тогда, когда увижу чудо. Но чудес не бывает. Бабы даже по-человечески записку составить не умеют. Ну накорябала бы: «Леня, выброси помойку», и ничего б не случилось! А ты, Лампа, лучше тараканов прогони, а не глупости про меня болтай!

Сделав последнее заявление, Вовка ушел. Наверное, следовало крикнуть ему в спину: «Ты уже один раз женился, нашел себе чудо в перьях, и чем все закончилось?» Но напоминать Костину о той истории жестоко[1], поэтому, проглотив рвущуюся наружу фразу, я взяла газету. В одном Вовка прав — я должна вызвать морильщика. В какой раздел засунули его

---

[1] См. книгу Дарьи Донцовой «Канкан на поминках», издательство «Эксмо».

координаты составители издания, рекламирующего бытовые услуги? Иногда у людей, публикующих объявления, мозги заворачиваются странным образом. Катин хороший знакомый, Олег Правдин, открыл похоронную контору. Крайне тягостный, но, увы, необходимый и доходный бизнес. В самом начале у Олега денег хватило лишь на обустройство конторы, средств на рекламу не нашлось, и Правдин решил поступить просто: надумал опубликовать в соответствующей газете непритязательный текст: «У нас лучшие гробы в городе, из экологически чистых материалов, по умеренной цене».

Увидев сей опус, служащая газеты пришла в недоумение, девушка долго соображала, в какую рубрику его поместить. Вам никогда не догадаться, где оно в результате появилось. Думаете, под шапкой «Услуги населению»? А вот и нет. В газете сочли, что лучшее место для объявления о продаже гробов — это раздел «Упаковка и тара». Так что сведения о людях, которые морят тараканов, могут оказаться где угодно, даже в колонке «Ваши домашние любимцы».

Неожиданно послышался многоголосый лай, топот лап и глухие удары «бум, бум». Вот оно, преимущество обладания целой собачьей стаей. Пожалуйста, хозяйка задумалась, не услышала звонка в дверь, а псы зовут ее открыть нежданному гостю. Я запихнула отчаянно извивающихся Феню и Капу в ванную, сунула к ним Мулю, затем затолкала в туалет Рамика, Рейчел и Аду, потом, переведя дух, повернула ключ в замке и, забыв глянуть в «глазок», открыла дверь.

Мне мгновенно стало жутко. На лестничной клетке маячило странное существо, словно сошедшее с полотен Босха. Черный плащ с капюшоном полностью закрывал фигуру и лицо незнакомца, из-за его спины торчало нечто блестящее, на длинной палке.

Пришедшая молча стояла на пороге, не говоря ни слова. Меня тоже словно парализовало. Не следует осуждать бедную Лампу, как бы вы отреагировали, увидав собственную смерть? А то, что это была именно сама Смерть, мне стало понятно сразу. Ну кто еще будет ходить по улицам в плаще черного цвета с остроконечным капюшоном и с косой в руке?

Кое-как собрав остатки воли в кулак, я просипела:

— Уже пришли?

Фигура молча кивнула.

Увидав, что Смерть хоть как-то идет на контакт, я немного воспряла духом, может, удастся уговорить старуху временно оставить меня в покое. Если судить по русским народным сказкам, то кое у кого получалось даже подружиться со страшной бабулей. Денег ей, конечно, предлагать не стоит, показывать фальшивое удостоверение сотрудника МВД тоже. Ну-ка, Лампа, быстро вспоминай, как обманывали Смерть находчивые герои сказок? Кажется, кто-то из солдат обыграл ее в карты. Но у нас нет колоды карт, хотя можно включить компьютер.

— Войти позволите? — глухо донеслось из-под капюшона.

Я обрадовалась еще больше. Надо же, она идет на контакт и, похоже, очень вежливая. Ну-ка попробую завести с ней диалог, предложу чайку.

— Вы ко мне? — начала я беседу. — Не скажу, что очень рада видеть вас вот так спозаранку, но давайте познакомимся. Хотя, думается, мое имя вам отлично известно.

Смерть издала покашливание.

— Мне тоже неохота с утра по людям таскаться. Но не оставлять же их в беде? И потом, мы договорились на десять, я не опоздал, убью и уйду. Так впустите или нет?

— Я могу ответить «нет»? — изумилась я.

— Конечно, но придется оплатить мой визит.

— И сколько?

— Триста рублей.

— Избавиться от вас можно всего за три сотни? — заорала я. — И надолго вы уйдете?

— Навсегда.

Я хотела уже, как реактивная, нестись за кошельком, но тут Смерть довольно сердито сказала:

— Только я больше не вернусь, нехай ваши прусаки плодятся и по всей квартире ползают.

От радости у меня потемнело в глазах.

— Вы к тараканам?!

— Ясное дело, к ним. Так что, долго мне тут мерзнуть? Решайте быстрей, — запыхтела Смерть, — во народ!

— Так вы только насекомых заберете? — я решила все же до конца выяснить отношения с неприятной гостьей.

— Вот что, — обозлилась старуха с косой, — ейбогу, мне некогда, если бы Юрка не упросил, ни в жисть не пришел бы. Промежду прочим, у нас расписание!

С этими словами Смерть сдернула капюшон, я увидела лицо мужчины, и тут с моих глаз словно спала пелена.

Господи, я, кажется, окончательно сбрендила. Никакая это не Смерть, а тощий дядька с красными глазками любителя выпить, и не коса у него за спиной, а блестящая палка, от которой тянется шланг к большому агрегату, с виду похожему на пылесос.

— Так вы морильщик!

— А кто ж еще?

— Надо же, какое совпадение. Я как раз собиралась найти кого-нибудь, способного избавить квартиру от прусаков, достала справочник...

— Меня к вам Юрка притащил, — повторил мужичонка, — мы с им на одной площадке живем.

— Какой Юрка?

— Юрка. А то не знаете?

— Нет.

Морильщик, сопя, принялся стаскивать с себя жуткий плащ. Под ним обнаружился вполне обычный спортивный костюм.

— Ваще-то меня Мишей зовут, — представился морильщик.

Тут дверь в нашу квартиру распахнулась, и я увидела Юру, того самого, который целым и невредимым выбрался из-под колес машины Катюши.

— Юра! — воскликнула я. — Как хорошо...

— Во, — перебил меня Миша, — а только что говорила: не знаю его, не знаю. И чего врала? Смысл какой? Непонятно мне твое поведение.

— Так это ты вызвал истребителя прусаков, — повернулась я к Юре. — Зачем?

— Уж прости, — ответил тот, — вы со мной так приветливы были, накормили, вещи постирали, спать уложили. Вот я и решил вам помочь. Тараканов-то на кухне море!

— Бред! Их раньше не было.

— Не знаю, — пожал плечами Юра, — сейчас они просто шеренгами маршируют. А Миша, мой сосед, на фирме работает, они как раз прусаков изничтожают, ну я и попросил его.

— Спасибо, — кивнула я, — но у нас собаки.

— У меня абсолютно безвредное средство, — сообщил Миша, собирая аппарат, — животных можно не удалять. Всю квартиру обработаем?

— Конечно, — согласился Юра.

— Лучше одну кухню, — быстро сказала я, — сейчас только собак в своей спальне запру.

— Не сомневайтесь, — бубнил Миша, ловко свинчивая какие-то никелированные части, — это раньше хрен знает с чем ходили, потом у всей семьи астма начиналась, теперь же мы гарантируем полнейшую безопасность и стопроцентную убойность. Вы можете порошок ложкой есть, хоть килограмм схарчите — и ничего, а таракашка лишь нюхнет, и готов.

Я с сомнением покосилась на Мишу. Сильно сомневаюсь, что средство, от одного запаха которого валятся замертво насекомые, способные выжить даже в эпицентре ядерного взрыва, абсолютно безопасно для человека. Но, похоже, альтернативы нет.

— Так я начну? — спросил Миша. — Вы только дверь в кухню прикройте и щель заткните какой-нибудь тряпкой. А то их сейчас миллионы выскочат, придется потом по всей квартире с веником трупы собирать.

Мне опять стало плохо.

— Что? Вы повсюду оставите скончавшихся тараканов?

— Ну народ, — забухтел Миша, натягивая на себя респиратор, — ваще без ума. Прикажете еще их собрать и с собой унести?

— Кто же потом заметет погибших насекомых?

— Ясное дело, ты, — удивился Миша, — завсегда хозяйка дом чистит.

Тошнота подступила к горлу.

— Ни за что!

Юра улыбнулся.

— Лампа, ступай на работу, у меня сегодня выходной, я уничтожу следы побоища.

Конечно, хорошее воспитание предписывало вежливо ответить: «Большое спасибо, Юра, уборка квартиры — женское дело. Хватит того, что ты побеспокоился и привел Мишу», но я произнесла совсем другое:

— Вот и здорово! Веник, ведро, тряпку, в общем,

все, что нужно, найдешь на лоджии, в шкафчике, а я понеслась, уже опаздываю.

— Иди, иди, — закивал Юра, — ни о чем не волнуйся, в лучшем виде все сделаю, это теперь моя забота.

Я побежала одеваться. Конечно, это нехорошо, но как приятно спихнуть на другого человека свои обязанности. Похоже, Юра очень приятная и, что встречается особо редко, благодарная личность. Ведь если быть откровенной, то мы с Катей виноваты, сбили Юру, и по-хорошему не он к нам, а мы к нему должны испытывать самые нежные чувства за то, что он не стал настаивать на вызове милиции.

Внезапно на столе ожил телефон.

— Кто там? То есть алло, слушаю.

— Евлампия? — спросил тихий, вкрадчивый голос.

— Да.

— Помни об ангеле.

На секунду я растерялась, но потом заорала:

— Ах ты, дрянь!

— Нехорошо, Романова, — укорил меня голос, — я предупредила от чистого сердца. И ведь так и вышло. Семья вся погибнет, если ангела выгонишь. Знай, богатство — страшная вещь, на деньгах, да еще таких, как у тебя, карма черная! Болеешь ты ужасно! Помни, ангел тебе поможет, но и ты его любить должна! Должна! Иначе...

Вне себя от возмущения, я швырнула каркающую трубку на диван. Жаль, что у нас дома нет определителя номера, мигом бы вычислила телефон, с которого звонит цыганка. Хотя скорей всего гадкая баба названивает из телефонной будки. Что же это такое, а? С первого взгляда все происходящее можно принять за бред сумасшедшего. Встречаются ненормальные люди, способные на идиотские розыгрыши. Но, учитывая тот факт, что Ада, Кирюша и Лиза чудом избежали смерти, а тезка Лизаветы и их одноклассница Римма Борискина погибли, получается, что шутка зашла слишком далеко. И мне следует как можно быстрее выйти на след цыганки. Думается, она отлично знает, кто задумал преступление, и сумеет мне объяснить, в чем дело. Ангел, богатство... Да у нас с Катюшей никаких особых накоплений-то и нет. О каких деньгах идет речь?

Глава 15

Приехав в академию, я довольно быстро нашла группу, в которой числилась Алла Свириденко, прошагала с километр по длинным извилистым коридорам учебного заведения, добралась до нужной аудитории и спросила у девочек, сидевших на низкой скамейке у окна:

— Не подскажете, где я могу найти Аллу Свириденко?

Честно говоря, я рассчитывала на то, что одна из девушек воскликнет: «Это я!»

Но в ответ прозвучала совсем иная фраза.

— Дома Алка, — зевнула девушка с ярко-рыжими крашеными волосами, — заболела она. Только что звонила, сказала, неделю не появится на занятиях, грипп.

У меня подломились ноги, нет, это ужасно! Надеюсь, до Аллы цыганка не успела добраться и Свириденко в самом деле больна. Чувствуя, как к щекам приливает жар, я выхватила из сумочки «служебное» удостоверение.

— Майор Романова, Главное следственное управление, быстро говорите номер телефона Аллы.

— Что случилось? — хором поинтересовались девчонки.

— Потом. Речь идет о жизни и смерти. Немедленно дайте ее телефон.

— У кого есть ее номер? — загудели студентки. — Может, у Ирки?

— Он же у меня определился, — спохватилась рыженькая и вытащила мобильный, — во, точняк, записывайте.

Забыв сказать притихшим студенткам «спасибо», я ринулась назад, на бегу тыча пальцем в кнопки. Ту-ту-ту-ту... Потом раздалось недовольное, сонное:

— Слушаю.

— Алла?

— Да.

— Как вы себя чувствуете?

— Хуже не бывает, — заныла собеседница, шмыгая носом, — голова болит, горло горит, кашель ужасный, вид страхолюдский.

— Вы сейчас дома?

— Звоните по домашнему номеру и интересуетесь, где я?! — попыталась повысить голос Аллочка. — Вообще-то вопросы следует задавать мне. Что вам надо? И кто вы такая?

— Майор Романова, Главное следственное управление, МВД.

— Ой, — Аллочка сразу потеряла весь свой гонор, — из кафе нажаловались? Из «Гвоздики»? Неправда, мы с девчонками ничего не сделали, официантка первая начала...

— Мелкие скандалы не по нашей части, — быстро прервала я ее. — Алла, вы сейчас одна?

— Да, мама в командировке.

— Слушайте меня внимательно. Никому не открывайте дверь.

— Вообще?

— Да.

— Даже соседям?

— Да, в особенности не впускайте к себе цыганок.

— Думаете, в Москве найдутся дуры, способные открыть дверь этим чудищам? — удивилась Алла.

Я закашлялась. Ну почему же сразу дуры? Встречаются отдельные наивные дамы, верящие в голодных младенцев.

— А если ко мне Серега придет? — не успокаивалась Алла.

— Вы же вроде гриппом заболели, — рассердилась я, — нечего кавалеров зазывать, инфекцию распространять. Никого не впускайте, только меня.

Алла противно захихикала.

— Как мне вас узнать? Чай вместе мы не пили.

Признав правоту Свириденко, я стала описывать себя.

— Маленькая худенькая блондинка, глаза голубые. Буду одета в джинсы, черные сапожки и серую куртку с опушкой из искусственной лисички.

— Не много, видно, вам платят, — съязвила Аллочка, — если денег только на синтетику хватило.

Я пропустила мимо ушей беспардонно хамское замечание и спросила:

— «Глазок» на двери есть?

— У нас видеофон.

— Еще лучше, я выну удостоверение и покажу вам. Повторяю снова: положение очень серьезное, речь идет о жизни и смерти, вашей, поэтому проявите крайнюю осторожность.

— Ладно, — слегка испуганным голосом ответила Алла, — как говорите, вас зовут?

— Евлампия Романова.

— Угу, поняла.

— Вот и славно, записываю ваш адрес.

Аллочка жила не так далеко от академии. Когда дверь отворилась, стало понятно, что девушка на самом деле больна. У Аллы были красные глаза, распухший нос и потрескавшиеся губы. Увидев меня, хозяйка сморщилась, с аппетитом чихнула и прогундосила, глядя на красные «корочки»:

— Вы, что ли, Евстафия из милиции?

— Евлампия.

— Ну и имечко! Жуть берет, — хмыкнула девица и снова оглушительно чихнула. — Ваще, блин, скрутило меня пополам! Чего случилось-то? Ни фига я не поняла. Позвонили, наорали.

Стараясь держаться подальше от разносчицы инфекции, я вошла в прихожую и сурово спросила:

— Римму Борискину знаете?

— Ну, — лениво ответила Алла.

— Да или нет?

— Да.

— Она ваша подруга?

— Ну... ваще... общаемся.

— Несмотря на разницу в возрасте?

— Ну разница небольшая. Римка, правда, маленькая, но ведет себя суперски, ни в жизнь не подумаешь, что она школьница. Наши все ее за студентку вначале принимали.

— Зачем же Римма к вам в институт постоянно ходила?

— Она поступать к нам хочет, — пустилась в объяснения Аллочка, — в кружок «Юный медик» записалась, я там занятия веду, вот Римка со мной подружилась, ну и... Эй, а что это вы у меня ею интересуетесь? Спросите у нее.

— У кого? — поинтересовалась я.

— Так у Риммы.

— Вы когда в последний раз общались с Борискиной?

— Да три дня назад по телефону трепались, она сегодня ко мне прийти обещала, небось к вечеру прирулит, — сказала Алла, — у меня мама в командировку укатила, она часто уезжает, ей за работу вне Москвы двойная оплата идет. А у Римки мать пьет по-черному, прямо без продыху. Вот Борискина у меня и ночует, когда нет никого. Засядет в ванной и стонет: «Эх, Алка, классно у вас! Лежи в пене, никто в дверь не стучит, не орет: «Выходи скорей, всем помыться надо». Кафель розовый, кругом чистота. Вот выучусь, разбогатею, куплю себе квартиру и тоже красоту наведу».

— Ваш отец не возражает против визитов Риммы?

— Нет, — хохотнула Аллочка, — потому что его у меня нет. Был, наверное, но встретиться с ним как-то не удалось. Мамуля молчит, ничего не рассказывает, у меня ее фамилия.

— Алла, — тихо сказала я, — боюсь, я принесла вам очень плохие новости.

Девушка внезапно побледнела так, что ее губы по цвету сравнялись со щеками.

— Мама! Она попала в аварию!

— Нет-нет, я имела в виду Римму.

На лице Аллочки появилось выражение явного облегчения.

— Фу, напугали. Что с ней?

— Римма умерла.

— Как? — вытаращила глаза девушка. — Вы че! Таким не шутят! Римка маленькая совсем, с какой стати ей в ящик играть?

— Причина смерти пока не установлена, — осторожно добавила я, — вроде у нее сердце больное было. Нездоровая генетика, тяжелое голодное детство, побои. Наверное, Римме доставалось от матери.

— Она ее колотила, — пробормотала Алла. — Борискина рассказывала, как на пустыре крошкой сидела, ждала, пока мать задрыхнет. У нас с Римкой судьбы похожи, она тоже своего папульку не знает. Только моя мама совсем другая, чем Ленка. Она все мне несет, работает, надрывается, чтобы дочь не хуже всех выглядела. Знаете небось, что академия — платное заведение? Римка деньги копит. Ой! А вы уверены, что она умерла?

— Аллочка, — ласково сказала я, — давай сядем где-нибудь в уголке и поболтаем.

Алла кивнула:

— В моей комнате пойдет?

— Конечно.

Мы переместились в крохотное, едва ли не пятиметровое помещение. Из-за тесноты сюда влез лишь раскладной диван, узенькая тумбочка и крошечное кресло. Маленькая кубатура казалась еще меньше из-за полок, висевших над диваном. Я невольно вздохнула.

— Вам тут, наверное, очень тесно.

— Вовсе нет, — улыбнулась Алла, — мы с мамой из коммуналки выехали, денег лишь на двухкомнатную квартиру хватило, с крохотной кухней. Стали ремонт делать и поняли: поставим холодильник, стол не влезет, стол впихнем, рефрижератор надо крохотулечный покупать. И тут мне как стукнет! Комнат-то две, одна большая, двадцать метров, вторая маленькая, двенадцать. Мама хотела в меньшей себе спальню сделать, а мне отдать большую. Только я сказала: «Ладно, живи в двенадцатиметровке, в большой устроим гостиную-столовую-кухню, я поеду в пятиметровку, где планировалась кухня». И теперь красота! Все влезло. Мне главное, чтобы фото расставить.

Я улыбнулась:

— Действительно, столько снимков! Увлекаетесь фотоделом?

Аллочка кивнула:

— Да, еще со школы, у нас кружок был, много

чего интересного наснимала. Вон мамин портрет, правда, классно получилось?

— Просто великолепно. Но почему на простой пленке?

Алла прищурилась:

— Мне кажется, что черно-белые тона лучше передают характер. Цветные кадры дают лубочную картину, слишком яркую. Вот, например, смотрите!

Свириденко потянулась было к одному из снимков, стоявших на полке, но я решила вернуть разговор в прежнее русло и быстро спросила:

— Алла, а где Римма брала деньги? За счет чего или кого жила?

Собеседница пожала плечами:

— Фиг ее знает, где-то зарабатывала. Римка за любую службу хваталась: собак прогуливала, полы мыла. Одевалась она в секонде, там порой классные вещи нарыть можно, а на еду не тратила.

— Это как? — удивилась я.

Аллочка ухмыльнулась:

— Просто. Придет к кому-нибудь в гости и поест или в супермаркете украдет чего.

— Там же охрана.

— И что? Есть «мертвые» для камер зоны, их легко вычислить. — Алла стала обучать меня мастерству магазинного воришки: — Заходишь туда, срываешь защиту, запихиваешь в карманы кусок колбасы, баночку кофе, йогурт, потом берешь пакет сухариков, самых дешевых, и на кассу. Главное — наглый вид и полнейшая уверенность в том, что не поймают. Римка ни разу не попалась. Она вообще-то честная, у своих никогда ничего не стырит, ни деньги, ни колечки, а в магазине чего ж не взять? Там же все непонятно чье. И потом, известно, кто супермаркетом владеет, олигарх какой-нибудь, он у народа деньги спер, мы у него колбаски с сыром натырим, по-моему, все по-честному выходит.

Я не стала оспаривать более чем вольную трактовку понятия «честность», в мои планы совершенно не входило заниматься воспитанием Аллы.

— У Римки была цель, — объясняла Аллочка, — институт, она диплом любой ценой получить хотела.

Я кивнула:

— Понятно. А теперь скажи, кто дал Борискиной пакет с завтраком?

Аллочка захлопала красными, опухшими веками.

— Вы о чем?

Пришлось довольно детально объяснять суть дела. Чем дольше я говорила, тем сильнее удивлялась Алла, и скоро мне стало понятно: время потрачено зря, она совсем ничего не знает, Римма не вводила подружку в курс дела.

— Ну как ты думаешь, — в полном отчаянии спросила я, — Борискина способна на дурной поступок?

— За большие деньги — да, — не раздумывая, брякнула хозяйка.

— Что же ты, даже предположить не можешь, кто подбил ее принять участие в подобной забаве?

— Нет, — протянула Алла, — мы, конечно, дружили, но не настолько, чтобы такое доверять друг другу.

— Я поняла, что вы лучшие подруги.

— Просто приятельницы.

— Но ты порекомендовала ее Касаткиным.

Аллочка хмыкнула:

— Мы с Виталькой корешимся, хоть он и дебил. Я знала, что Касаткины ищут бабу с псами гулять, Римка нуждалась в работе, вот я и свела их. К тому же Борис Сергеевич наш ректор. Римка мечтала в академию попасть. Вот я и подумала их столкнуть, со всех сторон хорошо выходило. Думала, Римка Касаткиным понравится, Борис Сергеевич ей с поступлением поможет, ну, как своей. Виталька, правда, гад, но ведь с ним общаться необязательно.

Алла замолчала, я растерянно смотрела на нее. Кажущаяся такой прочной нить внезапно оборвалась. Покойная Римма, в отличие от большинства школьниц, умела держать язык за зубами, она унесла тайну с собой в могилу.

— Хотите, покажу Римкины фотки? — неожиданно спросила Аллочка.

Я машинально кивнула и в тот же момент пожалела о содеянном. Ну зачем мне сейчас заниматься перелистыванием чужого альбома?

Но Аллочка уже стащила с полки толстый том, открыла его и пустилась в объяснения:

— Это Римка и Ленка Осипова в академии, тут мы на озере, потом в кафе. Вот эта смешная, в моей комнате сделана, узнаете?

Я кивала из вежливости, краем глаза глядя на совершенно неинтересные снимки, запечатлевшие памятные моменты чужой жизни. Аллочка медленно переворачивала толстые страницы. Минут через пять я решила, что соблюла все приличия, набрала в грудь побольше воздуха, собралась сказать: «Спасибо, мне пора», но тут взор неожиданно упал на одно фото.

Три молоденькие девушки, почти девочки, сидят на банкетке, у окна. Одна — Аллочка, вторая — Римма, а вот третья... которая поправляла волосы... На руке у нее крупная родинка. Я схватила альбом и поднесла снимок поближе к глазам. Третья подружка на фотографии, весело улыбающаяся, — это... Марийка, невестка моей соседки Маши, та самая девушка, чьей родственницей назвалась пришедшая ко мне в недобрый час цыганка Галя. Здесь у нее другой макияж, иная одежда, но очень похожа. Или не она? Эта светловолосая! Нет, я ошибаюсь! Или все же да? Может, вовсе и не родинка на руке, просто дефект пленки?

— Ты их знаешь? — воскликнула я, тыча пальцем в фото.

— Конечно, — удивилась Алла, — тут я, Римма и Лера.

— Кто?

— Я, Римма и Лера, — повторила она.

— Лера? Не ошибаешься?

— Нет, конечно.

— Лера тоже у вас учится?

— Нет, она на актерском.

— В каком институте?

— Ну... не помню. Мы не слишком долго дружили.

— Где это снято?

— В нашей академии.

— Лера-то как туда попала?

Аллочка улыбнулась:

— У нас студенческий театр есть, всякие спектакли ставим. Режиссером Сергей Васильевич работает, он в театральном вузе преподает, а в академии подрабатывает.

— У тебя есть лупа? — перебила я Аллу.

— Зачем она вам? — удивилась та.

— Давай скорей.

Аллочка недоуменно пожала плечами, открыла верхний ящик тумбочки, вытащила пластмассовую коробочку и подала мне со словами:

— Ну с вами не соскучишься.

Не обращая внимания на ехидство хозяйки, я направила лупу на тонкую руку Леры. Точно! Чуть повыше запястья виднелась довольно большая отметина. Лупа выпала из моих рук.

— Вы чего? — удивилась Аллочка.

— У Леры имелась родинка, вот тут?

— Точно, откуда вы знаете? — еще больше изумилась Алла. — Она ей мешала, за край рукава задевала. Лерка свести ее собиралась.

— Дай мне телефон Леры.

Алла нахмурилась:

— У меня его нет. А зачем он вам?

— Очень нужен. Попытайся вспомнить название института, в котором училась эта особа.

— Актерский.

— Их в столице полно: ВГИК, ГИТИС, Щукинское, Щепкинское...

— Точно не знаю.

— Ладно, фамилию скажи.

— Чью?

— Лерину.

— А... а...

— Тоже не знаешь?

— Ну, такая, птичья. Сорокина, Скворцова...

Я тяжело вздохнула, Фазанова, Воробьева, Орлова, Ястребова, а может, Курицына, в общем, «лошадиная фамилия»[1].

— Нет, — напряглась Алла, — не птичья, а другая... Не помню! Отстаньте, не видите, я болею.

— Можешь дать мне это фото?

— Такое оно у меня одно! — уперлась Алла.

— Верну обязательно.

— Ну... нет, не дам, — принялась капризничать девушка.

— Ладно, теперь объясни, как Лера в академию попала.

— Я начала, а вы меня перебили, — надулась Аллочка.

— Извини, — сквозь зубы процедила я, — сделай одолжение, расскажи еще раз.

---

[1] См. рассказ А.П. Чехова «Лошадиная фамилия».

— Говорила же, — протянула Алла, — в институте кружок есть, театральный. Руководит им Сергей Васильевич, он вообще-то преподает на актерском, но там мало платят, поэтому он подрабатывает у нас, ясно?

— Пока да.

Аллочка чихнула.

— Борис Сергеевич, наш ректор и хозяин, обожает, когда название академии в газетах упоминается. Поэтому студенты во всяких конкурсах и олимпиадах участвуют постоянно. Ежели выиграете, диплом получите и академию прославите, Борис Сергеевич от сессии освобождает, денежную премию выписывает, поди, плохо. Врубаетесь, о чем речь?

Я кивнула. Все понятно. Владелец вуза озабочен рекламой своего учебного заведения, надеется привлечь в его стены как можно большее количество учащихся и пополнить таким образом свой кошелек.

Члены театрального кружка ставили какие-то пьесы, а потом показывали их преподавателям вуза и своим родным и знакомым. Но тут в Москве объявили Всероссийский смотр театрального искусства студентов, и Борис Сергеевич поставил перед кружковцами стратегическую задачу: занять первое место. Для постановки выбрали Шекспира «Ромео и Джульетту». Начались репетиции, Сергею Васильевичу сразу стало понятно: студенты академии не «тянут» классический репертуар. И тогда режиссер привел на главные роли пару-тройку студентов из своего вуза, в частности Леру, которая играла Джульетту. Самое интересное, что призовое место они все-таки получили. Да, конкурс был смотром студенческих нетеатральных коллективов, только в условиях соревнования не было оговорено, что участие в нем не должны принимать будущие профессиональные актеры, и жюри не проверяло, в каком институте учатся исполнители ролей.

Аллочка была статисткой, изображала толпу. Лера великолепно справилась с главной ролью, Римма гладила костюмы, Сергей Васильевич заплатил ей за это маленькую толику из своего кармана. Некоторое время девушки довольно плотно общались, но потом Лера перестала ходить в кружок, и дружба оборвалась.

— Телефон Сергея Васильевича знаешь?

— Нет, а зачем он вам?

— Как найти вашего режиссера?

Аллочка хихикнула:

— А чего его искать? Идите в академию, у нас сегодня репетиция. Кстати, увидите Сергея Васильевича, скажите, что я заболела, а то он ругается жутко, если просто так пропускаешь занятия, может из кружка выгнать.

Глава 16

Я возвратилась в институт, снова побегала по длинным коридорам, нашла дверь с табличкой «Актовый зал» и осторожно толкнула ее. Раздался противный скрип несмазанных петель. В зале царила темнота. Только ярким пятном выделялась сцена. Стоящая на ней пара, мальчик и девочка в спортивных костюмах, неумело пыталась танцевать степ.

— Раз и, раз и, раз и, — неслось откуда-то сбоку, — вы меня просто с ума сведете. Не слышишь музыку, считай про себя. Шевели конечностями! Маша, согни ногу в колене, попробуй, все это очень просто, многим удается это и без предварительного обучения. Кто там рвется, не видите, идут занятия!

Последняя фраза явно предназначалась мне.

— Простите, где я могу найти Сергея Васильевича? — крикнула я.

— Немыслимое дело, — полетело из темноты, — врывается, мешает, срывает репетицию. Да кто вы такая?

Натыкаясь на стулья, я пошла на звук. Спустя мгновение глаза стали что-то различать. Почти у самой сцены, за письменным столом, на котором мерцала лампа, восседал полный мужчина в мятой джинсовой рубашке, длинные сальные волосы падали ему на плечи.

— Какая бесцеремонность! — злился он.

— Извините, бога ради, Алла Свириденко не сможет прийти на репетицию, она заболела гриппом, — заулыбалась я. — Она очень переживает, прислала меня к вам...

— И вы посмели прервать репетицию, — взвизгнул Сергей Васильевич, — нарушить творческий процесс мастера? Да ваша Алла — балласт нашего коллектива, ничего делать не умеет, держим ее из жалости. Немедленно убирайтесь вон, быстро! Слышали? У нас репетиция! Какая наглость! Выгоняю вашу Свириденко.

Лицо Сергея Васильевича стало красным, глаза вылезли из орбит. Парочка, пытавшаяся изображать танец, замерла с раскрытыми ртами. Режиссер обозлился еще больше, он набрал в грудь побольше воздуха, но я терпеть не могу истерики во всех ее проявлениях.

Быстрым движением я вытащила из кармана «рабочее удостоверение» и показала его хаму. Увидев бордовую книжечку, Сергей Васильевич мигом пришел в себя. Лицо его обрело нормальную окраску, глаза уже не пучились.

— Перерыв, — вполне нормальным тоном объявил он, — можете пойти покурить и попить чаю, потом продолжим.

Неудачливых танцоров смело с подмостков.

— Чем обязан? — церемонно поинтересовался режиссер.

— Мне нужно, чтобы вы рассказали все про одну вашу студентку из театрального вуза. Ее зовут Лера.

— Кислова? С ума сойти! — вновь налился краснотой мужик. — Уму непостижимо! Столько времени прошло! Неужели в вашем министерстве сотрудники так работают?

— Вы о чем?

— Зачем вам Лера? — вопросом на вопрос ответил преподаватель.

Если честно, то Сергей Васильевич мне совершенно не понравился. Я с трудом выношу женщин, готовых в любой момент забиться в истерическом припадке, а уж мужчин с неустойчивой психикой просто видеть не могу. Поэтому предпочитаю не иметь дела с подобными экземплярами, просто разворачиваюсь и ухожу, услыхав первый вопль. Но с Сергеем Васильевичем так поступить нельзя.

— На этот вопрос в процессе следствия я ответить не имею права, — подчеркнуто спокойно ответила я. — Мы ищем Кислову. Ваш гражданский долг сообщить о ней все, что знаете.

Сергей Васильевич опять стал багровым.

— Кислова — дочь моих знакомых.

— Очень хорошо, — обрадовалась я, — тогда начинайте рассказ.

Режиссер вытащил огромный, размером с кухонное полотенце, не слишком свежий носовой платок, вытер лоб и неожиданно нормальным голосом заявил:

— Странно, что вы только сейчас взялись за это дело. Лера пропала примерно полгода назад.

Я постаралась не показать своего удивления.

— Каким образом она исчезла?

Сергей Васильевич развел руками.

— Сие мне неизвестно.

— Можете сообщить подробности?

— Лера однажды утром ушла в институт, вечером домой не вернулась. Пропала без следа, испарилась, забыв документы. Паспорт, студенческий билет остались дома. Всякие побрякушки: колечки, браслеты, цепочки тоже оказались нетронуты. В тот день на ней были какие-то украшения, но недорогие. Золото с камнями осталось в секретере. Денег у Леры особых не имелось, пара десяток на метро и булочку. Вениамин, отец Леры, весьма удачливый композитор, много пишет для эстрады, в средствах он не стеснен. Его жена Нателла готовит детей к поступлению в вуз, она преподаватель английского. С деньгами в семье проблем нет, но Леру родители держали в строгости, много ей на расходы не давали, считали это неправильным. Навряд ли.ее ограбили, скорей всего бедняжка попала в руки маньяка. Это мое личное мнение, естественно, я не стал высказывать его Вениамину и Нателле, они до сих пор уверены, что Лера жива. Хотя, сами подумайте, девчонки шесть месяцев нет.

Родители отнесли заявление в милицию. Только сами великолепно знаете, как там к подобным случаям относятся. Сначала бумагу брать не хотели, говорили: «Подождите, дочь вернется, небось она у любовника живет, загуляла». Это домашняя, хорошо воспитанная девочка! Потом Веня нажал на нужные кнопки. В районном отделении стали любезнее, завели дело, но толку-то? Никто Леру и не искал, в ответ на все вопросы родителей — полнейшая тишина и молчание. Нателла к следователю без конца бегала, тот сначала бубнил: «Проводим оперативно-разыскные мероприятия», — а потом стал прятаться от несчастной матери.

Единственное, что удалось установить: Лера в день исчезновения в институте не появлялась, а из дома она, как всегда, в восемь тридцать уехала. Первая лекция у нас в десять начинается. Следовательно, девушка пропала в эти полтора часа. Немного странно, что маньяк вышел на охоту спозаранку, но на то он и маньяк, больной человек, действующий вне логики и здравого смысла.

Слушая обстоятельный рассказ Сергея Васильевича, я пыталась хоть как-то разобраться в ситуации, а режиссер продолжал:

— Сообразив, что официальные органы ничего сделать не могут, Вениамин обратился в частную структуру. Там заломили бешеные деньги, это моего друга не смутило, он готов был заплатить сколько угодно за сведения о дочери. Только парадокс заключался в том, что, получив часть гонорара авансом, частные детективы тоже сложили лапки и запели уже знакомые нам песни: «Девушка пропала давно, пока мы ведем разыскные мероприятия, надежда умирает последней...»

В отличие от ментов пинкертоны вели себя вежливо, участливо, охотно принимали Нателлу, подбадривали ее, угощали чаем, но суть дела от ласковых разговоров и сладких улыбок не менялась. Лерина участь осталась неизвестной. Сейчас Вениамин и Нателла, разочаровавшись во всех структурах, просто надеются на то, что в один прекрасный день дочь вернется. Несчастная мать объехала все больницы Москвы и Подмосковья, побывала в моргах, но Лера словно в воду канула.

Значит, теперь вы наконец-то зашевелились, — закончил рассказ Сергей Васильевич, — или начальство велело с «висяком» разобраться? Поздновато спохватились!

Побеседовав с режиссером, я села в машину и попыталась «причесать» свои взбунтовавшиеся мысли. Интересное дело получается! Полуграмотная Марийка, девочка из глухого молдавского местечка, торгующая капустой у метро, удачно выходит замуж за московского студента Павлика, воспитанного интеллигентной, богатой мамой. Что может связывать полуграмотную девицу и парня, который увлекается философией, читает Флоренского, Блаватскую и иже с ними? Любовь, скажете вы, или страсть, всепоглощающая, темная, заставившая его забыть о всех сословных различиях? Случается иногда такое, однако намного реже, чем принято считать, и, на мой взгляд, подобные союзы обречены, потому что любовный угар пройдет, глаза откроются, и объект страсти предстанет перед разочарованным любовником уже во всем своем убожестве. Впрочем, не об этом сейчас речь.

Предположим, Павлик попросту полюбил красивую девочку. Но вот что странно: Марийка как две капли воды похожа на Леру Кислову, талантливую студентку театрального вуза, более того, у нее имеется такая же родинка на запястье. А еще мой гость в студии, человек, профессионально занимающийся изучением языков, случайно услышав запись моей беседы с Марийкой, уверенно воскликнул:

— Девушка не имеет никакого отношения к молдаванам, да и к украинцам тоже. Она родилась в Москве, воспитывалась в интеллигентной семье, а сейчас просто весьма неумело изображает малограмотную особу.

Я тогда не поверила профессору, решила, что он несет чушь, но теперь-то что получается... Выходит, Марийка — это Лера. Возникает следующий вопрос:

зачем девушке нужен этот спектакль? С какой стати ей изображать из себя полуграмотную особу? Портить отношения со свекровью? Очень хорошо помню, как Маша убивалась, рассказывая мне, на какой неотесанной деревенщине женился ее Павлик. Девица писать не умеет, читает с трудом, говорит ужасно, целыми днями сидит дома, учиться не желает, сморкается в скатерть...

Доехав до дома, я вбежала в нашу квартиру. В нос ударил запах жареной картошки, но удивляться тому, что ужин приготовился сам собой, в мое отсутствие, времени не было. Я схватила фотоаппарат, лежащий на комодике в прихожей, и понеслась к лифту. Сейчас, несмотря на поздний час, позвоню Маше и начну действовать.

— Лампа? — удивилась соседка. — Входи.

— Прости, бога ради, — затараторила я, — но весь дом говорит про твой ремонт, якобы ни у кого такого нет.

— По-моему, лавочки у подъезда следует сжечь, — тихо сказала Маша, — может, тогда местные бабки перестанут сплетничать и займутся полезными делами: о внуках вспомнят, обед приготовят, свои норы вымоют! Два года прошло, а они мой ремонт все еще обсасывают. И ведь что обидно: ничего особенного я не сделала, стены не ломала, потолок золотом не покрывала. Вон Гуськовы из двенадцатой квартиры такое затеяли! Отбойные молотки грохочут, лифт пять раз ломали: напихают туда мешков с цементом и поднять пытаются. Так нет, никто про них слова не сказал, а про меня второй год судачат.

— Машенька, прости меня, — зачастила я, — никто ничего не болтает, просто мы задумали ремонт, посоветоваться не с кем, разреши просто посмотреть, как у тебя решена проблема дверей. Ты арку из холла делала?

— Входи, — кивнула Маша, — тебе с радостью объясню.

Я вошла в гостиную.

— Можно, я сниму на фото карнизы? Потом нашим покажу, не ходить же нам к тебе толпой на экскурсию?

— Щелкай, — разрешила хозяйка.

Мы стали ходить по комнатам, я старательно восхищалась интерьером, испытывая некоторую тревогу. Откровенно говоря, я задумала запечатлеть Марийку. Девушку это никак не должно насторожить. Я собиралась «случайно» заснять ее в апартаментах, а потом показать фото Алле, но красавицы нигде не было: ни в гостиной, ни в кухне-столовой, ни в других комнатах. Маша оказалась дома совершенно одна.

Изведя совершенно зря целую пленку, я спросила:

— Где же твои?

— Павлик в библиотеке.

— А эта, Марийка?

Маша радостно улыбнулась:

— Услышал господь мои молитвы.

— В каком смысле? — насторожилась я.

— В прямом, — еще сильнее расцвела Маша, — Марийка Павлика бросила, убежала от нас.

Я плюхнулась в кресло.

— Да ну? Когда?

— А вчера, — ответила Маша, — прихожу домой, на столе записка:«Вы меня ненавидели, при моем виде перекашивались, надоело, ухожу, прощайте». Сверху обручальное кольцо лежит. Павлик в истерику впал, наорал на меня, дескать, это я виновата по всем статьям, невестку изводила, вот она и убежала. В милицию понесся.

— А там чего?

Маша блеснула глазами.

— Ничего, отправили его назад. Сказали: «Сту-

пайте, молодой человек, домой. Мы семейными ссо-
рами не занимаемся, убежала жена, небось к любовнику, сами с ней разбирайтесь». Теперь Павлик со
мной не разговаривает, но скоро утешится, тоже мне
лейтенант Шмидт.

— При чем тут лейтенант Шмидт? — растерянно
спросила я.

Маша вытащила сигареты.

— А был такой сумасшедший, революционно на-
строенный военный, жил в царское время и пребы-
вал в глубочайшей уверенности, что все проститутки
на самом деле невинные, благородные, несчастные
девушки, которые продают себя исключительно из-
за нищеты. Лейтенант этот женился на путане, хотел
всем доказать, что такая женщина может стать вели-
колепной супругой и отличной матерью, только мадам муженьку небо в алмазах показала.

— Насколько понимаю, дело было в начале двад-
цатого века, лейтенант небось давно покойник, —
сказала я.

— Да мне все равно, где он, — покачала головой
Маша, — не в том несчастье, что его проститутка вокруг пальца обвела, а в том, что с Павлушкой случилось.

— Что ты имеешь в виду?

Маша скривилась.

— Учительница ему попалась в десятом классе по
русскому языку и литературе ненормальная комму-
нистка. Всех детей в свою веру обратить хотела. Вот
она им про этого Шмидта и рассказала, книжонку
притащила, на ксероксе отпечатанную, велела прочитать, сочинение написать, о благородстве рассуж-
дала. Дети задание выполнили и забыли, а у моего в
голове заноза засела, девушки из приличных семей
его интересовать перестали, Павлик на них даже
смотреть не хотел, проникся идеями, думал кого-ни-

будь осчастливить. Откуда у нас Марийка-то взялась? Ведь с улицы привел. Я онемела прямо, как ее увидела. Стоит, сопли кулаком вытирает, глаза хитрые, губы жадные. «Здрасте, тетенька!»

Маша, естественно, впустила сына вместе с новой подругой в дом. Бизнесвумен всегда привечает всех приятелей Павлика, она руководствуется простым соображением: уж лучше пусть сын тусуется в квартире на ее глазах, чем невесть где и с кем.

Но случай с Марийкой был совершенно вопиющим, и Маша не стерпела. Отправив девицу мыть руки, мать зашипела:

— Ты с ума сошел? Кого притащил? Где нашел эту красну девицу?

— Мама, — торжественно ответил Павлик, — Марийка та, о ком я мечтал. Да, она малообразованна, бедна и не имеет родителей. Но я, как лейтенант Шмидт, осчастливлю несчастную, женюсь на ней, спасу заблудшую душу.

Что было делать Маше? Сына она любит больше жизни. Терять обожаемого ребенка из-за того, что у него случилось помутнение рассудка, матери не хотелось. Пришлось принять невестку с распростертыми объятиями и ждать, пока ситуация разрешится сама собой. Маша очень надеялась, что Павлику скоро надоест возиться с девчонкой, использующей вместо носового платка угол свисающей со стола скатерти. Но оказалось, что Марийке самой опротивело жить в комфортных условиях, есть при помощи ножа с вилкой и спать на шелковом белье. Девице опостылели вечные замечания Павлика, подсовываемые им книги и робкие восклицания свекрови типа: «Марийка, деточка, не ходи, пожалуйста, в уличных сапожках по квартире, сними обувь у входа».

— Ничего, — радовалась сейчас Маша, — сын подуется и забудет эту идиотку. А ведь какие девочки его окружают: красавицы, из хороших семей, пусть не супербогатые, не беда, главное, они с нами одного круга. В Академии медицинской психологии других и нет.

Я вздрогнула:

— Где учится Павлик?

— В Академии медицинской психологии, — спокойно повторила Маша, — специально очень приличное место подобрала, думала, сын там достойную пару себе найдет, но увы, Павлуша Марийку встретил.

Глава 17

Забыв про поздний час, я убежала от Маши, вернулась в нашу квартиру, вновь вдохнула запах жареной картошки, проглотила появившуюся во рту слюну, услышала радостный лай собак, сдернула с вешалки свою куртку, выхватила из ботиночницы сапоги и услышала голос Кати:

— Лампуша, ты куда?

— Сейчас вернусь.

— Поешь сначала.

— Некогда, — пропыхтела я, пытаясь справиться с некстати заевшей «молнией».

В ту же секунду входная дверь распахнулась, появился веселый Костин в мокрой куртке и радостно сообщил:

— Снег пошел! Вот здорово! На дорогах чуть свободней станет. Чайники из гаражей выезжать побоятся. Лампудель, что у нас на ужин? Эй, ты куда?

— За капустой! — крикнула я, выбегая из квартиры в незастегнутых сапогах. — Щи сварить хотела, да не из чего.

— Ну ты... — начал было Вовка.

Не желая слушать его критику в свой адрес, я побежала по лестнице вниз.

— Она странно себя ведет, — послышался голос Катюши, — пришла, повесила одежду и мигом ушла, потом снова появилась, схватила куртку — и деру.

— Какие щи! На часы глянь, — начал возмущаться Костин, потом дверь хлопнула, и воцарилась тишина.

На улице и впрямь шел снег. Огромные, словно из ваты сделанные хлопья тихо падали с черного неба. Оказавшись на тротуаре, они мигом темнели и превращались в грязь. Я пошла к метро, при каждом шаге из-под подошв сапог били фонтанчики жидкого месива, и через пару мгновений джинсы снизу стали мокрыми. Прохожих не было, люди предпочитали в такую погоду сидеть по домам.

Возле метро, где днем стоят торговки с лотками, тоже оказалось пусто. Я огляделась по сторонам. Обычно здесь идет бойкая торговля конфетами, фруктами, газетами, всякой мелочью типа расчесок, ниток и резинок для волос. Но сейчас площадка пуста, ее усеивают обрывки газет, смятые банки из-под пива и кучи ошметков: луковая шелуха, капустные листья, ботва от моркови.

Я побродила по проспекту. Зря сюда явилась, торговцы давным-давно ушли.

— Слышь, девка, — прохрипел незнакомый голос, — дай два рубля.

Я повернула голову, у входа в метро стоял мужик неопределенного возраста, типичный «синяк», спившийся маргинал. Опухшее, одутловатое лицо его было покрыто разноцветными пятнами, от левого глаза к подбородку стекала сине-желто-зелено-фиолетовая полоса. Нос походил на калорийную булочку: коричнево-красный, круглый, припухший. Тощее тело красавца облачено в женское пальто с вытертым меховым воротником, ноги украшали рваные кроссовки.

— Слышь, — повторил бомж, — дай рубликов.

— Зачем вам деньги? — На всякий случай я отступила подальше от небесного создания.

Скорее всего у него блохи, а у нас собаки, еще принесу на себе паразитов и заражу щенят!

— В консерваторию хочу пойти, — прохрипел мужик, — на билет собираю.

— Куда? — изумилась я. — В консерваторию? В таком виде? Зачем говорите глупости, время позднее, концерты кончились.

Бомж хохотнул, обнажив черные пеньки зубов.

— А чего глупости спрашиваешь? Каков вопрос, таков ответ. Ясно ж, на бутылку стреляю. Коли можешь, дай. Нет, так не обижусь, иди мимо.

Я полезла в кошелек и не удержалась от укоризненного замечания:

— Работать надо, а не клянчить.

— Так я служу, — с достоинством сообщила асоциальная личность, — целый день кручусь.

— Да ну? И где же?

— А тут, у метро, — зябко поеживаясь, объяснил попрошайка, — у Мирзы. Ящики переношу, мешки девкам подтаскиваю. Между прочим, и сейчас при деле состою.

— Тут никого нет.

— Видишь палатки, — указал бомж на кучу изогнутых железных конструкций, горой лежавших у здания метро, — сейчас за ними приедут на «Газели» и увезут до завтра. Все по домам разбежались, а я на службе еще. Только Мирза жадный до ужаса. Мне две копейки платит, девкам-молдаванкам, что тут торгуют, тоже ерунду отстегивает.

— Постой-ка, — я навострила уши, — ты знаешь продавщиц?

— Конечно, сказал же, работаю с ними.

— Марийку не видел?

— Кого?

— Девушку, молодую, красивую, черноглазую, черноволосую...

— Они почти все такие, — пожал плечами мужик, — я их Таньками зову, так легче. Денег дашь?

— Хочешь сто рублей?

— Кто ж откажется.

— Познакомь меня с хозяином, с Мирзой.

— Завтра приходи, к восьми утра.

— Мне сегодня надо.

— И где его тебе найду?

Я развела руками.

— Денежки просто так никто не платит, хочешь сотню, старайся.

Попрошайка начал ощупывать лицо грязными пальцами, покрытыми болячками.

— Ладно, — наконец произнес он, — давай лавэ.

— За что? — не дрогнула я.

— Видишь, блочная башня стоит, ну та, где внизу булочная?

— Я хорошо знаю этот дом.

— Второй этаж, квартира слева, самая последняя, дверь рыжей кожей обита, — зачастил мужик, — ступай туда, позвони. Там бабка живет, Фаиной звать. Давай стольник за адрес.

— Послушай, — засмеялась я, — не считай меня полной дурой. Я рассчитывала получить за сто рублей координаты Мирзы, твоего хозяина, а ты мне про какую-то Фаину наплел. Оно, конечно, интересно, только к чему мне адрес бабки?

— У Фаины Таньки живут, — объяснил бомж, — она им койки сдает, а к одной из Танек Мирза ходит. Дома-то у него жена и две дочки, вот он и веселится на стороне. Скумекала? Гони монету.

Я протянула ему стольник.

— Эй, Пашка, — донеслось с проспекта, — хорош сачковать, тащи сюда палатки.

Маргинал мгновенно спрятал деньги, схватил кучу изогнутых палок и поволок их к остановившейся на проспекте «Газели». А я, дрожа от холода, поспешила к белой блочной башне.

В этот дом я хожу почти ежедневно. На первом этаже здесь располагается очень хорошая булочная, торгующая настоящими, заводскими батонами. В тонарах по соседству вам предложат мягкие и совершенно безвкусные булки. Но в самом здании, где обитают жильцы, я не бывала ни разу.

Подъезд выглядел запущенным, и пахло в нем соответствующе. Башня расположена рядом с метро, и толпа, текущая мимо, использует парадное вместо туалета. За все надо платить. Если вы обитаете в двух шагах от подземки, то готовьтесь к тому, что придется выгонять с лестницы бомжей, пригревшихся около батареи, и вполне приличных людей, которым приспичило освободить мочевой пузырь. Впрочем, сейчас большинство дверей в подъездах сделано из железа, и их украшает домофон или кодовый замок. Но дверь в нужную мне башню была открыта.

Сначала я по привычке сунулась в лифт, но тут же выскочила обратно. «Аромат» в кабине был еще хуже, чем на лестнице.

Решив, что легко одолею второй этаж, я пошла по лестнице пешком. Бомж не обманул, дверь, покрытая местами рваной кожей рыжего цвета, нашлась именно там, где он сказал.

Не успела я позвонить, как створка распахнулась, на пороге появилась толстая старуха, одетая в байковый халат и замотанная в остатки пухового платка. При виде меня лицо бабки отразило горькое разочарование, очевидно, она ждала совсем другого человека.

— И что надо? — визгливо спросила бабуля.

Вырвавшийся из туши писк мог удивить кого угодно, но не меня. Проучившись несколько лет в консерватории, я сделала удивительный вывод: тембр и тональность голоса никак не зависят от телосложения владельца. Встречались в наших аудиториях здоровенные парни, смахивающие на племенных быков, певшие таким фальцетом, что кастрат Фаринелли умер бы от зависти, а самым густым, шаляпинским басом обладала Неля Краскина, полутораметровая брюнеточка, покупавшая себе платья в «Детском мире».

— Зачем пришла? — пищала бабка. — Ночь на дворе, добрые люди в такое время по дворам не ходют.

— Позовите Таню, пожалуйста.

— Кого?

— У вас живут девушки-молдаванки?

— Твое какое дело? — Бабушка подперла бока кулаками. — Квартира в моей личной собственности, что хочу, то и ворочу. Ясно?

— Не волнуйтесь, пожалуйста. — Я изо всех сил старалась сохранить улыбку на лице. — Мне все равно, сколько народу ютится в ваших апартаментах. Я ищу девушек-торговок, потеряла...

Бабка внезапно захлопнула дверь. Я осталась на лестнице, так и не договорив фразы. Хотела сказать: «...Потеряла свою родственницу, Марийку, вроде она здесь жила», но гадкая старушонка не пожелала иметь со мной дела.

Рука вновь потянулась к звонку. Ладно, Фаина, не хочешь по-хорошему, будет по-плохому, я не хотела пугать пожилую женщину и не стала совать ей в нос удостоверение сотрудника МВД. Но сейчас именно так и поступлю, небось с майором милиции грымза поведет себя по-другому.

Но не успела я ткнуть пальцем в кнопку, как дверь распахнулась, теперь на пороге стояла худенькая, маленькая, почти бестелесная девушка.

— Пятьсот рублей, — сурово заявила она.

— За что? — изумилась я.

— Вы за паспортом пришли? — прищурилась девица.

Я не знала, как следует ответить на заданный вопрос, и замямлила:

— Ну... да... конечно, мне Таня нужна.

— Таня уехала, — шмыгнула носом девчонка, — домой отправилась, неделя уже прошла, мы тут по вахтенному методу работаем, приедем на полгода и назад, дети у всех брошенные. Денег подзаработаем и к ребятам, кончатся баксы, снова к вам торговать. Укатила Танька, паспорт мне оставила, сказала: «Если растеряха явится, отдай, да не продешеви». Хочешь документ — отстегивай полтыщи. Вы, москвичи, богатые, сотен не считаете. Ну, смотри, твой ведь!

Ловким движением она выудила из кармана бордовую книжечку и стала размахивать ею перед моим лицом.

— Скажите, тут все продавщицы новые? — поинтересовалась я.

— Кто десять дней назад приехал, кто месяц уже торгует, — сказала девчонка.

— Мне Марийка нужна, — безнадежно протянула я.

— Нету такой.

— А была?

— Понятия не имею.

— Никого из прежних торговок не осталось?

— Нет, сказала же, мы только что приехали.

— Не подскажете адрес Мирзы?

— Это кто ж такой?

— Хозяин лотка.

— Да? Мы с Абдуллой дело имеем.

— Вы у метро овощами торгуете?

— Ну.

— Ваша точка там одна?

— Ага.

— И владельца зовут Мирза?

— Не. Абдулла.

Разговор явно зашел в тупик.

— Чегой-то я не пойму, — нахмурилась девчонка, — ты паспорт берешь?

Я хотела было сказать, что мой документ мирно лежит дома в шкафу, но неожиданно выпалила:

— А как он тут оказался?

— Неужто не помнишь, где посеяла? — захихикала продавщица. — Не выеживайся. Бабка Фая сказала: «Иди, Ленка, там эта заявилась, растеряха, паспорт спрашивает».

Вовсе нет, я просто вымолвила слово «потеряла», ни о каком удостоверении личности речи не было, старуха сама додумала конец фразы.

— Ладно, — неожиданно подобрела девушка, — вижу, ты не шибко-то богатая, три сотни — и паспортина твоя. Еще скажи спасибо, что Танька его сберегла, объясняйся потом в милиции, куда документ девался. Да твой, твой. Во, бери, только из моих рук.

Боясь, что я выхвачу у нее бордовую книжечку и убегу, не заплатив ни копейки, продавщица, крепко держа паспорт, раскрыла его, на пол выпало маленькое фото. Я нагнулась и подняла снимок. На нем было запечатлено два девичьих лица. Одно, обведенное ярко-красным фломастером, показалось мне хорошо знакомым, не прошло и секунды, как я поняла: это жена Павлика Марийка, или Лера Кислова.

— Ну чего? — не замечая моего удивления, наста-ивала девушка. — Даешь деньги?

— Да, да, спасибо, — заторопилась я, вытаскивая купюры, — и как только его потеряла, уму непости-жимо! Хорошо хоть догадалась, что около вашего лотка посеяла. Небось кошелек вынимала и выронила паспорт. Не помните, когда это произошло?

Девица пожала плечами:

— Понятия не имею, мне Танька его отдала, ска-зала: «Храни, может, тебе повезет, явится хозяйка — денег получишь».

Гастарбайтерша захлопнула дверь, я осталась на площадке в одиночестве, потом, еще раз поглядев на фото, открыла паспорт и посмотрела на черно-бе-лый снимок, запечатлевший круглощекое личико с вытаращенными глазами. Всегда удивлялась: ну ка-ким образом милиционеры и пограничники способ-ны по фотографии, вклеенной в паспорт, узнать че-ловека? Я сама выгляжу на ней так, что вызываю глубокое изумление даже у себя самой. Эта брюнет-ка с гладко прилизанной прической — Евлампия Ро-манова? Вот уж диво-дивное. В реальной жизни у меня коротко стриженные, торчащие в разные сто-роны светлые волосы.

Кому же принадлежит выкупленный мною пас-порт, отчего в нем лежит фотография Леры-Марий-ки? Впрочем, вдруг я ошибаюсь и Марийка на самом деле полуграмотная девочка из глухого молдавского села? Бывают же на свете двойники.

Я прочла имя, отчество и фамилию. «Свириденко Алла Борисовна». Потерянный документ принадле-жал Аллочке.

Вне себя от гнева, я ринулась было во двор, но потом все же остановилась. Спокойно, Лампа, спо-койно, сейчас уже ночь, завтра с утра отправишься к наглой лгунье Алле и заставишь ее рассказать правду. Пусть ответит, по какой причине она разыскивала Леру, показывая ее фото торговкам капустой. Впрочем, утром мне следует быть у врача, у некоего Петра Лыкова, которого порекомендовала Ирина Петровна, та самая, которая делает томограммы в аптеке. Хотя, о боже, я же должна была пойти к нему сегодня, совсем крыша поехала — напрочь забыла! Ну ничего, пойду к нему завтра.

Глава 18

В семь утра я с огромным изумлением увидела в ванной Юру, чистившего зубы.

— Ты у нас ночевал?

— Угу, — кивнул он, — зарапортовался вчера, все-таки велел морильщику полностью квартиру обработать. Тараканы жуткие существа, ушмыгнет один — потом армия народится. Убрал все, картошки почистил и пожарил. Катюша с Володей очень довольны остались.

— Мы поедем за СВЧ-печкой? — заглянула в ванную Катя. — Лампуша, приветик.

— Куда? — удивилась я.

Катя неожиданно покраснела.

— Да вот Юрик советует микроволновку приобрести, — объяснила она, — говорит, очень удобная вещь.

— Странно, что у вас ее до сих пор нет, для работающих женщин это первое дело. Еда готовится за две минуты, мясо можно мигом приготовить, курицу, рыбу.

— Суп, — подхватила Катя.

— Нет, — предостерег Юра и начал, фыркая, умываться, — воду в СВЧ-печку ставить нельзя. Ну да в магазине при покупке инструкцию дают, в ней все сказано.

— Давай собирайся быстрее, — велела Катя, — пойду пока машину разогрею.

Напевая, она ушла.

Я с немым удивлением посмотрела ей вслед. С чего это она такая веселая? Просто майский соловей, а не измученный работой оперирующий хирург, стоящий у стола по десять часов в сутки.

Юра вытер лицо и неожиданно спросил:

— Слышь, Лампа, вы с Катюшей сестры?

Мне некогда было вводить его в курс дела, поэтому, отодвинув любопытного парня от рукомойника, я схватила зубную щетку, гель для умывания и, не вдаваясь в подробности, ответила:

— Да.

— А, — протянул Юра, — поэтому у вас отчества одинаковые и фамилии, да и похожи вы внешне. А кто старше?

— Тебе зачем?

— Ну так... просто.

— Раз так просто, то и отвечать не стану, обе молодые.

— Мужья-то у вас были? — не успокаивался Юра.

Бившая из крана теплая вода внезапно показалась мне ледяной. В свое время я носила на пальце обручальное кольцо, только меньше всего мне хочется сейчас вспоминать про человека по имени Михаил Громов. Нет, в то время, когда мы считались супругами, он был безупречно заботлив, вежлив, внимателен, покупал мне пирожные, делал мелкие подарки, лечил от многочисленных болячек. Я чувствовала себя просто сволочью: муж без устали хлопочет вокруг жены, а ту передергивает при виде любящего супруга. Я изо всех сил пыталась полюбить Михаила и делала это ради мамы, которая, сосватав меня с Громовым, посчитала свою миссию на земле выполненной и умерла. Я казалась себе неблагодарной дрянью и была абсолютно уверена: Михаил меня любит и печется о нашем благополучии. Впрочем, вспоминать сейчас все детали своей «долампиной» жизни мне крайне неприятно.

Скажу лишь, что прозрение было горьким[1]. Михаил осужден, мы развелись и потеряли друг друга из вида. Где Громов — я понятия не имею и, честно говоря, знать не хочу. Естественно, Катя в курсе моих неприятностей. И вот что интересно, ее бывший муж, Игорь, уже после их развода влип в криминальную историю и сейчас коротает время в бараке на зоне. Так что у нас с Катей не только одна фамилия и отчество, но и одинаковая женская карма. Шутница-судьба столкнула вместе двух женщин, отцов которых звали Андреями Романовыми. Хотя, если вдуматься, эти имя и фамилия вовсе даже не редкие. Кстати, Юра прав, мы слегка похожи внешне, но намного более важно иное: у нас с Катюней одна реакция на внешние раздражители, мы, если вас не покоробит пафосное высказывание, смотрим на окружающий мир одними глазами, и это делает нас, по крови чужих, ближе родных сестер. Впрочем, есть у нас и принципиальное различие. Я предпочитаю не вспоминать Михаила. Никогда. И на вопрос: «Были ли замужем?» — недрогнувшим голосом отвечаю: «Нет». Катюша же совершенно спокойно сообщает: «Да, дважды, может, мне в третий раз повезет».

— Вы замуж-то выходили? — повторил вопрос Юра.

— Я нет, а Катя да, два раза.

— И где теперь ее мужья?

— Понятия не имею. Один вроде эмигрировал из

---

[1] См. книгу Дарьи Донцовой «Маникюр для покойника», издательство «Эксмо».

России, а второй сидит, за что, точно не скажу. С какой стати ты нашими анкетами заинтересовался?

— Ну, — промямлил Юра, — из чистого любопытства.

Я внезапно вспомнила покрасневшую Катю и мигом сообразила: вот оно что! Юра понравился моей подруге, а она ему. Почему бы и нет? Катюша еще молода, может, ей и впрямь повезет в третий раз. Юра не кажется противным, похоже, он человек внимательный, выгнал от нас тараканов, убрал квартиру, сейчас собрался за СВЧ-печкой. А что? Кирюшка, Сережка и Лиза вполне взрослые, квартира у нас большая. Наверное, на моем лице отразились эти мысли, потому что Юра вдруг произнес:

— Оно, может, и смешно звучит, только мне десять лет назад гадалка напророчила, схватила на улице за руку и выдала: «Счастье найдешь через катастрофу, на улице, машина тебя сшибет, а за рулем судьба твоя будет сидеть». Так почти и вышло.

— Почему почти?

— Ну «Жигулями»-то ты управляла, — улыбнулся Юра, — а нравится мне Катя.

Пришлось признаваться:

— Я просто рядом сидела.

Юра расцвел в улыбке:

— Значит, сбылось предсказание. Слышь, Лампа, ты не против, если я за твоей сестрой поухаживаю?

— Попробуй, — улыбнулась я, но продолжить фразу не успела.

— Лампуся, — донесся из коридора голос Катюши, — пойди-ка сюда.

Юра схватил меня горячей рукой.

— Пожалуйста, не выдавай меня. Я ужасно влюбился, прямо как школьник.

— Разве это стыдно? — удивилась я, но потом

увидела умоляющие глаза Юры и кивнула: — Не волнуйся, я никогда не разбалтываю чужие секреты.

— Ну спасибо, — зашептал Юра.

— Имей в виду, — шепнула я в ответ, — обидишь Катюню, мало тебе не покажется.

Потом быстро вытерла лицо полотенцем и вышла в прихожую.

— Машина опять не заводится! — горестно воскликнула Катя.

— Возьми мою.

— А ты как?

— Ерунда, прокачусь на метро. Вам же за печкой ехать.

Катюша сняла с крючка ключи.

— Спасибо.

— Нема за що, — улыбнулась я, — все равно мои «Жигули» бывшие твои, пользуйся на здоровье. Кстати, как там наши дети, Лиза и Кирюшка?

— Все в порядке, — ответила Катя, и они с Юрой удалились.

Петр Лыков оказался лысым мужиком лет сорока. Взяв снимки, сделанные Ириной Петровной, он хмыкнул:

— Да уж!

— Все так плохо? — испугалась я.

— Кто вас направил к Ирине?

— Видите ли, я зашла в аптеку купить лекарство, фармацевт посоветовала сделать томограмму и отвела меня к доктору.

— Куда? В какую больницу? — настаивал Лыков.

— Так в соседнюю дверь.

— Аптека находится при каком-то лечебном учреждении?

— Нет, просто на первом этаже дома.

— С ума сойти! Кто бы мог подумать! Просто обалдеть!

— Мое состояние настолько плохо?

— У вас большая проблема с головой! — рявкнул Лыков.

— Знаю, — грустно ответила я, — из этой томограммы ясно, что я олигофрен с отсутствующим центром речи.

Петр на секунду замер, потом уронил голову на стол, прямо на снимки, и разразился серией коротких звуков. Я попятилась, врач то ли лаял, то ли квакал. Может, лучше уйти? Или доктору самому требуется медицинская помощь?

— Вам плохо? — осторожно осведомилась я.

Петр поднял голову.

— Давно так не смеялся, последний раз это было лет пять назад, когда явился больной, которому экстрасенс пообещал косые мышцы живота прямыми сделать[1].

Лично мне данное заявление совсем не показалось веселым, по-моему, если в организме что-то перекосилось, это следует выпрямить.

— Уважаемая Евлампия, — торжественно заявил врач, — такое обследование не делают в аптеке. Томограф вещь дорогая, стоит не одну тысячу долларов, не всякая больница в столице обладает подобным оборудованием. То, что вам сделали в аптеке, не имеет никакого отношения к томограмме. Это какая-то компьютерная программа. Их расплодилось много. Из огромного разнообразия всяких средств лично мне более или менее нормальной кажется диагностика по Вернеру.

— Как?

---

[1] К о с ы е м ы ш ц ы — это название мышц, они никак не могут стать прямыми.

— По Вернеру, — пояснил Лыков, — это фамилия такая, но не о ней сейчас речь. Ирина Петровна — дура.

— Но она представилась профессором, — возмутилась я.

— Точно, — кивнул Петр, — милейшая дама защитила все возможные диссертации, только ума ей это не прибавило. Если человек идиот, то он им останется, даже став трижды доктором наук. Я знаком с Ириной двадцать лет, сейчас она в придачу к своим слабым умственным способностям стала плохо видеть, путает очки и несет полнейшую чушь. Насколько я помню, она никогда не была замужем, живет одна и вынуждена подрабатывать к пенсии, поэтому и сидит при аптеке, пугает наивных людей своими «диагнозами».

— Так я не олигофрен?

Петр снова захохотал:

— Не похоже. Никакая томограмма не дает представления об умственных способностях человека.

— А позвонок? Атлант, который перекроет доступ крови в мозг? Я не умру?

— Чушь собачья, ладно, пошли, — велел Петр.

— Куда? — испугалась я.

— Сделаем анализы, потом УЗИ.

Подталкиваемая крепкой рукой, я оказалась сначала в лаборатории, а затем на кушетке, застеленной темно-зеленой простыней. Толстая тетка принялась водить по моему голому животу чем-то похожим на утюг. Я скосила глаза на стоящий в изголовье экран монитора, но ничего не поняла. По нему носились пятна неопределенной формы.

— Петя, — неожиданно сказала тетка, — глянь!

— Да, — протянул врач, — ну и ну!

— Нехорошо.

— Просто отвратительно.

— Во народ, твердят ведь им постоянно: проверяйтесь, проверяйтесь, — зазудела тетка, — и что? Теперь проток перекрыт.

— Худо.

— И не говори.

Как бы вы себя чувствовали, лежа на моем месте? Простыня моментально прилипла к моей спине.

— Что-то не так? — теряя сознание от ужаса, поинтересовалась я.

— Все не так, — гаркнул Петр. — Вы нормально ходите?

— В каком смысле?

— Боли при ходьбе есть?

— Н-нет.

— Странно. Должны быть.

— Небось отмерло все, — влезла тетка, — некроз, последняя стадия.

— Чего? — пролепетала я.

— Всего, — мгновенно отреагировала баба. — Вас тошнит?

— Н-нет.

— А должно!

В то же мгновение я ощутила резкий приступ дурноты.

— Дайте скорей тазик, — вырвалось у меня.

Тетка протянула эмалированный лоток.

— Вот, — удовлетворенно отметила она, — и зачем доктора обманывать? Ясно же, что в подобной фазе никакая пища не удержится! Ну народ, хотят, чтобы их вылечили, и соврать норовят. И ведь, обрати внимание, Петя, она не одна такая, косяком вруны идут, прямо один за другим!

— Народ тупой, — сердито подхватил Лыков, — дотянут до последнего, когда медицина уже бессильна помочь, а потом являются, думают, им таблетки пропишут и все пучком. Ан нет, оперироваться пора.

— Господи, — пропищала я, — мне совершенно не с руки сейчас на стол ложиться.

— А вам никто и не предлагает, — хором ответили врачи и понимающе переглянулись.

Меня затрясло.

— Тремор, — сказал Петр, — видишь, Соня, — тремор[1].

Я окаменела. Тремор? Это что? Название болезни?

— Ступор, — подхватила Соня, — дело труба.

— Мне не поможет даже оперативное вмешательство? — пролепетала я.

Медики вновь переглянулись, затем Петр неожиданно навесил на лицо сладкую улыбку и засюсюкал:

— С чего это мы так заволновались? С какой стати занервничали? Вы одни пришли? Или с мужем?

— Я не замужем.

— Мама привезла?

— Мои родители умерли.

Повисло зловещее молчание.

— Давно скончались-то? — участливо поинтересовалась Соня.

— Достаточно.

Доктора снова принялись корчить друг другу рожи, они поднимали брови, кривили рты, потом Соня вздохнула:

— Да, генетика страшная вещь. Встречаются такие семьи, обреченные на вымирание.

Я, было севшая на кушетку, упала на спину.

— Спокойно, милая Евлампия, — бодро вещал Петр, — анализы пока не готовы, клиническая картина не ясна.

Я застонала:

— О-о-о!

---

[1] Т р е м о р — дрожь.

— Где болит? — участливо спросил Лыков.

— Везде.

— Правильно, — кивнул врач, — состояние соответствует симптоматике. Болезнь протекает согласно описанию. Можете ответить на некоторые вопросы?

— Д-да, — прозаикалась я, вновь пытаясь сесть.

— Вы лучше лежите, — посоветовала Соня, — берегите силы.

— Утром легко встаете? — начал Петр.

— Нет.

— Спать хочется?

— Да.

— Завтракаете нормально?

— Это как?

— Ну, предположим, творог со сметаной, тарелка овсянки с вареньем, два яйца, стакан сока, хлеб и кофе.

Я икнула. Господи, мне столько за неделю не слопать.

— Нет. Беру тостик, мажу «Виолой», и все.

— Почему так мало?

— Не хочется больше.

— Все верно, — влезла Соня, — отсутствие аппетита.

— Вечером устаете? — продолжал Лыков.

— Да.

— В десять уже спать хотите?

— Точно.

— Домашняя работа раздражает?

— Случается.

— Выходите из себя?

— Изредка.

— Ночью просыпаетесь?

— Ну, в общем, да.

— Воду пьете?

— Конечно.

Доктора зацокали языками, меня опять заколотило.

— Тремор, — сообщила Соня.

— Да, — согласился Петр и приступил к новой серии вопросов: — Курите?

— Совсем немного.

— Пьете?

— Нет-нет, никогда.

— Ведете здоровый образ жизни?

— Стараюсь.

— Встаете и ложитесь всегда в одно время, питаетесь по часам, в основном блюдами из овощей и круп, вместо мяса употребляете куриные грудки и рыбу, не пьете чай, кофе, гуляете по два часа, дышите свежим воздухом?

— Нет, но...

— Ходите в спортзал три раза в неделю и занимаетесь там не меньше пятидесяти минут?

— Нет.

— Можете назвать цифры своего давления?

— Нет.

— Пьете витамины?

— Есть пищевые добавки, но я забываю их принимать, — честно призналась я.

— Ваш вес?

— Сорок девять, нет, сорок восемь, нет... не знаю!

— Ходите много пешком?

— В основном на машине рулю.

— Нервничаете часто?

— Иначе-то не получается!!!

— Следовательно, ваш образ жизни никак нельзя назвать здоровым, — резюмировал Петр.

— Не пугайтесь, — вдруг заявила Соня, — наука ушла далеко вперед. Вас, конечно, не вылечат, но дни ваши продлят.

— Только качество жизни будет иное, — вздохнул Лыков.

— Ничего, — возразила Соня, — зато поживете пока на этом свете, лысая, перекошенная, в инвалидном кресле, парализованная, но живая.

Я почувствовала себя совсем скверно.

— И когда со мной подобное произойдет?

Соня выпятила вперед нижнюю губу.

— Ну... Голова у вас болит?

— Нет.

— А должна!

В висок мигом воткнулась тупая игла.

— Уже схватило, — простонала я.

— Вот! — Соня подняла вверх указательный палец. — Говорила же! А в спине колет?

Я прислушалась к себе.

— Да!

— С правой стороны тянет?

— Ага!!!

— И желудок сдавливает?

— Верно.

Врачи зацокали языками.

— Что со мной? — еле-еле дыша, спросила я.

Петр кашлянул.

— По-хорошему вас следует немедленно госпитализировать, но в стационаре мест нет. Вот что, оставьте телефон, позвоню вам на днях, постараюсь помочь.

— Уж сделайте доброе дело, — закивала Соня, — видите, совсем человек загибается.

— Анализы будут готовы, — протянул Лыков, — вы пока на строгой диете посидите.

— Это как?

— Ничего жирного, сладкого, мясного, рыбного, соленого. Фрукты и овощи тоже исключаются, яйца, сыр, молочные продукты вообще забыть следует.

— Что же есть?

— Ну... чай без сахара и варенья, сухарики, еще гречку можно, но не сдабривать ее маслом.

— Геркулес?

— Яд! Чистая отрава, — засуетилась Соня, — вы сейчас осторожненько домой идите, ноги аккуратно ставьте, не ровен час, упадете.

Кивнув, я побрела к двери. Нижние конечности подрагивали и подкашивались в коленях. Желудок противно сокращался, низ живота болел, в правом боку кололо, голову сжала мигрень. На пороге я очень осторожно повернулась. Доктора участливо, с неописуемой жалостью смотрели мне вслед.

— Может, витаминчики попить или травки какие? — вырвалось у меня из глубины души.

Соня и Петр вздохнули, помолчали, потом хором сказали:

— А какой смысл?

Глава 19

Еле дыша, я выбралась на улицу и поискала глазами своего верного коняшку. Не увидев «жигуленка», я пришла в ужас и уже собралась заорать: «Помогите, угнали машину!» — но внезапно вспомнила: пользуюсь сегодня метро, и потом, мое авто не тронут угонщики. Продать ржавые останки невозможно, их не возьмут даже даром, разбирать на запчасти — глупо. Ну кто станет покупать детали, срок годности которых истек пару лет назад? Да еще салон внутри напоминает поле после танкового сражения. Именно в этом кабриолете мы возим на дачу собак. А если вспомнить, что в дороге Мулю всегда тошнит, Рамика схватывает энурез, а Рейчел ухитряется влезть на сиденье с грязными лапами, то становится понятно, что никакая химчистка тут не поможет. Одна Ада ведет себя прилично, она тихо лежит на сиденье и методично, без стона, воя, визга и лая обгрызает край кресла. Единственное, что у моей машины в порядке, это колеса, не так давно я обула ее в зимнюю резину.

Голова кружилась, я прислонилась к забору, ограждавшему больницу. Что делать? Сообщить Кате о моем состоянии здоровья? Если уж ложиться в клинику, то лучше в ту, где работает любимая подруга. Но Катя испугается, забросит все дела, возьмет отпуск и осядет около моей койки, начнет выхаживать бедную Лампу. Впрочем, судя по последней фразе, которую изрекли Петр и Соня, мои дни сочтены и помочь мне не сможет ничто. Следовательно, подруга потеряет время зря. А еще эта Соня пообещала, что мне в принципе могут сохранить жизнь, и я, парализованная, немая, слепая... Ой нет, лучше умереть сразу, чтобы близкие люди помнили тебя нормальной. Не хочу никого обременять и никому не собираюсь портить жизнь.

И еще, если я сейчас лягу на койку и стану тихо отъезжать на тот свет, кто же разгадает до конца страшную историю? И кто даст гарантию, что не найденная мною цыганка не заявится вновь и не попытается еще раз посягнуть на жизнь Ады, Кирюшки и Лизы? Нет, я совершенно не готова оказаться на том свете, у меня на этом полно неоконченных дел.

Дурнота стала отступать. Я осторожно пошевелила руками, кажется, двигаются. Значит, так! Сейчас еду к Аллочке, продолжаю расследование и никому ни слова не говорю о своей смертельной болячке, кстати, что со мной? Ни Петр, ни Соня не сообщили мне диагноз. Вот Ирина Петровна мигом разболтала про олигофрению и кривой позвонок. Может, все-таки она права, а Петр ошибается? Хотя какая разница! И доктор наук, и Лыков пообещали мне скорую смерть, ей-богу, все равно, по какой причине она наступит, главное, успеть найти цыганку.

Неожиданно мигрень ушла. Я обрадовалась, вот и хорошо, значит, еще поживу. В голове прояснилось, перестали трястись коленки, мне стало жарко. Я распахнула куртку, не стоит расстраиваться. Во-первых, подождем результата анализов, во-вторых, все детство, отрочество, юность и большую часть зрелости, до моего превращения из Фроси в Евлампию, я безостановочно болела: отит, колит, бронхит, воспаление легких, аллергия, насморк, кашель... — всего не перечислить. И ничего, жива пока. В-третьих, следует немедленно заняться делом, вот если увижу, что конец близок, тогда, умирая, велю Костину довести начатое мною расследование до конца.

Из-за угла вынырнуло маршрутное такси. Я замахала руками. «Газель» притормозила. Я попыталась отодвинуть дверь, но она даже не дрогнула. Интересно, какая умная голова проектировала эти машины? Для того чтобы попасть внутрь, нужно приложить немало усилий. Как минимум полагается знать, что вначале створку следует резко потянуть на себя, а затем мгновенно дернуть влево. Без привычки и сноровки подобный трюк удается лишь с десятой попытки. Впрочем, те, кто полагает, что выйти из маршрутки легче, чем войти в нее, фатально ошибаются, изнутри дверь открыть практически невозможно, и в конце концов, отодвинув ее, вы рискуете просто выпасть на дорогу, уже совершенно обессилев.

Пару секунд я пыталась справиться с дверью, потом увидела на стекле объявление «Граждане! Не хлопайте сильно дверью, она может отвалиться и упасть вам на ноги».

От смеха у меня появились новые силы, руки окрепли, и я наконец-то оказалась внутри салона.

— Эй, — ожил водитель, — садись быстрей.

— Куда?

— Че, все занято? Тогда вылазь!

— Можно стоя? Мне только до метро.

— Нет!

— Но почему? Езды две секунды, — заныла я, — холодно, мокро, замерзла вся.

— Я бы с дорогой душой, — сказал шофер, — да начальство запретило. Сегодня утром нас предупредили: «Имейте в виду, козлы, салон набивать нельзя. При аварии количество трупов должно совпадать с количеством сидячих мест».

Я заморгала и увидела на стене еще одно объявление: «Мамаши, садите на руки пятилетних детей, а не шестнадцатилетних придурков. Граждане, ешьте орехи, семечки и бананы вместе с кожурой».

— Девушка, — раздался тихий голосок, — идите сюда, тут местечко имеется.

Спотыкаясь о чужие ноги, я добралась до последнего ряда кресел и умостилась на деревяшке, положенной между двумя мягкими сиденьями.

— Эй, — заорал шофер, — тут каждый входящий платит.

Я стала искать кошелек.

— Кстати, — ожила толстая тетка, сидевшая около меня, — я еще когда деньги передала, где сдача?

— Я не осьминог, чтобы сразу всем монеты протягивать, — сообщил шофер, стартуя с места.

— Остановите где-нибудь здесь! — крикнул мужчина в кепке.

— Во народ! — восхитился водитель. — Остановка где-нибудь здесь будет где-нибудь там. Предупреждать об остановке следует заранее, причем орите так, словно вы пять минут назад ее проехали.

Продолжая ворчать, он все-таки притормозил,

мужчина в кепке выбрался наружу, в салон полезли новые пассажиры.

— Куда поперли, — закаркал водитель, — есть всего одно место.

— А около тебя, сыночек, — залебезила старуха с пакетом, — давай там сяду.

— Э нет.

— Почему, сы́ночка?

— Здесь сидят только те, у кого девяносто — шестьдесят — девяносто.

— Ты о чем толкуешь, детка? — не сообразила старуха. — Про давление интересуешься?

Пассажиры тихонько захихикали.

— Жди следующую машину! — рявкнул шофер, но бабуся оказалась из скандальных.

— А ну, давай жалобную книгу, — обозлилась она, — место есть, а не садишь!

— Книга жалоб и предложений находится в следующей машине, — не растерялся парень, — дождись и пиши что хочешь.

— Ну погоди, — пригрозила старуха, — ведь назло тебе ждать стану.

— Уходя, закрой дверь так, как у своего холодильника, — не дрогнул водитель.

Ругаясь, бабуля осталась на мостовой.

— Сколько стоит проезд? — осведомилась тетка, которой досталось место.

— Пять секунд страха — и вы в метро, — раздалось в ответ, — стоимость аттракциона десять рублей. Ну чего, поехали?

— Да, — прозвучал хор голосов.

— Классно, — кивнул шофер, — выпускаю закрылки, просьба не бегать по салону, через пару секунд коснемся колесами парковочной дорожки у метро.

Если вы думаете, что он пошутил, то глубоко заблуждаетесь. «Газель» с невероятной скоростью понеслась вперед, ловко лавируя между рядами машин. Пассажиров мотало из стороны в сторону, шофер подпевал песням, доносившимся из радио. Я вцепилась в необструганную деревяшку: интересно, место, которое досталось мне, на учете? А то сейчас разобьемся, и мой труп окажется в микроавтобусе лишним.

Но, как ни странно, авантюра благополучно завершилась возле подземки. Я вскочила в вагон и привалилась к дверям. Похоже, поездки на общественном транспорте теперь напоминают игру в русскую рулетку, остались живы — благодарите господа, ваш ангел-хранитель не почивал, а работал.

Несмотря на то что времени было почти двенадцать дня, Аллочка спала. Дверь она распахнула не сразу, а когда наконец открыла, оказалось, что хозяйка квартиры выглядит не лучшим образом: волосы всклочены, глаза опухшие, рот раздирает зевота.

— Вы опять? — удивилась девушка. — В такую рань! Прямо офигеть!

— Люди скоро обедать отправятся!

— Так я же болею!

И то правда, если вас свалила инфекция, лучше всего задать храпачка, но мне недосуг ждать, пока хитрая врушка выспится.

— Раз уж вы проснулись, придется ответить на пару вопросов!

— С какой стати? — обозлилась Аллочка.

Я вытащила фото.

— Ваше?

У девицы забегали пронырливые глазки.

— Ну... нет...

Я начала сердиться.

— Уверены?

— Ага.

— Вы ведь увлекаетесь фотографией.

— И чего?

— Знали Леру Кислову?

— С ней многие знакомы были, — Аллочка постаралась изобразить полнейшее равнодушие, — и в театральном институте, и в нашей академии, может, еще где. Чего ко мне опять заявились?

— Снимок...

— Его любой сделать мог, — быстро отбила меч девица, — на обороте разве печать стоит? Работа Свириденко? Нет ведь! Идите восвояси, спать хочу.

Я вытащила паспорт, раскрыла его и резко спросила:

— Ваш?

Аллочка покраснела.

— Ну...

— Так ваш или нет?

— Мой.

— И где вы его потеряли?

— Кретинский вопрос! — взвилась хитрюга. — Если б знала, пошла бы и забрала.

Я без приглашения вошла в прихожую, повесила куртку на вешалку и спокойно спросила:

— Знаешь, что бывает за лжесвидетельство?

— Нет, — растерянно шмыгнула сопливым носом Алла.

— Суд и срок.

— Врете.

— По статье за лжесвидетельство привлекают редко, — продолжала я, — но постараюсь, чтобы ты получила по полной программе, сполна. Вранье должно быть наказано!

— Эй, эй, — воскликнула Алла, — вы что делаете?

— Звоню на Петровку, 38, — каменным голосом ответила я, — вызываю автобус, чтобы отвезти тебя в СИЗО. Не хочешь по-хорошему, придется применять жесткие меры. Впрочем, ты мне понравилась, поэтому даю тебе совет: не ври следователю, это глупо. Твой паспорт нашли у лотка, где торгуют овощами молдаванки, девушек допросили. Одна из них, по имени Танька, мигом вспомнила, что к торговой точке не так давно подходила девушка, показывала фото и спрашивала про Леру...

Из глаз Аллы потекли слезы.

— Ой, не вызывайте машину.

Я сунула мобильный в карман и притворно вздохнула:

— Вечно меня жалость губит. Ладно, дам тебе последний шанс.

— Пойдемте на кухню, — залебезила хозяйка, — хотите кофе? Я дорогой купила, лучший из растворимых.

— Не пью суррогаты и тебе не советую, лучше уж купить натуральные зерна. И пришла я сюда не для того, чтобы наслаждаться арабикой, впрочем, я люблю только капуччино, тебе его не сварить. И вообще, хватит зубы заговаривать, лучше быстро рассказывай: как было дело?

— Давайте хоть сядем, — взмолилась Алла, — не у двери же болтать!

— Хорошо, — кивнула я, и мы прошли в большую комнату, служившую хозяевам гостиной, столовой и кухней одновременно.

— Лерку к нам Сергей Васильевич привел, — напомнила Алла, — из своего института.

— Ты об этом уже рассказывала.

Аллочка кивнула:

— Ага. И она со мной не очень общалась, зато с Римкой сразу скорешилась, а я тоже с Борискиной дружила, поэтому мы периодически втроем куда-нибудь закатывали.

Аллочку немного обижало сложившееся положение. Они с Риммой вроде как хорошие подружки, тайн друг от друга не имеют, везде вместе ходят, а тут появляется Лера, и Борискина мигом забывает про Аллу. Свириденко почувствовала себя третьей лишней. Лера и Римма постоянно о чем-то болтали, но стоило Аллочке приблизиться к сладкой парочке, как девицы замолкали и фальшивыми голосами начинали обсуждать новинки косметики. В конце концов Алла оскорбилась окончательно и решила поменьше общаться с Лерой и Риммой. Но внешне Свириденко обиды не показала, не захотела, чтобы коварная бывшая подруга поняла: Алла тяжело переживает ее измену.

В общем, внешне их отношения оставались дружескими, а по сути сошли на нет. Но когда Лера пригласила ее к себе на день рождения, Аллочка согласилась, хотя понимала: Кисловой не слишком хочется ее видеть, зазывает Аллу лишь из-за Борискиной.

Решив посидеть в гостях часок, а потом, сославшись на головную боль, смыться, Алла купила мягкую игрушку и ровно в семь заявилась по указанному адресу.

Аллочка не так уж глупа, она очень хорошо понимает, что мама, воспитывающая ее одна, делает все возможное, тянется в нитку, чтобы дочь не чувствовала себя обделенной. Мамочка сделала в квартире ремонт, покупает дочери дорогие вещи, но выше головы-то ей не прыгнуть. Алла знает, что никогда не получит в подарок, как одногруппница Настя Гостева, «Мерседес», и никакой злости к ней не испытывала. Так фишка легла.

Но, оказавшись в гостях у Леры, Алла почувствовала черную зависть. Кислова жила в шикарном доме, в необъятной квартире. В ее комнате было, наверное, метров пятьдесят. И вообще, если бы у Аллы имелась такая жилплощадь, она бы оборудовала ее именно так, как это сделала Лера. Компьютер, сканер, плазменный экран, DVD-система, огромное количество дисков, мягкие диваны, кресла, торшеры, какая-то совершенно невероятная круглая кровать с приделанными к ней столиками, мягкие, пушистые ковры, на которых так уютно лежать...

Но еще хуже ей стало, когда начали приходить другие гости. Какие подарки получила Кислова! Не описать словами: одной косметики принесли мешок. Потом собравшихся позвали за стол. Родителей Леры не было, они тактично удалились, оставив дочурку веселиться с приятелями. Стол ломился от деликатесов, названия некоторых продуктов Аллочка попросту не знала. Вон те зеленые стебли, воткнутые в салат, это что? Украшение или съедобная вещь? Как расправиться с улитками? И каким образом добраться до никогда ранее не пробованного мяса омара, если он подан в панцире?

Гостей обслуживали официанты, от ласковых улыбок которых Аллу просто передергивало. Ей казалось, что парни, одетые в черные фраки, издеваются над ней. Небось сообразили, что Аллочка впервые оказалась участницей подобного застолья, и теперь насмехаются, заботливо спрашивая:

— Вам вина? Белого, красного? Коньяк? Водка? Текила?

Не желая выглядеть идиоткой и боясь выпить крепкое спиртное, Алла ткнула пальцем в графин, в котором плескалось нечто рубиново-красное.

— Это.

Рука в белой перчатке наполнила рюмку. Алла глотнула и обрадовалась, напиток, похоже, совсем слабый, сладкий, такой можно пить без опаски. Поэтому она стала спокойно наслаждаться незнакомым вином. Наивная Аллочка и не знала, что безостановочно прикладывается к очень опасной штуке, водке, настоянной на клюкве. Легкость и сладость этого напитка обманчивы, его крепость составляет сорок градусов. Спустя некоторое время голова у Аллочки закружилась, и больше она ничего не помнила.

Глава 20

Очнулась она в полумраке и сначала не сразу поняла, где находится. Но потом сообразила: лежит на диване в комнате Леры. Алле тут же стало не по себе, каким образом она ухитрилась напиться? Девушка хотела сесть, но тут услышала тихие голоса. Над спинками кресел, стоящих близко к дивану, виднелись две макушки. Между удобными сиденьями располагался журнальный столик, на котором виднелись коробка конфет и две чашки, крепкий запах кофе витал вокруг.

— Значит, ты считаешь, может получиться? — спросила Лера.

— Стоит попробовать, — ответила Римма, — что ты теряешь? Хотя взвесь еще раз все обстоятельства.

— Давай вместе обсудим ситуацию, — вздохнула Кислова и принялась спокойно говорить.

Аллочка стала свидетельницей совершенно не предназначавшегося для ее ушей разговора. Сначала она хотела дать понять, что проснулась, но тут противная богатая Кислова понесла такое, что у Аллочки сначала парализовало голосовые связки, а потом ее охватило жгучее любопытство, и она затаилась на диване, боясь, что Лера ненароком поймет: ее слышит ненужный свидетель.

Чем больше говорила хозяйка, тем сильнее злилась Аллочка. Вот ведь как бывает на свете! Некоторые люди просто с жиру бесятся! Жить бы Кисловой да радоваться, что ей достались такие родители, ан нет. Отца с матерью Лера терпеть не могла.

— Папенька мой, — сообщала она сейчас, — вор. Натырил у народа деньги, теперь живет сладко. Ничего он собой не представляет, просто оказался в нужное время в нужном месте и получил толстый слой шоколада. А маменька, лицемерка хренова, гостям улыбается и ласково так щебечет: «Рада, страшно рада вас видеть!» Стоит людям уйти, мигом кривится и шипит: «Фу, надоели! Ходят сюда жрать бесплатно». Я своих родичей ненавижу! Всех! До единого.

Римма неожиданно поддакнула:

— Да уж, лучше одной жить, самой пробиваться.

Лера, покачивая ножкой, одетой в элегантную, стоимостью не меньше пятисот долларов туфельку, сказала:

— Господи, хоть бы они сдохли. Так нет, молодые совсем, долго меня мучить будут.

Алла укусила подушку. Ну не дрянь ли Лера? Имей Аллочка сотую долю того, чем обладала Кислова, стала бы пылинки с родителей сдувать!

— А теперь еще и Павлик, — принялась вздыхать Лера, перестав кидать в отца и мать комья грязи.

Аллочка насторожилась, значит, повествование не окончено, предстоит вторая часть, и она, похоже, окажется интересней первой.

Лера, придя в академию, столкнулась в коридорах с Павликом, сыном удачливой бизнесвумен, и моментально влюбилась в него. Сначала Кислова решила действовать традиционным способом: оделась во все модное, обвесилась брюликами, облилась дорогими духами, причесалась у модного мастера и заявилась на дискотеку в академию. Но Павлика в зале не оказалось.

Потом к ней подошел одногруппник Павлика, Костя, и сказал:

— Слышь, Лерк, зря стараешься. Павлуху тебе никогда не охмурить. Пошли лучше со мной в кино, ты мне дико нравишься.

Хитрая Лера отправилась с Костиком смотреть фильм и вытянула из него все сведения о Павлике.

— Он у нас с левой резьбой, — хихикал Костя, — ваще без башни, лейтенант Шмидт недоделанный. По вечеринкам не ходит, на девочек, если хорошо одеты, и не взглянет.

— Почему? — удивилась Лера и услышала удивительную историю про офицера и проститутку.

— Павлуха хочет осчастливить сироту убогую, — смеялся Костя, — без родителей, из глухого места. Ну чтобы совсем дикая была, говорить не умела, сопли кулаком утирала. Ты ему совсем не в кассу. На мой взгляд, Павлуха идиот, такую девчонку упускать — и умную, и упакованную. Но Павел с его маменькой может себе любую телку позволить, даже нищету горькую. Ты, Лер, даром времени не теряй, ко мне присмотрись.

Кислова позволила проводить себя до дома, потом, треснув по лбу решившего полезть к ней с поцелуями Костю, поднялась в квартиру и призадумалась. Постепенно в голове у нее оформился план, который она сейчас излагала Римме.

— Значит, так. Возле дома, где Павлик живет, стоит лоток с овощами. Если дать хозяину денег, он меня поставит туда работать. Дело останется за малым, словно невзначай «познакомиться» с Павлушей. Я буду в его вкусе: неграмотная, бедная, несчастная...

— Вдруг он тебя узнает? — предостерегла ее Римма. — Все-таки ты с ним сталкивалась!

Лера тряхнула прямыми светлыми волосами.

— Я же будущая актриса, говорят, очень талантливая. Покрашусь в темно-каштановый цвет, кстати, он мой, родной, сделаю химию, перестану выщипывать брови, полежу в солярии — вот тебе и смуглянка-молдаванка. И потом, Павлик на нормальных девушек даже не смотрит, он меня и запомнил, скользнул пару раз взглядом по фигуре, решил, что очередную хорошо обеспеченную студентку увидел, и мигом забыл. Мы же с ним даже не разговаривали. Проблема будет не с Павликом, а с документами. Как другой паспорт достать?

Римма кашлянула.

— Ну, в общем, это не проблема. В нашем бараке живет Димка Кухнов, он за деньги любой документ сделает. Давай изменяй внешность, фотографируйся, и начнем. Вот только что ты родителям скажешь?

— Ничего, — рявкнула Лера, — надоели!

— Небось искать начнут.

— И фиг бы с ними, не найдут. Мало ли маньяков по Москве бродит.

— А с институтом что?

— Брошу занятия.

— Тебя же отчислят.

— Плевать.

— Так нельзя, — забубнила Римма, — нехорошо. Сначала нужно диплом получить. Подожди годик.

— Ага! — подскочила Лера. — А Павлик себе за это время девку найдет. Нет уж, следует ковать железо, пока горячо. У Павлика нету любовницы, значит, я стану ею. Пойми, я его обожаю, обожаю, обожаю!

— И все же, — попыталась остудить пыл подруги Римма, — ты не сможешь остаток жизни молдаванкой без роду и племени прикидываться.

— Почему?

— Надоест.

— Никогда!

— Любовь приходит и уходит, — мудро заявила Римма, — а кушать хочется всегда. Через пару лет привыкнешь к мужу, надумаешь карьеру делать, а где диплом?

— Подумаешь, куплю себе любой! Признаюсь, в конце концов, в обмане, Павлуха ко мне привыкнет и не захочет терять.

— Купишь? — засмеялась Римма. — А где бабульки возьмешь? Задешево документ о высшем образовании не приобрести, не одна тысяча баксов понадобится!

— К родителям приду, — заржала Лера, — то-то рады будут, мигом все сделают! Прикинь, пропала дочь, они ее в мыслях похоронили, а тут является она, живехонька-здоровехонька! На все ради меня пойдут! Не пойму что-то, ты мне подруга или нет? Помогать будешь?

— Конечно! — воскликнула Римма. — Просто хочу все предусмотреть.

— Очень ты обстоятельная, — продолжала веселиться Лера, — прямо старушка! Главное в жизни — экспромт.

В этот момент Аллочка, которую до предела разгневала предыдущая тирада Кисловой о согласных на все предках, громко чихнула.

Римма и Лера замолчали. Потом Борискина воскликнула:

— Аллусик! Проснулась? Ну ты даешь! Наклюкалась как!

— В прямом смысле этого слова, — противно констатировала Лера, — пила «Клюковку» без остановки!

Поняв, что больше подруги не станут откровенничать, Алла села и попыталась отбиться.

— В первый раз такое попробовала, думала, это просто компот.

— Ври больше, — не успокаивалась Лера.

«Это ты брехло, которое хочет обмануть и родителей, и Павлика», — хотела было воскликнуть Алла, но сумела сдержаться. В ее голове оформилась и окрепла мысль: ничего, она еще отомстит Лере. Выберет нужный момент и нанесет удар.

Через пару недель Лера исчезла. Узнав о том, что Кислова пала жертвой маньяка, Алла ухмыльнулась: значит, актриса-недоучка все же решила устроить спектакль. Что делать с известной ей информацией, Аллочка не знала. Пойти к инспектору курса и рассказать все? С какой стати? Лера ведь не учится в академии. Податься в театральный институт или обратиться в милицию? Додумавшись до последней мысли, Алла мгновенно поняла, какого врага в лице Леры она наживет, когда Павлик узнает правду, и решила сделать вид, что ничего не знает. В конце концов, Лера ей никто: ни подруга, ни родственница. Был в этой неприятной истории лишь один положительный штрих: Борискина снова стала активно общаться с Аллочкой, но Свириденко теперь хорошо знала, как к ней относится Римма, и не очень обольщалась на ее счет. Впрочем, другая какая девушка мигом бы стала выяснять отношения с Борискиной, но Аллочка считала, что худой мир лучше доброй ссоры, поэтому мирно общалась с Риммой, но перестала откровенничать с ней.

Потом мама Аллочки, служившая на фирме бухгалтером, попала в беду. Очередная проверка выявила крупную недостачу, начальство свалило всю вину на бухгалтера. Перед матерью Аллы встала дилемма: либо возместить убытки, либо оказаться под следствием. Мама пыталась доказать начальнику свою невиновность, но шеф не стал ее слушать. У Аллочки просто сердце кровью обливалось, когда ее бледная, заплаканная мамочка пыталась взять у знакомых в долг. Но никто не спешил им помочь.

— Господи, — билась в истерике мать, — что делать? Меня точно посадят. А как ты? С тобой что будет?

Аллочка как могла утешила ее, напоила снотворным, уложила в кровать, а сама решила действовать. В голове Свириденко родился гениальный план. Лера Кислова, переодетая молдаванкой, живет скорей всего у Павлика. Вернее, она совершенно точно там, потому что не так давно академия загудела, обсуждая животрепещущую тему: бракосочетание одного из самых завидных местных женихов.

— Нашел Павлик себе деревенщину, — хихикали студентки.

— Он ее из глухомани привез, — с горящими глазами утверждали одни.

— На вокзале подобрал, — с восторгом перебивали их другие.

— Нет, в массажном салоне отрыл, невеста клиентов обслуживала, — отстаивали свою точку зрения третьи.

И только Аллочка, отлично знавшая истину, помалкивала. Но теперь пришло время воспользоваться этими сведениями. Она надумала отыскать Леру и шантажом заставить заплатить ей сумму, равную недостаче. Так Алла решила помочь матери.

Выяснить в учебной части адрес Павлика оказалось очень легко. Аллочка набралась наглости и позвонила в квартиру, поход она предприняла днем, зная, что ее однокурсник сидит на занятиях. Но дверь ей не открыли, скорей всего «молдаванки» не было дома. Через пару дней Алла предприняла еще одну попытку и вновь натолкнулась на запертую створку. И тут в голову Аллочки закралось легкое сомнение. А вдруг все совсем не так, как она предполагает! Вполне вероятно, что на Леру действительно напал маньяк и попросту убил девушку, а Павлик нашел нищенку и теперь радуется, «воспитывая» жену?

Решив прояснить ситуацию до конца, Алла съездила домой, взяла снимок Леры и пошла к лотку с овощами.

— Гляньте, — попросила она торговок, — не нанималась ли к вам такая?

— Она тебе кто? — проявила любопытство толстая баба, стоявшая около ящиков.

— Сестра, — скорчила скорбную физиономию Аллочка, — из дома ушла.

— Не, — покачала головой продавщица, — такой тут не было. А давно она пропала?

— Достаточно давно.

Торгашка цокнула языком.

— Так мы меняемся, у нас вахтовый метод, поработаем пару месяцев, и прощай, столица! Домой укатываем.

Аллочка в глубоком раздумье отправилась домой, выпавшего из сумочки паспорта она не заметила. Горькое разочарование охватило ее, но девушка решила не сдаваться. «Ничего, — думала она, — завтра просто сяду на лестнице у Павлика в подъезде и стану следить за дверью. Рано или поздно его жена выйдет, вот тогда и увижу: Лера это или нет».

Но столь радикальные меры не понадобились. Дома Аллу встретили веселая мама и вкусный торт.

— Проблема решена, — радовалась мамочка.

— Каким образом? — удивилась Алла.

И тут мать до крайности удивила дочь.

— Я обратилась к твоему отцу, — сказала она, — ради меня он бы палец о палец не ударил, но, как только понял, что если меня посадят, то ему придется о тебе заботиться, — мигом раскошелился. Придется, правда, в другое место уйти, да это ерунда.

Аллочка изумилась. До сих пор она слышала о

родном папе только один раз, когда собиралась поступать в институт. Училась Алла в школе не слишком хорошо, в аттестате имела сплошные тройки. Она даже не рассчитывала попасть в вуз. Но мама спокойно сказала:

— Пойдешь в Академию медицинской психологии.

— Муся, мне никогда не сдать экзамены! — улыбнулась Алла.

— Это моя проблема.

— Наверное, ты не знаешь, что институт платный!

— О деньгах не волнуйся!

Аллочка, удивленная до крайности, стала наседать на мать, и наконец та нехотя призналась:

— Твой отец большая величина в мире науки, он позвонит хозяину академии Борису Сергеевичу Касаткину и попросит принять тебя на одно из бесплатных мест. Их, правда, мало, но они все же есть.

— Ты никогда ничего не рассказывала мне о папе, — медленно протянула Алла.

— И не стану, — твердо заявила мама, — он женат и не собирается разводиться с супругой, я была одно время его любовницей и сама приняла решение родить ребенка. До вчерашнего дня господин N и не знал, что имеет дочь, я сообщила ему это, лишь когда поняла: моя девочка может остаться без высшего образования. Будь спокойна, он поможет.

— Как его зовут? Где он работает? — Алла стала засыпать маму вопросами.

— Не спрашивай, — мигом пресекла та разговор, — давай считать, что я тебя в капусте нашла.

И вот теперь маме вновь пришлось просить помощи у бывшего любовника. Отец Аллочки, наверное, был очень влиятельным и богатым человеком, если мог решить шутя все проблемы.

Поняв, что маме больше не грозит тюрьма, Аллочка невероятно обрадовалась и выбросила из головы идею о походе к Кисловой. Шантажировать Леру она собиралась лишь из-за денег, необходимых маме. В конце концов, Кислова сама выбрала свою судьбу.

— Алла, — строго спросила я, когда та все выложила, — немедленно говори правду, кто велел Римме положить в сумку Кирилла Романова завтрак?

Девушка затрясла головой.

— Ей-богу, ничегошеньки об этом не знаю! Римка ничего мне не рассказывала!

— Кто снят на фото с Лерой?

— Нина Рагозина.

— Ваша студентка?

— Нет, она тоже из театрального вуза, в спектакле участвовала, кормилицу играла. Сергей Васильевич тогда на главные роли своих привел, чтобы первое место на конкурсе получить.

— Нина с Лерой дружили?

— Что вы! Как кошка с собакой общались, прям ненавидели друг друга!

— Зачем же вместе снялись?

— Так я во время репетиции их щелкнула, — пояснила Алла, — у нас сцена есть, когда Лера и Нина рядом стоят! Мне показалось интересным, видите, какая тень! Вы Нинку даже не ищите, она ни про каких цыганок не знает.

Глава 21

Простившись с Аллой, я вышла на лестницу и прислонилась к перилам. Достала пачку сигарет. Послышался легкий шорох, из приехавшего лифта выбралась бабуся с туго набитой сумкой.

— Ишь, встала, — набросилась она на меня, —

курить надумала, шалава! Нашвыряют окурков, натопчут, пустых бутылок накидают... Безобразие, ну молодежь...

Решив не связываться со скандальной старухой, я хотела было вскочить в лифт, но кабина быстро закрылась и уехала. Я сделала шаг к лестнице, ведущей вниз, но старуха перегородила своим телом дорогу к отступлению.

— Ишь, быстрая какая! — заголосила она, увидев, что жертва собралась ускользнуть. — Сначала помой за собой как следовает! Набила бутылок! Набросала банок! Зараза! В милицию тебя надо сдать!

Мой вам совет, если встретили такую особу, не поддавайтесь на провокацию, не начинайте орать в ответ и не пытайтесь оправдаться. Подобные «дамы» выходят из дома лишь с одной целью: поругаться. Этакий энергетический вампиризм. Как только взорветесь, бабуся подпитается вашей энергией и, благостная, отправится смотреть мексиканский сериал. Вы же останетесь стоять больная, ощущая безграничную усталость. Поэтому лучший способ купировать скандал — не обращать на ее речи никакого внимания, пусть захлебнется злобой. Спокойно улыбнувшись, я повернулась и пошла по лестнице вверх. Снизу летел крик:

— Дрянь! Вернись! Сейчас участкового позову! Сволочь! В подъезде гадишь!

Я уселась на подоконник и закурила. Отдохну пару минут и потопаю к метро. Послышался стук двери. Бабушка все же решила пойти домой. Аккуратно стряхивая пепел в пустую пачку из-под сигарет, я предалась мрачным раздумьям.

Похоже, я в тупике. Может, шла не по той дороге? Или у этой истории нет разгадки? Нет, нельзя складывать лапки. Ничто не может остаться тайным, простите за банальность. Если как следует копаться в стогу сена, возможно отыскать там иголку, требуется лишь настойчивость, упорство и огромное желание дойти до цели. Никогда не сдавайся!

Значит, так! Сейчас поеду домой и начну методично опрашивать всех соседей. Недалеко от нашего подъезда стоит тонар, в котором продают хлеб. Возле ларька всегда толпится очередь, причем она состоит из постоянных покупателей, в основном жильцов двух блочных башен, хорошо знающих, что качественные булки в нашем районе бывают лишь в двух местах: в булочной на первом этаже дома, где снимают квартиру торговки овощами, и в тонаре. Вот и начну опрос свидетелей. Может, кто и приметил гадалку. Женщина была ярко одета, несла младенца, и вообще цыган у нас в округе нет. Скорей всего смуглянка привлекла чье-нибудь внимание. Вдруг кто запомнил, куда она ушла или уехала, приметил номер машины...

Ход моих мыслей прервал стук двери. Этажом ниже кто-то вышел из квартиры, послышался голос:

— Нет, все хорошо. Молчала как рыба.

Я моментально поняла, что внизу разговаривает Аллочка. Странно, девушка ведь собиралась спать, она сильно простужена, отчего же сейчас вышла на лестницу и с кем беседует? Стараясь не шуметь, я на цыпочках спустилась по ступенькам и осторожно выглянула из-за шахты лифта. Дом, где живет Аллочка, был построен уже давно, и подъемник тут расположен прямо у квартир, а не вынесен вбок, как это делают в современных зданиях. Девушка стояла лицом к своей двери, руки ее ловко орудовали ключом, плечом она прижимала к уху мобильник.

— Да, поняла, буду через пятнадцать минут. Конечно, сумею, такая беленькая, невзрачная, на мышь похожа! Подробности при встрече, и за так ничего не скажу! Римку вокруг пальца обвели, а со мной не пройдет! Черт! Это я не вам! Замок заело!

Меня словно ударили кнутом. Ноги сами собой побежали вверх, я вызвала лифт, доехала до первого этажа и притаилась в темном уголке под лестницей. Кабина быстро поднялась, потом опустилась, из дверей выскочила Аллочка и опрометью бросилась на улицу. Я надвинула на голову капюшон и побежала за ней.

Она быстро добралась до метро и села в поезд. Я втиснулась в тот же вагон, только через другие двери и, тихо радуясь обилию народа, стала наблюдать за Аллой. На пятой по счету станции та вышла и встала у первого вагона, прямо у самого края платформы.

Я находилась в отдалении, вся кипя негодованием. Ай да Аллочка, жаль, что Сергей Васильевич не взял ее в свой спектакль, актриса хоть куда, обманула Лампу по всем статьям, обставила, обштопала, обошла на повороте. Но как ни хитра девчонка, а все же допустила большую оплошность! Я, правда, сначала не заметила ее.

Помните, какую фразу произнесла Алла, прощаясь со мной? «Вы Нину не ищите, она ни про каких цыганок не знает!» Только я ни разу даже не заикнулась ни о каких цыганках! Просто спрашивала: «Скажи, кто велел Римме подложить в сумку Кириллу Романову пакет с завтраком?»

Отчего же Алла заговорила про цыган? Следовательно, Свириденко в курсе аферы, и сейчас она терпеливо ждет человека, который явно знает об этой таинственной истории все или почти все! Поезда прибывали на станцию через четко отмеренный интервал. Как только голубые вагоны распахивали двери, мигом начиналось столпотворение. Один поток пассажиров пытался выбраться наружу, второй желал, ни на секунду не задерживаясь, влиться внутрь в вагон. Машинисты, в свою очередь, боясь выбиться из графика, нервничали, и фраза «Осторожно, двери закрываются» летела над перроном в тот момент, когда еще не все желающие успели войти внутрь. Происходившее вокруг напоминало пожар в сумасшедшем доме: все суетятся, совершают бестолковые движения, дети хнычут, взрослые ворчат, короче говоря, типичный час пик в подземке. Лично меня всегда удивляет, отчего основная масса пенсионеров, с трудом держащихся на ногах бабусек, передвигается по городу исключительно в то время, когда измученный трудовой вахтой служивый люд хочет побыстрей добраться до дома. Отчего бы старушкам не сделать дела днем, ведь их никто не заставляет регулярно ходить на службу?

Наблюдая за толпой одним глазом, другим я следила за Аллочкой. Она топталась у края платформы, мешая людям, ее пинали, но студентка явно боялась кого-то пропустить, поэтому упорно не отходила в более спокойное место.

Так мы стояли примерно полчаса. Я устала, у меня заломило спину, а от духоты заболела голова. Потом, боясь, что Аллочка, не дай бог, заметит слежку, я не снимала капюшон и теперь еще мучилась от жары. Ну скажите на милость, что случилось со столичным метро? Раньше это были подземные дворцы, на каждой станции в начале и конце платформы стояли тетеньки в красивой темно-синей форме, на волосах у них сидели изящные головные уборы, на ногах туфельки, а в руках служащие держали специальные жезлы, при помощи которых сигнализировали водителю о том, что все желающие влезли в поезд и можно отправляться. Еще тут зимой всегда было тепло, а жарким летом прохладно.

Отец рассказывал мне, что разработчики вентиляции московской подземки получили много разных премий за свою работу. Оказывается, смена «грязного» воздуха на «чистый» происходит естественным путем, это уникальная система, которой нет более нигде в мире. И вообще, во времена моей юности, совсем недавно, кстати, под землей царил идеальный порядок. А сейчас!

Дежурных на станциях днем с огнем не найдешь. Они остались лишь у эскалаторов, и то не у всех. Вот только что я ехала вниз и увидела в стеклянном «стакане» неопрятную бабу, волосы торчат в разные стороны, на плечах жуткая, потерявшая всякий вид кофта, в руках газета. Ладно, ей по каким-то причинам не досталось красивой формы, и она притопала на службу в чем сидела дома, но газета! Разве можно читать на работе? Те, кто давно живет в Москве, могут вспомнить мужчину неопределенного возраста, всегда стоявшего на страже эскалатора при переходе со станции «Белорусская-радиальная» на Кольцевую линию. Четким голосом диктора Левитана дядечка без устали вещал:

— Граждане пассажиры, стойте справа, проходите слева, не ставьте вещи на ступени, не оставляйте маленьких детей без присмотра...

Несколько лет подряд я пользовалась этим переходом каждый день, причем два раза, сначала ехала из дома в консерваторию, потом назад, и всегда налетала на дядечку. Вот это были кадры! Титаны! Колоссы! Кентавры! Ну, последнее замечание явно не к месту, при чем тут получеловек-полуконь? Хотя, наверное, чтобы работать на метрополитене, надо иметь лошадиное здоровье. И ведь в прежние времена в подземке случалось меньше эксцессов...

— А-а-а, — полетел над толпой вопль, — упала-а-а!

Вот вам и иллюстрация к моим рассуждениям, на станции явно случилось нечто из ряда вон выходящее. Я вынырнула из мыслей и потрясла головой. Господи, на меня самым ужасным образом подействовала духота! Я просто заснула с открытыми глазами. Где Аллочка? На платформе царила суматоха, люди столпились у того места, где остановился первый вагон.

— Скорей зовите милицию.

— «Скорую» вызывайте.

— А-а-а-а!

— Пусть поезд назад подаст.

— А-а-а-а!

— Нельзя, только хуже сделает.

Расталкивая всех, примчались парни в ярко-оранжевых жилетах, откуда ни возьмись возникли милиционеры и принялись разгонять толпу, но люди неохотно им повиновались, никто уходить не торопился.

— Граждане пассажиры, — донеслось откуда-то сверху, — в связи с техническими причинами движение поездов в сторону центра временно приостановлено, пользуйтесь наземным транспортом.

Я схватила за руку подростка с яркой сумкой за плечами.

— Что там случилось?

— Баба какая-то под состав прыгнула, — равнодушно ответил мальчик, — во, приспичило в такое время с собой кончать, народу кругом полно! Не могла днем сигануть!

— Она упала, — мигом влезла в разговор стоявшая около него девочка лет пятнадцати, — у края платформы толкалась, ее и смели, а тут поезд подкатил, затормозить не успел! Она так орала!

— Ща молчит, небось померла, — сделал вывод мальчик. — Интересно, когда движение восстановят? Скоро ее вытащат? Долго нам тут тухнуть?

— Нельзя быть таким бесчувственным, — возмутилась девочка, — там человека убило!

— Я очень даже чувственный, — ответил парнишка, — просто к репетитору опаздываю. Ему сразу за
месяц вперед платят. Если на урок не приходишь,
деньги не возвращаются, а у меня папа инженер, ему
десять баксов дорого достаются! И потом, может, та
баба и не умерла вовсе.

— Эй, расступись, — донеслось сбоку.

Толпа разделилась на две части. В проходе появились хмурые парни в оранжевых жилетах, они несли
носилки, укрытые темно-синим одеялом, рядом шел
врач, держа в руках капельницу.

— Говорил же, она жива! — воскликнул мальчик.

— С чего ты так решил? — прошептала, бледнея,
девочка.

— Так не с головой накрыли и не вперед ногами
тащат, — резонно заметил подросток.

Группа мужчин поравнялась с нами, я увидела
бледное, с синевой лицо и закричала:

— Аллочка!

Лежавшая приоткрыла глаза.

— Знаете ее? — спросил врач. — Идемте с нами.
Можете назвать фамилию и паспортные данные?

— Да, конечно. Свириденко Алла, дайте мне листок бумаги, адрес напишу.

— Сейчас в машине найдем.

— Что с ней?

— Ничего хорошего.

— Она не умрет?

— Сейчас трудно строить прогноз, — мрачно буркнул врач. — Вы ей кто?

— Ну... просто знакомая.

Тут мы достигли реанимобиля, парни впихнули в
его нутро носилки, доктор в кабине начал искать
листок бумаги. Пока он рылся, я наклонилась к девушке:

— Аллочка!

— М-мама.

— Нет, это я, Лампа.

— М-ммама...

— Она где? Попробуй вспомнить.

На лбу несчастной выступили капли пота.

— М-мама... сейчас... приезжает...

— Твоя мама сегодня возвращается?

Веки девушки медленно опустились и снова открылись.

— Когда?

— В-в-в...

— Семь? Восемь?

Аллочка снова моргнула.

— С-с-с...

— Не волнуйся, — я попыталась ее успокоить, — поеду к тебе домой и все расскажу маме. Почему ты упала?

— Т-т-толк...

— Тебя столкнули! Кто?

— Н-н-н...

— Не знаешь? Не видела? Не хочешь говорить?

— Н-н-н...

— Что? Я не понимаю!!!

— Н-нина!

— Нина?

Аллочка закрыла на секунду глаза.

— Нина? — растерянно повторила я. — Та самая, что снята на одном фото с Лерой? Студентка театрального вуза?

— Да, — неожиданно четко, не заикаясь, сообщила Аллочка, — она все знает... она придумала... они вместе... Римма... цыгане... они...

— Назови ее адрес.

— Сумка... сумка.

Я пошарила вокруг глазами, увидела на носилках небольшой кожаный ридикюльчик, взяла его, раскрыла.

— Эй, — заглянул в салон врач, — а ну вылезайте, напишите ее адрес.

Я выбралась из «Скорой помощи», нацарапала пару строк на мятом листке и хотела снова сесть в машину, но двери в отделение, где лежала Алла, оказались закрыты.

— Спасибо, — крикнул врач, устраиваясь около шофера.

— Куда вы ее везете? — сообразила спросить я.

— В Склифосовский! — гаркнул эскулап.

Шофер нажал на газ, я осталась стоять посреди дороги, прижимая к груди сумочку Аллы.

Глава 22

До дома Свириденко я добралась довольно быстро и опять устроилась на подоконнике. Минуты тянулись томительно, от ничегонеделания я извелась и выучила почти наизусть бесплатные газеты, лежавшие на полу у батареи.

Наконец послышался скрежет, из лифта вышла худенькая женщина, поставила около двери дорожную сумку, вынула из другой, висящей у нее на плече, ключи...

Я соскочила с подоконника и слишком громко спросила:

— Простите, вы мама Аллы Свириденко?

Связка со звоном упала на бело-красную плитку.

— Извините, не хотела вас напугать, — пробормотала я, — не знаю вашего имени...

— Кира, — машинально ответила женщина и тут же покраснела. — Вы кто?

— Не волнуйтесь, — забубнила я, судорожно прикидывая, каким образом сообщить Кире ужасную новость, — понимаете, Аллочка попала в больницу, с чистой ерундой, ей-богу, пустяк, не о чем волноваться...

Кира всплеснула руками.

— Так и знала! Опять приступ аппендицита, между прочим, уже третий! Говорила ей, не грызи семечки...

— Э... нет, у нее не аппендицит.

— А что? — изумилась Кира.

Я набрала полные легкие воздуха и выпалила:

— Она попала под поезд метро, свалилась с платформы.

Кира стала медленно опускаться на пол, я ринулась к ней, подхватила ее и закричала:

— Она жива и практически здорова! Хотите, поедем к ней прямо сейчас? Аллу в Склифософский отвезли.

Кира вскочила, мгновенно открыла квартиру, вбросила туда саквояж, повесила на плечо маленькую сумочку и, по-прежнему не говоря ни слова, ринулась в лифт, я влетела за ней.

Примерно через час я сидела на стуле в длинном коридоре, наблюдая, как Кира, словно раненый зверек в клетке, бьется между стенами кишкообразного помещения. Аллочка была на операционном столе, добиться какой-либо информации от медицинских работников оказалось невозможно. Сестры тенями шмыгали мимо, изредка я хватала какую-нибудь за халат и слышала раздраженный возглас:

— О состоянии здоровья больного спрашивайте не у меня.

Если в коридоре появлялся врач, он меланхолично заявлял:

— Я не ваш лечащий доктор, ждите, к вам подойдут.

В какой-то момент Кира попросила:

— Дай позвонить, мой мобильный остался дома.

Я протянула ей сотовый. Кира схватила трубку и исчезла. Я раскрыла сумку Аллочки, которую привезла с собой, и стала перебирать нехитрые пожитки: губная помада, тени для век, пудреница, смятый носовой платок, потертый замшевый кошелек, расческа, пластинки жвачки и телефонная книжка. Еще тут лежал крохотный телефончик, по виду очень дорогой, с внешним дисплеем, замечательная игрушка ярко-красного цвета. Я повертела его в руках. Кто бы мог подумать, что у не слишком обеспеченной Аллы обнаружится подобный мобильник, на мой взгляд, он был ей совершенно не по карману.

Я начала листать записную книжку. Вот то, что мне надо: Нина Рагозина и четко написанный телефонный номер.

— Спасибо, — сказала, выныривая невесть откуда, Кира.

Я взяла свой телефон, записала в его памяти координаты Нины и сказала:

— Вот, возьми. Это сумка Аллочки, надо было тебе еще дома ее отдать, да я забыла и притащила сюда. В «Скорой» она пропасть могла.

— Спасибо, — кивнула Кира, — Аллочка любит эту сумку.

— Ты не знаешь, где тут туалет? — поинтересовалась я.

Кира внезапно заплакала, я прижала ее к себе и стала бестолково бормотать ненужные, лживые слова.

— Все будет хорошо. Аллочка поправится, закончит институт, выйдет замуж, нарожает тебе внуков...

Кира, уткнувшись лицом в мою шею, скулила, словно побитый щенок. Так мы простояли, наверное, с полчаса. Потом она наконец успокоилась и пробормотала:

— Извини.

— Плачь, если тебе от этого легче.

— Уже все. Где тут туалет?

— Понятия не имею, сама хотела его найти.

Кира завертела головой в разные стороны и неожиданно улыбнулась.

— Да мы около него стоим. Можно я первой пойду?

— Ступай.

Кира исчезла на четверть часа, потом появилась, вполне спокойная, со свежим макияжем на лице.

— Незачем хоронить ребенка раньше времени, — решительно сказала она, — если стану сейчас в истерике биться, Аллочке лишь хуже станет.

— Правильно, — кивнула я, — собери всю волю в кулак и надейся всегда на лучшее.

В туалете оказалось очень чисто, и, что поразило меня больше всего, тут имелась туалетная бумага, одноразовые полотенца и прикрепленная к стене бутылочка с жидким мылом. Я оглядела в зеркале свою физиономию и попыталась кое-как пригладить торчащие дыбом волосы.

— Просил же более меня не беспокоить, — раздался из коридора раздраженный мужской голос.

— Но, Боря, — начала было говорить Кира.

Закончить фразу ей не удалось. Мужчина повысил голос:

— Просто безобразие, так эксплуатировать мою порядочность!

— Наша дочь при смерти, Борис!

— Твоя дочь, — немедленно поправил бас.

— Но...

— Никаких «но»! Я давал тебе денег на аборт, а когда ты уперлась, честно предупредил: у меня жена, никаких обязательств на себя принять не могу и не хочу. И что услышал в ответ: сама выращу, никого не побеспокою.

— Ведь я тебя не трогала! — взорвалась Кира. — Алиментов не просила!

— Какие, к черту, платежи на незаконного ребенка, — окончательно вышел из себя Борис, — фамилия у нее не моя.

— Отчество твое!

— И что? Ты его ей сама записала. Кто в метрике отцом указан?

— Ну...

— Баранки гну! Обещала не беспокоить, и что? Сначала в институт устрой!

— Но...

— Не нокай! Девчонка полная идиотка, учится бесплатно, через сессии ее тяну. Надо бы плюнуть!

— Только посмей, — заорала Кира, — мигом к твоей Наташке заявлюсь и все выложу. Имей в виду! И про Римму тоже! Кобель! Девочка умирает! Твоя дочь!

— Твоя.

— Но и твоя тоже! Я ее себе не пальцем сделала.

— Это доказать надо!

— Подонок!!!

— Ты меня еще пугни, и твоя лентяйка на улице окажется! Хватит со всякой ерундой приставать, поняла!

— Девочка умирает!

— Слышал уже. Крайне сожалею, что из дурацкой порядочности взял ее в академию!

— Господи, какой ты мерзавец! Подлец.

— Очень хорошо, что вы, леди, это наконец-то поняли. Разойдемся мирно. Я сволочь, вот и держись от меня подальше. Кстати, когда ты деньги сперла, кто тебя выручил, а?

— Меня подставили!

— Вот что, голубка, — просвистел Борис, — пошла ты со своей дочуркой на...

— Зачем тогда приехал?

— Чтобы лично, глядя тебе в глаза, сообщить: забудь о нашем знакомстве.

— Я к Наташе поеду! Скандал устрою!

— Валяй, попробуй. Но моя жена умеет с подобными суками разговаривать, как пришла, так и вон покатишься! А я Аллу выгоню, даже ничего делать не придется, сама на сессии утонет и без диплома останется, вот и думай теперь, как лучше поступить: ругаться со мной или дружить. Выбирай: или ты сидишь тихо, не дергаешь меня по ерунде, или я выталкиваю твою идиотку, настоящий балласт для моего вуза, вон. Между прочим, какой-то талантливый ребенок не сумел получить образования, потому что его место заняла твоя Алла.

Воцарилась тишина, потом раздались уверенные, громкие шаги и послышалось истерическое всхлипывание. Я тихонько высунулась наружу. Кирочка сидела на стуле, уткнув лицо в колени, плечи ее мелко-мелко тряслись. Я осторожно кашлянула. Она подняла голову:

— Ты слышала?

— Ну, извини, случайно...

— Скотина.

— Это твой бывший муж?

— Нет.

— А кто?

— Отец Аллочки, любовник. Дернул же черт меня с ним связаться, господи, хоть бы он умер...

Злые слезы потоком полились по бледным щекам Киры. Я стала гладить ее по волосам.

— Ну, успокойся.

— Мерзавец.

— Не принимай близко к сердцу.

— Подонок, подонок, подонок!!!

— Пойди попей воды.

— Нет, ты меня послушай!

— Лучше потом.

— Послушай, — закричала Кира, — сейчас!

Голос ее, отчаянно-звонкий, пролетел по коридору.

— Хорошо, хорошо, я слушаю, говори, если тебе от этого легче станет, — быстро сказала я.

— Моя мама, — судорожно начала Кира, — очень любила меня. Понимаешь, им с отцом господь никак не давал детей, родители уже простились с мыслью о наследнике, а тут вдруг я появилась. Лучше тебе не знать, каким было мое детство! Ужас! Запрещали все: играть с детьми, кататься на санках, есть мороженое. В школу водили до десятого класса за руку! Боже, как мне хотелось обрести свободу, избавиться от гнета.

Я грустно улыбнулась:

— Боюсь, ты не поверишь, но мое детство было таким же. Судьба единственного, слишком любимого ребенка, как правило, печальна. Только я в детстве не страдала от опеки, лишь став студенткой консерватории, осознала степень своей несвободы.

— А потом, — не слушая меня, говорила свое Кира, — они умерли, сразу оба. Сначала папа от инсульта, а затем, на сороковой день после него, ушла мама, и я осталась одна. Получила то, что хотела, — свободу. Ведь правильно предупреждают: не проси у господа ничего, потому что он способен исполнить твои желания. Вот я мечтала жить одна, и мои мечты воплотились в жизнь. Ужасно! Какой ценой!

Я вздохнула. Человек, как правило, не умеет правильно выражать свои мысли. Кире следовало, вознося молитвы, просить бога:

— Боже, сделай так, чтобы я получила свободу, а мама с папой мирно жили бы по соседству.

Но она произнесла лишь первую часть фразы, и провидение услужливо поспешило ей на помощь, дало Кире абсолютную свободу, убрав ее родственников.

Вот тут-то Кира поняла, что жить одной очень плохо, просто ужасно. На нее навалилась тоска, которая в любой момент могла перейти в депрессию.

В тот год Кира заканчивала институт. Руководителем диплома у нее был Борис Сергеевич Касаткин, молодой преподаватель, аспирант, подающий надежды ученый. В Бориса Сергеевича были поголовно влюблены все женщины вуза, от сопливой первокурсницы до ректора, восьмидесятидвухлетней Елены Израилевны Ромм.

Борис был женат. Кира хорошо знала его супругу, потому что, будучи дипломницей, не раз приходила к Касаткиным домой, где находила самый ласковый прием. Наташа была всего на год старше Киры, но в паспорте у нее стоял штамп о бракосочетании, а статус замужней женщины взрослит.

У Касаткиных Киру всегда угощали ужином и чаем, один раз Наташа помогла дипломнице раздобыть остродефицитные сапоги. Близкой дружбы между женщинами не было, но хорошие, приятельские отношения возникли сами собой. Впрочем, в дом к Касаткиным Кира приходила лишь тогда, когда возникала проблема с дипломом.

Накануне защиты, в июне, Кира приехала к Борису Сергеевичу. Наташа жила на даче, в квартире царил беспорядок, по полу клубилась пыль, в ванной из корзины вываливалась груда грязного белья, а на кухне, когда Борис решил угостить дипломницу чаем, даже не нашлось заварки.

— Уж извини, — развел руками преподаватель, — Наташа в деревне, а я сам абсолютно беспомощен в быту, у меня аллергия на пыль, кашляю, а убирать лень.

— Где пылесос? — спросила Кира.

— Что ты, — испугался Борис Сергеевич, — я просто так сказал, без всякого намека.

Но Кира уже увидела круглый «Циклон», засунутый между плитой и столиком.

Целых два часа студентка носилась по комнатам с тряпкой, а потом отправилась в ванную, принять душ.

— Кирочка, — крикнул из-за двери Борис, — я принес тебе свежее полотенце, вот, чуть приоткрою дверь и просуну, не пугайся.

— Хорошо, — ответила девушка, стоя обнаженной на коврике.

Но дверь вопреки ее ожиданиям распахнулась настежь...

Через пять минут они оказались в спальне, и Кира в тот день домой так и не попала. Она осталась на ночь у Бориса. Разгорелся сумасшедший роман. Наташа дышала свежим воздухом в деревне, в Москву не приезжала, Борис мотался к жене на выходные, будни он проводил с любовницей.

Любовь закончилась двадцать пятого августа. Утром Боря позвонил Кире и сказал:

— Прости, надеюсь, ты понимаешь, что у наших отношений нет будущего. Я женат, никогда не врал тебе, мы хорошо провели время вместе, давай расстанемся друзьями. Сегодня возвращается Наташа.

— А как же я? — тихо спросила Кира.

— Ты молодая, красивая, — прозвучало в ответ, — найдешь себе другого. Кстати, я тебе не говорил: Наташа беременна.

— У меня тоже задержка, — пролепетала Кира.

— Ужасно! — заорал Боря, потом, спохватившись, заговорил заботливым, ласковым голосом: — Кирочка, не беспокойся, естественно, я дам тебе денег на аборт.

— Спасибо, — прошептала Кира.

— Надеюсь, ты не станешь больше меня тревожить?

— Нет, — ответила она.

На душе у Киры было гадко, вот, значит, каков Борис на самом деле. Попользовался ею в отсутствие жены, словно резиновой куклой, и совершенно спокойно бросил. Кира проплакала целый месяц, а потом решила рожать. С Борисом она больше не встречалась, получила диплом, устроилась на работу и зажила своей жизнью.

Как Кира растила девочку, поймет лишь тот, кто поднимал ребенка в одиночку, без бабушек, дедушек и тетушек. Ясли, садик, продленка, постоянные болячки, безденежье, слезы и... огромная радость, сладкая каторга. Пришлось переучиваться на бухгалтера, как психолог Кира не могла найти работу. Аллочка выросла замечательной, очень любящей маму девочкой, вот только с учебой у нее никак не складывалось, нечего было даже и думать об институте, но Кира очень хорошо понимала: в современной жизни без образования делать нечего. Только огромное желание пристроить Аллочку в институт заставило ее обратиться к бывшему любовнику.

К тому времени Борис стал заметной личностью, защитил докторскую диссертацию, получил звание академика, основал частное учебное заведение, Академию медицинской психологии. В отличие от многих коммерческих институтов, захиревших сразу после рождения, академия благополучно встала на ноги и начала пользоваться авторитетом, каждый год здесь был стабильно большой конкурс. Борис Сергеевич высоко поднимал планку, в его институт нельзя было попасть, просто заплатив деньги, следовало успешно сдать непростые вступительные экзамены. А еще Касаткин часто появлялся на телеэкране. Его, интеллигентного, умного, импозантного ученого, очень любили ведущие самых разных программ. А Борис не кривлялся, выступал всюду, куда звали, и старательно «пиарил» свой вуз.

Как-то раз Кира перед работой включила телевизор, шла программа «Утро». Как многие люди, вынужденные рано уходить на работу, Кира любит эту передачу, под нее легче просыпаться, потом, в программе часто бывают очень интересные люди.

Не успела Кира ткнуть пальцем в кнопку, как из динамика полился хорошо поставленный, знакомый голос Бориса:

— Наша академия дает уникальное образование. Среди преподавательского состава...

Первым желанием Киры было переключиться на другой канал, она схватила пульт, но ее остановила Аллочка:

— Ой, мам, погоди, дай послушать.

Пришлось Кире «любоваться» на лицо Касаткина.

— Наверное, здорово в этой академии учиться! — воскликнула вдруг дочь. — Только кто меня туда возьмет, с тройками в аттестате! Эх, надо было со второго класса готовиться к поступлению в вуз.

— Ты хотела бы попасть к Касаткину? — тихо спросила Кира.

— Очень!!!

— Я попробую решить проблему.

— Как?

— Это мое дело.

Борис Сергеевич принял Киру очень приветливо.

— Знакомьтесь, — воскликнул он, когда Кира вошла в его кабинет, — это моя бывшая дипломница!

Женщина, сидевшая у его стола, приветливо кивнула, собрала бумаги и ушла. Кира приступила к делу:

— Боря, у меня есть дочь. Алла Борисовна, ей в этом году поступать в вуз.

Касаткин начал нервно катать по столешнице ручку.

— Дочь? Борисовна? Так зовут твоего мужа?

— Я не замужем и никогда не была семейной женщиной, — решительно заявила Кира.

Они оба замолчали.

— Девочка мечтает о твоей академии, — прервала тягостное молчание Кира, — но учится она плохо, а денег на поступление и учебу в платном вузе у меня нет.

Борис вздохнул, в этот момент дверь без стука распахнулась, в кабинет вошел красивый, статный парень и воскликнул:

— Ну, папа! Сколько можно тебя ждать! Договаривались же!

— Знакомьтесь, Кирочка, — неожиданно ласково сказал Борис, — это мой сын, Виталик, будет, как твоя дочь, в этом году поступать!

— Здрасте, — равнодушно кивнул юноша.

Сердце Киры сжалось, значит, они с Натальей почти одновременно произвели на свет детей. Только этому мордатому парню достался полный набор: отец, мать, материальное благополучие, стопроцентная гарантия высшего образования... А Аллочка обделена, лишена многого, где же справедливость?

— Виталий, — улыбнулся отец, — подожди пять минут.

— Куда деваться? — буркнул парень и, не попрощавшись, вышел.

В мгновение Кира потеряла самообладание. Она подскочила к бывшему любовнику и вцепилась ему в плечо.

— Ты обязан, понял? Это твоя дочь, твоя, твоя!

— Сядь! — рявкнул Касаткин. — Памятуя о наших дружеских отношениях и о том, что ты была моей первой дипломницей, возьму ТВОЮ дочь, сделаю такой царский подарок. Только, надеюсь, девочка не в курсе твоих бредовых фантазий? Она знает, кто ее отец?

— Нет.

— Хорошо, — кивнул Боря, — меня тоже не волнует, от кого ты ее родила, ясно? Просто, как добрый, отзывчивый человек, я готов помочь.

Глава 23

Касаткин сдержал слово. Аллочку приняли в академию. Кира человек порядочный, поэтому ей и в голову не могло прийти шантажировать Бориса. Она никогда не просила у него денег, не собиралась делать этого и впредь.

Прошло время. Аллочка обросла новыми подругами, бегала, радостная, в институт. Совершенно неожиданно для матери дочь нормально сдавала сессии, числилась в хороших студентках.

Затем у нее появилась странная знакомая девочка, моложе Аллы, Римма Борискина. Кире не слишком нравилась эта дружба. Римма еще училась в школе, сразу было видно, что она из малообеспеченной семьи. Потом, осторожно порасспрашивав Аллу, Кира узнала много малоприятной информации: Римма живет в бараке с матерью-алкоголичкой, отца у нее нет.

— Не кажется ли тебе, — опрометчиво отреагировала на услышанное Кира, — что Римма девочка не нашего круга? Отца нет, мать — пьяница...

Аллочка хмыкнула:

— А мой папа где?

— Ну... понимаешь, — замялась Кира, — я ведь не глотаю водку.

— И в чем же Римкина вина, если ее мать квасит? — справедливо спросила Алла. — Кстати, ты посмотри ее дневник: одни пятерки. Римка не пьет, не курит, парнями не интересуется, хочет получить золотую медаль и поступить к нам в академию.

— Подобное поведение, безусловно, вызывает уважение, — согласилась Кира, — только где же Римма возьмет средства на оплату учебы?

— Она сейчас деньги копит.

— Да? И откуда они у нее? — испугалась Кира.

— Зарабатывает, — пояснила Алла, — полы моет, собак прогуливает... и вообще!

Внезапно дочь замолчала.

— Говори, — велела мать.

Больше всего Кира боялась, что происходящая из социальных низов девочка втянет ее наивную Аллочку в какую-нибудь противозаконную аферу.

— Мусик, — неожиданно спросила Алла, — ты тайны хранить умеешь?

— Конечно.

— Никому не расскажешь?

Кира улыбнулась:

— Страшный секрет?

— Да, ужасный.

Веселое настроение мигом покинуло мать.

— Алла, скорей рассказывай, в чем дело!

— Это не моя тайна.

— Чья же?

— Риммы.

Кира с облегчением вздохнула.

— Слушаю, — уже спокойно сказала она.

Честно говоря, она ожидала услышать нечто вроде: «Римма беременна, давай дадим ей денег на аборт». Но Аллочка сказала:

— Мусик, Римма обязательно поступит к нам.

— Дай бог.

— Знаешь почему?

— Она получит золотую медаль и пройдет вне

конкурса. Вот только кто за нее потом платить станет?

— Наш ректор, Борис Сергеевич!

— С какой стати?

— Он ее отец.

Кира захлопала глазами.

— Что???

— Ой, мамочка, — затрещала Алла, — это жуткий, невероятный секрет!

— Глупость какая-то, — затрясла головой Кира, — Борис Сергеевич академик, что может связывать его с алкоголичкой?

— Ну, когда он с Ленкой спал, — сообщила Алла, — то еще никем не был, а она не пила. Римкина мать, Ленка, у него секретаршей работала. Летом, когда жена Касаткина на дачу отвалила, у них роман случился. Три месяца любовь-морковь длилась, а потом Касаткин ее выгнал, вот и вся история. Ленка стала в другом месте работать, она и раньше выпить могла, ну а когда Римку родила, пошло-поехало. Римма так хорошо учится, потому что ей папины мозги достались.

Кира вцепилась в край стола.

— Откуда же Римма узнала правду?

— Так от мамы. Ленка по телику Касаткина увидела, она тогда еще телевизор не пропила, ну и рассказала Римке. Дескать, гляди, вон твой папочка, умный, богатый. Жаль, никаких документов не имеется, чтобы в нос ему ткнуть и заставить содержать дочь. «Заявлюсь к нему, — причитала Ленка, — скажу про тебя, так он меня в милицию сдаст. И кто мне поверит? Скажут, решила богатого мужика общипать, еще срок навесят».

У Киры закружилась голова, вот уж верно: «В жизни все повторяется дважды, но в виде драмы только однажды, а во второй раз — насмешки вроде бы, в виде пародии, только пародии». Мало того, что Алла рассказала почти ее собственную историю, так еще Ленка увидела Бориса по TV, как и Кира.

— Римка поэтому к нам в институт заявилась, — не замечая состояния матери, откровенничала Алла, — хотела с отцом познакомиться. Она, конечно, ни за что не станет рассказывать ему про родство, да и не поверит он. Просто хочет Бориске понравиться, а я ей помогла.

— Каким же образом? — обморочным голосом спросила Кира.

Аллочка захихикала.

— С мной на курсе учится Виталька, сын ректора. У нас с Виталькой полный амур!

Кира в ужасе вскочила.

— Что?! У тебя роман с Виталием Касаткиным?!!

— Мама, — возмутилась Алла, — мне такое и в голову не придет! Виталька жутко противный, но он меня пару раз в кино звал.

Аллочка, решив не ссориться с сыном ректора, приняла приглашение. Но, слава богу, Виталик проявлял интерес к ней недолго, всего неделю, и переметнулся на другой объект. Но хорошие отношения с Аллочкой сохранил, всегда целовал ее при встречах в институте и один раз даже предложил:

— Слышь, Аллусик, если сессию завалишь, помогу, побалакаю с папахеном.

— Я тебя умоляю, — заломила руки Кира, — никаких отношений с Касаткиным!

— Мама, — отмахнулась Алла, — мы просто дружим, как мужчина он мне противен. Зато благодаря этой дружбе я сумела Римке помочь!

— Как?

— У Касаткиных собаки, а выгуливать их некому, вот я и познакомила Римму с Виталькой, — прищурилась Аллочка, — сказала, что она заработок ищет.

Все устроилось просто замечательно. Виталька притащил Римму домой, та стала работать у Касаткиных. Она понравилась Наташе, жена пошепталась с мужем, и Борис Сергеевич обещал помочь Римме с поступлением. Она ребенок из малообеспеченной семьи, поэтому имеет право на льготы. В академии имеется несколько бесплатных мест, вот Касаткин и решил взять на одно из них способную девочку.

...Кира вытащила носовой платок, повертела его в руках, положила опять в сумку и горестно сказала:

— Видите, что вышло. Нет, каков подлец! Ведь я третий раз за всю жизнь его побеспокоила! В первый, когда Алле надо было в вуз поступать, второй... да это неинтересно, и сейчас, когда...

Из глаз Киры вновь хлынули слезы. Я хотела было утешить ее, но тут в конце коридора появился высокий мужчина в синей одежде хирурга. Он медленно приблизился к нам.

— Она жива? — заорала Кира. — Говорите скорей.

— Состояние тяжелое, — сообщил врач, — делаем все возможное, ногу постарались спасти, ампутации пока избежали. Теперь главное, чтобы в ступне восстановилось кровообращение.

Кира прижала к лицу кулаки.

— Господи. Мне можно с ней поговорить?

— Нет.

— Почему?

— Девочка пока не отошла от наркоза, она вас не услышит и ответить не сможет, потому что подключена к аппарату искусственной вентиляции легких.

— Боже!

— А какой прогноз? — робко спросила я.

— Я не господь бог, будем за нее бороться.

— Я останусь здесь!! — заявила Кира.

— Лучше уезжайте домой, — велел врач.

— Но надо ухаживать за Аллочкой?

— В палате интенсивной терапии великолепные специалисты, внутрь вас не пустят.

Кира схватила меня за руку и зашептала:

— Дай денег, в долг, дома у меня есть, сразу верну.

Я полезла за кошельком.

— Прекратите, — зло рявкнул врач, — я не беру взяток! Получаю зарплату.

— Но...

— Лучше потом купите дочери соков и фруктов, — не дал ей сказать доктор, — когда ее в общую палату переведем.

— Значит, она выздоровеет, — обрадовалась Кира, — да?

Внезапно врач устало улыбнулся, и мне стало понятно: он не злой, просто, как все медики, суеверен, поэтому и уходит от прямого ответа на вопросы Киры. И еще он редкая птица в стае эскулапов, которые в наше время, не поморщась, берут купюры.

— Думайте только о хорошем, — сказал врач, — не допускайте плохих мыслей. Надежда всегда есть. Никогда не сдавайтесь.

— Как вас зовут? — еле слышно спросила Кира.

— Александр Юльевич Ваза, — ответил он, — уезжайте домой, завтра придете, вот пропуск.

Устав, словно спаниель после охоты, я добралась домой и обнаружила на кухне новенькую СВЧ-печку. На столе лежала записка: «Я ушла на дежурство, Юра поехал со мной. Собаки гуляли, ужин в холодильнике. С детьми все в порядке. Катя».

И действительно, на полке в рефрижераторе нашлась еда, сковородка с макаронами. Вообще в нашем доме готовлю я. Уж не знаю, так ли вкусно у меня получается, как уверяют дети, но съедаются супы с котлетами мгновенно. Ни разу не удалось сделать еды на три дня. Любое количество мяса слопывается очень быстро. Катюша практически никогда не встает к плите, во-первых, ей некогда, а во-вторых, она очень не любит кашеварить. Мне тоже не слишком нравится шинковать морковку с капустой, и можно было бы поделить дежурство по кухне, но руки хирурга должны быть нежными и чуткими, да и у меня больше свободного времени, чем у подруги. И еще: я часто делаю макароны по-флотски, их с удовольствием едят все, но мясо для этого блюда обязательно смешиваю с большим количеством обжаренного репчатого лука. Катя, залети в ее голову идея приготовить ужин, поступила бы так же. А сейчас на сковородке плескался томатный соус, некто приготовил спагетти а-ля болоньез. Значит, это работа Юры, роман парня и Катюши развивается стремительно. С одной стороны, подобная поспешность пугает, уж больно быстро крепнут их отношения, с другой... Если мужчина пытается помочь своей избраннице и даже становится к плите, это хороший знак. Может, Катюша и впрямь нашла свое счастье?

Хлопнула дверь, на кухне появился Вовка.

— Привет, Лампа, — буркнул он, — поесть дашь?

— Макароны будешь?

— Ну... эти? В томате? Фу! Отчего не сделала по-нормальному, с мясом и луком?

— Извини, решила поэкспериментировать. — Я на всякий случай не стала рассказывать правду о Юре, не стоит пока вводить майора в курс дела.

— Лучшее — враг хорошего, — вздохнул Вовка, — отвари мне яиц, четыре штуки.

— Может, запечь омлет?

— Нет, хочу крутых яиц, с майонезом!

— На ночь?

— И что? Кто сказал, что яйца лишь можно утром есть? — рявкнул Костин и ушел в ванную. — Сделай быстро, — крикнул он из коридора, — не тяни резину, как всегда!

Я пожала плечами и полезла в холодильник. Похоже, у Костина неприятности на службе, вот он и злится.

— Ну, готово? — спросил майор, всовываясь на кухню.

— Ты о чем?

— Яйца сварились?

— С ума сошел! Только вынула их.

— Откуда?

— Из холода.

— О боже! Быстрее было в курятник сбегать. Сколько еще ждать? Предупреди честно. Час, два, три?

— Минут через десять сможешь есть.

— Так долго?!

— Вода должна сначала закипеть, и вариться «куриной икре» пять минут.

— Ясно, — резюмировал майор, — к завтраку поспеют.

— Быстрее не получится.

— Угу. Кстати, вон СВЧ-печка стоит, в ней за считаные секунды еда готовится, — сообщил Вовка и, резко повернувшись, исчез в коридоре.

Я с сомнением оглядела новый агрегат, никогда не пользовалась подобной штукой. Впрочем, краем уха слышала, что такая печь очень облегчает жизнь хозяйки, вроде с ее помощью процесс готовки сокращается во много раз. Может, и яйца тут вскипят в секунду. Одна беда — я не умею пользоваться волшебным прибором. Хотя, наверное, ничего трудного. Вон на панели кружочки с надписями «Старт», «Время», «Программа». А вот и руководство, солидная книжечка, ей-богу, намного толще, чем последний детектив Марининой. Ну-ка посмотрим. «Никогда не кипятите при помощи СВЧ-печи воду».

— Готово? — заорал Вовка.

— Секунду! — прокричала в ответ я.

Все понятно, кстати, утром, отправляясь в магазин, Юра сообщил, что у него дома есть подобный агрегат, и тоже предостерегал от того, чтобы варить в нем суп.

Ясненько. Приготовим восемь штук. Четыре съест Вовка, а остальные пригодятся для сырного салата. Знаете, такой простой рецепт: двести грамм мелко натертого сыра, четыре порубленных крутых яйца, чеснок по вкусу и пара ложек майонеза. Быстро и вкусно. Теперь кладем яички вот на эту круглую подставочку, захлопываем дверцу, нажимаем «Старт».

Я ткнула в кнопочку, но с печкой ничего не произошло. Только внизу высветилось окошко «Время». Я пришла в бурный восторг. Вовсе не надо читать инструкцию, которая по толщине похожа на орфографический словарь. Создатели бытовых приборов ориентированы на идиотов, поэтому печка сейчас сама подскажет, как действовать, она умнее владельца. Следует задать ей время работы. И сколько поставить?

На обычной плите яйцам надо кипеть шесть минут. Если в СВЧ-печке готовка идет вдвое быстрее, значит, стрелку таймера следует установить на цифру «три». Но ведь это время кипения, а яйца еще должны нагреться. Следовательно, четыре! Или три?

Решив, что одна минута роли не играет, я оставила в окошечке «4». Внутри печки вспыхнул свет, подносик начал медленно вращаться.

— Ну сколько можно ждать? — сердито спросил Костин, входя на кухню. — Ты еще кастрюлю на огонь не поставила?!! Издеваешься, да?

— Сам же велел воспользоваться СВЧ-печкой!

— Ты их просто так сунула?!

— И что?

— Без воды?

— Да.

— Офигеть! От тебя с ума сойти можно.

— В руководстве написано: не кипятите воду в печке.

— Воду! А не яйца! Их нельзя так класть.

— Жидкость-то вскипит!

— И что?

— А это не разрешается.

— Глупости. Пустую воду нельзя, а с яйцами можно! Как они, по-твоему, сварятся? Сырыми останутся.

— Нет!!!

— Да!!!

В этот момент раздался мелодичный звонок, подносик замер, свет погас.

Послышалось бодрое цоканье, на кухню пришли все собаки. Для меня всегда остается загадкой, каким образом они, даже в глубоком сне, чуют, что хозяева сейчас примутся трапезничать. Никаких аппетитных запахов в данный момент по квартире не разносится, вареные яйца в процессе готовки вообще не пахнут, печка лишь тихонечко блямкнула, она не выла, как таймер в нашей плите. И тем не менее полюбуйтесь, все тут, даже Феня с Капой приплелись и теперь с ожиданием смотрят на меня.

Я сняла с крючка кухонные варежки.

— Зачем они тебе? — хмыкнул Вовка.

— Яйца достать, вдруг обожгусь.

— Ерунда, они холодные.

— Ты полагаешь?

— Точно. Воды не было, отчего им нагреться, так вытащу, они ледяные и сырые.

— Ой, осторожно. Ты вообще СВЧ-печкой когда-нибудь пользовался?

— Нет! — рявкнул Вовка. — Но ничего хитрого не вижу.

— Однако...

— Не учи меня.

— Послушай...

— Вот почему я никогда не женюсь, — прошипел Костин, — любая баба доведет мужика до инсульта своими советами. «Делай так, а не этак. Сюда не садись, тут не стой, там не кури, здесь не дыши». Господи, неужто не понятно, что я умнее тебя и расчудесно знаю, как следует поступить в данном случае!

Я не успела отреагировать на это хамское заявление, потому что Вовка распахнул дверцу и... Дальнейшее заняло долю секунды. Яйца неожиданно начали подрагивать, затряслись, словно в ознобе.

— Ну и... — начал было майор, и тут случился взрыв.

Печка подпрыгнула, правда невысоко, из открытой дверцы вырвался фонтанчик бело-желтых комочков и попал Вовке в лицо. Костин заорал благим матом. Я присела и закрыла голову руками. Феня и Капа, проявив редкую для щенков находчивость, мигом кинулись ко мне, вцепились когтями в брюки и ловко, словно кошки, сначала вскарабкались хозяйке на колени, а потом забились под свитер. Муля уползла под стол, Ада опрометью бросилась в коридор. Рамик рухнул, как подкошенный, возле мойки. Рейчел завыла трубным басом. Печка подпрыгнула еще раз, новая порция чего-то непонятного обрушилась на майора. Теперь она попала ему на волосы.

— Ой, мама! — заорал Вовка.

Я, уронив на пол Феню с Капой, бросилась к нему.

Глава 24

— Тебе больно? — закричала я, распихивая щенков, желавших вскарабкаться на майора.

— Скорей дай холодной воды, горячо! — орал Вовка.

Окончательно перепугавшись, я подтолкнула его к мойке. Пока Вовка смывал с лица бело-желтую субстанцию, я внимательно осмотрела печку и поняла суть произошедшего. Отчего-то яйца взорвались. Почему это произошло, неясно. Может, они были несвежими, а может, печка неисправна? Взгляд упал на открытую инструкцию. «Не кипятите воду в СВЧ-печке». Так, что дальше? «Никогда не сушите в ней домашних животных после мытья».

Я в негодовании отбросила книжечку. Ну не идиоты ли составляли сие руководство?

— Лампа!

— А? Я тут!

— Только тебе могла прийти в голову идея приготовить яйца таким образом, — прогудел Вовка.

— Мне? Это ты велел их туда сунуть, а потом, несмотря на мои предостережения, распахнул дверцу. Не захотел прочитать инструкцию.

Костин молча вытер лицо посудным полотенцем, потом воскликнул:

— Я чудом избежал ожогов!

— Ты же утверждал, что без воды яйца останутся холодными, — не утерпела я.

Вовка замер, потом, сердито мотнув головой, сообщил:

— Хотел прочитать инструкцию, ты не дала. Я спокойно ждал сваренных яиц, сидел тихо, ты решила приготовить их в печке, а потом велела мне вытащить наружу. Только-только собрался надеть варежки, а ты принялась орать: «Скорей, живей, есть хочу». И каков результат твоего идиотского поведения? Мне чуть глаза не выжгло! Думаю, будет абсолютно справедливо оставить тебя убирать бардак.

Я опешила. Костин швырнул скомканное полотенце на подоконник и медленно, с достоинством, словно король, завершивший прием подданных в тронном зале, удалился в коридор.

На столе осталась перепачканная донельзя печка, желто-белое крошево, мелкие осколки скорлупы. Внизу суетились собаки.

Я схватила бутылочку с моющим средством. Это неправда, что одной капли хватит на то, чтобы вымыть гору посуды, не верьте рекламе. Понимаете теперь, почему я не хочу выходить замуж? Да все мужчины ужасны! Они так и норовят обвинить во всех смертных грехах бедных женщин. Вот сейчас, скажите, пожалуйста, кто велел мне сунуть яйца в СВЧ-печь? Кто ныл и стонал, требуя ужин, кто уверял, что без воды все останется холодным? И кто оказался в результате виноватым, с тряпкой в руке возле кучи грязи? При этом учтите, что Вовка мне просто приятель!

Утром, выпив кофе, я предприняла попытку соединиться с Ниной Рагозиной. Но трубку никто не брал. Я несколько раз набирала номер, похоже, это не мобильный телефон. Наверное, девушка сейчас на занятиях.

Тяжело вздыхая, я принялась заниматься домашними делами. Сначала выгуляла собак, потом вымыла невероятное количество грязных лап, наполнила шесть мисок кашей, вытащила пылесос и начала бродить по комнатам, пытаясь навести хоть какой-нибудь порядок. Периодически, через каждые полчаса, я пробовала соединиться с Ниной, но она, похоже, не спешила домой. Закончив уборку, я затолкала в стиральную машину гору белья, сбегала в магазин, приволокла четыре набитые продуктами сумки, развесила выстиранные вещи, приготовила обед, потом схватилась за утюг и перегладила то, что высохло. Трудовая вахта закончилась лишь в восемь вечера, Нины по-прежнему не было дома.

Абсолютно без сил я рухнула в кровать. Тот, кто считает, что домохозяйка ничего не делает, глубоко ошибается. На мой взгляд, нет ничего труднее и нуднее уборки, стирки, готовки, чистки... Все вокруг держат тебя за лентяйку, зарплаты нет, и к тому же результатов изматывающей работы тоже не видно. Сваренный суп исчезает мгновенно, белье пачкается, на полки ложится пыль. Нет уж, лучше ходить на службу, там хоть удастся спокойно попить чаю, поболтать с коллегами, а придя домой, можно усесться у телевизора и на все замечания домочадцев спокойно отвечать:

— Сами уберите квартиру, между прочим, я тоже работаю.

А как отбиться от претензий родных домашней хозяйке?

Я лежала в кровати, медленно погружаясь в сон. Сквозь подступающую дрему слышались разные звуки: стук входной двери, голоса Кати и Юры, лай собак. Потом Катюша заглянула в мою комнату.

— Лампуша, ты не заболела?

— Нет.

— Чего спать легла?

— Устала, весь день убиралась.

— Отдыхай тогда, с Лизой и Кирюшей все в порядке, — весело сказала Катя и закрыла дверь.

Потом из-за нее донеслось:

— Надо завтра Лампе витаминов купить, не нравится мне ее усталость.

— Верно, — подхватил Юра, — выглядит плохо, бледная совсем, синяки под глазами.

Сон как ветром сдуло. Я села в кровати, наверное, в самом деле я очень больна, если даже Юра заметил мою бледность. Может, рассказать Кате, в чем дело? Подруга — отличный врач. Нет! Она сразу засунет меня в больницу, а мне ведь еще нужно найти цыганку! Я вновь схватила телефон. Ну-ка, попробую еще раз...

— Алло, — послышался тихий голос.

— Нина?

— Здесь такой нет.

— Извините.

Пришлось повторить попытку.

— Алло.

— Нина?

— Женщина, вы опять ко мне попали.

— Простите, я не нарочно, набираю сто пятьдесят один... а соединяет с вами.

— Это мой номер.

— Как?

— Очень просто. Я здесь живу.

— А где же Нина? Рагозина?

— Ах вам Нинуша нужна!

Я вздохнула. Интересно, она тупая или решила надо мной поиздеваться? Ведь я с самого начала спрашивала Нину.

— Да, именно она.

— Нина тут больше не живет, съехала. Эту квартирку теперь я снимаю.

— А где Рагозина обитает?

— Понятия не имею.

— Она не оставила никаких координат? Знаете, так иногда делают, когда место жительства меняют.

— Нет, она просто отчалила, ничем вам помочь не могу.

— Простите.

— Ерунда, только не звоните больше.

Я вновь легла под одеяло и натянула его на голову.

Из глаз покатились слезы. Господи, я смертельно больна, жить осталось считаные дни, а расследование топчется на месте, буксует, словно машина в липкой глине. Может, пойти к Вовке? Я села и потянулась к халату, но уже через секунду изменила принятое решение. Обиделась на майора и не хочу прибегать к его помощи. Ладно, пока ноги шевелятся, буду сама разматывать клубок, вот откажут нижние конечности, тогда и призову Костина, если, конечно, до тех пор не справлюсь.

Я снова рухнула в подушку и провалилась в темную, бездонную пропасть сна.

Не зря человечество придумало поговорку про утро[1]. При свете солнца положение вещей показалось мне не столь трагичным. Значит, Нина Рагозина не имеет собственной жилплощади и снимает квартиру. Так поступают многие студенты, не желающие жить в общежитии. Нина учится в театральном вузе, и найти ее легко. Сейчас поеду в академию, разыщу там руководителя кружка Сергея Васильевича и узнаю, в каком институте сидит на лекциях Рагозина. В прошлый раз я растерялась и забыла спросить.

Я оделась и вышла на кухню. На столе лежала записка: «Лампуша, я опять взяла твою машину. Извини. К.».

Я улыбнулась, ну и замечательно, мне в метро даже удобнее, никаких пробок, жадных сотрудников ГАИ и невнимательных пешеходов. Почитаю спокойно книгу.

Утренний час пик прошел, и я мирно доехала до нужной станции, сидела на мягком диванчике, наслаждаясь новой Марининой. Затем побежала по переходу на пересадку. Вымощенный плиткой пол шел чуть под откос. Внезапно мне стало жарко. Я расстегнула куртку, но это не помогло, пришлось вообще стаскивать ее с плеч и вешать на руку. На секунду пришло облегчение, но потом в переходе

---

[1] Утро вечера мудренее.

словно пропал весь воздух, мне стало душно, перед глазами затряслась мелкая сетка, уши словно заложило ватой.

— Вам плохо? — участливо спросил кто-то из тумана.

— Очень душно, — еле выговорила я.

Крепкая рука стала подталкивать меня куда-то вбок.

— Садитесь.

Я рухнула на жесткое сиденье. Перед носом замаячила резко пахнущая бутылочка. Я вдохнула отвратительный «аромат», закашлялась и вынырнула из тьмы.

Круглолицая полная женщина в белом халате участливо спросила:

— Ну как?

— Спасибо, намного лучше. Где я?

— В диагностическом центре.

Я потрясла головой.

— Вообще-то я ехала в метро. Неужели упала в обморок? Так надолго? Хоть убейте, не помню, как в больнице оказалась.

Врач мягко улыбнулась.

— Все в порядке, вы на секунду лишились чувств, мы в подземке.

— Но вы только что сказали про диагностический центр.

— Правильно, наше объединение «Лечение по Вернеру» снимает помещение в метро, это очень удобно. Обычно людям некогда специально пойти в поликлинику, да и хлопотно это, часто нужный врач принимает в те часы, когда вы работаете, результатов анализа приходится ждать месяц. А мы тут под рукой, открываемся в шесть, уходим в час ночи и сразу сообщаем все данные о вашем состоянии.

Кстати, не хотите обследоваться? То, что вы почувствовали себя плохо, нехороший знак.

— Нет, спасибо.

— Но почему? Это небольно, никаких уколов, недорого.

— Я уже один раз сделала томограмму в аптеке.

Врач звонко рассмеялась.

— Вот уж правда глупо. Вас попросту обманули, томограф дорогое удовольствие, не во всех клиниках стоит. Давайте познакомимся? Зинаида Марковна.

— Евлампия.

— Так вот, — никак не прореагировав на мое имя, продолжала Зинаида Марковна, — мы сразу честно объясняем людям: диагностика по Вернеру — это компьютерная технология, именно поэтому ее можно проводить где угодно, в метро, на работе. Кстати, некоторые организации вызывают наших специалистов в офис, очень удобно проверить состояние здоровья сотрудников, так сказать, не отходя от кассы.

— И что, это объективное исследование? На чем оно основано?

— Понимаете, — улыбнулась Зинаида Марковна, — все очень просто. Человеческое тело — это источник излучения, невидимого глазом. Аппарат, разработанный Вернером, улавливает его, а компьютерная программа демонстрирует картинку. Здоровые и больные органы дают разные излучения. Хотите посмотреть, как это работает?

— Ну...

— Совершенно бесплатно.

— Можно попробовать, — сдалась я.

— Возьмите вот эти палочки в руки, — засуетилась Зинаида Марковна, — только предварительно снимите с себя все железное: кольца, серьги.

— Не ношу украшений.

— Ну и хорошо. Лучше всего продемонстрировать работу прибора на зубах.

— Что?

— У вас пломбы везде стоят? Кариеса нет?

Я пригорюнилась.

— Давно пора сходить к стоматологу, только пока не болит, не очень хочется в кресло к дантисту садиться.

— Мне еще ни разу не попался человек, у которого рот в порядке, — улыбнулась Зинаида Марковна, — поэтому я и говорила про зубы, очень наглядно получается, ну, смотрим.

Врач уверенно принялась двигать мышку по коврику.

— Глядите на экран, — велела она.

На мониторе возникло изображение черепа.

— Это мой? — вздрогнула я.

— Да, — кивнула доктор, — а вот наши зубки. И что мы имеем? Ага, спереди, слева у нас штифт. Справа отсутствует коренной, вот здесь пломбы, тут сильный кариес, а там три коронки. Верно?

— Ничего себе! Абсолютно точно, — изумилась я. — Как вы такое проделали?

— Объяснила же, дело в излучении. Здоровые зубы окрашены в синий цвет, больные в красный, ну а штифт светится желтым, он неживой. Хотите, весь ваш организм проверим? Всего за триста рублей? Неужели такую ерундовую сумму за точнейшую информацию о своем здоровье жалко?

— Нет, конечно, — пробормотала я, рассматривая мерцающую разноцветными пятнами челюсть. — Но почему эта диагностика широко не применяется в России? Первый раз о такой слышу.

Зинаида Марковна ткнула пальцем в бумажку, висевшую на стене.

— У нас имеется лицензия. Просто все новое с

трудом пробивает себе дорогу. Наши медики привыкли действовать по старинке: анализы, осмотры, постукивания, выслушивания. Масса узких специалистов, каждый знает лишь свой участок. Стоит только зайти в поликлинику, как вас загоняют по кабинетам. Гастроэнтеролог смотрит желудок, пульмонолог — легкие, хирург — кости, окулист — глаза... Никто не лечит больного целиком, каждый занимается лишь «своими» органами. А что получается, когда дитя воспитывают семь нянек? И потом, если аппараты Вернера разместить повсеместно, толпа врачей станет не нужна, хватит одного у компьютера. Машина ведь еще и рекомендации дает, вот видите, сбоку лента вылезла. Тут написано, какие зубы больны, есть рекомендации по лечению. Естественно, нас дальше метро не пускают, но умные люди давно поняли, что к чему! Знаете, какие ко мне личности ходят! Жаль, не могу назвать известные всей стране фамилии, потому что связана врачебной тайной. Так как?

— Давайте попробуем.

— Ну и правильно. Снимайте сапожки, становитесь босыми ногами на коврик, берите датчики и смотрите на экран. Синий фон — здоровье, красный — неблагополучие, желтый... Ну его мы не увидим, он лишь в ужасающих случаях возникает. Начали.

Компьютер тихо загудел. На мониторе появились абсолютно синие ступни, голени, колени, потом низ живота...

— Вы совершенно здоровая женщина, — восхитилась Зинаида Марковна и сглазила меня.

На уровне желудка замерцало нежно-розовое пятнышко. Компьютер чавкнул, сбоку вылезла бумажка.

— Ерунда, — констатировала врач, — небольшой гастрит, он сейчас у всех поголовно. Едим на ходу, всухомятку, часто всякую дрянь, отсюда и результат.

Вам рекомендуется купить одно лекарство. Попьете и забудете о неприятностях. Едем дальше.

Грудь, руки, шея — все, появившееся на экране, мерцало синим светом.

— Лошадиное здоровье, — обрадованно заявила Зинаида Марковна, — даже мастопатии нет, это уж совсем удивительно.

И тут появилась голова, вся желтая, пугающе яркая.

Зинаида Марковна икнула, я похолодела.

— Это что?

— Ну... э... да! Ну... э... Однако!

— Мой мозг не в порядке?

— Ну... э... как бы...

— Говорите диагноз!

— Ну... Кстати, у вас там железных пластин нет? — оживилась доктор.

— Где? — попятилась я.

— В голове.

— Нет.

— А... а... Тогда... ну...

— Что со мной?!!

— Давайте еще раз попробуем информацию вывести?

— Хорошо.

Изображение исчезло для того, чтобы через мгновение вновь возникнуть на экране. Желтый цвет стал еще пронзительней. Я стала всматриваться в рисунок. По краям он имел интенсивно оранжевую окраску, к середине она делалась чуть спокойней.

— Да, — крякнула Зинаида Марковна. — Да так да! Прямо да! Да, и только! Да, и нечего сказать! Да, и все! Да, офигеть!

Компьютер хрюкнул, из стоящего рядом ящика выскочил листок. Зинаида Марковна потянулась к нему, но я ловко опередила ее, схватила противно шуршащую бумажку и впилась в нее взглядом. «Полное поражение головного мозга. Лечение отсутствует». Я уставилась на ряд точек, шедших в конце. У бедной машины не хватило слов, чтобы определить мое состояние здоровья, несчастный компьютер, наверное, до сих пор не сталкивался с такими обреченными на скорую смерть больными, оттого и выдал строки из одних точек.

Глава 25

— Что теперь со мной будет? — прошептала я, комкая листочек с диагнозом.

Зинаида Марковна схватила бумажную салфетку, быстро вытерла выступивший на лбу пот и заблеяла:

— Ну... подумаешь, ерунда. Вы прямо сейчас, не раздумывая, рулите в онкоцентр. Всякое бывает.

— С опухолью мозга можно жить?

— Ну... э... вам сделают операцию, станете как новенькая. И потом, вполне вероятно, что она доброкачественная.

— И что тогда?

— Сделают операцию, станете как новенькая, — словно заезженная пластинка, повторила врач.

Внезапно у меня пропал страх. Так, теперь понятно, что увидела на УЗИ Соня, отчего она пришла в ужас. Не каждый доктор способен заявить человеку прямо в глаза: «Вы обречены». Вот и «узистка» не сумела произнести роковую фразу.

Впрочем, скорей всего и Зинаида Марковна стала бы пудрить мне мозги, просто я сама все увидела на компьютере.

— Немедленно скажите, сколько живет человек в подобном состоянии, — налетела я на сидевшую с самым растерянным видом тетку.

— Ну...

— Говорите, у меня дети. И потом, я имею кое-какие ценности, квартиру, дачу, коллекцию картин, надо успеть составить завещание.

— Ну... прогноз строить трудно, — замямлила врач, — наш организм имеет скрытые резервы...

— Сколько? Точно! Месяц, два, год?

— Господи, — всплеснула руками Зинаида Марковна, — год!!! Ладно, не стану вас обманывать, похоже, вы не из тех, кто рушится в обморок при сообщении о смерти. Времени уже нет. По идее, вы должны были скончаться вчера, в такой фазе не живут. Нонсенс. Мозга нет. Ни одного работающего отдела. Одно не пойму...

— Что?

— Вы ходите, видите, слышите, разговариваете...

— А не должна?

— Конечно, нет, вот, обратите внимание, — врач принялась тыкать пальцем в экран, — здесь все поражено. Знаете, уж извините, но...

— Что еще?!

— Но...

— Господи, что???

— Не хочу говорить.

— Раз начали, то договаривайте, — обозлилась я, — и потом, неужели можно сообщить еще более неприятную информацию, чем то, что вы уже сказали?

— Да, — прошелестела Зинаида Марковна.

Знаете, дорогие мои, я всегда считала, что выражение «подкосились ноги» выдумали экзальтированные писатели. Ну каким, скажите, образом могут подломиться нормальные, нигде не травмированные нижние конечности? Но сейчас мне стало понятно: данная фраза не красивая гипербола. Колени внезапно превратились в желе, ступни словно растеклись по полу, тело стало тяжелым-тяжелым...

Я обвалилась на стул и прошептала:

— Валяйте, я готова ко всему.

— Вы мне понравились...

— Дальше.

— Поэтому хочу вас предупредить...

— Быстрее!

— Понимаете, онкология — сложная проблема...

— Короче!!

— Конечно, врач обязан сделать все...

— Говори суть дела! — заорала я и стукнула кулаком по столу.

— Ой, — пискнула Зинаида Марковна, — ладно. Вам нельзя делать операцию. Поздно. Никакого облегчения она не принесет, только измучаетесь. Мой вам совет: уезжайте из Москвы, в деревню, куда подальше. Может, там, на чистом воздухе, в экологически нормальной среде, протянете еще немного. Хотите, довезу вас до нужной станции? Вы куда двигались: на Кольцо или в сторону радиальной?

Внезапно мои ноги окрепли. Я встала.

— Спасибо, сама дойду.

Зинаида Марковна опять схватила салфетку.

— Надо же, какая компенсация, — пробормотала она мне вслед.

Отчего-то в переходе уже было недушно. Я бодро дошла до вестибюля и села на одну из мраморных скамеек. Странное существо человек, знает, что в конце концов умрет, и великолепно живет. Впрочем, рано или поздно все задумываются о смерти. Не потому ли подавляющее количество пожилых людей начинают на исходе лет размышлять о боге? Как-то не хочется думать, что тебя просто зароют или сожгут. Лично мне приятней превратиться в привидение. Я поселюсь в нашей квартире, никого не пугая, изредка стану смотреть телевизор, читать детективы и приглядывать за Кирюшкой с Лизаветой. А еще точно узнаю, чем занимаются в отсутствие хозяев собаки, а то меня терзают смутные сомнения: правда ли вся стая спит?

И что сейчас делать? Вот только не начать бы здесь рыдать, на виду у всех.

Но отчего-то слезы не подступили к глазам, в душе появилась мрачная решимость. Понятно, до кончины мне осталось очень мало времени. Следовательно, удваиваю, нет, утраиваю, усемеряю, удесятеряю усилия и пытаюсь разыскать цыганку. А еще надо написать завещание.

К перрону с шумом подкатил поезд, я вскочила в вагон. Поторопись, Лампа.

Дверь актового зала в академии оказалась закрытой. От досады я топнула ногой. Опять сваляла дурака. Сейчас день, самый разгар занятий. Сергей Васильевич небось в своем вузе. В академию он заявляется после обеда, придется ждать.

Не успела я прислониться к широкому подоконнику, как появилась тоненькая девушка в сильно потертых джинсах и принялась прилаживать на двери зала объявление. Бумажка была написана крупным, четким, детским почерком. «Занятия в театральной студии откладываются на неделю».

— А почему отменяют репетиции? — спросила я. Студентка охотно ответила:

— Не знаю. Я староста, мне Сергей Васильевич позвонил и попросил всем сообщить об отмене. Может, у него на работе чего случилось? В прошлом году он тоже в это время к нам дней десять не ходил, потому что его студенты, из театрального, куда-то ездили, вроде на фестиваль.

— Подскажите, пожалуйста, в каком вузе он работает?

— Сергей Васильевич учит актерскому мастерству.

— Где?

— В театральном.

— Их несколько.

— Да? Понятия не имела.

Я вздохнула:

— Прямо беда.

— Может, я могу вам помочь? — участливо поинтересовалась девушка.

— Вы Нину Рагозину знаете?

— Не слишком, она с нами в спектакле играла.

— Вы не в курсе, где Рагозина сейчас живет?

— Нет, — покачала головой староста, — она не из академии.

— Да знаю я, потому и ждала тут Сергея Васильевича.

— Домой ему позвоните и спросите.

— Хорошее предложение, но неосуществимое.

— Почему?

— Номер телефона мне неизвестен.

— Так я дам его, — сказала девушка, — записывайте.

Радуясь, что удача вновь повернула ко мне улыбающееся лицо, я выхватила из сумки телефон.

Самое замечательное, что трубку в квартире режиссера сняли сразу.

— Аллоу, — прозвучал хорошо поставленный женский голос, — вам кого?

— Позовите, пожалуйста, Сергея Васильевича.

— Его нет.

— А когда он вернется?

— Через неделю.

— Как? Ужасно! Не может быть.

— Что случилось, милочка? — проявила участие пожилая дама.

Ну и как объяснить приветливой старушке суть дела? Видите ли, я собираюсь завтра умирать и поэтому очень тороплюсь завершить расследование.

— Может, я сумею вам помочь? — настаивала она.

И тут меня осенило. Ну, конечно, судя по голосу, я беседую сейчас с мамой Сергея Васильевича, она же точно знает, где работает сын! А может, и знакома с его любимыми ученицами.

— Да, конечно, сделайте одолжение, помогите.

— С радостью, мой ангел, — заверила пожилая дама.

— Нина... — начала было я, намереваясь спросить телефон Рагозиной или точное название вуза, в котором преподает Сергей Васильевич.

Но дама не дала мне договорить.

— Все, более ни слова! Ниночка! Я очень рада! На ловца и зверь бежит! Здравствуйте, душечка...

Я удивленно замолчала.

— Сережа уехал внезапно, — раздался трагический шепот, — понимаете, Лева умер, от инфаркта. Ужасно, такой молодой, пятидесяти нет! Лег спать и не проснулся. С другой стороны, конечно, это счастливая смерть, не каждый так легко умирает, позавидовать можно. Вот Сережа и умчался и забыл вас предупредить.

Я молча попыталась въехать в ситуацию. Кто такой Лева? Наверное, близкий родственник, вот Сергей Васильевич и поехал заниматься похоронами.

— Я, конечно, ничего не знаю, — драматическим шепотом актрисы МХАТа пятидесятых годов вещала дама, — вообще не в курсе. Сережа от меня все скрывает, но материнское сердце не дремлет, поэтому знаю мельчайшие подробности дела и могу вам помочь. Да, могу! То-то Сереженька удивится: его нет, а дела идут!

Я постаралась не рассмеяться. Похоже, материнское сердце тут ни при чем, речь, скорее, идет об отличном слухе. На что угодно готова поспорить: старая дама изо всех сил шпионит за взрослым сыном.

— Встретимся через два часа в кафе «Лукошко», — самым таинственным голосом заявила невидимая собеседница.

— Думаю, не надо, я всего лишь...

— Знаю, Ниночка, — перебила меня мать режиссера, — хотите забрать конвертик, но вы ведь с Сережей всегда для этих целей в «Лукошке» встречаетесь, вот я и приду туда.

— Рагозина...

— Я великолепно узнала ваш голос, душенька, — вновь не дала мне закончить фразу шебутная бабуся, — звените, словно колокольчик, правда, представились в первый раз. Сначала-то я полагала, будто вы, как вся современная молодежь, невоспитанны, но потом поняла: соблюдаете конспирацию. И правильно. Ах, Ниночка, Сережа вас так ценит, считает самой талантливой. Знаете, он говорит о вас с восторгом, я даже подумала, что сын влюблен. Ха-ха-ха, шутка! Но, как и во всякой шутке, в ней есть доля правды.

— Однако...

— Все! Более ни слова! Место встречи «Лукошко», пароль «Сережа». Иду одеваться.

— Но...

— Не стоит беспокоиться, я изумительно гримируюсь, никто ничего не узнает, вы сумеете без Сережи справиться: то-то он обрадуется, поймет, что зря отодвинул меня в сторону. Я, оказывается, еще в трезвом уме и на ногах! Вот!

— Где находится «Лукошко»? — с трудом вклинилась я в речь тараторки.

— О! — воскликнула бабуля. — Вы проверяете меня! Да около метро «Новокузнецкая». Ну как? Теперь верите, что я все знаю?

— Да, — вступила я в игру, — действительно.

Только до сих пор сомневаюсь. Может, вы и мой телефон слышали?

— В книжке записан. Вот что, душечка, давайте так, номер будет паролем. Ах, как здорово я придумала. Мы же никогда не встречались! Войду в кафе и назову цифры.

— Ладно, — сдалась я, — «Лукошко» так «Лукошко».

— Не волнуйтесь, — перешла на фальцет дама, — конвертик я прихвачу с собой, и мы докажем Сереже, да! Обязательно! Он еще пожалеет, что отодвинул мать!

Я сунула телефон в сумку. Самое страшное из всех существующих зол — это слепая безграничная материнская любовь. Большинство женщин, вырастив ребенка и устроив его либо в институт, либо на работу, все же понимают: теперь отпрыску следует дать свободу. В двадцать лет юноша или девушка просто обязаны стать самостоятельными. Как ни грустно это родителям сознавать, но они не всегда являются главными людьми для дитятки. Наступает момент, когда таковыми становятся приятели или любимый человек. Мудрые предки постараются не бунтовать и стать своему чаду верными друзьями. Но, увы, иногда, чаще всего у женщин, просто переклинивает крышу, и психопатическая маменька продолжает обращаться с пятидесятилетним, седым, обрюзгшим «мальчиком» как с трехлеткой. Требует постоянного отчета в делах, приказывает рассказывать о всех проблемах, настаивает на совместном проведении вечеров и праздников, норовит залезть третьей в супружескую постель и портит жизнь своим детям по полной программе. На мой взгляд, подобное поведение не имеет никакого отношения к любви, потому что последняя предполагает умение наступить на горло своим желаниям ради счастья другого человека, в данном случае собственного ребенка.

Деспотичные мамаши на самом деле — самозабвенные эгоистки.

Всех невесток такая особа изведет, друзей прогонит вон. Коли маменька сама не курит, то, не желая вдыхать дым, с воплем: «Это тебе вредно» — вырвет у несчастного сигарету. Если у нее больной желчный пузырь, что, кстати, чаще всего имеют патологически злые люди, то «мальчик» будет вынужден есть суп из воды с капустой и сухую гречку. Детективы и фантастику выбросят из библиотеки, в кассетнике окажется запись с русским народным хором, а телевизор станут включать лишь во время программы новостей и мыльных опер. И только могила, в которую рано или поздно сойдет эгоистка, избавит сына от ее диктата. Вопрос: как он станет жить дальше, изувеченный такой любовью? Впрочем, девочке, оказавшейся в подобных условиях, еще хуже. У бедняжки есть два выхода: либо бежать прочь из родительского дома, бросив все, либо, что, увы, случается намного чаще, превратиться в старую деву.

Ворча про себя, я добралась до «Новокузнецкой» и стала оглядываться по сторонам. Вокруг бурлила людская толпа, на площади громоздились вагончики, бойко торгующие шаурмой, булками, водой и, несмотря на отвратительно промозглую сырую погоду, мороженым. Ничего похожего на кафе тут не наблюдалось.

В низких домах, располагавшихся по обе стороны от здания метро, были одни магазины.

— Подскажите, где тут «Лукошко»? — спросила я у газетчика, парня лет тридцати, хлюпающего носом возле лотка.

— «Лукошко», «Лукошко» — забормотал тот.

— Через трамвайные пути ступай, — ткнула рукой влево тетка, торгующая всякой мелочовкой, — завернешь за дом и увидишь рыгаловку. Жуткое место!

И действительно, «Лукошко» нашлось именно там, где она сказала. Стеклянный павильончик с бело-красными занавесками, пластиковыми столиками и очень жесткими стульями. Я устроилась в самом углу и взяла меню. Теперь понятно, отчего в этом пятисортном заведении толпа посетителей, причиной такого столпотворения являются цены, они, ей-богу, смешные, на сорок рублей здесь вполне можно пообедать. Мимо с полным подносом проплыла официантка. До моего носа долетел знакомый запах. Ну ясно, тут варят «бульон» из кубиков, мы сами иногда, правда очень редко, делаем такой.

— Что заказываем? — поинтересовалась полная баба, подходя ко мне.

— Ну... чай у вас какой?

— Из пакетика.

— Вот и хорошо. Значит, его и булочку без крема.

Официантка вдруг участливо предложила:

— Хотите ржаную, с тмином? Они вкусные, вместе с чаем в семь рублей уложитесь. Напиток подаем с сахаром, булка большая, наедитесь досыта за маленькие деньги.

— Спасибо, — улыбнулась я, — несите.

Ну не объяснять же заботливой тетке, что я сделала такой заказ вовсе не из-за отсутствия денег, а потому что боюсь есть в этой столовке, тут запросто могут подсунуть испорченную колбасу.

Но булочка оказалась свежей и даже заботливо подогретой, а чай подали в чайнике, в котором плавал пакетик. Заварка получилась жидкой, зато ее было много, к тому же на стол поставили полную сахарницу. Официантка не обманула, на семь рублей здесь не останешься голодной.

Я осторожно отхлебнула из чашки и уже собралась впиться зубами в булочку, но тут в «Лукошко» ворвалась новая посетительница, и плюшка выпала из моих рук.

На пороге стояла дама, довольно стройная, даже изящная, на ее ногах пламенели ярко-красные кожаные сапоги-ботфорты, нижнюю часть туловища украшала ядовито-зеленая кожаная мини-юбочка, бедра обтягивали колготки в крупную клетку. Сверху кокетка облачилась в пронзительно оранжевый жакет из щипаной норки, шею повязала темно-синим длинным-предлинным шерстяным шарфом крупной вязки, ее голову украшала розовая шапочка-таблетка с гордо торчащим вверх страусиным пером. Дополняли картину бежевые перчатки и голубая сумочка-планшет на длинном ремне.

Глава 26

Сногсшибательное впечатление дама произвела не только на меня. Все посетители поголовно перестали жевать и с раскрытыми ртами уставились на небесное видение. Кто-то присвистнул.

— Ну дает бабуся, — захихикали сидевшие неподалеку от меня девчонки.

Я вздохнула. Как ни молодись, сколько ни надевай на себя короткую юбчонку, все равно ясно: тебе не двадцать. Даже огромные очки «летучая мышь», которыми посетительница постаралась закрыть пол-лица, не спасли положения. При одном взгляде на ее сильно накрашенные щеки и рот становилось понятно, «девушка» справила пятидесятилетие, причем очень давно, небось она уже преодолела и планку, на которой стоит печальная для женщины цифра 60, а может, ей и больше.

— Ниночка! — заголосила бабуля трубным шепотом. — Это я!

Я вздрогнула и помахала ей рукой:

— Сюда!

Мама Сергея Васильевича, провожаемая со всех сторон взглядами, дошла до столика, села за него и заговорщицки сообщила:

— Пароль! Сто пятьдесят один...

Услыхав хорошо знакомый номер, я тяжело вздохнула и спросила:

— Больше никакого моего телефона не знаете?

— Ах, озорница, — погрозила пальцем старушка, — небось Сережа сказал: «Гликерию Петровну легко обвести вокруг пальца, она не в курсе дела». Но я знаю все!!! Вот.

На столике появился белый конверт.

— Что же вы теряетесь, Ниночка, — загремела Гликерия Петровна, — берите и начинайте работу. Понимаю, вам заплатили, действуйте. Конечно, Сережа все забыл из-за Левушки, все-таки друг, но вы сами позвонили, и я решила доказать сыну, что он зря меня отодвигает. Я отличная, великолепная актриса. Ах, какие роли исполняла! Офелия! Нина Заречная! Анна Каренина! Наташа Ростова! Какие люди со мной рядом стояли на сцене! Качалов! Яншин! Таиров! Станиславский! Немирович-Данченко!

Я опять выронила булочку. Кто?! Сколько же лет Гликерии Петровне, если она общалась с отцами-основателями МХАТа? По самым грубым подсчетам, не менее ста получается.

Не замечая произведенного впечатления, престарелая актриса неслась дальше:

— Блок! Александр Блок!

Я прикусила нижнюю губу. Блок писал стихи, на мой взгляд, замечательные, даже поэма «Двенадцать», созданная им под влиянием не к ночи помянутой большевистской революции 1917 года, великолепна. Александра Блока можно смело зачислить в лигу великих поэтов, но он никогда не играл на профессиональной сцене. Кстати, с этой фамилией в нашей семье связана одна замечательная история.

Моя мама, достаточно известная в прежние годы оперная певица, часто упрекала отца, работающего на военно-промышленный комплекс, в полной литературной безграмотности. Вообще-то мои родители жили вполне мирно, разные характеры и пристрастия совершенно не мешали им быть счастливой семейной парой. Но иногда в мамочке просыпался педагог: Ушинский, Песталоцци и Макаренко в одном флаконе, — и тогда в нашей квартире раздавались ее вопли:

— Андрей! Это безобразие! Чуть со стыда вчера в гостях не сгорела! Вся интеллигенция прочитала новую поэму Вознесенского, а ты нет! Отвратительно. Люди обсуждают стихи, мой муж сидит молча.

— Но, Котенька, — робко отбивался папа, — сама знаешь, в каком ритме я живу: НИИ — полигон, полигон — НИИ, когда же читать?

— В самолете, — не дрогнула мама, — по дороге на свой полигон.

Отец крякнул и решил закрыть тему. Но мать еще долго бушевала, потом она сунула отцу томик и велела:

— Сегодня у нас гости, изволь поглядеть хоть одним глазом, не хочу снова чувствовать себя женой неандертальца.

Папа покорно пошел в кабинет. Я порысила за ним, но, поскольку без специального разрешения входить в рабочую комнату отца было строго-настрого запрещено, я тихонько приоткрыла створку и одним глазом увидела, как папа, зашвырнув всученную мамой книжку на подоконник, взял толстый том со своего стола и начал быстро перелистывать страницы, покусывая ручку.

Гости явились в восемь. Меня посадили в конце

стола, и я отчаянно скучала, взрослые обсуждали литературные новинки. Вскоре мне захотелось убить противного Михаила Алексеевича, потного, по-бабьи оплывшего мужика, главного редактора одного из «толстых» журналов тех лет. Он без конца приставал к папе с вопросами, каждый из которых начинался так:

— А вы читали...

Отец отрицательно качал головой, мама краснела.

— Вы не любите прозу? — пыхтел Михаил Алексеевич.

— Не очень, — признался загнанный в угол папа.

— А поэзию? — закатил пронырливые, противные глазки редактор.

Отец покосился на багровую от злости мать и решил потрафить жене:

— Поэзию? Хм! Да, да! Очень! В смысле люблю.

— Кого больше всех? — не успокоился Михаил Алексеевич.

Папа растерялся.

— Ну, Ахматову читали? — поехал на него танком литературный деятель.

— Нет.

— Цветаеву?

— Нет.

— Мандельштама?

— Нет.

— Брюсова?

— Нет.

По мере этого допроса мама все сильнее сжимала губы, а Михаил Алексеевич откровенно веселился, ему явно доставляло удовольствие уличить блестящего ученого, генерала в невежестве. Я еще в детстве поняла, что самые злые люди те, кто хотели стать писателями, но не получили от бога таланта и подались от безнадежности в редакторы или критики.

«Папусенька, — шептала я про себя, — ну что же ты позволяешь над собой смеяться? Спроси-ка у этого шута горохового про интегральные исчисления или хоть проверь его знания таблицы умножения, явно ведь дальше дважды два не продвинется». И почему это в среде интеллигенции считается абсолютно нестыдным не уметь сложить в столбик два трехзначных числа, а вот тому, кто не читал Мандельштама, просто следует застрелиться?

— Ну а произведения Блока вы в руках держали? — ехидно спросил Михаил Алексеевич.

Тут папины глаза загорелись.

— Конечно. Как же, обязательно.

— Да? — разочарованно спросил редактор. — И что вам больше всего понравилось?

Папа улыбнулся.

— Ну он не так много написал. Всего одну книгу, зато какую! Классика.

— Что вы имеете в виду? — удивился гость.

— Антон Генрихович Блок, «Проблема турбулентных потоков», — спокойно ответил отец, — а вы о чем толкуете? Блок, увы, умер молодым. Больше ничего создать не успел.

Позвольте мне тут опустить занавес. Скажу лишь, что мама, потеряв от ярости голос, собирая отцу в очередную командировку сумку, вытряхнула оттуда любовно припасенные им детективы и всунула учебники по литературе...

— Я изумительно загримировалась, — заорала Гликерия Петровна своим отлично поставленным, нацеленным на озвучивание гигантского зрительного зала голосом.

Я вынырнула из воспоминаний детства.

— Взяла одежду у внучки соседки, — гремела Гликерия, — мне показалось опасным являться одетой как всегда. За нами могут следить!

Посетители вновь повернулись в нашу сторону и разинули рты.

— Вы можете говорить тихо? — попросила я.

— Еще тише? — взвыла собеседница.

— Желательно.

— Вы же не услышите.

— У меня острый слух.

— Но я и так еле шепчу, — взвизгнула старуха, — звук, который издает в полете бабочка, и то громче.

Я встала.

— Пойдемте.

— Куда?

— В метро.

— Зачем?

— Для конспирации.

— Ни за что! В подземке душно.

— Но вы же приехали сюда!

Гликерия Петровна погрозила пальцем.

— Хитрюга! Все еще мне не доверяете. Великолепно ведь знаете, что мы с Сережей живем совсем рядом, лишь дорогу перейти.

Тут из самого дальнего угла понеслись ужасающие звуки, которые кто-то извлекал из несчастной, не готовой к таким экспериментам скрипки. Я вздрогнула, официантка включила радио, похоже, на всю мощность. «Эх, эх, эх, разбужу сегодня всех, здравствуй, страна, не забудь, что я пришла», — неслось над зальчиком.

В любой другой ситуации я бы схватила сумочку и в ужасе убежала, мне, когда-то профессиональному музыканту, делается тошно от какофонии. Не воспринимаю даже Шнитке, хотя совершенно искренне считаю его великим. Да, этот композитор гениален, но он не для меня. Но сейчас я безумно обрадовалась шуму. Резкие звуки наложились на вопли Гликерии Петровны и приглушили их, а старушка тем временем продолжала говорить безостановочно, и через десять минут я узнала кучу совершенно ненужных сведений.

Гликерия Петровна всю свою жизнь проработала в театре. Сейчас она, не моргнув глазом, утверждала, будто являлась звездой первой величины, но что-то мне подсказывало: скорей всего ее роль состояла из двух слов: «Кушать подано». Муж актрисы был театральным художником, делал декорации. Жизнь семейной пары протекала за кулисами, а когда у них родился мальчик, то он, естественно, постоянно был около родителей. Сами понимаете, кем захотел стать ребенок.

Продолжая размахивать руками, бабуся живописала трудности, с которыми столкнулась на длинном жизненном пути. Муж умер, в театре ее стали зажимать, намекать на возраст, потом открыто сказали, что следует дать дорогу молодым, и с почетом выпроводили на пенсию. Гликерия Петровна осела дома. Ее очень беспокоила творческая судьба Сережи. Никаких достойных ролей он не получал, в кино сниматься его не звали, в спектаклях не занимали. Очевидно, он понял, что карьеры на подмостках ему не сделать, и ушел на преподавательскую работу, стал вести курс актерского мастерства. Гликерия Петровна только вздыхала, глядя на несчастного мальчика. На ее взгляд, уход со сцены — самое страшное горе. Но Сергей казался счастливым, он нашел себя. Одна беда — денег в семье не прибавилось.

Но Гликерия Петровна не упрекала сына, она лишь грустила, видя, что ее мальчик не может позволить себе ничего лишнего. Мать знала: сын мечтает о машине, но где взять денег на покупку? Ее скромная пенсия и крохотный оклад преподавателя — вот и все их доходы. Гликерия Петровна самоотверженно экономила, сама питалась одним кефиром, а Сереже покупала мясо. Но тут «мальчику» вдруг повезло, он взялся вести театральный кружок в Академии медицинской психологии и стал великолепно зарабатывать.

— Сами знаете, Ниночка, — вещала Гликерия Петровна, — один оклад три тысячи долларов, а еще приплачивают за каждую победу на всяких фестивалях и конкурсах. Мы теперь сказочно богаты! А все вы, Ниночка...

У меня на лице, очевидно, было написано такое изумление, что Гликерия Петровна опять погрозила пальцем и прищурилась:

— Ах, душечка, только не надо передо мной притворяться! Знаю все!

— Что?

— Все!!! Абсолютно!

— Не верю, — улыбнулась я.

— Все!

— Не может быть!

— Может, — заорала Гликерия Петровна, перекрывая бухающие звуки музыки. — Ладно, рассказываю! Значит, вы вместе с Леоной Трегубовой, очень, очень талантливой девочкой, предложили Сереженьке работу. Да, вы обе, душеньки, необыкновенные актрисы, только пока не признанные, но какие ваши годы, еще получите и награды, и медали, и роли. А пока этого нет, трудитесь в «Арлекино». Но без Сережи дело шло плохо, вам требовался режиссер.

— «Арлекино»?

— Агентство по организации брачных услуг, основанное Леоной Трегубовой, — зачастила Гликерия Петровна, — делает уникальные, невероятные представления. Сережа их постановщик.

Вот тут я совершенно перестала соображать что-либо. Брачное агентство? Но при чем тут спектакли?

В моем понимании, контора, занимающаяся сводничеством, должна представлять собой офис с фотоальбомами и компьютером, снабженным базой данных женихов да невест.

— Сколько раз намекала Сергею Васильевичу, — вопила Гликерия Петровна, — что я сохранила огромный, нерастраченный актерский потенциал и способна еще на многое. Но сын каждый раз отмахивается и бормочет: «Мама, ты несешь ерунду, мне платят в академии». Конечно, там хороший оклад, низкий поклон Борису, но я-то не дура и великолепно умею считать: складывать, вычитать, делить, умножать. Сереженька недавно купил «Мерседес». Откуда деньги? То-то и оно. Мальчик всем рассказывает, что снялся в сериале, который скоро пойдет по телевидению, но, знаете, он врет!

Тут Гликерия Петровна приблизила ко мне свое накрашенное личико старой любопытной обезьянки и трубным шепотом возвестила:

— Я-то знаю, что ему заплатили в «Арлекино». Видела, сколько он принес! Послушайте, Ниночка, теперь понимаете, что я все-все знаю?

— Да, — осторожно кивнула я, — похоже на то.

— Мне очень хочется поработать у вас, — плаксиво протянула Гликерия Петровна, — просто до ужаса. Вот сейчас я пришла в гриме и, согласитесь, совсем не выделяюсь из толпы. Прошмыгнула незамеченной, переоделась под формат «Лукошка», прикинулась своей в чужой стае. На самом деле я райская птица, закосившая под воробья.

Я подавила улыбку. Мама Сергея Васильевича сохранила до пожилых лет детски-наивную душу. В особенности умиляет ее фраза «не выделяюсь из толпы». Если забыть о том, как все сидевшие в кафе чуть было не вывернули шеи, рассматривая нелепую

даму, то да, можно признать: Гликерия Петровна
просто мастер менять внешность.

— Я могла бы быть вам полезной, — упорно дави-
ла на одну педаль бабушка, — заработать маленькую
толику. И потом, поверьте, дома сидеть так скучно.
Ну вот сейчас привлеките меня к новому делу. Кстати, я могла бы цыганку сыграть!

Я моментально сделала стойку.

— Кого?

Гликерия Петровна тяжело вздохнула:

— Ну вот, опять вы за свое. Сто раз уже повторила: я знаю все! История с цыганкой была замечательной! Леона ее великолепно сыграла. «Вас убьют всех,
спасет лишь светлый ангел»! Гениально! Думается,
Кириллова была в восторге!

— Кто?

— Майя Кириллова, ваша заказчица, может, хватит меня проверять?

Думается, вы можете понять, какие фанфары за-
играли в моей душе. Гадина найдена. Зовут ее Леона
Трегубова, и работает пакостница в фирме «Арлекино». Еще она является студенткой Сергея Васильевича, так некстати уехавшего на похороны.

— Хорошо, я почти поверила вам, но окончательно смогу убедиться в правдивости ваших слов лишь
тогда, когда назовете мне телефон «Арлекино».

Гликерия Петровна неожиданно замолчала, потом обиженно протянула:

— Я его не знаю!

— Жаль, — совершенно искренне вырвалось у
меня.

— Могу дать адрес.

— Говорите скорей.

Бабуся схватила со стола салфетку, вытащила из
сумочки ручку и, нацарапав пару слов, протянула
мне бумажку.

— Вот. Держите. Не стоит вслух при всех называть координаты. Значит, Ниночка, я могу надеяться на то, что к следующему делу вы обязательно привлечете меня!

— Да, — машинально ответила я, беря салфеточку.

— Вы конверт-то не забудьте, — напомнила Гликерия Петровна. — Сережа его приготовил и на столе оставил, а я взяла...

Я перестала слушать глупую старушку и внимательно прочитала адрес. Надо же, офис «Арлекино» находится буквально в соседнем доме.

Глава 27

С трудом избавившись от Гликерии Петровны, желавшей обязательно вместе со мной идти до метро, я добежала до нужного здания и тут только сообразила, какого дурака сваляла! Не спросила у бабуси в мини-юбке, в каком институте преподает ее сын. С другой стороны, цыганка найдена — это Леона Трегубова, режиссер мне теперь совершенно не нужен.

Еле сдерживая сердцебиение, я подбежала к небольшому двухэтажному зданию, построенному в конце девятнадцатого века, и, недолго раздумывая, нажала на кнопку домофона.

Блям-блям-блям... — понеслось из квадратного окошечка, спрятанного за белой пластмассовой решеткой. Я подпрыгивала перед закрытой дверью и в тот самый момент, когда она стала открываться, вдруг испугалась. Что прикажете делать, если я сейчас увижу эту цыганку?

Что, что! Да вцеплюсь ей в волосы, выволоку на улицу, заору во весь голос, соберется толпа, вызовут милицию. И очень даже хорошо, пусть меня, как отъявленную хулиганку, доставят в отделение вместе с этой Леоной, а там, естественно, я потребую вызвать Вовку, и делу конец. Одно только непонятно, по какой причине Сергей Васильевич поставил «спектакль», что плохого сделала ему наша семья, мы никогда не были знакомы, во всяком случае, за те годы, что я живу у Кати, ни разу не слышала, чтобы подруга упомянула о некоем актере, преподающем теперь в институте.

В проеме замаячила шкафообразная фигура охранника, я перевела дыхание. Слава богу, «Арлекино» уже закрыт, время позднее, все сотрудники мирно пьют дома чай.

— Вам кого? — спокойно спросил мужчина.

— Брачное агентство «Арлекино» здесь находится? Секьюрити молча кивнул.

— Вообще-то я хотела поговорить с Леоной Трегубовой, но она, наверное, уже ушла.

Секьюрити снял висевший на поясе телефон и тихо сказал:

— Леона Теодоровна, спуститесь, пожалуйста... Не знаю, молодая женщина.

Мне вновь стало не по себе. Сейчас тут появится подлая особа, сумевшая ловко обвести доверчивую Лампу вокруг пальца. Естественно, она моментально узнает меня. Вытащить на улицу мерзопакостную девицу не удастся, ее защитит мужик в черной форме. Скорей всего охранник в курсе того, чем занимаются в «Арлекино». А похоже, тут творятся дивные дела. Может, лучше убежать, пока не поздно?

В этот момент в холле послышалась дробь каблучков, и звонкий, веселый дискант пропел:

— Кто там, Коля?

Я шарахнулась было в сторону, но поздно. В квадрате света появилась фигура, похожая на жердь. Девушка, замаячившая возле охранника, запросто могла играть в баскетбол, в ней было не менее метра девяноста росту.

— Вы ко мне? — спросила коломенская верста.

— Я в брачное агентство «Арлекино», к Леоне Трегубовой.

— Пойдемте, — кивнула девушка.

Чувствуя себя узником, обреченным на смерть, я пошла за ней. Потряхивая белокурыми волосами, кудрявой копной падающими на плечи, девушка привела меня в небольшой кабинет, села за письменный стол и сразу стала казаться обычного роста.

— Слушаю вас, — улыбнулась она.

Я невольно улыбнулась в ответ. Это не Леона. И дело не в белокурых волосах, голубых глазах и бело-розовой коже красавицы. Человечество придумало парики, цветные линзы и тональный крем, трансформироваться из похожей на зефирку блондинки в смахивающую на головешку брюнетку и обратно в наше время легче простого. Все дело в росте. Цыганка была такой же, как и я, ну, может, чуть выше, чем метр шестьдесят, а эта девушка просто мечта тренера сборной по баскетболу. Лилипутка может стать почти нормального роста, нацепив туфли на высоких каблуках, но как вы сумеете превратиться из гиганта в обычного человека? И как осуществить такое? Ходить, согнув колени?

— Мне нужна Леона.

— Слушаю вас.

— Хотелось бы поговорить лично с Леоной.

— Это я.

— Вы?

— Ну да. Что же вас удивляет?

— Леона Трегубова из брачного агентства «Арлекино»?

— Именно так.

Я вытаращила глаза. Голову даю на отсечение,

это не она вломилась в нашу квартиру с младенцем наперевес.

— В чем ваша проблема?

Я попыталась прийти в себя. Может, в «Арлекино» работают две Леоны Трегубовы? Предположение на грани абсурда, оно могло быть верным в случае, если бы девушку звали Маша Иванова. Впрочем, в жизни случается всякое, надо попытаться проверить эту версию.

— Видите ли, я никак не могу выйти замуж.

Леона спокойно кивнула.

— Случается порой, что умная и красивая женщина не способна найти себе пару.

Я оглянулась, чтобы посмотреть, не стоит ли у меня за спиной та самая, умная и красивая, потом поняла, что слова Леоны относятся ко мне.

— Вот, вот, познакомиться не с кем! Помогите.

Леона передвинула стопку бумаг на другой конец стола.

— Познакомиться... Но мы не оказываем подобных услуг.

— Брачное агентство? — удивилась я. — Тогда каким образом вы обслуживаете клиентов?

Блондинка принялась катать по столу карандаш.

— А откуда вы узнали наш адрес? — не ответив на мой вопрос, задала она свой.

— В Интернете нашла, — бойко соврала я, — бродила по сети и наткнулась на объявление.

Леона поставила карандаш в высокий красный стаканчик.

— Этого не может быть, мы не рекламируем себя, не размещаем объявлений. На двери, если заметили, нет вывески. Берем лишь эксклюзивные заказы.

— Вы меня не так поняли, — я принялась выкручиваться, — я сидела в чате, свела знакомство с женщиной с ником «Розочка». Мы с ней подружились, просто не разлей вода стали, ну я и пожаловалась на свою злую судьбу. Годы летят, а я кукую одна, ни детей, ни супруга нет. Ужасно ощущать себя никому не нужной, бесплодной смоковницей. В общем, плакалась я, жаловалась, и Розочка рассказала про вас. В подробности, правда, не вдавалась, но сообщила, что в «Арлекино» ее гениально выдали замуж. Только я не поняла, что вы сделали. Обратились к цыганке или прислали ей цыганку, которая сказала что-то вроде «Все умрут, но придет белый ангел и поможет». Уж извините, я не разобрала. В Интернете-то особенно подробно не поговоришь, а телефона Розочка мне не дала, единственное, что сообщила, — свое настоящее имя Майя, и еще написала: «Леона Трегубова цыганка, иди к ней, она и тебе поможет». Вот, я пришла. Впрочем, вероятно, у вас на фирме две Леоны, вы-то, честно говоря, не слишком похожи на женщину из табора.

Внезапно из лица девушки ушла настороженность.

— Вот о чем речь! Майя! — воскликнула она. — Действительно, было дело, пришлось мне изображать ромалу. Лавэ нанэ! Видите ли... простите, как вас зовут?

— Ефросинья, — неожиданно ляпнула я, — можно просто Фрося.

Леона прикусила нижнюю губу. Я хмыкнула, уж не знаю, почему назвала имя, которое мне дали при рождении родители. Те, кто встречается со мной не первый раз, хорошо знают, когда и по какой причине Ефросинья стала Евлампией. Нося первое имя, я многократно слышала от людей:

— Вас зовут Фрося? Не Бурлакова случайно?

Вот и Леона сейчас вспомнила замечательный фильм про девушку, во что бы то ни стало желавшую стать певицей, и едва сдержала смех.

— Так вот, уважаемая Ефросинья, — сказала Леона, — мы не подбираем партнеров, а знакомим их.

— Простите, но ваша последняя фраза прозвучала на редкость загадочно.

— Поясню на примере. Ваша Интернет-знакомая Розочка-Майя — мне известна фамилия заказчицы, но, естественно, я не сообщу ее вам — работала в серьезной, солидной фирме с огромным оборотом капитала. Принадлежит предприятие молодому, предприимчивому, хваткому, инициативному, умеющему рисковать бизнесмену. Свое дело он создал на заре перестройки. Стартовыми средствами... э... назовем его Олег... не обладал. Поэтому продал квартиру, снял себе крохотную комнатушку на окраине столицы, а все полученные доллары вложил в дело. Теперь имеет миллионы. Так вот Олег был не женат, представляете, какой лакомый кусочек?

Майя влюбилась в хозяина, но тот, естественно, не обращал никакого внимания на серую мышку. Тем более что Майя работала не у него в приемной, а сидела перед кабинетом мелкого начальника. Олег и не знал, что у него служит такая девушка, в многоэтажном здании офиса работают сотни сотрудников, естественно, главное лицо фирмы общается лишь с руководящей верхушкой, а Маечка к ней не принадлежала. Но желание обратить на себя внимание Олега росло и стало непреодолимым.

Не буду сейчас объяснять, каким образом она вышла на «Арлекино», но в конце концов девушка оказалась у Леоны в кабинете и рассказала о своей печали.

Трегубова взялась ей помочь. Собственно говоря, в этом и состоит ее служба. «Арлекино» работает с теми, кто хочет выйти замуж за уже выбранный объект, но по какой-то причине не способен сам познакомиться и заинтересовать партнера.

Леона основала агентство несколько лет назад. И толчком к созданию весьма оригинального бизнеса стала несчастная любовь Игорька, ее соседа по коммунальной квартире. Каждый вечер первокурсница Трегубова находила на общей кухне нервно курившего парня. В конце концов Игорь признался Леоне, что влюблен в девушку, к сожалению, дочь обеспеченных родителей. Красавица не хочет даже смотреть в сторону невзрачного, плохо одетого парня, а ее предки явно не одобрят никаких отношений своей наследницы с голодранцем.

— Не плачь, — попыталась ободрить Леона Игоря, — попробуй ее до дома проводить.

Тот махнул рукой.

— Еще глупей чего-нибудь посоветуй! Она на машине рассекает, а я пехом до метро топаю. Как себе представляешь ситуацию? Подхожу к ее тачке и говорю: «Слышь, Вика, давай я с тобой до дома доеду, провожу, вдруг насильник нападет». Ну не смешно ли?

— Ага, — хмыкнула Леона, — прикол. Постойка... насильник, говоришь? Есть идея.

Спустя две недели, когда Вика, повеселившись в одном из ночных клубов, поехала домой, ее на пустой в ночной час улице остановили сотрудники ГАИ. Парней было трое, все они носили форму и держали в руках полосатые жезлы.

— Я что-то нарушила? — удивилась Вика, опуская стекло.

— Лучше скажите нам спасибо, — буркнул один мент, — выйдите и посмотрите на заднее колесо.

Вика, забыв о том, что не следует ни в коем случае ночью, на пустынной дороге покидать автомобиль даже в присутствии сотрудников ГАИ, вылезла и уставилась туда, куда тыкал жезлом один из гаишников. В ту же секунду ей дали под коленки. Девушка упала и увидела, что менты садятся в ее машину.

— Помогите, — пискнула несчастная.

— Будешь орать, пристрелим, — спокойно пообещал один из бандитов, показывая пистолет.

Вика едва не лишилась чувств. И тут из-за угла

метнулась тень. Разинув рот, девушка, лежа в грязи, наблюдала за происходящим. Оно напоминало фильм «Бэтмен». Один герой в черной одежде лихо справился с обормотами. Он выдернул бандитов из иномарки, пошвырял, словно котят, на мостовую, кинулся к Вике. Воя от ужаса и сильно хромая, «гаишники» бросились к припаркованной неподалеку «шестерке» и унеслись прочь.

— Вы живы? — спросил герой, бережно поднимая Вику.

— Да, — всхлипнула та, — спасибо.

— На моем месте так поступил бы каждый, — ответил «Бэтмен».

Вика услышала знакомые нотки в его голосе, внимательно вгляделась в лицо спасителя и ахнула:

— Игорь!

— Вика! — всплеснул руками парень. — Ну и ну, не узнал тебя.

Через пару месяцев играли пышную свадьбу. Редкая девушка устоит перед юношей, способным в одиночку разогнать вооруженных преступников. Богатые родители не заметили бедности жениха, они, как и дочь, были потрясены случившимся.

Теперь время раскрыть секрет. Весь спектакль от начала и до конца был поставлен Леоной. Роли бандитов блестяще исполнили ее сокурсники, будущие актеры, для которых разыграть этюд на тему «Ограбление по-московски» оказалось легче легкого. Форму временно позаимствовали в учебном театре, а пистолет был игрушечным.

— Я тебе заплачу, — пообещал Игорь Леоне, — вот только устроюсь на работу и принесу деньги.

— Не надо, — отмахнулась ты, — считай это дружеской услугой. Впрочем, за идею спасибо. Небось ты не один такой, мечтающий закадрить свое «обожэ».

Вот так и появилась фирма «Арлекино», рекламирующая себя как брачное агентство.

— Ситуации у нас бывают всякие, — улыбалась Леона, — подход к клиенту индивидуальный. В случае с Майей мы сделали так. Сначала провели кое-какие исследования, выяснили, что ее Олег человек суеверный, верящий во всякую ерунду типа черных кошек, и подослали к нему цыганку.

Роль с блеском исполнила сама Леона. Нацепила парик, загримировалась, оделась соответствующим образом. Для нее это плевое дело. «Цыганка» подстерегла Олега и стала «гадать» парню. Сначала она ошарашила Олега точным знанием некоторых деталей его биографии, а потом заявила:

— Опасность и неприятности поджидают тебя, сначала пойдут неудачи, а потом ты можешь умереть, помни, твой талисман — женщина-ангел, встретишь ее неожиданно, и тогда не отпускай!

Денег за предсказание вещунья не взяла. Олег в глубокой задумчивости отправился домой. На следующий день его стала преследовать цепь неудач, очень мелких, но противных. Сначала кто-то засунул в замок квартиры жвачку, затем спустило колесо у «Мерседеса», потом хулиганы подожгли почтовый ящик. Как они ухитрились это сделать, почему их не остановила охрана, сидящая в подъезде, осталось непонятным. Дальше — больше. Олег потерял где-то мобильный, в котором имелась телефонная книжка, еще он каким-то образом испачкал масляной краской новое пальто. Одним словом, начались крохотные, противные неприятности. Как только случалась очередная, Олег моментально вспоминал цыганку, и ему становилось не по себе. К середине января у него нервы оказались натянуты до предела. Вечером, приехав домой, он пошел к подъезду, но не успел сделать и пары шагов, как чуть впереди, у самой двери, с громким стуком упал литровый пакет с молоком. Очевидно, кто-то из жильцов многоэтажной башни поставил его на подоконник, а потом случайно столкнул. С какой стати этот некто решил открыть холодным январем окно? Подобная мысль в голову Олегу не пришла. Он просто похолодел, так как понял, что чудом остался жив. Шлепнись картонный пакет парню на темечко, он бы проломил ему череп.

В полном обалдении Олег смотрел на лопнувшую упаковку, потом сделал шаг вперед, поскользнулся, начал падать, но неожиданно был поддержан чьей-то рукой.

— Какой вы тяжелый, — прозвучал милый голосок, — еле-еле удержала!

Олег взглянул на неожиданную помощницу и заорал:

— Ангел! С ума сойти! Боже! Вы ангел!

Около бизнесмена стояла маленькая, хрупкая девушка, одетая в коротенькую дубленочку и джинсы. Она казалась совсем обыкновенной, тысячи москвичек ходят по улицам в подобном наряде. Из толпы незнакомку выделяла лишь одна деталь. За спиной девушки вздымались два белых крыла, пугающе натуральных, покрытых перьями. В ночном полумраке, который рассеивали два фонаря, горевшие перед подъездом, незнакомка выглядела самым волшебным образом.

— Ангел, — перешел на шепот Олег, потом он решил перекреститься, поднес пальцы ко лбу, но тут посланница небес засмеялась:

— Простите, что напугала. Право, глупо вышло, вы стали падать, я подхватила вас, совсем забыв про *это*.

Легким движением девушка сняла крылья.

— Сегодня православное Рождество, — пояснила

она, — я собралась в клуб, на маскарад. Ничего лучшего не придумала, как нарядиться ангелом. Крылья очень неудобно в руках нести, они большие, вот и прицепила их за плечи, видите, тут такие специальные приспособления.

Олег схватил незнакомку и потащил к себе. Правда, когда «ангел» вылез из дубленочки, бизнесмен в первую минуту пожалел о своем порыве. Девочка выглядела простушкой, лицо ее не отличалось красотой. Но элементарная вежливость требовала угостить новую знакомую кофе.

Через полчаса Олег отметил, что девушка чертовски обаятельна, спустя два часа пришел в восторг от ее ума, а к трем утра понял: перед ним та самая, единственная.

Взяв у неожиданно обретенной любви все координаты, Олег спросил:

— Ты работаешь?

— Да, — улыбнулось его счастье и сказало название фирмы.

Вот это был удар.

— Давно? — сумел лишь пробормотать Олег.

— Два года.

Бизнесмен заскрипел зубами.

— Не поверишь, я тоже тружусь в этом здании.

— Ну и ну, — покачала головой «ангел», — впрочем, ничего удивительного, там столько народу служит, я на своем этаже далеко не со всеми знакома.

Леона замолчала.

— И какой конец у этой рождественской истории? — поинтересовалась я.

Трегубова прищурилась:

— Когда за дело берутся сотрудники «Арлекино», все заканчивается наилучшим образом. Олег женился на «ангеле». Так что ищите объект и приходите к нам, стопроцентно устроим вашу судьбу.

— А если я пожелаю выйти за американского президента?

Леона засмеялась.

— Да уж! Трудная задача, но попытка не пытка. Боюсь даже предположить, в какую сумму может вылиться для вас исполнение подобного желания.

— Дорого берете?

— В зависимости от сложности заказа и от ситуации. Часто работаем в долг, иногда ждем довольно долго гонорара. Если женщина выходит замуж за богатого мужчину, она не сразу может подобраться к его кошельку. Поэтому мы всегда идем навстречу клиенту и честно предупреждаем: да, мы организуем встречу в самых выигрышных для вас условиях, но не можем гарантировать стопроцентный успех. Та же Майя, полностью проинструктированная нами, выучившая, какие книги, кинофильмы любит Олег, знавшая о том, что следует говорить и как себя вести во время первой, решающей встречи, могла начать вытирать нос кулаком и нести глупости. Не видать ей тогда Олега как собственных ушей. Поэтому, тщательно подготовив плацдарм, срежиссировав обстановку, мы не забываем предупредить клиентов: многое зависит и от вас. Мы любим своих заказчиков и готовы идти на риск. Например, Майя подписала с нами долговое обязательство, рассчитывая в дальнейшем, став богатой дамой, расплатиться. Если ситуация не завершается благополучно, «Арлекино» остается без прибыли, но мы, повторюсь, готовы идти на коммерческий риск, потому что очень любим своих клиентов.

Глава 28

Внезапно вся кровь прилила к моей голове. Я вскочила, уперлась руками в столешницу и, приблизив свое лицо к красивому лицу Леоны, прошипела:

— Ах ты, дрянь! Сволочь!

Огромные, безмятежно-голубые глаза Трегубовой стремительно посерели.

— Вы с ума сошли? — воскликнула она.

— Я? Это ты лишилась разума!

— Сядьте, — велела Леона, — объясните, в чем дело!

Дрожащими пальцами я вытащила из сумочки удостоверение.

— Майор Романова, — медленно прочитала вслух Леона, — Евлампия Андреевна. Это ваш документ?

— Фото не видите? — огрызнулась я.

— На снимке вас невозможно узнать, — спокойно парировала Трегубова, — и, насколько я помню, вы назвались совсем иным именем.

— Это я.

— Очень приятно, — отстраненно вежливо улыбнулась Леона, — чем мы могли заинтересовать соответствующие органы? Вы не из налоговой инспекции, а мы с криминальным миром никак не связаны. «Арлекино» открыт и работает на законных основаниях, мы преследуем благородные цели, помогаем людям обрести счастье.

И тут мне, как говорит Кирюша, снесло башню. Не в силах справиться с собой, я заорала:

— Любите клиентов? Готовы оказать им любое содействие?

— Да, — кивнула Леона, — успокойтесь, ничего плохого мы не делаем.

— А о другой стороне вы подумали?

— О ком?

— О тех, кого заказывают?

— Что вы имеете в виду?

— Да хоть об этом Олеге, — затопала я ногами, окончательно перестав управлять собой, — каково ему пришлось под дождем неприятностей!!! А пакет, почти упавший несчастному на голову? Если бы он случайно угодил в Олега? Да парень мог умереть.

— Мы все очень тщательно рассчитывали...

У меня потемнело в глазах.

— Немедленно отвечайте, кто заказал нас!

— Вас???

— Да!!!

В голове пронеслось воспоминание. Маленькое, внезапно резко похудевшее тельце Ады лежит на катафалке, ножки беспомощно подогнуты, голова не держится... Бледный до синевы Кирюшка на больничной койке, Лиза, падающая на ковер...

— Гадина, — завопила я, — убить тебя мало!

Дверь распахнулась, в комнату ворвался охранник. Я хотела схватить стоящий на письменном столе большой куб из камня и швырнуть его в парня, но внезапно все силы разом оставили меня. Внутри головы что-то лопнуло, мне стало жарко, я упала в кресло и заплакала, повторяя, словно заевшая пластинка:

— Ада... клиника... дети... ангел... цыганка... ах, какая ты мразь, крысиный яд... отрава...

Перед носом оказался пластиковый стаканчик с темно-коричневой жидкостью.

— Выпейте, — велела Леона, — попытайтесь успокоиться и объясните мне, в чем дело. Никто из наших клиентов не хотел знакомиться с Евлампией Андреевной Романовой или Ефросиньей, уж не знаю, как вас звать в действительности.

Я залпом осушила емкость и прошептала:

— Правда?

— Конечно. Такого заказа нет. Ну-ка, придите в себя и объясняйте суть дела.

Неожиданно я поверила Леоне, не знаю почему, но почувствовала: девушка не врет, она ни при чем, «спектакль» поставил другой режиссер. И от понимания этого факта мне стало еще хуже.

— Говорите скорей, — велела Леона.

— У нас в доме много собак, — неожиданно для самой себя начала я, — двортерьер Рамик, стаффордшириха Рейчел. Кстати, бойцовые породы совершенно несправедливо воспринимаются обывателями как страшные. Питбуль, стафф и иже с ними генетически настроены на борьбу с себе подобными, их выводили для драк с собаками, а не с людьми. Поэтому дома представители этих пород нежны с членами своей семьи, они обожают хозяев и их детей. Бойцовая собака никогда не станет нападать на прохожих, если те, конечно, не проявляют агрессивности по отношению к ней или ее владельцам. Кстати, если изучить статистику по укусам в Москве, то выявляется странная закономерность: наиболее агрессивны крохотные, комнатные собачки. Только, если на прохожего налетело мелкое, клочкастое существо, способное, кстати, очень больно укусить, это никого не пугает. А вот коли какой-нибудь пит, которого пнул пьяный, оскалил зубы, вот тут вопль стоит на всю Ивановскую.

Да, бойцовые псы не ладят с другими собаками, выводить гулять их следует в намордниках и на поводке, и, вообще, заведя крупную собаку, не поскупитесь на инструктора, пусть обучит пса «этикету». Но на людей представители бойцовых пород кидаются крайне редко. И вообще — каковы хозяева, таков и их питомец. Кое у кого и мопсы агрессивны, а в нормальной семье стафф — мирная собака.

Леона кивала. Она оказалась совершенно идеальной слушательницей, ни разу не прервавшей мой рассказ, слишком многословный и сбивчивый. По мере того как я выплескивала информацию, на лице Трегубовой появилось странное выражение: смесь испуга, негодования и крайнего удивления. В какой-то момент в глазах Леоны мелькнула жалость, и тут я непонятно почему выложила ей всю правду про ужасный медицинский диагноз.

Трегубова схватила мышку и стала быстро водить ею по коврику.

— Вот смотрите, список дел, — нервно воскликнула она, — никогда, никому его не показываю, но, учитывая исключительность ситуации, нарушаю установленные правила. Никаких Романовых в нем и в помине нет. Да, мы устраиваем спектакли, но никакого криминала, поверьте. Сначала тщательно собираем информацию о клиентах, а потом пишем сценарий, исходя из их индивидуальных особенностей. Есть, конечно, и стандартные варианты, наши заказчики охотно пользуются ими, потому что спасение девушки от хулиганов стоит дешевле, чем разработка эксклюзивной ситуации, а большинство молодых женщин великолепно реагируют на подобную вещь. Цыганка, предсказывающая будущее, — тоже одна из постоянных программ. Большинство людей суеверно, отсюда и спрос, но... Нина Рагозина у нас не служит. Я привлекаю к сотрудничеству студентов театральных вузов, их услуги обходятся дешево, еще хожу на актерские биржи, вылавливаю там безработных лицедеев, согласных на любую работу, лишь бы не умереть с голоду, но Рагозина у нас не занята.

— Вы ее не знаете?

— Отчего же? Мы учимся вместе, более того, я пыталась привлечь Нину, пару раз предлагала ей работу. Рагозина очень талантлива, ей любое перевоплощение по плечу. Кстати, мы с вами тут говорили о Майе, которая вышла замуж за Олега. Тогда впервые придумали ситуацию с цыганкой-гадалкой, именно с тех пор она стала одной из моих любимых «фишек». Так вот, я предложила Нине сыграть цыганку, но она не захотела.

— Почему? — спросила я.

Леона покачала головой.

— Может, вам покажется смешной моя позиция, но, когда я говорила, что в первую очередь хочу сделать людей счастливыми, — это правда. Конечно, сейчас «Арлекино» приносит стабильный доход, я даже подумываю о том, чтобы всегда заниматься лишь этим бизнесом. Ремесло актрисы непростое, профессия крайне зависимая, безусловно, нужен талант, но не он главное. Кое-кому везет, выходят замуж за режиссеров и потом получают главные роли, но подавляющему числу актрис приходится ходить на кастинги, прогибаться перед ассистентами, улыбаться помощнику, берущему актрис в сериал, порой не только улыбаться... Мир закулисья черен, красота и блеск лишь на сцене и экране, уж поверьте мне. Поэтому я и решила: получу все же диплом, но не стану ходить на показы. К тому же мой рост — это тоже проблема. «Арлекино» — вот мой театр, кстати, приносящий доход. Но не в деньгах дело, понимаете, приятно быть «волшебницей», которая помогает человеку справиться со злой судьбой. Та же Майя и Олег живут счастливо, они оказались созданы друг для друга, но, если не «Арлекино», им никогда не познакомиться. А Нина... Ее в первую очередь интересовали деньги.

Рагозина изучила сценарий, в котором ей предлагалась главная роль, согласилась поучаствовать и задала первый вопрос:

— Каков гонорар?

— Маленький, — вздохнула Леона, — пока достойно платить не можем, но потом, в дальнейшем...

— Вот потом, в дальнейшем, и договоримся, — хмыкнула Нина, — не стану я за копейку вкалывать.

Леона кивнула:

— Понимаю.

Больше Нину она не звала. Спустя довольно большое время та сама заявилась к Леоне и поинтересовалась:

— Ну как? Работаете?

— Раскручиваемся потихоньку, — осторожно ответила Леона.

— Офис сняли, — констатировала Нина, — значит, хорошо дела идут.

— Комнаты нам по дешевке достались.

— Да ладно, не боись, — противно засмеялась Рагозина, — вовсе тебе не завидую. Лучше скажи, клиенты нужны?

— Конечно, — кивнула Трегубова.

— Если приведу нового, процент заплатишь?

— Думаю, да.

— Тогда слушай, — оживилась Нина, — есть парень, в него влюблена моя подруга, девушка богатая, готовая заплатить любую сумму. Возьмешься за такое?

— Кто он? Кем работает? Где живет? — сразу принялась задавать вопросы Леона.

— Да никто, — развеселилась Нина, — идиот, женатый на дуре, нищета бесштанная, еще близнецов родил, вообще кранты! Впрочем, моя подруга еще дурее. Зачем ей подобный кент? Хотя с ее деньгами из любого дерьма можно Бреда Питта сделать, оденет, обует, в салон к стилисту сводит, на работу устроит...

— Постой-ка, — перебила ее Леона, — если я правильно поняла, заказчица задумала увести из семьи мужа? Отца двоих детей?

— И что? — фыркнула Нина. — Там жена рохля и уродка. Потом, какая тебе разница? Деньги знаешь какие заплатят!

— Нет, — решительно ответила Трегубова, — мы подобными вещами не занимаемся.

— Так за бабки!

— Никогда.

— Идиотка, — покачала головой Нина, — ей-богу, долбанутая. Это же бизнес.

— Грязная работа.

— Деньги не пахнут.

— В предложенном варианте они просто воняют!

— Никогда тебе не заработать миллионов, — скорчила гримасу Нина, — ты что же, клиентам отказываешь?

— Порой приходится.

— Кретинка.

— Такая уродилась. Лучше выполню один нормальный заказ и буду спокойно спать, чем стану браться за все предлагаемые дела и потеряю репутацию, — попыталась объяснить свою позицию Леона.

Но Нина не дала сокурснице договорить до конца:

— Ой, репутация! Да кто о тебе знает! Рекламу не даешь, объявления не печатаешь, в Интернете не вывешиваешься, у приятелей заказы не принимаешь...

— И не стану делать подлости, — оборвала ее Леона, — ни за какие доллары, а реклама мне не нужна.

— Как же ты клиентов находишь? — не успокаивалась Нина.

— Сами приходят, не жалуюсь на простой, люди по цепочке передают, хорошая слава имеет резвые ноги, впрочем, дурная тоже, — заявила Трегубова.

— Не могу больше с тобой говорить, тошнит, — скривилась Нина, — корчишь из себя невесть что!

— Ну и уматывай, — не сдержалась Леона.

— Скоро прогоришь, фря, — пообещала ей Нина.

Вот так и поругались. Естественно, Леона больше никогда не обращалась к Нине, а последняя не предлагала ей клиентов. Одно время девушки, сталкиваясь в институте, не здоровались, потом, слегка остыв, начали кивать друг другу, но дальше элементарной вежливости дело не пошло.

— В каком институте вы учитесь? — спросила я.

Леона открыла сумочку и вытащила календарик.

— Вот, недавно наш вуз для рекламы выпустил. Там все есть: название, адрес, телефон. А зачем вам?

— Надо же найти эту цыганку! Времени у меня мало. Попробую поговорить с Рагозиной или с вашим Сергеем Васильевичем.

— С кем?

— Рассказывала же вам про преподавателя, ну того, который ведет кружок в академии, он еще приглашал вас поучаствовать в спектакле.

— Ах этот, — скривилась Леона, — негодяй!

— Вы его настолько не любите?

Леона сморщилась, словно человек, глотнувший по случайности бензина.

— А как отнестись к преподавателю, который подходит к тебе и ультимативно заявляет: «Участвуешь в спектакле, который ставят студенты Академии медицинской психологии, или получишь «неуд» по мастерству».

Трегубова попробовала отвертеться от «лестного» предложения. Меньше всего ей хотелось стать участницей самодеятельного действа, работать в непрофессиональном коллективе. Да и с какой стати тратить время на дурацкие забавы? У Леоны ни одной свободной минуты нет.

Услыхав от студентки: «Спасибо, но я ужасно занята», Сергей Васильевич буркнул:

— Освободись.

— Это маловероятно, — проявила строптивость Леона.

— Значит, так, — спокойно сказал Сергей Васильевич, — либо ты исполняешь роль кормилицы и наш спектакль завоевывает призовое место... либо...

— Что?

— Экзамен по моему предмету сдать не сумеешь, — принялся загибать пальцы педагог, — потом пойду к ректору и сообщу ему о существовании «Арлекино». Боюсь, старику не понравится, чем ты занимаешься, а еще пропускаешь занятия, не ходишь на лекции. Естественно, из вуза тебя не выгонят, но большие неприятности получишь. Вот и рассуди, что выгоднее: исполнить хорошо знакомую роль, ты ведь уже ее играла в учебном спектакле, или потратить много нервов.

Пришлось Леоне, скрипя зубами, бегать в академию на репетиции.

— Ну не гад ли Сергей? — возмущалась сейчас Трегубова.

— Гад, — согласилась я. — Из всего вышесказанного я сделала вывод: он в «Арлекино» не работает, вам не помогает и денег тут не получает?

— Кто? Касаткин? — спросила Леона и вытащила из ящика стола пачку сигарет.

Я изумилась. При чем тут Борис Сергеевич Касаткин, хозяин и ректор Академии медицинской психологии?

— Какой Касаткин?

— Сергей Васильевич, — пояснила Леона.

Тут только мне пришло на ум: ни разу, ни от кого я не слышала фамилии педагога.

— Он Касаткин?

— Да, — кивнула Леона, — довольно известная в мире театра фамилия, династическая. Дед Сергея играл на сцене, мать актриса, отец был гениальным театральным художником. Вот только природа на детях отдыхает. Касаткина в институте из милости держит, в память о великих предках. По мне, так ужасно всю жизнь жить через запятую, но некоторым нравится.

— Ты о чем? — не поняла я.

Леона захихикала.

— Ну, как этому гаду представляться незнакомым людям? «Здрасте, Сергей Васильевич Касаткин»? Ну и что? Приходится ему, через запятую, добавлять, сын Василия Касаткина, того самого, который театральный художник. Вот тут лицо человека, в особенности если он из мира кулис, светлеет, он восторгается: «Ну надо же! Сын великого Касаткина! Очень, очень рад встрече!» Лично мне кажется, что следует самому добиться успеха в жизни, в особенности мужчине, но кое-кого устраивает существование в тени славы отца. Сережка из последних, сукин кот. Мерзейшая личность.

В моей голове смутно вертелись какие-то пока зыбкие догадки. Борис Сергеевич Касаткин и Сергей Васильевич Касаткин. Однофамильцы? Родственники? Что связывает мужчин? Гликерия Петровна случайно обронила, что ректор платит руководителю кружка три тысячи долларов в месяц. Совершенно невероятная сумма, столько не зарабатывают педагоги нигде, ни в государственном, ни в частном вузе. За что тогда получает такую зарплату Сергей Васильевич? Какие услуги оказывает ректору? Добывает первые места на конкурсе студенческой самодеятельности и привлекает тем самым в академию новых, платежеспособных учеников? Ну и бред приходит порой мне в голову.

Да платит ли Борис Сергею? Гликерия Петровна, шпионившая за своим сыном, могла ошибаться, что-то не так услышала, какую-то фразу не разобрала, сделала неверные выводы. Ведь бабуся, абсолютно искренно принимавшая меня за Нину Рагозину, прибежавшая на встречу в мини-юбке и сапогах-ботфортах, была уверена в своей неприметности и совершенно не заметила обращенных на нее взглядов. И еще она утверждала: сын теперь много зарабатывает, даже купил «Мерседес», а источник его благосостояния — «Арлекино». Кстати, а откуда у Сергея Васильевича немалые средства? Чем он занимается?

Глава 29

— Где ты живешь? — неожиданно спросила Леона.

— Не слишком далеко, в районе Ленинградского проспекта.

— Отлично, я на Фестивальной, давай подвезу, — предложила Леона.

— С удовольствием, буду признательна.

В дороге мы молча слушали радио, притормозив около моего подъезда, Леона сказала:

— Извини, наступаю каблуком на больное место, но все же спрошу: ты собираешься лечиться?

— А смысл? — спросила я, тут же чувствуя, как к голове подступает мигрень. — Лучше тихо умереть, не мучая близких, никому не расскажу правды, пусть потом вспоминают меня молодой и веселой, не хочу уходить в слезах, рыдать от жалости к себе.

— Один из моих клиентов профессор, — настаивала Леона, — мировая величина. Дай мне номер телефона, позвоню и соединю тебя с ним. Может, он чего и придумает.

— Спасибо, но, право, это зря. В последнее время все врачи, глядя на результаты моих исследований, пугаются почти до потери пульса.

— Все равно, диктуй цифры.

— Ну пиши, — согласилась я, — только прошу, не разговаривай ни с кем, кроме меня, хорошо? Хочу сохранить все в тайне, не подведи!

Леона спрятала клочок бумажки в сумку.

— В бизнесе, которым я занимаюсь, первое дело уметь держать язык за зубами, не бойся, — тихо сказала она. — На мой взгляд, твоя позиция неверна.

Желание умереть тихо, не обременяя родных, вызывает уважение. Но глупо даже не попытаться бороться. Сейчас столько лекарств, есть нетрадиционная медицина, наконец!

Я вылезла из машины, помахала Леоне рукой и вошла в подъезд. Нетрадиционная медицина! Катя очень неодобрительно относится к экстрасенсам.

— Не знаю, — ворчит она, — правда это или нет, про всякие поля, выбросы энергии и прочее. Только как оперирующий хирург могу сказать: порой привозят больного, и ты с огромным сожалением констатируешь: ему вполне можно было помочь год тому назад! Соперировать, провести курс химии, и гуляй смело, больше не попадайся. Но человек, вместо того чтобы прийти к нормальному врачу, побежал к представителю нетрадиционной медицины, и результат? В клинике он все-таки оказался, но слишком поздно!

Из-за своей резко отрицательной позиции по отношению к экстрасенсам Катюша один раз попала в смешную ситуацию.

В 91-м году, когда в нашей стране не было ничего, начиная от хлеба и заканчивая клизмами, Катюшу попросили провести пару занятий в медицинском училище, пообещав заплатить продуктами. Ей предложили три десятка яиц, килограмм масла и пять банок говяжьей тушенки китайского производства — просто царский гонорар. Катя немедленно согласилась.

Будучи обязательным человеком, дабы не опоздать, она пришла на семинар чуть раньше, аудитория оказалась занята. Катя стала наблюдать из коридора через открытую дверь лекционного зала за учащимися и немало удивилась.

Посреди зала на стуле сидела девочка. Другая стояла за ее спиной, тут же маячил и преподаватель.

Ученица делала странные круговые движения руками вокруг головы сидевшей товарки, какие-то пассы. Порой она, очевидно, ошибалась, и мужчина мягко поправлял ее:

— Нет, Надя, не сюда, веди руку влево, не перекрещивай. Станешь затягивать?

— Да.

— Верно, давай дальше.

Понаблюдав за странным действием, Катюша пришла в негодование. Когда раздался звонок и учащиеся побежали на перемену, подруга не сдержалась, влетела в зал и сердито сказала преподавателю:

— Как вам не стыдно!

— Что я такого сделал? — удивился тот.

— Обучаете студентов глупостям, экстрасенсов из них воспитываете, руками размахиваете, — кипела Катюша, — вот почему к нам в клинику плохо подготовленный средний персонал приходит! Безобразие.

Педагог засмеялся:

— Никакой экстрасенсорики! Мы учились делать перевязку головы, но бинтов-то не достать, даже в стационарах их стирают! Вот и пришлось просто руками размахивать, действуя воображаемым материалом.

Катюша захлопала глазами, а коллега, смеясь, ушел...

Я поднялась в квартиру, разделась, отняла у Фени с Капой куртку, ботинки, сумку и воскликнула:

— Господи, когда же вы поумнеете!

— Нападают? — спросил Юра, высовываясь из кухни.

— Ага.

— Ну через полгода перестанут.

Последняя фраза упала мне на голову, словно нож гильотины. Через шесть месяцев от меня останется одно воспоминание и могилка за железной оградкой. Я никогда не увижу взрослых Феню и Капу, не провожу Кирюшку в институт, не выдам Лизавету замуж. Господи! А как же Юра с Катей? Не дай бог, скончаюсь до их свадьбы! Катюшка объявит траур и отложит свое счастье на неопределенный срок!

Стараясь скрыть навернувшиеся на глаза слезы, я нырнула в ванную комнату, и первое, что увидела, была бутылочка с краской «Сияющий снег».

Кирюшка и Лизавета собирались покрасить Мулю с Адой, но не успели, заболели. Впрочем, если они что-нибудь задумают, то обязательно это осуществят, оказавшись дома. Но я-то, вероятнее всего, не увижу цветных мопсих.

Слезы градом хлынули из глаз.

— Эй, Лампа, — без всякого стука влез в ванную Юра, — оладьи будешь?

— Да, — быстро умывая лицо, ответила я.

— С вареньем или со сметаной?

— И с тем и с другим.

— Вместе?

— Да.

— Ну молодец, — восхитился Юра, — вот это по-нашему, по-крестьянски, а то начинают выеживаться, калорийность считать, кривляться. Беги скорей, пока горячие.

Я покорно отправилась на кухню, где Юра набросал в мою тарелку штук пять пышных, румяных оладьев. Они были просто восхитительными, и я, на некоторое время забыв о скорой смерти, слопала первую порцию, потом вторую, третью.

— Эй, Лампа, — предостерег Юра, — заворот кишок будет, помрешь от обжорства. Или печень скрутит, ну, дорвалась.

Я молча отодвинула пустую тарелку.

Какой толк теперь беречь печень? Не есть сладкое, жирное, мучное, вкусное? Все равно умирать. Абсолютно не к месту я вспомнила анекдот. Человеку, приговоренному к смертной казни, утром, перед расстрелом, приносят хороший завтрак. Надзиратель спрашивает:

— Сколько кусков сахара класть в кофе?

— С ума сошли! — возмущается заключенный. — У меня диабет.

Но отчего-то сейчас от черного юмора не стало легче на душе. Поблагодарив Юру, я пошла в спальню, попыталась заснуть, но не смогла.

Встав, я достала листок бумаги, написала сверху большими буквами «Завещание», погрызла ручку, почесала в затылке, потом сходила на кухню, принесла себе еще тарелку оладий, банку с клюквенным вареньем и принялась излагать последнюю волю.

Значит, так. Я, Евлампия Андреевна Романова, год рождения... Фу, зачем он нужен? Все и так в курсе, сколько мне лет. Итак, дальше. Находясь в здравом уме и твердой памяти... нет, твердом уме и здравой памяти... Ой, ну хорошо. Совершенно не ощущая себя сумасшедшей идиоткой, на пороге кончины, распоряжаюсь своим имуществом. А) Квартиру, которая принадлежит мне, следует продать, а на вырученные деньги построить загородный дом. Мы давно хотели жить на свежем воздухе в ближайшем Подмосковье, вот пусть эта мечта осуществится. Б) Дачу в Алябьеве тоже пустить с молотка. На все полученные средства купить машины Сережке, Юлечке и Кате. Новые иномарки. В) Коллекцию картин сдать на аукцион. Относить их туда по одной, по мере необходимости. У меня нет особых иллюзий по поводу Лизаветы и Кирюшки. Учатся они не слишком хорошо, значит, наверное, им понадобятся деньги для получения высшего образования.

Глотнув воды из бутылки, я удовлетворенно перечитала текст. Отлично, справилась с финансовыми вопросами за пять минут. Теперь следующая проблема: в чем хоронить Лампу. Итак, голубое платье, то самое, купленное на Вовкин юбилей. Нет, оно меня полнит и плохо, несмотря на лазурный цвет, оттеняет глаза. Впрочем, скорей всего они будут закрыты. Но все равно, выглядеть в последний час ожирелой свинкой, затянутой в узкое платье, неохота. Тогда вишневая блузка и черная юбка. Фу! Ужасно, слишком мрачно. Белый свитер... Я вновь покусала ручку, ну, у нас все-таки не свадьба. Что там еще есть в шкафу?

Оставив бумагу на столе, я ринулась к гардеробу и стала перебирать вещи. Футболочка с зайчиком? Джинсы с карманами? Ну, согласитесь, это не слишком солидно. Симпатичный кардиганчик с вышитыми кошками? Красная водолазка? Льняные брюки и пиджак? Да, вполне ничего, цвет приятный, светло-розовый, он мне к лицу, только не подойдет. В этом наряде я замерзну. Хотя я ведь умру. Но, в конце концов, оттуда никто не возвращался и не рассказывал правды. Вдруг покойник все видит, слышит и чувствует, а? Тогда посмотрим дальше. Купальник, парео, шорты, бермуды... Нет, какой ужас! Даже умереть не могу нормально, потому что нечего надеть в последнюю дорогу! А обувь! Без слез не взглянешь: босоножки, лодочки и сапоги. Нет, так нельзя, не натягивать же обожаемые мною кроссовки. Сумка! Она у меня одна, коричневая, кожаная.

Впрочем, я ошибаюсь, имеется еще крохотная, бархатная, она вполне подойдет покойнице. Но что туда влезет? Да ничего, пудреница и та не войдет, а я привыкла носить с собой кучу всяких вещей: ключи, губную помаду, она почему-то всегда размазывается и «стекает» с моего лица, упаковку жвачки, мобильный, расческу, абсолютно бесполезный предмет, сколько ни тыкай его в волосы, они лучше не лягут, кошелек, зеркальце... И как это все запихнуть в крошечную сумчонку? Воображение нарисовало картину: лежу в гробу в розовом льняном костюме, кроссовках и с хозяйственной торбой, правда из натуральной кожи. Отвратительно. Завтра же отправлюсь в магазин и куплю необходимые вещи. Сколько у меня денег в заначке?

Пересчитав «подкожные», я слегка успокоилась, легла в кровать и неожиданно мгновенно отбыла в царство Морфея.

Утром я проснулась бодрой, быстро вскочила на ноги, побежала было в ванную и наткнулась глазами на листок, лежавший на столе. Завещание. В ту же секунду у меня заболело все: голова, шея, плечи, руки, спина, грудь, живот, ноги. Согнувшись пополам, надрывно кашляя, я выползла в коридор и увидела Юру, натягивающего на собак комбинезоны.

— Это какой-то ужас! — воскликнул он. — Одну оденешь, вторая разденется, впихнешь ее снова в одежду, первая голая стоит.

— Ты им дай по ванильному сухарику, — прохрипела я, — здорово помогает. Пока грызут, справишься.

— Простудилась, что ли? — заинтересовался Юра.

— Немного, — соврала я.

— Виданное ли дело по холоду в куртенке бегать! — возмутился Юра. — Купи себе шубу.

— Не хочу.

— Почему?

— Потому.

— Очень красивые есть, из норки.

— Знаешь, сколько такая доха стоит?

— Ну... тысячу!

— Долларов!

— Не так уж и много, — пропыхтел Юра, застегивая на Рейчел ошейник, — накопить можно. Эй, пошли.

Стая кинулась к лифту. Впереди вышагивали Рамик и Рейчел, следом семенили две толстые колбаски: Муля и Ада. Феня и Капа, повизгивая, вертелись на поводках, норовя запутаться.

— Смирно, — скомандовал Юра, — по порядку рассчитайсь!

Собаки замерли перед лифтом.

— Сначала полковники, — велел Юра.

Я усмехнулась, здорово он научился справляться с псами. Рейчел и Рамик вошли в лифт.

— Теперь майоры!

Муля и Ада проследовали в кабину.

— Отлично, — одобрил Юра, — замыкают роту сержанты. Эй, Феня, тебе отдельное приглашение прислать? Все, разжалована в рядовые, вечером моешь пол в казарме зубной щеткой и чистишь всем сапоги!

— Как тебе удалось их так выдрессировать? — изумилась я.

Юра засмеялся:

— Созвал собрание и объяснил суть дела. Предложил избрать генерала и слушаться его беспрекословно. В бюллетене была одна моя фамилия, по-моему, очень демократично! Выбрали единогласно, навечно, более избирательной кампании не предвидится.

Лифт закрыл двери и уехал. Я умылась, причесалась, потом оделась, вышла на кухню и чуть не зарыдала от умиления. На столе испускала пар кружка, рядом стояла тарелка с тостиками.

Пока я собиралась, Юра успел прогулять собак, вымыть им лапы и сварить мне кофе.

— Спасибо! — с чувством воскликнула я.

— За что? — удивился Юра.

— Ну за все!

— Странная ты, — улыбнулся Юра, — я себе кофе сделал и тебе заодно, чего тут особенного?

— Еще собак на улицу отвел.

— Знаю же, тебе неохота.

Переполненная чувством благодарности, я снова пошла в ванную и стала тщательно красить лицо. Итак, как поступить? Поехать в театральный институт, найти Рагозину и осторожно, не попадаясь той на глаза, взглянуть на девицу! Проверить для начала, она ли была той самой цыганкой, пришедшей ко мне в недобрый час. Ну-ка, где у меня адрес института?

Наложив на щеки румяна и оставшись крайне довольна своим внешним видом, я побежала в свою спальню и увидела Феню с Капой, самозабвенно дерущихся на моей подушке. Выгнав обнаглевших щенков, я стала рыться в сумочке в поисках нужной бумажки, под руку попался белый конверт, запечатанный, без адреса и какой-либо надписи. Я повертела его в руках. Откуда взялось странное письмо? Ах да, это послание передала мне Гликерия Петровна. «Деточка, — орала актриса, — надеюсь, вы привлечете меня к этому делу!»

Пальцы быстро разорвали бумагу, на мои колени спланировал прямоугольник, фотография. Я взяла ее и ахнула. Держу в руках собственное изображение, как всегда, ужасное. Неизвестный человек заснял меня в момент радости. Рот у Лампы растянут до ушей, брови чуть приподняты, волосы торчат в разные стороны. Да уж, на этом снимке я больше всего напоминаю мартышку, получившую шоколадную конфету. Полюбовавшись на фото, я перевернула его и увидела надпись, сделанную на компьютере: «Идиот. Это Романова Евлампия Андреевна».

Глава 30

Думаю, вы понимаете, до какой степени я была поражена. Повертев снимок и так и этак и не поняв, где и кем он был сделан, я сунула его назад в сумочку и схватила телефон.

— Аллоу, — пропела Гликерия Петровна, — слушаю!

— Это Нина Рагозина, помните, мы вчера с вами встречались в «Лукошке».

— Душенька, — завопила Гликерия, — у меня стопроцентная память.

— Решила привлечь вас к работе.

— О-о-о!.. Наконец-то! Никогда об этом не пожалеете!

— Скажите, Сергей Васильевич вернулся?

— Нет, он приедет через три дня, похороны...

— Да, да, понимаю. Вы одна дома?

Гликерия захихикала:

— Было бы странно предположить, что я привела в отсутствие сына любовника.

Надо же, старушка еще помнит об амантах!

— Почему бы и нет, — быстро ответила я, — такая красивая и молодая женщина, как вы, должна нравиться мужчинам.

Послышался удовлетворенный смешок.

— Ах, милая, все в прошлом. Но было, было. Знаете, в пятьдесят пятом году...

Понимая, что бабусю сейчас унесет на волне воспоминаний слишком далеко в океан жизни, я быстро прервала ее:

— Сейчас приеду к вам.

— Домой?

— Да, напомните адрес.

Старушка назвала улицу, номер дома и воскликнула:

— Но лучше опять в кафе!

— Нет, именно на квартире.

— Почему? — не успокаивалась бывшая актриса. — Вы же с Сережей всегда в «Лукошке» беседуете. Там так шумно!

— Мы хотим с вами доказать Сергею Васильевичу, что способны вдвоем справиться со сложным делом, ведь так?

— Да, да.

— Тогда я приеду в квартиру. Чтобы осуществить задуманное, мне следует посекретничать с вами именно там.

— Конечно, — воодушевленно заорала бабуся, — жду. Кстати, продемонстрирую вам свое умение перевоплощения!

На сей раз Гликерия предстала передо мной в образе женщины-вамп. Иссиня-черный парик с крупными локонами до плеч, забор щетинящихся ресниц, огромные, увеличенные карандашом, кроваво-красные губы, кожа цвета перезревшего апельсина и туловище, затянутое в тесное длинное платье из шелка темно-синего цвета. Справедливости ради следует отметить, что, несмотря на преклонный возраст, Гликерия Петровна сохранила девичью фигуру, похоже, у нас с ней один размер.

Желая сделать старушке приятное, я сделала каменное лицо и спросила:

— Гликерия Петровна дома?

Хозяйка радостно засмеялась:

— Не узнали? Говорила же, мастерски перевоплощаюсь.

— Скажите пожалуйста! — закатила я глаза. — Великолепно, невероятно, волшебно! Феерия!

— А не выпить ли нам чаю? — взвизгнула Гликерия.

— Конечно! — радостно воскликнула я. — Заодно и поболтаем.

В красиво обставленной итальянской мебелью кухне мне налили вкусный чай. Я, словно Шерлок Холмс, делала логические умозаключения. Похоже, Гликерия Петровна, пенсионерка, абсолютно не экономит. Кухонные шкафчики совершенно новые, холодильник роскошный, трехкамерный, плита со стеклокерамической поверхностью. А на столе шоколадные конфеты, дорогое печенье, французский сыр. И чай хозяйка заварила элитный, достала его из фирменной железной банки. Многие из пожилых людей под занавес жизни становятся отчаянными лакомками, едят мало, но вкусно. Однако отнюдь не все имеют возможность потакать себе. Гликерия Петровна принадлежит к счастливому меньшинству российских пенсионеров, у которых нет материальных проблем. Еще похоже, что в квартире недавно делали ремонт.

— Вы разбили стену между комнатами? — для затравки разговора поинтересовалась я.

— Ах, — дама моментально попалась на крючок, — сейчас все расскажу. Наша квартира историческая, каких только людей тут не перебывало.

Я принялась спокойно вкушать изумительный чай. Сейчас Гликерия сама расскажет мне историю семьи, узнаю, каким образом Борис Сергеевич Касаткин связан с Сергеем Васильевичем, и, может, пойму, куда, кому и зачем последний собрался передать мое фото.

Жили были два брата Сергей и Василий Касаткины, оба художники, работали для театра. Мужчины нежно любили друг друга, обитали в одной квартире и в нее же привели своих жен. На отношение братьев не повлиял даже тот факт, что господь несправедливо распределил между ними талант. Василий получил все, а Сергей ничего. Первого считали гением, второго держали на работе лишь из уважения к Василию. В подобной ситуации между родственниками возникает ревность, гремят скандалы. Но Василий никогда не заносился, а Сергей всегда с улыбкой говорил:

— Я всего лишь хорошо выученный ремесленник, а Васенька вдохновенный творец.

Непохожими оказались братья и по характеру. Василий уродился положительным, никогда не пил, не заглядывался на молоденьких актрис, не принимал участия в гулянках, женился на Гликерии и хранил верность супруге. Своего единственного сына назвал в честь брата.

А вот Сергей был иным. Во-первых, он любил приложиться к бутылке, нет, поймите правильно, художник не валялся в луже у метро, не лакал портвейн «Солнцедар» или «Три семерки». Сергей напивался дома, в гостиной, армянским коньяком, но суть дела от этого не менялась. Еще он обожал женщин, сколько их прошло через квартиру, Гликерия вспомнить затрудняется: роты, батальоны, дивизии. Гликерия в отличие от Василия не слишком любила Сергея, один раз она попыталась открыть мужу глаза, но всегда ласковый Вася обозлился и сказал:

— Мы с Сережей одно целое.

Молодая жена крепко усвоила урок и более не высказывала претензий, она была приветливой с братом мужа, но Сергей ей решительно не нравился.

Затем родственник женился, тоже на актрисе, Вере Руфиной. Отправиться в загс пару вынудила неожиданная беременность невесты, на свет появился Боря.

Вера оказалась под стать мужу. Парочка пила, гуляла, шумела, устраивала скандалы, частенько с мордобоем. Причем не Сергей поколачивал Верушку, а она его. Потом они громко мирились, укладывались посреди бела дня в кровать, по квартире начинали разноситься охи и стоны, красная от смущения Гликерия уводила детей в свою спальню и включала радио.

Но самое интересное, что иногда жена Василия завидовала Вере, причем ей самой было непонятно почему. Жизнь Гликерии казалась безмятежно счастливой, муж не то что никогда не поднял на нее руки, но даже не повысил голоса.

Когда Боре исполнилось двенадцать лет, умер его отец. Верочка осталась жить при Василии, который стал полностью обеспечивать вдову брата и ребенка. Впрочем, он и до этого содержал семью Сергея.

Лишившись супруга, Вера пустилась во все тяжкие, могла по три дня не приходить домой, потом заявлялась страшная, опухшая, с синяками, щедро украшавшими лицо. Гликерия каждый раз ужасалась, но что она могла поделать? Василий словно не замечал отвратительного поведения Веры.

Больше всех переживал Боря. Увидав пьяную мать, мальчик принимался судорожно рыдать и прятаться за Гликерию. По мере того как Борис рос, слезы сменялись злобой. Недовольство Верой росло, и однажды случился взрыв, произошел он в самый неподходящий момент, тридцать первого декабря, когда все сели за праздничный ужин. Сережа, студент театрального вуза, Борис, поступивший к тому времени в медицинский, Гликерия, Василий и гости, восемь человек. Хрустальные фужеры, елка, телевизор, пироги с капустой, салаты, хлопушки, подарки...

За пару секунд до боя курантов, когда все встали, держа в руках бокалы, наполненные шампанским, дверь в столовую распахнулась и появилась Вера, но в каком виде! Платье висело на ней клочьями, волосы сосульками обрамляли окровавленное лицо, ни чулок, ни туфель на «красавице» не было.

— Празднуете? — икнула Вера. — Ща сяду, налейте!

Все растерялись, а Боря побелел так, что Гликерия испугалась и кинулась к юноше:

— Милый, тебе нехорошо?

— Мне просто замечательно, — ответил парень и, швырнув на пол бокал, убежал.

Праздник был сорван. Гости, правда, старательно делали вид, что ничего не случилось, Веру Василий увел и уложил в кровать. Все вели разговор на отвлеченные темы. Но беседа не клеилась. Боря не выходил из своей спальни, Сережа сидел возле двоюродного брата, ребят, росших вместе с пеленок, связывала крепкая дружба. Гликерия нервничала, и в результате народ разбежался по домам рано, так и не повеселившись по-настоящему.

Ох не зря говорят: как встретишь год, так и проведешь его. На Касаткиных валом обрушились неприятности. Василий устроил Веру в клинику нервных болезней. Но как бы ни называлось это заведение, все знали: там выводят из запоя и лечат «элитных» алкоголиков — писателей, актеров, композиторов, директоров крупных заводов и дипломатов. В самый разгар лечения Вера раздобыла невесть где бутылку водки, выхлебала всю и скончалась.

Страшно сказать, но Гликерия была рада, Сережа с Борисом тоже не пролили ни слезинки. Зато Василий еле пережил горе, заработал инфаркт. Едва оправившись, он потребовал тщательно разобраться в произошедшем. В клинике царили почти тюремные нравы, больных не выпускали на улицу, никаких свиданий с родственниками и передач «с воли». Только больничная еда, диета, режим и лекарства. Следовательно, «беленькую» принес сотрудник больницы и убил Веру. Именно убил, потому что все «постояльцы» получали препараты, абсолютно не совместимые с алкоголем.

Нажав на все возможные педали, задействовав свои немалые связи, Василий заставил-таки правоохранительные органы шевелиться.

— Милый, — умоляла мужа Гликерия, — ты заработаешь второй инфаркт.

— Папа, — пытался вразумить отца Сергей, — Веру никаким расследованием не вернуть.

— Дядя Вася, — просил Борис, — не надо!

— Хочу наказать виновных, — уперся Василий.

И невероятное случилось. Был найден человек, передавший Вере бутылку. Им оказался сотрудник Рагозин, студент медицинского вуза, подрабатывающий в клинике санитаром.

— Как фамилия санитара? — Я чуть не упала со стула.

— Рагозин, — спокойно повторила Гликерия, — якобы он принес водку для себя, хотел отпраздновать день рождения, угостить сотрудников. А Вера, хитрая, как все пьянчуги, украла поллитровку. Но потом выяснилось — родился парень шестого сентября, ну и пришлось ему признаться, что Вера просто пообещала ему денег, а он и приволок выпивку. Уж не помню, сколько ему дали.

Василий, узнав правду, свалился со следующим инфарктом. Через месяц художника не стало, для Гликерии наступили тяжелые времена, пришлось тянуть на себе двух студентов, Бориса она давно считала родным сыном.

Ну а потом, постепенно, жизнь устаканилась. Юноши получили дипломы. Боря стал врачом, Сережа актером, только не очень-то у них получалось с карьерой.

Боря женился рано, и Гликерия только удивлялась, глядя на племянника. Тот был вылитый отец, вечно заводил любовниц, стоило Наташе летом уехать на дачу, как в доме появлялись бабы. Гликерия только качала головой. Слава богу, что молодые жили отдельно, в квартире, доставшейся Наташе от родителей. И еще, Борис совершенно не пил, капли в рот не брал, даже не мог видеть спиртное, этим он совершенно не походил на покойных родителей, но бабником был отменным, и Сергею пару раз приходилось выручать сластолюбивого братца. Борис очень боялся, что сведения о его похождениях дойдут до жены. Властная, бескомпромиссная Наташа ни за что бы не простила супругу измены. А в те годы Борис ничего не имел, его материальное благополучие целиком и полностью зависело от Наташи, это у нее были квартира и дача. В случае развода Боря остался бы голым, потому что за все время брака они с женой ничего совместно не приобрели. К тому же Наташа работала гинекологом в больнице, делала аборты и получала намного больше Бориса, преподававшего в медицинском институте.

Но потихоньку дела у всех наладились, откуда ни возьмись у Бори появились деньги, потом он основал академию.

— Борис взял к себе брата, платил ему хорошие деньги, но Сережу тоже не назовешь неудачником, он создал агентство «Арлекино», — щебетала Гликерия.

— Что? — Я снова чуть не упала.

— «Арлекино», — повторила страшно довольная собой Гликерия. — Он с вами, Ниночка, устраивает праздники людям. Одна беда, меня привлечь не хотите. Столько раз я подкатывалась к сыну, а он только отмахивался: «Мама! Общайся с подружками, не выдумывай! Никакого «Арлекино» нет! С чего ты взяла?»

Гликерия Петровна замолчала, хитро прищурилась и с торжеством заявила:

— Но потом ему таки пришлось признать, что «Арлекино» работает! Просто я прижала его к стенке. И теперь знаю всю правду про вас, хотите, скажу, чем занимаетесь?

— Ну и чем? — спросила я.

— Ставите спектакли в домах богатых людей, — стала загибать пальцы Гликерия, — работаете для тех, кто может заплатить. Сережа сначала стеснялся такого рода деятельности, скрывал это от меня. Знаете, музыканты, служащие таперами, тоже неохотно рассказывают, где получают зарплату. Но я считаю, что любой труд почетен. Да, сейчас такое ужасное время, когда искусство вынуждено приседать перед кошельком, но, с другой стороны, даже великий Шаляпин не гнушался петь у богатых купцов в гостиных и получать гонорары. В конце концов я сумела объяснить сыну свое понимание ситуации, и он стал со мной откровенен, но работу не дает, боится за мое здоровье, это же несправедливо! Милая моя! Видите, как я гримируюсь!

Я попыталась было вставить словечко, но Гликерия замахала руками.

— Молчите, молчите. Сережа тщательно скрывает от меня подробности, но я разузнала кой-чего и теперь хочу принять участие в ваших делах. Давайте вместе, а? Он приедет, а все уже готово!

— Ну ладно, — «сдалась» я, — вижу, вы великолепная актриса.

— Да.

— Талантливая.

— Да, да!

— Полная сил.

— Да, да!!!

— Чудесно перевоплощающаяся!

— Да, да!!!!!

— Теперь скажите, в каком представлении вы хотите принять участие?

— Ну в последнем.

— А именно?

Гликерия поправила смоляные кудри парика.

— Ох, вижу: вы все еще сомневаетесь! Ну хорошо. На данном этапе вы готовите день рождения одной дамы, это сюрприз, она, естественно, не в курсе, родные праздник заказывали. Там будет все, цыганка, гадание... Ах, Ниночка, ну согласитесь, Сережа — гениальный режиссер. Представляете, к вам на улице подходит таборная в день рождения и гадает, обещает любовь, деньги, а сама с вас плату не берет. Дескать, так напророчила, увидела счастливицу и не удержалась. Для полноты картины у цыганки младенец настоящий... Ах, вот здорово. Я бы могла ее сыграть, да! Намного лучше этой Леоны.

— А что, Леона тоже с нами работает? — окончательно запуталась я.

— Вы же с ней поссорились, — хохотнула Гликерия, — теперь понимаете, что скрыть от меня ничего невозможно, абсолютно! Но имя «Леона» звучит в кабинете Сережи, да, слышу порой: «Леоне такого не проделать», «Леоне только цыган играть».

— Остается лишь удивляться, каким образом вы все узнали! — восхитилась я.

Гликерия по-детски засюсюкала:

— Вы же меня, Ниночка, не выдадите?

— Нет, конечно.

— Вот, смотрите. — Жестом фокусницы бабуся достала из ящика стеклянную банку и, приставив ее к стене, сказала: — Если сюда приложить ухо, то слышно, о чем Сережа в кабинете говорит, под дверью-то неудобно, он ее иногда открывает, я пару раз еле-еле отскочить успела. Но, правда, не все речи хорошо разобрать можно. Спасибо, господь одарил меня способностью логически мыслить и сопоставлять факты, отсюда и моя информированность.

— Потрясающе! — ответила я и вытащила конверт. — Теперь скажите, чье это фото?

Гликерия издала звук, похожий на кудахтанье.

— Так той счастливицы!

— Кого? — изумилась я.

Престарелая актриса закивала головой:

— Да, бывают еще семьи, где любят женщин. Конечно, все от мужчины идет. Муж Фонарины решил сделать ей подарок, удивительный день рождения, целое представление, сначала Фонарина попадет в целый ряд неприятностей, конечно, ненастоящих, разыгранных, ну а потом, когда ей покажется, что все ужасно, появится торт, подарок, ах, чудесный праздник. Кстати, я могу в любой момент влиться в представление. Ну, пожалуйста, возьми меня.

Я с огромным трудом попыталась собраться с мыслями. Значит, все произошедшее неправда? Однако какое количество людей задействовано в спектакле: домашние, ветеринар Роман, соседка Маша, Аллочка...

— Сначала Фонарину напугают страшной болезнью, — болтала, не замечая моего состояния, актриса.

Я пришла в негодование. Ну и ну! Однако у некоторых людей оригинальное чувство юмора. Постойте-ка, а откуда устроители шоу узнали, что бедная Лампа пойдет сначала в аптеку, потом к Лыкову, затем будет обследоваться по методу Вернера? Решения-то принимала я сама, спонтанно. И потом, Ада, бедная, чуть не погибшая мопсиха, она тоже играла роль? Кстати, меня зовут не Фонарина, а Евлампия, сокращенно Лампа... Фонарина — фонарь — Лампа... Вот оно что!

— Вы уверены, что женщину, для которой ставят

спектакль, зовут Фонарина? — тихо спросила я. — Может, Лампа?

— Естественно, — вскинула брови Гликерия, — странное имя! Лампада! Я так и говорила с самого начала. Лампада! Да, сюрприз для Лампады! При чем тут Фонарина! Ниночка, вы ужасная путаница!

Внезапно меня стал сотрясать озноб, зубы застучали друг о друга, в голове тяжело ворочались мысли. К сожалению, Гликерия Петровна — очень ненадежный свидетель. Да, при помощи банки, приставленной определенным образом к стене, вполне возможно услышать некоторые слова, произнесенные людьми в другой комнате. Каюсь, грешна, сама так пыталась подслушать, о чем мамочка разговаривает с папой, в особенности когда она возвращалась из моей школы, с родительского собрания. Но, во-первых, вы улавливаете не весь разговор, а лишь его часть, во-вторых, имея неполную информацию, делаете ложные выводы, а в-третьих... Да Гликерия почти все перепутала. Сначала назвала меня Фонариной, потом, услыхав «Лампа», мигом, не моргнув глазом, сообщила, что именно так и называла «именинницу». Можно ли доверять ее словам? Похоже, старушка путает имена и события.

— Что с вами, милочка? — с неподдельной тревогой воскликнула Гликерия. — Вы так побледнели!

С трудом справляясь с резкой болью, охватившей половину тела, я прошептала:

— Извините, мне надо выйти на воздух.

— Да, конечно, — засуетилась Гликерия, — давайте помогу, Ниночка! Вы беременны! От Сережи! Вот радость-то! О! Милая!

Я скрипнула зубами. Вот вам наглядная картина того, как делает выводы старая дама. Сейчас она совершенно уверена, что через пару месяцев станет счастливой бабушкой, но к действительности это поспешное идиотское умозаключение никакого отношения не имеет.

— О! Девочка! — ликовала Гликерия. — У меня появится внучка Анечка! Дорогая Нинушка, выпейте сока, вам станет легче.

Я машинально отхлебнула что-то из поданной чашки и молча ринулась в туалет. Отвратительная тошнота поднялась к горлу.

— Милая, — колотилась в дверь Гликерия, — у вас токсикоз. Это ужасно, я знаю, знаю!

Кое-как придя в себя, я выползла в коридор и уцепилась дрожащей рукой за стену. Только бы не умереть тут, в чужой квартире.

— Мне надо на свежий воздух.

— Сейчас вас провожу! — заорала старуха.

Голос ее, трубный, зычный, моментально вызвал у меня мигрень, но вдруг, откуда ни возьмись, появились силы.

— Нет, — ответила я, — вы сидите тут, я сейчас вернусь.

На улице мне стало легче. Острая боль из правого бока ушла, осталось лишь ощущение свинцовой тяжести, под ребрами словно лежал горячий камень, изредка он шевелился, и тогда к горлу подкатывала дурнота.

Постояв у подъезда, я хотела вновь подняться к Гликерии, но тут раздался телефонный звонок. Это была Леона.

— Вы дома?

— Нет.

— А где?

— Недалеко от вас, возле метро «Новокузнецкая».

— Можете зайти?

— Прямо сейчас?

— Да.

— Уже бегу.

Увидев меня, Леона воскликнула:

— Тебе плохо? То есть, простите, вам нехорошо? Я обрушилась на стул.

— Честно говоря, не люблю, когда мне «выкают». Нет, все нормально, а что?

— Какая-то ты желтая...

— Ты позвала меня, чтобы обсуждать цвет моей кожи? — обозлилась я. — Такая уж уродилась, не всем везет, кое-кому от родителей досталось все: хороший рост, шикарные волосы, персиковый румянец. Я же не слишком хороша собой, но живу вполне сносно.

— Извини, — пробормотала Леона.

— Ничего! — воскликнула я, с огромной радостью отмечая, что боль и тошнота испарились без следа.

— Я всю ночь не спала, — вздохнула Леона, — а потом решила проверить, вдруг еще одно агентство под именем «Арлекино» работает. Ведь ты сказала, что нашла информацию о нас в Интернете.

Я тяжело вздохнула. Леона, похоже, милая девушка, надо сказать ей правду. Признаться, что я выдумала прогулку по Всемирной паутине... Если честно, то я способна лишь включить комп.

— Я поступила просто, — объяснила Леона, — набрала адрес, так сказать, от балды, вот смотри.

Я уставилась на ее длинные пальцы, запорхавшие над клавиатурой. Экран моргнул, появилась яркая картинка.

— Теперь читай, — велела Леона.

«Скорая семейная помощь. Решим все ваши проблемы, стопроцентная гарантия, дорого, качественно, соблюдение абсолютной тайны. Вашего лица не увидит никто. Желаете устранить преграду, мешающую вашему счастью? Хотите жить в любви и гармонии? Мечтаете познакомиться с будущим мужем или женой? Не знаете, как привлечь к себе внимание избранника? Вы его любовница, а он никак не разводится с женой? Или хотите вернуть мужа? Мы поможем вам. К сведению наших клиентов: для соблюдения полной анонимности скажите при входе — маска. Запишите наши координаты. И помните — это адрес вашей надежды».

— Кто-то, используя наш бренд, пакостничает, — кипела Леона, — и потом, что они имеют в виду, говоря: «Решим все ваши проблемы»? А если мужчина хочет жениться на любовнице, но не может официально избавиться от законной супруги, ну, например, беременна она, и суд их не разведет. Как это самозванцы собираются разруливать такую ситуацию?

Я посмотрела в удивленные глаза Леоны и вздохнула. Много есть способов извести опостылевшую жену. Ох, похоже, во втором «Арлекино» сидят люди, не стесняющиеся в средствах для достижения цели. Наверное, цепь несчастий, произошедших с нами, их рук дело.

— Значит, так, — решительно заявила я, — сейчас поеду по указанному адресу и попробую разведать, что к чему. Жди звонка. Слава богу, Катя починила машину, и я на колесах.

Офис «Арлекино-2» находился в центре, на Страстном бульваре. Войдя в обшарпанный темный подъезд старинного московского дома, я вновь ощутила ноющую боль в боку, но, решив не обращать на нее внимания, нажала на кнопку звонка.

— Кто там? — донеслось из отверстия, забранного мелкой решеточкой.

— Клиент в «Арлекино», — бодро сообщила я, — сложная семейная проблема.

Потом, вспомнив увиденный в Интернете текст, быстро добавила:

— Маска.

— Надевайте, — донеслось из домофона.

— Что? — не поняла я.

— Маску.

— Где она?

Тут из стены выехал ящик, на дне которого лежала черная шапочка с прорезями для глаз, носа и рта.

Усмехнувшись, я натянула шлем на голову. Вот потеха, этот маскарад рассчитан на полных идиотов. Ну нахлобучите вы маску омоновцев, предстанете перед работниками «Арлекино-2» с закрытым лицом, и что? Все равно же придется рассказывать о своей проблеме, называть адреса, фамилии. Так что этот прием — всего лишь хитрый психологический ход, призванный объяснить клиенту, впервые явившемуся в агентство: тут хранят тайну, вы — инкогнито, личность без лица, имени и фамилии, ник из Всемирной паутины.

— Надели? — спросил голос из домофона.

— Да.

Дверь распахнулась. На пороге стояла... цыганка, та самая, которая попросила перепеленать у нас ребенка. Одета она была сейчас в синие джинсы, голубой пуловер и черные туфельки. Волосы красотки оказались коротко стрижеными, с ярким мелированием, кожа отнюдь не такой смуглой, но это была та самая гадалка.

На секунду я замерла.

— Здравствуйте, — приветливо улыбнулась негодяйка, — не бойтесь, ваше лицо надежно скрыто под маской, к тому же тут никто не спросит документов, можете назваться любым именем. Входите, входите, все в первый раз стесняются, кое-кто даже убегает прочь, но потом обязательно возвращается, понимая: кроме нас, вам никто не поможет. Цены в «Арлекино» умеренные.

Мои ноги словно прилипли к лестничной площадке, и снова сильно заболел правый бок, потом меня затошнило.

— Не волнуйтесь, — журчала «цыганка».

— У-у-у-у, — донеслось с улицы.

Внезапно ко мне вернулась способность соображать.

— Извините, — дрожащим голосом завела я, — сейчас вернусь. Слышите, сигнализация воет? Наверное, кто-то задумал спереть из моей машины магнитолу. Сбегаю, посмотрю.

«Гадалка» кивнула и закрыла дверь. Я вышла на улицу, завернула за угол дома, села в свои «Жигули» и только тогда сдернула с головы шлем. Сердце колотилось так, словно я пробежала марафон. Спокойно, Лампа, спокойно. Посиди, подумай... Господи: да не о чем размышлять! Сейчас снова натягиваю шапку и несусь в «Арлекино-2». Лица моего не видно, назовусь Таней Ивановой, навру, что хочу избавиться от законной жены своего любовника, и посмотрю, как станут развиваться события!

Я резко повернулась, чтобы открыть дверь. Дикая, невероятная боль растеклась в животе. По спине потек липкий пот, в горле колом встала тошнота, меня начало знобить, потом стало жарко, снова холодно... Дрожащими пальцами я вытащила мобильный, сил хватило лишь на то, чтобы нажать и удержать кнопку с цифрой «3». Господи, спасибо тому, кто придумал быстрый набор.

— Алло, — тихо сказал Костин.

— Скорей, помоги!

— Не сейчас, у меня совещание.

— Умираю.

— Лампа, не идиотничай, — прошипел Вовка.

— Ужасно больно, — прошептала я, — завещание в сумочке, я не успела попасть к нотариусу.

— Что случилось?

— Прощай, Вовка.

— Ты где?

— На Страстном бульваре, — еле выдавила я из себя и попыталась лечь на сиденье.

Но удобно устроиться не удалось, мешал руль. Я положила на него голову, боль из резкой стала тупой, более того, она начала затихать, но мне парадоксальным образом сделалось еще хуже.

Вдруг я почувствовала приток холодного воздуха.

— Лампудель, — рявкнул Вовка, — что с тобой?

Я повернула голову.

— Завещание в сумке.

— Молчи, сейчас «Скорую» вызову.

— Послушай...

Вовка влез в «Жигули».

— Потом расскажешь.

Но ко мне уже вернулись силы. Борясь с тошнотой, я начала:

— Не перебивай. Это страшно важно. Я умираю. На заднем сиденье сумка. В ней снимки моей головы. Неоперабельная опухоль...

Вовка, став синим, впился в меня взглядом. На секунду в моей душе воцарилось ликование. Ага, вот оно как! Ругал постоянно Лампу, смеялся над ней! Теперь-то он понимает, кого потерял, да поздно, придется Костину плакать на моей могиле, приговаривая: «Прости, Лампудель, идиота!»

— Что за дурь ты несешь? — обмер майор. — Совсем офигела?

— Там же завещание, не успела побывать у нотариуса, но, думаю, вы не передеретесь.

— Прекрати, — взвизгнул Володя, — быстро говори, что слопала! Вон какая вся желтая! Небось отравилась шаурмой!

— Меня не отравили, — лихорадочно продолжала я, — слушай, я распутала дело почти до конца.

Майор налился краснотой, словно перезревший помидор.

— Какое дело?

— Не перебивай, — бормотала я, — ой, тошнит!

— Быстро говори! — рявкнул Володя.

Боясь, что сейчас грохнусь без чувств, я быстро рассказывала Костину все.

Правильно говорят, что человек не способен умереть, если на земле у него остались неоконченные дела. Я не потеряла сознание ни в своей машине, ни когда меня перетаскивали в «Скорую», ни по дороге в клинику. Держала Костина за широкую, теплую ладонь и говорила, говорила... На пороге кончины следует быть откровенной, Вовке предстоит без меня завершать дело. Теперь ему придется ограждать домашних от беды и узнавать, кто и почему затеял этот спектакль. Вернее, *кто*, я знала. Над нами издевались сотрудники «Арлекино-2». Но вот с какой стати они решили извести семью Романовых? Боюсь, ответа на сей вопрос мне не узнать никогда, потому что, рассказав Вовке все, я закрыла глаза и умерла. Впрочем, уже отбывая в Аид[1], я успела промолвить:

— Ни в коем случае не хороните меня в голубом платье, я в нем плохо выгляжу, излишне бледная.

Глава 31

Мои открывшиеся глаза наткнулись на белый потолок. Я попробовала пошевелиться, но потерпела неудачу.

— Как самочувствие? — донеслось из ниоткуда.

Шуршащий сухой язык даже не пошевелился, из моего горла вырвалось мычание.

---

[1] А и д — в греческой мифологии царство мертвых.

— Еще не отошла, — сказал другой, до боли знакомый голос.

— Страшно-то как, — подхватил невидимый мужчина. — Эй, Лампудель, скажи что-нибудь.

Я моргнула и удивилась, теперь вместо потолка надо мною нависает лицо Костина. Вовка весь в белом, за спиной топорщится нечто, господи... Внезапно язык оторвался от неба.

— Володя! — неожиданно громко вырвалось у меня. — Как ты мог!

— Что? — удивился Костин. — Сейчас-то чего не так?

— Все, — возмутилась я, — как оказался вместе со мной на том свете? Велела же помочь нашим! А ты! Взял и покончил с собой, чтобы оказаться около меня. Конечно, такая сильная любовь приятна, но семья-то осталась без защиты!

Костин засмеялся:

— Лампудель, моя любовь к тебе имеет границы. Боюсь разочаровать вас, мадам, но я не готов покончить с собой, чтобы сопровождать тебя на тот свет.

— Оставь ее, — велела Катя. — Спи, Лампа.

В руку впился комар, и свет померк.

Через несколько дней Катюша, войдя в палату, налетела на меня:

— Почему ты не говорила о том, что болит живот? Это поведение пещерного человека! Ты могла умереть! Имей в виду, аппендицит — легко устранимая неприятность, пока он не переходит в стадию перитонита! Тебя пять часов оперировали! Пять! Ты хоть понимаешь, что могла оказаться в могиле?

— У меня был аппендицит? — растерялась я.

— Да! А ты бегала по городу и молчала. Небось тебя тошнило и колотил озноб от поднимающейся температуры.

— Точно, — пролепетала я, — именно так, еще

мне периодически становилось жарко, воздуха не хватало, ноги подкашивались. Постой, значит, у меня ТОЛЬКО аппендицит?

— Тебе мало? — обозлилась Катюша.

— Но в голове...

— О-о-о, — застонала подруга, — Вовка мне все рассказал. «Томограмма» в аптеке, диагностика в метро. Лампа — ты дура!

От неожиданности я икнула. Катюша никогда не позволяет себе столь откровенно высказываться об умственных способностях окружающих, похоже, она дошла до крайней точки кипения.

— Сейчас, — с ожесточением говорила Катя, — слишком много подонков, желающих заработать. Честно трудиться нелегко, врачу в особенности. Это очень благородный и крайне тяжелый труд. Постой сначала у операционного стола, потом выходи человека. Тут тебе нервы, бессонные ночи и переживания, если больной, не дай бог, скончался. Намного легче дурить доверчивым особям голову. Лампа, томограмму в аптеке не сделать, диагностика по Вернеру — полнейшая чепуха, отъем денег у населения. Думаешь, ты первая обратилась к этим, с позволения сказать, врачам? Вовсе нет. Такие, как ты, косяком потом в больницу идут! А еще есть «исследователи» зашлакованности организма, любители пить настойки из сена и лопать мясо без картошки.

Без толку говорить: люди, ау! Возьмите учебники и почитайте внимательно, вас дурят почем зря! Наше тело не доменная печь, шлаков там нет, есть естественные отходы. Станете «промываться», уничтожите в себе полезные бактерии, получите дисбактериоз и крупные неприятности. Неумеренное потребление неправильно заготовленной лечебной травы окажет вредное воздействие, а мясо великолепно переварится вместе с картошкой. Но нет! Народ не верит нормальным врачам и таскается по недоучкам и шарлатанам. Таких, как ты, Лампа, море. Хорошо еще, что Вовка вовремя примчался и вызвал «Скорую». Ничего у тебя, кроме аппендицита, нет, ясно? Ты — идиотка с завещанием.

Огромная радость просто затопила меня. Но в глубине души все же остались некоторые сомнения. А вдруг Катя просто пытается успокоить меня? И не аппендицит там вовсе был...

— Ладно, — сказала я, — согласна, сглупила. Ирина Петровна из аптеки с ее тремя очками и впрямь кретинка, но Зинаида Марковна из метро?

— Господи, — Катя всплеснула руками, — ну подумай сама, раскинь мозгами! Подземка и компьютер. Да глючит там аппаратуру! Ясно? Замыкает. Плющит. Колбасит. Тащит. Лампа, как ты могла поверить, а?

— У них лицензия, — отбивалась я.

Катя покрутила пальцем у виска.

— Ага, десять штук, и все на стене висят, в ряд.

Я вспомнила бумажки в рамочках, украшавшие кабинет «трехочковой» Ирины Петровны, и промолчала.

— Я еще бы поняла, — кипела Катюша, — будь ты из глухого места! Так нет! Живешь в столице, в семье врача! Слов нет!

— Ладно, ладно, — залебезила я, — а Петр Лыков и Соня? Они-то работают в больнице, делали мне нормальное УЗИ.

Катюша помрачнела.

— Знаешь, сейчас некоторые доктора, люди, имеющие диплом о высшем образовании и дававшие клятву Гиппократа, занимаются отвратительным делом. Сначала запугивают здорового человека, а потом начинают его лечить, раскручивают на деньги и в конце концов торжественно объявляют: мы спасли вас от гибели. Петр и Соня из таких, они углядели в тебе жертву. Извини, Лампуша, ты доверчива, как ребенок, легко внушаема, небось сразу почувствовала тотальное недомогание. Петр и Соня просто ждали, когда ты явишься к ним «лечиться» и принесешь им денежки.

— Значит, у меня всего лишь навсего аппендицит!

— Всего лишь! — взвился молчавший до сих пор Вовка. — Ты чуть не умерла от перитонита.

— Как там Кирюшка? — Я решила быстро перевести разговор на другую тему. — Лиза?

— Они дома, — обрадовала меня Катюня.

— А собаки?

— Все в норме, — сообщил Вовка, — Феня с Капой записали всю квартиру. Впрочем, хорошо, что Муля не понимает человеческую речь и пока ни о чем не подозревает.

— Почему? — насторожилась я.

— А первое, что решили сделать дети, вернувшись домой, — это покрасить мопсиху, — усмехнулся Костин.

— Именно Мулю?

— Да, Ада недавно болела и еще слаба, Феня с Капой крошки, Рейчел огромная, а Рамика на месте не удержать, остается бедная Мульяна, — хмыкнула Катя. — Одна радость, купленная краска куда-то задевалась, больше такой в «Марквете» нет!

— Коробка в моем шкафу!

— Не говори им об этом, — воскликнула Катя, — может, забудут об идиотской затее.

— А как Юра? — спросила я.

Внезапно Катюша порозовела и глянула на Вовку.

— Ну...

— Ты, Лампа, спи, — крякнул майор, — набирайся сил, все потом.

Я откинулась на подушки. Значит, дело идет к

свадьбе, иначе чего бы Катюше заливаться алым цветом.

— Екатерина Андреевна, — заглянула в палату медсестра.

Катя быстро вышла за дверь.

— Теперь рассказывай, — велела я, снова садясь.

— О чем? — вскинул брови Вовка.

— Обо всем!

— Потом!

— Когда?

— Ну... через десять дней.

— Почему?

— Да так, — загадочно ответил Костин и, несмотря на мои возражения, убежал.

Десять дней пролетели, словно миг, потом прошли одиннадцатые сутки, двенадцатые. Я тихо злилась на Костина, читала детективы и ела безвкусные диетические блюда, которые, очевидно, готовил Юра. Катя приносила еду из дома, а я знала, что сделать рыбу на пару подруге слабо, следовательно, «лечебное питание» вдохновенно «ваял» наш новый член семьи. Надеюсь, впрочем, что, временно сменив меня у плиты, Юра хоть изредка жарит домочадцам картошку и мясо, а не угощает их той едой, которая предназначена для несчастной Лампы.

В пятницу вечером банку с отвратительным, протертым куриным супом притащил Вовка.

— Привет, — радостно заголосил он, — на, Лампудель, питайся от пуза.

Я сердито отвернулась к стене.

— Эй, ты чего? — удивился майор.

— Обещал прийти и все мне рассказать, — с обидой воскликнула я, — и что?

— Так я тут.

— Десять дней когда прошло! А ты ни разу не заглянул.

— Ну Лампудель, — загудел Вовка, — вот тебе новый детективчик.

— Спасибо, я их обчиталась.

— Держи кассетку с сериалом про Эркюля Пуаро.

— Голова болит, — соврала я.

— Ну не дуйся!

Я, продолжая лежать лицом к стене, принялась демонстративно всхлипывать и шмыгать носом. Очень хорошо знаю, как реагирует Костин на женские слезы. Просто смешно, до какой степени он теряется, увидев, что собеседница разрыдалась. Впрочем, я нечасто пользуюсь этим приемом, мне жаль Вовку, но сейчас майор заслужил спектакль. Пусть помучается, живо выложит нужную мне информацию.

— Лампа, — осторожно тронул меня за плечо Вовка, — ты чего, ревешь?

Я затряслась и захныкала.

— Да! Обманул меня! Бедная я, несчастная, никому не нужная.

— Ладно, ладно, — засуетился Костин, — сейчас все расскажу.

Я всхлипнула:

— Все?

— Да.

— До конца? Учти, если обманешь, буду рыдать трое суток, шов на животе разойдется, придется делать новую операцию...

— Жили два брата, — быстро начал Вовка, — не родные, двоюродные, но любили друг друга так, словно появились на свет близнецами: Сергей и Борис Касаткины.

Я лежала на боку, внимательно слушая майора. Правая рука затекла, но повернуться я боялась, увидит, не дай бог, Костин, что на моем лице слез нет, и замолчит. Впрочем, пока Костин рассказывает о хорошо известных мне вещах.

Жили братья в одной квартире, назвать подобное жилище коммунальным язык не поворачивается. Просто у Касаткиных была большая семья. Сергею с родителями повезло больше, чем Борису. Сережкины отец и мать работали в театре, Василий имел репутацию гениального театрального художника, глуповатая Гликерия слыла отличной женой, хозяйкой и матерью. У Бориса все было иначе. Отец его, неуправляемый бабник, выпивоха, усиленно играл роль непризнанного гения, мать, Вера, настоящая алкоголичка, из тех, что лежат в канаве. После смерти мужа Вера превратилась для семьи в огромную проблему.

Борис, стесняясь матери, не звал в дом друзей. Сергею было чуть легче, это все же не его мать, но и он тоже не хотел, чтобы приятели видели жуткие сцены, когда пьяная, в лохмотьях Верочка, громко матерясь, падала в коридоре. В конце концов Василию удалось запихнуть пьяницу в клинику, и там она, попросив санитара купить водки, благополучно, ко всеобщей радости родных, отъехала на тот свет. Даже Борис не заплакал, услыхав о кончине матери. Судьба уготовила Касаткиным еще одно испытание. Вскоре после смерти Веры умер Василий. Гликерия Петровна осталась одна, но, как это ни странно, в семье воцарился покой.

Борис женился на Наташе и переехал жить к супруге. Сережа остался с матерью. Конечно, Гликерии Петровне было трудно материально и морально, ее выпихнули из театра на пенсию, но жизнь-то продолжалась, хоть и не слишком обеспеченная. Так жили в Советском Союзе почти все.

Братья продолжали дружить, часто встречались. Они похожи во всем, кроме одного. Борис обожал женщин. Стоило Наташе уехать на дачу, как муженек моментально находил любовниц. Любовь длилась чуть меньше трех месяцев, потом Касаткин рвал отношения и снова превращался в примерного мужа. Борис изо всех сил старался сохранить свои романы в тайне. У него нет ничего своего, все записано на жену: квартира, дача, сберкнижка тоже на имя супруги. В случае развода Борису пришлось бы возвращаться в родительские пенаты почти голым. Сергей же прекрасным полом интересовался мало, жениться не собирался, он пытался стать успешным актером, но ролей ему не давали.

Тут началась перестройка, перестрелка, передел собственности, затем временно установилось затишье, и грянул дефолт. Тысячи людей в одночасье стали нищими, но Наташе и Борису феерически везет. За день до обвала рубля Наташа продала квартиру, доставшуюся ей от покойной бабушки. А спустя неделю после финансового краха в России она буквально за бесценок купила за «живые» доллары здание обанкротившейся фирмы. При нормальном положении вещей денег, вырученных за «двушку» бабушки, хватило бы только на подъезд и холл, но после дефолта помещение с хорошим ремонтом отдали почти даром. Так началась академия.

Надо сказать, что Борис проявил себя как великолепный администратор. Он поднял учебное заведение с нуля, все вокруг считали, что вуз принадлежит Борису Сергеевичу, ректору, но на самом деле в документе о собственности указано — Наталья Касаткина. И вновь получилось, что он гол, словно новорожденный. Именно поэтому Борис Сергеевич пугается до паники, когда к нему заявляется Кира, мать Аллочки, и в ультимативной форме заявляет:

— Алла твоя дочь. Или принимаешь ее в академию и доводишь до диплома, или все расскажу Наташе.

Борису Сергеевичу пришлось покориться. Он великолепно знает, что его супруга умная, цепкая женщина. На слово Кире она никогда не поверит, отправит Аллочку на анализ и со стопроцентной уверенностью потом заявит мужу:

— Ты обманул меня. Беру развод и девичью фамилию, уходи из моего вуза, убирайся вон из моей квартиры, не смей приближаться к моей даче.

Боясь за свое благополучие, Борис принял на первый курс Аллочку, а потом начал тащить ее через овраги сессий. Впрочем, Кира бывшего любовника особо не тиранила, и Борис успокоился. Потом он еще вытащил свою бывшую дипломницу, а теперь бухгалтера, из финансовой неурядицы и решил: все, хватит.

Какое-то время в душе Бориса Касаткина царил мир и покой. Сережа в это время старательно работает, ведет кружок в академии, приглашает для особо важных спектаклей учащихся из своего вуза, и скоро о студенческом театре академии разносится слава. И именно благодаря Сергею Касаткину в академию пришли многие абитуриенты.

Сергей по-прежнему не женат. В его жизни, конечно, случались романы, но ни одна женщина не возбудила в нем желания связать с ней свою судьбу. В конце концов Сергей стал считать, что его удел — куковать бобылем, но тут в театральный вуз поступила Нина Рагозина, и Сергей Васильевич потерял голову.

Студентка ответила ему взаимностью, но во всем мире романы между преподавателем и ученицей не поощряются. Поэтому Сергей Васильевич и Нина начали встречаться тайком, не демонстрируя своих отношений. Домой Нину Сергей не приглашал. Ему пока не хотелось знакомить любовницу с матерью. Гликерия Петровна могла оттолкнуть Нину от него. Уж очень старуха болтлива, глупа, любопытна.

Естественно, Сергей Васильевич хотел хорошо зарабатывать — он уже строил брачные планы. Борис к тому времени твердо стоял на ногах, академия приносила большой стабильный доход. Сергею было обидно от того, что он не сумел достичь благополучия. Нине тоже мечталось о богатстве, причем получить его она была готова любой ценой. Узнав об агентстве Леоны Трегубовой, а именно об «Арлекино», Рагозина поняла: идея великолепна, не грех воспользоваться чужой наработкой. Вот только дело Нина поставит по-своему. Она не Трегубова с ее идиотским желанием осчастливить все человечество. Нине нужны деньги, и ради них она согласна на все.

Она рассказала Сергею Васильевичу о своих планах. Режиссер пришел в восторг. Ему, как и Нине, тоже очень хочется заработать. Правда, Рагозина слегка приукрасила действительность, сообщив жениху:

— Я придумала все сама, рассказала Леоне Трегубовой, а та подсуетилась и основала фирму под названием «Арлекино». Но я не хочу ей уступать, наше агентство тоже будет так называться!

На самом деле Нина просто задумала ехать верхом на чужой удаче. Леона особо не рекламирует свое агентство, но слухи по Москве ползут быстро. Трегубова официально открыла контору, а Рагозина, зная, что заклятая подруга не станет распространять о себе информацию в Интернете, вывесила во Всемирной паутине объявление в надежде на то, что заказчики пойдут в «Арлекино-2» потоком. И на самом деле кое-кто из потенциальных клиентов Трегубовой, шаря по Интернету, наткнулся на рекламу и явился к Рагозиной. И еще: Леона часто отказывает людям, задумавшим, по ее мнению, нехорошее дело. Для Трегубовой «Арлекино» в первую очередь не способ добывания денег, а некая благородная миссия. Леона мечтает помогать людям, изменять их судьбу, делать из Золушек принцесс. А Рагозиной важен лишь гонорар, никаких моральных принципов у нее и в помине нет. Поэтому в «Арлекино-2» берутся за все, что не связано с криминалом. Нина боится конфликтовать с законом, но все остальное — без проблем. Помочь отбить мужа у жены, предстать перед президентом фирмы в наилучшем свете и подсидеть своего непосредственного начальника, повесить любовнику на шею не от него зачатого ребенка — за все эти неблаговидные дела Нина берется охотно, а Сергей Васильевич талантливо ставит спектакли.

Парочка позаимствовала и придуманную Леоной фишку про цыганку. Один раз Нина сумела при помощи разыгранного действа убедить четырех разных, не знавших друг друга мужчин, что они являются отцом крохотной Лялечки. Парни оказались порядочными, они начали платить матери девочки нехилые суммы, а Нина получила большой гонорар.

В довольно короткий срок Нина и Сергей Васильевич разбогатели. Они в отличие от Леоны не платят налоги. Но в этом уличить парочку трудно. Клиентам не нужен шум, дела они обстряпывают тихо, безработные актеры, которых приглашает для участия в «спектаклях» Сергей, тоже особо не распространяются, где получают малую толику денег. Одни стыдятся такого заработка, другие побаиваются мести со стороны обманутых, причины разные, но о постановках помалкивают все. Бориса Сергей в курс дела не вводил, врал ему, что снимается в многосерийном фильме, оттуда и деньги. Ректор далек от мира искусства, и еще он привык верить брату, до сих пор Сергей его не обманывал.

До поры до времени удача была благосклонна ко всем Касаткиным, но потом ее улыбка сменилась оскалом.

В доме Бориса Сергеевича и Наташи появляется Римма Борискина. Она великолепно знает, чьей дочерью является. Пьяная Ленка рассказала дочери правду.

— Вот почему у тебя фамилия Борискина, — хохотала алкоголичка, — это я так пошутила. Прикол.

На Римму сведения об отце не произвели ошеломляющего впечатления. Она, живущая среди маргиналов, давно потеряла невинность души и тела и очень хорошо понимала: ребенок не получится сам собой, у всякого дитяти обязательно имеются отец и мать. То, что она дочь Бориса Сергеевича, очень обрадовало Римму: отец пристроит ее к себе, он обязан это сделать. Одна беда, Римма боялась прямо сказать ректору:

— Здравствуй, папа!

Как доказать свое родство? Документов никаких нет, вечно пьяной Ленке не поверит никто, а про генетический анализ Римма ничего не знала. Девочка решила присмотреться поближе к Борису Сергеевичу, она приехала в академию, записалась на занятия в бесплатный кружок «Юный медик», который ведут студенты, познакомилась с Аллочкой Свириденко и даже завела с ней дружбу. Аллочка и Римма не знают, что являются сводными сестрами. Собственно говоря, сия информация не известна никому на белом свете. Борис Сергеевич не в курсе, что одна из «летних» любовниц, Лена, о которой он давнымдавно забыл, родила дочь. Лена никогда не встречалась с Кирой, мамой Аллы, а та и слыхом не слыхивала про Лену. Но судьба большая шутница, свела девочек вместе и даже сделала их почти подругами. Римме страшно везет. Аллочка в хороших отношениях с хамом Виталием, девочка знала, что Касаткины безуспешно ищут женщину, которой можно доверить выгул собак, и порекомендовала на это место Римму.

Борискина вцепилась в неожиданно представившийся шанс зубами и ногтями. Каждый день, дважды, без исключений, она появлялась на пороге квартиры Касаткиных. Через некоторое время Наташа была совершенно очарована исполнительным, положительным ребенком. Она рассказала мужу о бедной девочке, дочери алкоголички, об отважной, прилежной Римме, которая собирает копейки, чтобы оплатить обучение в академии.

— Представляешь, — вздыхала Наташа, — бедняжка делает уроки на окне, в коридоре, потому что мать в комнате гуляет с мужиками. Кстати, Римма получает одни пятерки, идет на медаль. Я видела ее дневник, восхитительное зрелище, в особенности на фоне дневника нашего балбеса Виталика, который имеет в этой жизни все, кроме головы. Ну почему так получается? Парень родился у нас, непьющих интеллигентных людей, а вырос лентяем и грубияном. Римма же появилась на свет у алкоголички и трудолюбива и обязательна.

Узнав о судьбе Риммы, Борис Сергеевич умилился и сказал:

— Естественно, я помогу несчастному ребенку, возьму ее к себе.

Наташа, желая приободрить Римму, сообщила ей:

— Заканчивай хорошо школу, Борис Сергеевич о тебе позаботится.

Услышав это, Римма вдруг схватилась за сердце.

— Тебе плохо? — насторожилась Наташа.

— Иногда бывает, — прошептала девочка, — в

груди начинает жать, в глазах темнеет, воздуха не хватает. Один раз в обморок упала. А что это со мной?

Наташа задумчиво сказала:

— Я не кардиолог. Скорее всего у тебя вегетососудистая дистония, а может, порок сердца. Тебя мама когда последний раз в поликлинику водила?

— Никогда, — мрачно улыбнулась Римма.

— Прости, — сказала Наташа, — глупость спросила. Тебе надо обязательно сходить к доктору. Часто у тебя приступы бывают?

— Нет, только когда понервничаю. Вы не волнуйтесь, я не заразная, — испугалась дурочка, — не увольняйте меня. Хотите, за те же деньги буду вам еще и полы мыть?

— Никто тебя гнать не собирается, — вздохнула Наташа, — просто настоятельно советую посетить врача.

На этом разговор о походе к доктору завершился. Естественно, Борискина никуда не пошла, она считала себя здоровой и счастливой. Вон как ей повезло! Наташа и Борис Сергеевич решили озаботиться ее судьбой. Но в бочке радости есть большая ложка дегтя. Виталик. Вот он изводил Римму по полной программе. Сначала Борискина пыталась подружиться со сводным братом. Мило улыбалась ему, просила угостить ее кофе. Но Виталик патологический хам, он не знал о том, что его с нищей девчонкой связывают кровные узы, и решил, будто та собралась вскружить ему голову как богатому жениху. Сделав неверный вывод, Виталий начал измываться над Риммой, говорил ей гадости, мог толкнуть, пнуть. Но та стоически терпела унижение и боль. Ей надо поступить в академию, получить место в общежитии и уехать от пьяной матери, ради этого Римма готова на все. А еще ей очень нужны деньги, девочка боялась: вдруг Борис Сергеевич пристроит ее на платное место, что тогда делать?

Кульминация наступила внезапно. Вечером Римма привела собак, потащила их в ванную, вымыла им лапы, выпустила животных, вышла в коридор и налетела на Виталия. Тот без долгих разговоров схватил ее, втолкнул в свою комнату, бросил на кровать.

— Пусти, — изо всех сил сопротивлялась Римма.

— Молчи, пупсик, — сопел Виталик, — сама хотела, ходила, улыбалась, жопой вертела. Или нет? Хорош выворачиваться, небось со всеми в бараке перетрахалась. Имей в виду, будешь сопротивляться, сделаю так, что тебя вон выгонят.

— Отстань, — рыдала Римма.

— Ну уж нет, киса, — пыхтел Виталий, и тут девочка не выдержала.

— Я твоя родная сестра, — закричала она.

Глава 32

От неожиданности юноша отпустил свою жертву, та кинулась к лестнице и исчезла.

Пару минут Виталий находился в недоумении, но потом, обозлившись, бросился за Риммой. Он великолепно знал, где стоят бараки, и был полон желания набить наглой малявке морду. Чем ближе Виталий к цели, тем злее он становился. В комнату Борискиной негодяй влетел в крайней степени озлобления.

— Дрянь! Врунья.

— Нет, — ответила Римма, не успевшая даже снять куртку, — я не хотела никому рассказывать, но ведь ты собрался меня изнасиловать! Мы на самом деле являемся братом и сестрой.

— Дура! А то я каждый день мать не вижу, — завизжал Виталик, — вот уж набрехала! Ладно, предположим, ты мне сестра. Но с какой стати родителям отдавать девочку из семьи? Врать тоже уметь надо!

— Я родилась у Лены, алкоголички, — тихо пояснила Римма, — вернее, тогда она не так сильно пила, работала у Бориса Сергеевича. Он мой отец, Наташа, наверное, не в курсе.

Секунду Виталий стоял молча, потом кинулся на Римму:

— Сука, сейчас тебе мало не покажется!

Девочка попыталась вырваться, Виталий занес кулак... Вдруг Римма захрипела, закатила глаза и обвисла на руках у парня. Юноша швырнул ее на пол и ушел. Он считал, что Римма свалилась в обморок, а бить девочку, лежащую без сознания, не способен даже Виталий.

Полночи парень вертелся в кровати, потом около семи утра вышел на кухню, увидел мать и выложил той про сестру. Наташа, сильно побледнев, сказала:

— Отцу ни слова! Я сама побеседую с Риммой. Думаю, она все придумала. Собирайся в институт.

Виталий не спорил, надел куртку.

— Где же ты пуговицу потерял? — воскликнула Наташа. — Да прямо с мясом вырвал!

— Это Римма, — сказал сын, — она в обморок упала, вцепилась мне в куртку, потом без сознания хлопнулась! Небось тогда и отодрала.

— Она упала без чувств? — испугалась Наташа. — И ты ее бросил, не вызвал врача?

— С какой стати? Оклемается.

Наташа схватила пальто.

— Эй, ты куда? — удивился «милый» мальчик.

— В барак, — на ходу крикнула мать, — быстро ложись в кровать, отцу ни слова, понял? Никуда не уходи! У тебя грипп.

Виталий понял: случилось нечто экстраординарное. Через некоторое время, уже после того, как Борис Сергеевич уехал на службу, возвратилась Наташа. Прямо на пороге с ней приключилась истерика. Виталий, никогда не видевший мать в таком состоянии, испугался.

Наташа, успокоившись, показала ему пуговицу.

— Вот, мне пришлось разжимать пальцы у трупа, пуговица была в кулаке.

— У трупа, — эхом повторил Виталий, — я ее не убивал!

— У Риммы скорей всего был порок сердца!

— Я не знал!

— Она очень сильно испугалась.

— Я не убивал!

— Да, — сказала Наташа, — просто бросил ее, не вызвал врача.

Но после этих слов мать тут же пожалела о них и бросилась к сыночку:

— Деточка, ты не виноват! Это ужасная случайность.

Выпив валокордина, Наташа успокоилась и начала действовать. Куртку и сапоги сына, те, в которых он бегал в барак, вкупе с брюками, свитером и даже нижним бельем она запихнула в пакет.

— Значит, так, — заявила Наташа, — ты ничего не знаешь, кроме одного: утром Римма не явилась прогуливать собак, я заволновалась и побежала к ней. Все. Нашла девочку мертвой. Никому более ни слова, в барак ты не ходил, ясно?

— Ясно.

— Упаси бог папе что-то сказать, понял?

— Да.

— Будем надеяться, что тебя никто не видел, — шепчет Наташа, — вещи выброшу в разные мусорные баки в отдаленных от нас районах города...

...Вовка замолчал и уставился в окно.

— Так я и знала, что смерть Риммы не случай-

ность, — вырвалось у меня. — Когда была у Касаткиных, Наташа вела себя совершенно спокойно, ничего особенного о Римме не сообщила, правда, твердо заявила: у девочки имелся порок сердца, ей как
медику это было видно. Но никаких подозрений Наташа у меня не вызвала, показалась положительной,
заботливой женщиной. Я решила, что она волнова-
лась о судьбе девочки и поэтому побежала в барак.
А вот Виталик обронил фразу: «Мать впала в истерику при виде трупа, отпаивал ее потом валокордином».
Я еще, помнится, подумала: с какой стати врач, всю
жизнь проработавший в больнице, станет пугаться
мертвого тела? Но потом решила, что Римма все же
была для Наташи не совсем посторонней, и успокоилась, однако какая-то тревога в душе осталась.

— Наташа спасала Виталия, — буркнул Володя, — понять ее можно, хотя лично у меня люди, по-
крывающие преступников, не вызывают уважения.

— Виталий не убивал!

— Ага, — окрысился Вовка, — только сначала
пытался изнасиловать девочку, потом довел до сер-
дечного приступа, затем бросил умирать. Так-то вот!
Это все про смерть Риммы.

— Постой! А пакет с завтраком? Деньги? Кто дал
ей доллары?

— Это совсем другая история, — мрачно ответил
Вовка, — если есть силы слушать, могу рассказать.

— Издеваешься, да?

— Ты о чем?

— О силах! Конечно, я хочу знать все.

— Хочу все знать, — повторил Костин, — помнишь, был такой киножурнал, показывали его перед началом сеансов в кинотеатрах. Заставка мне,
школьнику, очень нравилась. Мальчик, который бьет
молотком по ореху.

— А за кадром детский голосок вещал: «Орешек

знаний тверд, но все ж мы не привыкли отступать, нам расколоть его поможет киножурнал «Хочу все знать», — оживилась я.

— Точно, — улыбнулся Вовка, — смешно, что мы в детстве смотрели одно и то же!

— В то время все читали, смотрели, надевали и ели одинаковое, — хмыкнула я, — выделяться не полагалось.

— А у меня имелись брюки клеш с бубенчиками по низу штанин, — расхохотался Вовка, — я получил за них выговор по комсомольской линии.

— Я была тихой, скромной, незаметной... Ладно, давай вернемся к нерасколотым орехам.

— Данное дело больше похоже на матрешку, открыл одну, а внутри вторая, — заявил Вовка, — ладно, слушай дальше. То была присказка, сказка ждет впереди. Помнишь фамилию Нины?

— Рагозина.

— Отлично, значит, слушай дальше.

Всегда веселая Нина в последнее время стала мрачной. Сергей, глядя на невесту, заподозрил неладное. Девушка намного моложе его, наверное, она разлюбила жениха. Промаявшись неделю, преподаватель задал вопрос:

— Нина, что случилось?

— Ничего, — попыталась улыбнуться любимая.

— Ты теперь по вечерам куда-то убегаешь!

— Ну... просто, — замямлила Нина, — я к сессии готовлюсь. Надо же диплом получить.

Сергей замолчал, но нехорошие подозрения терзали его душу. Еще у Нины появилась странная привычка. Если звонил мобильный, она не брала трубку в присутствии Сергея.

— Сотовый разрывается, — не выдержал один раз Сергей.

— Ерунда, — отмахнулась Нина, — сейчас автоответчик включится!

Сергею стало совсем плохо. Ясное дело, Нина завела любовника, молодого, страстного, и теперь просто водит «папика» за нос. Сергей маялся, Нина продолжала вести себя по-прежнему, и в конце концов преподаватель не выдержал:

— Нинуша, скажи честно. Ты меня разлюбила?

— Нет, — тихо ответила она.

— Тогда в чем дело?

И тут Нина сначала заплакала, а потом вывалила совершенно невероятную историю. У нее есть отец. Папеньку Нина терпеть не может по многим причинам. Ее родители, будучи школьниками, вынуждены были зарегистрировать брак по особому разрешению. Мама Нины забеременела в шестнадцать лет. Сразу после скоропалительной свадьбы молодой муж уехал в Москву поступать в медицинский и пропал на несколько лет. Жене он не писал, а о родившейся без него дочери не беспокоился. Потом пришло письмо с зоны, Рагозин, не окончив вуза, оказался за решеткой. Он неоднократно сидевший уголовник. Вся жизнь его — это цепь сплошных «отсидок» в тюрьме.

Оказавшись на свободе, он ехал к своей жене, маме Нины, которая по совершенно непонятной для дочери причине не разводилась с ним. Муженек отъедался, одевался, устраивался на работу, но потом вновь принимался за старое: тащил у новых коллег кошельки или воровал офисное оборудование. Самое интересное, что папенька внешне совершенно не похож на преступника. Милый, интеллигентный, с правильной речью, застенчивый, с виду настоящий «ботаник», а не постоялец зоны. Никаких наколок, выбитых зубов и выражений типа «орет как потерпевший!». Оставалось лишь диву даваться, каким образом за долгие годы отсидки господин Рагозин ухитрился не приобрести никакого зэковского налета.

Окончив школу, Нина уехала в Москву, поступила в вуз и была рада тому, что учится не в родном городе. Регулярное появление отца раздражало и пугало ее. Мама не собирается разводиться с уродом, вот пусть сама и несет этот крест. При чем тут Нина?

Но потом случилось непредвиденное: мама скончалась, а ее супруг, вернувшись в очередной раз с зоны, обнаружил квартиру запертой. Для Нины осталось загадкой, каким образом папенька выяснил ее московский адрес, но в одно далеко не прекрасное утро она увидела на пороге отца, который заявил, что ему негде жить.

В первый момент дочь хотела просто захлопнуть дверь, но папенька быстро всунул ногу между створкой и косяком.

— Нехорошо, доченька, — сказал он, — мы родня. Артисткой стать собираешься? Славы хочешь, денег? Ну-ну. Выбирай: или помогаешь мне, или всем расскажу, какая у меня дочь, в институт пойду.

Нина не слишком испугалась сначала. Подумаешь, не советские времена, теперь быть родственницей зэка даже почетно, но тут отец добавил:

— Небось и замуж за москвича идешь!

Рагозина похолодела, она сразу поняла, что Сергею Васильевичу не захочется иметь подобного тестя. Бывший уголовник и круги общения Касаткина! Это нонсенс! А папенька, поняв, что случайно угодил в цель, начал требовать денег за молчание.

— Я бы никогда тебе ничего не рассказала, — рыдала Нина, — но ведь ты стал подозревать меня в измене!

— Не плачь! — воскликнул Сергей. — Мы обязательно придумаем, как избавиться от напасти.

Но не успел Сергей, убедившись, что невеста по-прежнему его любит, успокоиться, как случилась новая неприятность.

Позвонил Борис и нервным голосом сказал:

— Немедленно ко мне!

Испуганный тоном брата, Сергей прибежал на зов и услыхал:

— Меня шантажируют.

— Кто?

Борис молчал.

— Чем? — не успокаивался Сергей. — Ничего плохого ты не делал, бизнес ведешь на законных основаниях.

Брат по-прежнему смотрел в пол.

— Понял! — догадался Сергей. — Баба! Дай ей денег и гони вон. Сколько раз говорил: прекрати кобелировать! У тебя чудная жена, скоро дедом станешь, остановись, Казанова потрепанный.

— Это действительно из-за женщины, — выдавил из себя Боря, — но она никогда не была моей любовницей. Речь идет о матери.

— О Вере?

— Да.

— Верка же давно покойница!

Боря кивнул.

— И что?

— Помнишь, отчего мать умерла?

Сергей нахмурился.

— Конечно. Вера лежала в клинике, где ей кололи лекарство, несовместимое с алкоголем. Больных предупреждали: пить во время курса инъекций строго-настрого запрещено, можно погибнуть. Вера же попросила санитара принести ей бутылку и отправилась на тот свет.

— Санитара осудили, — тихо сказал Борис, — он вышел, потом снова сел, следом вышел, и так несколько раз. Сейчас он заявился ко мне, требует денег.

— С какой стати? — обозлился Сергей. — Немедленно иди в милицию.

— Ты ничего не понял...

— Да в чем дело?

Борис встал, походил по шикарно обставленному кабинету и наконец решился:

— Санитар этот — мой бывший однокурсник, он был бедным провинциалом, вечно искал подработку, ну и устроился в клинику. Когда туда Вера попала, я...

— Ну!

— Я...

— Говори!!!

— Пойми, она меня измучила, извела, сама подтолкнула на ужасный поступок.

— Ты о чем?

— Это я дал водку санитару, не одну бутылку, а две, и велел сунуть матери, знал, что она обязательно их опустошит и умрет.

— Ты убил Веру? — отшатнулся Сергей.

— Да, — заорал Борис, — да! А что следовало делать? Вся жизнь под откос шла! В дом никого не привести, только не говори мне, что рыдал, узнав о смерти тетки. Все рады были! Так-то. Думал, расследовать ничего не станут, да Василий активность развил. Санитара арестовали, я испугался и во всем признался твоему отцу. Боялся, что однокурсник-то на допросе расколется, объяснит, кто ему водку дал. Представляешь, какой мне срок светил?

Не в силах произнести ни слова, Сергей кивнул.

— Василий тоже перепугался, — объяснял Борис, — схватился за голову. Уж не знаю, как ему удалось, но он сумел добиться встречи с арестованным и пообещал тому: если он возьмет все на себя, не упомянет Касаткина, то после выхода из тюрьмы получит большую сумму денег. А еще посулил выбить тому квартиру.

Парень согласился и ушел на зону один. А теперь вот начал шантажировать Бориса, требует обещанного.

Сергей с трудом переварил новости. Было от чего тронуться умом. Одно известие, что любимый брат — убийца родной матери, хоть кого могло выбить из колеи. Еще, оказывается, Василий все знал и как мог покрывал племянника, а потом унес тайну в могилу, не рассказав о ней даже жене. Сергей хорошо знает Гликерию, та бы ни за что не удержала язык за зубами.

Медленно, очень медленно Сергей «въехал» в ситуацию и воскликнул:

— Послушай, сколько же этому санитару дали, если он недавно из-за проволоки вернулся! Дело-то когда было! Сто лет прошло!

Борис вздохнул.

— Получил он немного, но, освободившись, до меня не добрался, потому что вскорости опять сел, и так много раз. Я про него совсем забыл, решил, что он умер на зоне, а мертвец воскрес, пришел в гости и потребовал свою долю. И что мне теперь делать, где взять денег? Наташе ничего рассказывать нельзя!

— Вот что, — протянул Сергей, — давай поступим так. Сегодня у меня в ресторане «Райский уголок» встреча с отцом Нины, мы долго не проговорим, не о чем. Значит, к семи часам приходи в эту харчевню и позови туда бывшего санитара. Станем вместе искать консенсус. Есть небольшая идейка.

Свидание с будущим тестем прошло спокойно. Сергей предложил мужику:

— Покупаю вам комнату в коммуналке, и адью.

Бывший уголовник, с виду совсем молодой, даже симпатичный мужчина, интеллигентно кивнул:

— Спасибо. Уж извините, но мне больше не к кому обратиться было. Устроюсь на работу, может, женюсь удачно, на москвичке, богатой, даже адресок есть одной такой...

— Вот и хорошо, — кивнул Сергей, — вы нас с Ниной не трогайте, а мы вас не побеспокоим. Пошли вам господь счастья с новой, богатой женой.

На том и порешили, уголовник раскланялся и ушел.

— Он точно много лет провел на зоне? — спросил Сережа у Нины.

— Да, — кивнула та.

— Совершенно не заметно! — восхитился Сергей. — Ведет себя как дипломат на приеме, говорит правильно, ну ни за что не подумаешь, что он бывший зэк.

— Актер, — фыркнула Нина, — лицедей! Мне от него талант достался. Большой умелец людей обманывать, просто в Голливуд пора. Ладно, хватит о нем, пошли.

— У меня еще встреча с Борей, — сказал Сергей, — у него проблемы, обсудить надо.

Нина ушла. Сергей заказал себе кофе, отхлебнул из чашки и увидел брата. Борис молча сел за столик.

— Где твой санитар? — поинтересовался Сергей.

— Сейчас придет.

— Здравствуйте, — раздалось за спиной режиссера.

— Садись, — буркнул Боря, — знакомься, мой брат.

— Мы знакомы, — ответил мужчина и показался на глаза преподавателю.

Сергей растерялся, потом воскликнул:

— Вы же отец Нины! Мы обо всем договорились! Отчего вы вернулись?

— Отец Нины? — эхом повторил Борис. — Ты путаешь, это Рагозин, бывший санитар.

В голове Сергея заклубился вихрь. Санитар Рагозин, его дочь — Нина Рагозина. Нет, такого просто не бывает.

Первым пришел в себя уголовник, он мило улыбнулся и сказал:

— Ну, насколько я понимаю, дело у нас теперь семейное, надо его решить полюбовно.

Сергей и Борис, оба бледные, молча переглянулись. Рагозин спокойно закурил и продолжал:

— Зла на вас никакого не держу, не за что. Сам дурак был, когда на такое дело согласился, думал, легко с рук сойдет, заработаю немного, а вот что получилось. Ну а в том, что потом по кривой дорожке пошел, тоже ничьей вины нет, ума у меня не хватило. К вам обратился лишь по одной причине: не желаю больше по зонам таскаться, поумнел. Хочу на работу устроиться, в Москве осесть, только без квартиры и прописки мне не удастся в люди выбиться. Василий обещал, если Борьку не выдам, большую сумму заплатить. Коли те деньги, что он посулил, в современные перевести, как раз на однушку и хватит.

— Мы не настолько богаты! — нервно воскликнул Борис.

— Ладно, — пошел на попятный Рагозин, — конечно, можете послать меня по известному адресу, но тогда уж не обижайтесь, я прямиком отправлюсь в милицию. Дела об убийстве срока давности не имеют. То-то весело будет.

Сергей и Борис снова переглянулись, они оба ничего не понимали в уголовном праве и не знали, правду ли сейчас говорит Рагозин о сроке давности. Но даже если уголовник врет, все равно выйдет никому не нужный скандал.

Сергей тяжело завздыхал, Борис сидел тихо, бледный, еле живой. Огромная жалость захватила Сергея

Васильевича. Надо же, какой пердимонокль получился, просто мексиканский сериал. Жизнь-то покруче писательских выдумок будет. Бедный Боря, сколько ему пережить пришлось.

— Ладно, — вырвалось у режиссера, — начнем решать проблемы. Вы, милейший, обронили тут, что знаете женщину, на которой не прочь жениться?

— Она богата, — сказал Рагозин, — свободна, имеет квартиру, дачу, собрание картин. Но я с ней незнаком и, честно говоря, не понимаю, каким образом можно подъехать к этой особе.

— А откуда же ты про нее узнал? — прищурился Сергей.

По-прежнему улыбаясь, Рагозин завел рассказ.

Глава 33

Во время последней отсидки его ближайшим соседом по бараку оказался мужик по имени Михаил Громов. Срок у парня был большой, на нем висело сразу несколько статей. После отбоя Михаил и Рагозин частенько разговаривали, и нередко их беседа заруливала на тему: все бабы суки. Михаил довольно часто рассказывал о своей супруге, женщине с диковинным для современного человека именем Фрося. Ефросинья Андреевна Романова.

— Все для нее делал, кормил, поил, одевал, — выкладывал Громов, — а она любовника завела и меня сюда отправила. Подставила, я не виноват ведь ни в чем. Посадила и развелась. Сука.

— Мерзавец, — заорала я, — Костин, ты-то знаешь правду!

— Спокойно, Лампудель, — поднял руку Вовка, — тихо! Не ори.

Рагозин не слишком поверил Громову, он очень хорошо знает, что основная масса зэков старательно обеляют себя. Послушать «контингент», так получается, что за решеткой все сплошь белые и пушистые. Но Михаил часто говорил о жене, поносил ее, и у Рагозина скоро сложилось свое впечатление о бабе: глупая, просто идиотка, некрасивая, вечно ноет, насквозь больная, но... богатая. Да еще Михаил, забыв, что говорил о любовнике супруги, иногда повторял: «И она, думаю, кукует одна, она дура, никто на такую не польстится, ленивая, делать ничего не умеет и не хочет».

Выходя на свободу, Рагозин предложил:

— Хочешь, загляну к твоей бывшей, пристыжу, может, посылочку пришлет с куревом.

Михаил скривился, но адрес дал.

— Но не живет она там больше, — закончил Рагозин, — на косяке лампочка горит, пульт квартиру охраняет, соседи сказали: подалась Фрося незнамо куда. Раз в полгода появляется, пульт проверяет и снова укатывает.

— Хорошо, — кивнул Сергей, — значит, слушай. Мы отыскиваем эту Ефросинью, женим тебя на ней и считаем, что расплатились. Ясно?

— Оно бы хорошо, а если дама все-таки замужем? — недоверчиво протянул Рагозин. — Конечно, Михаил был уверен, что на это сокровище никто не польстится, да вдруг ошибся? Богатая она, а деньги сильно украшают бабу.

— Разведем.

— Как?

— Не твоего ума дело, главное, слушайся меня, и скоро получишь все.

— Но этой Фроси дома нет.

Сергей усмехнулся:

— «Арлекино» веников не вяжет, и не с такими проблемами справлялись.

— Ты о чем? — удивился Борис.

— Да так, шучу, — спохватился Сергей. — Устроим все в наилучшем виде.

И дело завертелось. Сначала Сергей узнал, что Ефросинья переменила имя и превратилась в Евлампию. У Сергея в театральном институте училась дочка одного из милицейских боссов, вот преподаватель и попросил любящего папу помочь в деликатном деле. Дескать, ищет он свою давнюю любовь да найти не может. Милицейское начальство, желая угодить профессору, который обучает ребенка, расстаралось, и вскоре Сергей знал все. Ефросинья официально сменила имя. Теперь она Евлампия Андреевна Романова, незамужняя женщина, живет вместе со своей подругой. Ей на самом деле принадлежат роскошная квартира в центре, пустующая, крепко запертая и охраняемая, и дом в ближайшем Подмосковье, о коллекции картин у правоохранительных органов сведений не имелось.

Благополучно пройдя первый этап, Сергей приступил ко второму. Нину пришлось ввести в курс дела, рассказать ей про семейную трагедию.

Начали действовать по наработанной схеме. Сначала в дом к Лампе проникла цыганка. Пока доверчивая хозяйка караулила младенца в ванной, гадалка добежала до спальни и угостила Аду куском сыра, нафаршированным ядом.

— Дрянь! — вырвалось у меня. — Безошибочно выбрала жертву, Адюша проглотит все, что не приколочено.

Вовка кивнул:

— Я же тебе сказал: Сергей и Нина тщательно подготовились, они узнали о вас все. И выбрали правильный момент, когда Сергей и Юлечка, самые трезвомыслящие в семье, кроме меня, конечно, отправились в командировку. Начали аферу, когда вся семья была в сборе, а завершить ее собирались в отсутствие старшего сына Кати и его жены. Организаторы аферы рассчитали все: что ты обязательно откроешь дверь, если «цыганка» сошлется на соседку Машу и прикинется родственницей ее невестки; что останешься возле малыша, пока «Галя» выбрасывает испорченный памперс, и что именно Ада слопает отравленный сыр. Кстати, знаешь, кто осторожно собирал о тебе сведения?

— Нет.

— Римма Борискина.

— Она каким образом к этому причастна?

Вовка развел руками.

— Римма часто появлялась в академии, дружила с Аллочкой, бывала на занятиях театрального кружка. Девочка постоянно хотела заработать, и Сергей Васильевич приплачивал немного школьнице за глажку костюмов. В кружке Римма познакомилась с Ниной, которую Сергей Васильевич привел для роли кормилицы. Нина быстро поняла, что Борискина отличный кадр для «Арлекино-2», и начала давать девочке разовые поручения.

Аккуратная, старательная Римма только радовалась лишним деньгам. Нина не предлагала школьнице ничего криминального, Рагозина очень хорошо понимала, кому и что можно поручать.

Когда Нина попросила Римму проследить за Евлампией Романовой, девочка воскликнула:

— За Лампой? Я ее прекрасно знаю.

— Откуда? — мигом насторожилась Нина.

— Она тетка моего одноклассника Кирилла Романова, я была у них дома, могу и так все рассказать, а зачем вам Лампа?

Вовка остановился и налил себе воды. Я растерянно посмотрела на него.

— Римма бывала у нас? Но я ее не встречала никогда.

— Ты не сидишь сиднем в квартире, — пожал плечами Костин, — а к Кирюшке и Лизавете толпой ходят приятели, вы же с Катериной не запрещаете детям приводить домой друзей.

— Нет, конечно.

— Вот и Борискина приходила в твое отсутствие: гладила собак, играла с ними, а еще она увидела в столовой кипу газет «Оракул», «Тайная власть» и «Третий глаз». Римма спросила у Кирюши: «Кто у вас эту глупость читает?»

«Лампа, — последовал ответ, — она от всякой ерунды тащится, в колдунов, гадалок верит, астрологические прогнозы изучает!»

— В шутку же! — воскликнула я. — Мне просто смешно, какую ерунду печатают!

— Допустим, — кивнул Вовка, — но Римма сообщила Нине: «Лампа страшно суеверна, обожает гадать и тому подобное».

Нина была очень довольна положением вещей, можно начинать игру, осталось решить одну крохотную проблему: каким образом уговорить Лампу открыть дверь цыганке? Конечно, женщина наивна, если не сказать глупа, но у таборных жительниц в Москве отвратительная репутация, и даже Евлампия может не впустить гадалку.

Чтобы решить ключевой вопрос, Нина сама приехала в дом, где живут Романовы. Она бродила по этажам, так и этак обмозговывая проблему, но ничего хорошего не могла придумать. Конечно, можно спокойно встретить жертву на улице и там «нагадать» ей всего хорошего, но Нине надо обязательно попасть в квартиру, чтобы угостить Аду отравой. Так и не поняв, как действовать, Нина уехала и на следующий день велела Римме:

— Попытайся выяснить, нет ли среди соседей Лампы молдаван.

— Зачем? — удивилась Римма.

— Да я все голову ломаю, — признается Нина, — про цыганку думаю. Не впустит ее она, а вот если гадалка скажет что-то типа: «Я сестра вашей соседки...»

Неожиданно Римма прищурилась:

— Сколько заплатите, если помогу?

— Каким образом?

Борискина начала смеяться.

— Знаешь ведь Леру Кислову.

— Ту, которую маньяк убил? Да.

— Никто ее и пальцем не трогал, — весело объяснила Римма, — она прикидывается малограмотной молдаванкой, перед Павликом выдрючивается, вышла за него замуж! За лейтенанта Шмидта. Во, умора!

— С ума сойти! — подскочила Нина. — Не врешь?

— Нет, — усмехнулась Римма, — сама ей помогала, паспорт на чужое имя достала. Только обманула меня Лерка, обещала заплатить и ни копейки не дала! Вот пусть теперь повертится!

Обрадовавшись неожиданной удаче, Нина заплатила Римме, а сама днем понеслась в знакомый дом. На звонок никто не открыл, но в «глазке» с той стороны мелькнула легкая тень, и Нина громко сказала:

— Лера! Все знаю, открывай.

В ответ — тишина.

— Давай не глупи!

Снова молчание.

— Хорошо, — заявила Нина, — ухожу прямиком к твоим родителям. То-то они обрадуются, узнав, где их дочурка!

Дверь распахнулась, на пороге появилась незнакомая, смуглая, черноглазая девица. Нина чуть было не спросила ее: вы кто? Но потом увидела на запястье родинку и мигом поняла: перед ней загримированная Лера.

— Откуда ты узнала, где я, и сколько хочешь за

молчание? — поинтересовалась беглянка. — Только имей в виду, больших денег у меня нет.

— Расплатишься, — ухмыльнулась Нина, — давай поговорим.

Спектакль разыгрывали как по нотам. На Лампу начали сыпаться неприятности: сначала едва не погибает Ада. Животное не человек, и Нина совершенно спокойно травит несчастную мопсиху. По ее мнению, это должно заставить Евлампию поверить в предсказание. И когда перед ней появится Рагозин — добрый ангел, женщина изо всех сил вцепится в мужика.

Потом наступил черед Кирюши. Нина дала Римме пакет и велела:

— Сунь Романову в ранец, его завтрак вытащи, а этот положи.

— Зачем? — спросила Римма.

Тут следует упомянуть, что Римма не была посвящена во все детали происходящего. Девочке известно лишь одно: «Арлекино» сводит людей вместе, кто-то захотел жениться на Евлампии, ради него и разыгрывают спектакль, что же тут плохого? Одинокая женщина и влюбленный мужчина соединят свои сердца.

— Понимаешь, — ухмыльнулась Нина, — Кирюшка постоянно мешается под ногами, не дает Лампе с кавалером встретиться. В соке доза слабительного, он выпьет и в туалете осядет, устранится помеха.

На самом деле в нектаре содержалась доза яда, которая не убьет мальчика, но сделает его надолго больным.

Римма подсунула пакет Кирюшке, получила за это деньги, отнесла их к соседке Ирочке на хранение, пошла домой, но на душе у девочки было неспокойно.

Поздно вечером она позвонила домой Романовым и узнала: Кирилл попал в больницу в тяжелейшем состоянии, его жизнь висит на волоске.

Римма испугалась, она не пошла в школу, а отправилась шататься по городу, обдумывая ситуацию. Нина тем временем злится. Римма не звонит, а ведь надо еще устроить покушение на Лизу. Рагозина, естественно, не в курсе, что девочка выпила не предназначавшийся ей пакет сока и ночью была отправлена в больницу.

Тщетно прождав звонка, Нина решает действовать сама. Слегка изменив внешность, она подходит к школе, одна беда, Рагозина не знает, как выглядит Лиза, поэтому она ловит школьника и просит:

— Покажи мне Лизу Романову.

— А вон она, — парень тычет в Лизу, но не в сестру Кирилла, а в другую, ее полную тезку.

Нина кинулась за девочкой. Ей нужно всего лишь под благовидным предлогом угостить ее чашкой чая или кофе. Яд лежит в кармане, вокруг полно кафе, Нина разработала простой план. С легким криком она собиралась упасть на тротуар и обратиться к Лизе: «Девочка, помоги».

Та подаст руку неловкой прохожей, а Нина попросит довести ее до кафе... Дальнейшее понятно. Надо лишь подождать, пока Лиза останется одна.

Выйдя со школьного двора, девочка попрощалась с подругами и отправилась в сторону стройки, подошла к дому и начала подниматься вверх. Нина пошла за ней. В незаселенном и неотделанном здании шаги разносятся гулко. Лиза испуганно обернулась и спросила:

— Вы меня преследуете?

— Нет, — ласково улыбнулась Нина.

— Тогда зачем сюда идете?

— А ты что тут делаешь? — вопросом на вопрос ответила Рагозина.

— Мои родители тут квартиру купили, на пятом этаже, — сообщила девочка, — иду поглядеть.

— Значит, мы станем соседями, — Нина мигом сориентировалась в ситуации, — я тоже купила апартаменты на пятом.

Дальше они отправились вместе, поднялись наверх, Лиза пошла смотреть свои комнаты, Нина отошла чуть в сторону и закричала:

— Ой, помоги!

Хитрая Рагозина, изображая упавшую женщину, села на грязный пол и схватилась за ногу. На ее взгляд, ситуация выглядит вполне естественно, на этаже полно мусора.

— Что случилось? — кричит в ответ Лиза.

— Ой, я упала, кажется, ногу сломала.

— Бегу! — немедленно откликается Лиза и спешит на помощь.

Но девочка не знала про зияющую шахту лифта, Нина тоже не думала о яме, у нее в голове свои мысли, про кафе, чай и яд. Лизочка, торопясь помочь предполагаемой соседке, выскочила из своей будущей квартиры и провалилась вниз. Нина только услышала вопль, а потом звук удара.

Еле-еле шевеля ногами, Рагозина сползла вниз и поняла: девочка умерла. Теперь надо бежать отсюда как можно скорей! Глупая, ужасная случайность!

— В этой истории полно совершенно нереальных совпадений, — мрачно сказала я.

Вовка вздохнул.

— Знаешь, когда я учился в институте, у нас был профессор, который всегда говорил так: «Никогда не отвергайте никакие версии и знайте, что в жизни может случиться всякое, самое невероятное и фантастическое. Богиня судьбы — очень большая шутница, она обожает ставить людям подножку».

Глава 34

После смерти школьницы дела пошли не совсем так, как рассчитывала Нина. Во-первых, Римма пришла к ней и предъявила претензии:

«Ты говорила про пурген, а там другое было, в соке, давайте еще денег!»

— Ой! — вскрикнула я.

— Когда же ты научишься слушать людей спокойно! — возмутился Вовка.

— А как яд попал в закрытый пакет с соком? — спросила я, старательно не замечая негодования Костина.

— Элементарно, Ватсон, — хмыкнул Вовка, — берется шприц с очень тонкой иглой, такие применяются в стоматологии. В пакетике есть маленькое отверстие, прикрытое фольгой. Протыкается дырочка, и все. Поскольку иголка крайне тонкая, то дырка получается крошечная. Сок из нее не вытекает. И вообще, не в этом дело! Слушай дальше и не перебивай.

Пришлось отстегнуть Борискиной большую сумму. Девочка опять прячет ее у Иры. Здравый смысл подсказывает ей остановиться, но жадность толкает под руку, и Римма придумывает, как можно еще заработать. Она едет к Аллочке и рассказывает той про все: цыганку, Кирюшку, будущую свадьбу — и говорит:

— Ты позвонишь вот по этому телефону и потребуешь денег за молчание. Сумму поделим пополам. На тебе аванс.

Аллочка прячет полученную купюру и обещает:

— Ладно, в пятницу, когда ты придешь ко мне, мамы как раз не будет дома.

— Хорошо, — соглашается Римма, — пусть будет в пятницу, мне не к спеху, даже лучше, что не сегодня.

Первым делом Аллочка купила себе вожделенный

мобильный телефон и была совершенно счастлива. Но вскоре к ней заявилась незнакомая тетка и рассказала о смерти Риммы.

Аллочка обладает некоторыми актерскими способностями, поэтому, впустив в свою квартиру «майора» Романову, начинает ей врать. Маленькая деталь, Борискина, рассказывая подруге про аферу, на всякий случай не назвала ей имен участников. Евлампию она называет «Одна женщина», а Кирюшу — «Школьник». Вот кличку собаки Римма произнесла четко. Аллочка знает, что животное, обреченное на смерть, зовут Ада.

Когда «майор» пришла в первый раз, Аллочка ловко от нее избавилась. Девочка на самом деле подцепила грипп, у нее температура, насморк, болит сильно голова, поэтому она, выпроводив Лампу, падает в кровать и засыпает. Но настырная сыщица за день успевает узнать много информации, в частности, в ее руки попадает потерянный Аллой паспорт, а в нем фото Леры Кисловой. Аллочке приходится рассказать новую версию истории. Да, она тайком подслушала чужой секрет, а потом хотела вынудить Леру заплатить. Алла хочет помочь маме, только Кира сама решила проблему, и дочь не стала шантажировать Кислову.

Но, изображая полнейшее раскаяние и откровенность, Свириденко молчит о главном: о том, что ей рассказала Римма. В голове у хитренькой Аллочки рождается план: надо позвонить Рагозиной, припугнуть ее и стребовать с той много-много денег за молчание. То есть самой провернуть операцию, которую предлагала осуществить теперь уже покойная Римма.

Радуясь тому, что мама пока в командировке, Алла звонит Нине. Рагозина моментально соглашается обсудить ситуацию, и девочка едет на станцию метро, где они договорились встретиться.

Рагозина к тому моменту страшно нервничает. Все получилось не так, как планировалось. Во-первых, погибла Лиза Романова, совершенно случайная в этом деле девочка, во-вторых, самым таинственным образом умерла Борискина. Нина не знает ни о больном сердце Риммы, ни о том, что Виталик пытался изнасиловать девочку и испугал ее до смерти. Еще Нина понимает, что Римма растрепала своей подруге об участии в спектакле и теперь ей предстоят дополнительные расходы. Сильно нервничая, Нина встречается с Аллой...

Вовка остановился, вздохнул и продолжил:

— Вот тут Рагозина начинает путаться в показаниях. Сначала она заявила, будто потеряла самообладание, когда увидела нагло ухмыляющуюся Аллу, и толкнула школьницу без всякого преступного намерения, просто от злости. Аллочка, стоявшая на краю платформы, не удержалась и упала, а в этот момент к станции подкатил поезд. Дескать, убивать не хотела, несчастный случай, не сдержала эмоций и не предвидела последствий своего поступка.

Потом Нина запела другую песню: она даже не успела приблизиться к Аллочке, на перроне клубилась толпа, кто-то толкнул девочку, та упала и попала под поезд.

Лично я уверен, что правду Нина сказала с самого начала. Она со злобой толкнула Аллу, но, думаю, дальнейшее, а именно падение Свириденко на рельсы, оказалось для Рагозиной неожиданностью, вероятнее всего, она не собиралась убивать Аллу, просто решила откупиться, но в какой-то момент, услышав названную жадной девчонкой сумму, не сдержала эмоций.

— Отчего ты так думаешь? — спросила я.

Вовка побарабанил пальцами по тумбочке.

— Ну, понимаешь, Нина предложила ей встретиться у первого вагона. Расчет ее был понятен, именно туда, в головной отсек, идет много народа, а Рагозина не хотела привлекать к себе внимания, в массе людей легче затеряться. Но, задумай Нина столкнуть Аллу на рельсы, она выбрала бы другое место: последний вагон.

— Почему?

— Рассуди сама. Из тоннеля поезд вырывается на большой скорости, он гасит ее по мере продвижения вдоль платформы. Если хочешь убить человека, следует спихнуть его там, где у состава наибольшая скорость, у конца, а не у начала платформы. Либо Нина вообще не хотела убивать Аллу, либо решение пришло в ее голову спонтанно, она действовала в состоянии аффекта, и Свириденко рухнула под колеса почти совсем замершего поезда. Ясно?

Я кивнула. В общем, да. Хотя Костин мог не учесть третьей возможности: Нина просто не подумала о скорости поезда, а свидание Аллочке назначила в таком месте, где самая густая толпа. В толще народа легко совершить черное дело, пассажиры, стремглав несущиеся к вагону, не видят вокруг себя ничего, все хотят только одного: оказаться первыми около открывшихся дверей, чтобы, попав внутрь, мигом плюхнуться на свободное место.

— Ну и конечно, — продолжил Вовка, — Нина и предположить не могла, что Евлампия Романова бросится сама искать «цыганку». «Арлекино-2» до сих пор не сталкивался с такими субъектами. Все, для кого ставились спектакли, мгновенно покупались. Схема: гадалка — неприятности — появление доброго ангела — срабатывала безотказно. Но, собрав о госпоже Романовой кучу самых разнообразных сведений, Рагозина не узнала главного: милейшая Евлампия горе-детектив, человек, обожающий лично вести расследования. Правда, «майор» постоянно попадает впросак...

— Я добралась почти до конца!

— Почти...

— Помешал аппендицит!

— Плохому танцору вечно что-нибудь мешает, — хихикнул Вовка.

На секунду я задохнулась от негодования, но потом, справившись с собой, достойно ответила:

— Это дурацкое выражение не имеет ко мне никакого отношения. Я сама великолепно разобралась во всем. Осталось выяснить пару вопросов, всего-то! Остальное я распутала.

Костин спросил:

— Что за вопросы?

Я ухмыльнулась:

— Всякие. В частности, и такие, которые не имеют никакого отношения к данному делу.

— Говори.

Я развеселилась окончательно. Мужчины странные люди, только что ведь я заявила: вопрос не имеет отношения к делу! Но Вовка настаивает, значит, пусть услышит!

— Ну, допустим, откуда на нашей кухне появились тараканы?

Костин начал кашлять, я прищурилась. Сам хотел, вот и получил, нечего вредничать.

— Почему ты решила, будто сей вопрос не связан с делом? — откашлявшись, поинтересовался Костин. — Он непосредственно относится к обсуждаемой теме!

— Ты офигел? — Я вытаращила глаза.

— Фу, как грубо! Ладно, отвечаю. Тараканов принес Юра в спичечном коробке, штук десять, и выпустил тайком на мойку.

Я едва не упала с кровати.

— Кто из нас сумасшедший? Костин или Лампа? Ну придумал! За каким чертом Юре насекомых подбрасывать? Да еще нам? Почти родным? Ты знаешь, что у них с Катей роман?

— Я-то в курсе всего, — сердито ответил Вовка, — а ты дурында лопоухая!

— Что?!

— То!!! Тараканов принес Юра!

— Зачем?

— Чтобы потом притащить морильщика.

— Бред.

— Вовсе нет. Он хотел продемонстрировать свое внимание, доказать, что является человеком, который заботится о вас изо всех сил. Вспомни его поведение: жарил картошку, убирал квартиру, гулял с собаками. Просто сладкий пряник, а не парень! Поехал покупать СВЧ-печку, кстати, он сам заплатил за нее. Тараканы ему понадобились для полноты имиджа. Кстати, большинство женщин панически боится этих насекомых, и Юра стал выглядеть в ваших глазах просто героем, в особенности когда сам решил вымести трупы насекомых.

— Знаешь, Вовка, — вздохнула я, — ты просто никогда не был влюблен. Юра обожает Катю, отсюда и его забота. Тараканы небось пришли от соседей. Извини, я спросила про них в шутку.

— А я говорю всерьез, — без тени улыбки заявил Костин, — прусаков притащил Юра.

— Глупости!

— Помнишь, как вы познакомились?

— Конечно.

— И как?

— Мы же тебе рассказывали.

— Вы сделали это не сразу! Через пару дней! Почему?

— Ну... не хотели тебя злить!

— Ладно, — кивнул Вовка, — повторяю вопрос: где вы нашли Юру?

— Катя сбила его.

— Где?

— У нашего дома.

— Дальше.

— Мы вышли из машины...

— И что?

— Все, сначала подумали, что прохожий убежал, потом увидели ногу.

— Где?

— Что — где?

— Где были ноги?

— Высовывались из-под машины!!! А потом Юра выполз, слава богу, совершенно целый и невредимый, только очень грязный.

— Вот!!! Здесь ошибка! Рассчитано на дурочек!

— Ты о чем?

— Лампа, — тихо сказал Костин, — судебная медицина тонкая, совершенно незнакомая тебе наука, в частности, она изучает автомобильные травмы и механизмы повреждения. Насколько помню, я не специалист, фазы травмы таковы: а) соударение частей автомобиля с человеком, б) падение тела на автомобиль, в) отбрасывание и падение тела на грунт, г) скольжение тела по грунту.

— К чему эти подробности?

— Да к тому! Юра в результате ДТП никак не мог оказаться под машиной, да еще целиком! И уж никоим образом после сильного удара он не сумел бы оказаться целым и невредимым. Нестыковочка вышла.

— Не понимаю!

— Плохо придумано.

— Что?

— Все!

— Вовка!!! Объясни!

— Господи, — заорал Костин, — разжевал, в рот положил, все равно не понимаешь! Юра — это Рагозин, человек, ради которого и устроили весь сырбор, санитар, убивший Веру, зэк, уголовник.

Я затрясла головой:

— Э нет! У него умерла мама...

— Все вранье.

— Жена завела...

— Он не имел супруги. Только две такие наивные, безголовые чурки, как вы с Катей, могли поверить столь слезливой истории! Пригласить постороннего мужчину в дом! Впустить до этого цыганку! Лампа — ты, ты, ты... Слов нет!

Я пыталась осмыслить ситуацию, пару минут раздумывала над ней и закричала:

— Нет! Ошибка! Юра должен был охмурить меня, а он начал ухаживать за Катюшей!

Костин стукнул рукой по матрасу, я чихнула.

— Процент идиотов среди людей велик! — рявкнул Вовка. — Юра вас перепутал.

— Каким образом? — растерялась я.

— Рагозину было приказано прыгать под машину вечером, — пояснил Вовка, — в темное время мало народа на улице, да и водитель не сразу поймет, что происходит.

Юра стал выбирать момент. Он знал марку машины, ее цвет и номер, он в курсе привычек Евлампии, ему известна ее манера вождения... Но вот одно упущение, Нина не показала Юре фото «невесты», просто забыла это сделать, а Рагозину тоже не пришло в голову потребовать снимок. Юре задача кажется предельно ясной. Ему следует изобразить жертву наезда, а когда трясущаяся от ужаса женщина выберется из-за руля, очаровать ее, продемонстрировать, что именно он «светлый ангел», избавляющий ее от всех неприятностей, и дело в шляпе.

Первый раз Юре не повезло. Он пришел во двор, увидел, что машина припаркована у подъезда, и удалился несолоно хлебавши. Во второй удача улыбнулась: «Жигули» отсутствуют; и Рагозин ждет, когда автомобиль с хозяйкой за рулем прикатит в стойло.

Через некоторое время машина появилась, но управляла-то им Катя! Юра, ловко изображая жертву, падает, а когда «Жигули» тормозят, быстро заползает под них. Машина обута в высокопрофильную зимнюю резину, под тачкой полно места. Вы с Катериной не сразу выбрались наружу. Юра увидел в щель между днищем и мостовой сапоги той, что вылезла с водительского места: бежевые, со шнуровкой. Потом вы начали при нем спорить, кто сидел за баранкой, он на некоторое время растерялся, но затем посмотрел вниз и увидел Катину обувь: бежевые сапоги со шнуровкой. Объект определен, атака начата. Но скоро Юра стал сомневаться в правильности выбора. Если учесть, что дома никто из домашних не зовет друг друга точно по имени, его растерянность понятна. Катю Лампа называет: Тюша, Тюня. Катюша зовет подругу: Лампуша, — а Нина не говорила Юре ни о каких кличках — назвала лишь полное имя Евлампия Андреевна. То, что из него можно сделать Лампа, Лампуша, Лампудель, ни одному нормальному мужчине в голову не взбредет.

Юре бы надо проконсультироваться с Ниной, но он решил, что справится с ситуацией самостоятельно, и... начал обхаживать Катю.

— А как же он собирался жениться на мне, если он из другого города? Значит, у него в паспорте нет московской прописки и весь его обман, что он женат и живет в столице, тут же бы раскрылся? — спросила я.

— Да ему братья Касаткины купили комнатенку в коммуналке барачного типа, почти за бесценок. А к тому времени, когда у него бы выгорела женитьба на тебе или на Кате, он сказал бы, что уже развелся и разменял квартиру.

— Он пытался навести у меня справки, — вспомнила я, — спрашивал, были ли мы замужем и где бывший супруг Кати. Я честно ответила: он на зоне, сел после развода...

Вовка кивнул:

— И тем самым еще больше запутала его!

— Где были мои глаза! Юра ведь иногда давал осечки! Говорил, что обожает собак, а сам, погладив Мулю, бросился моментально мыть руки! Так истовые собачники никогда не поступают!

— Верно, — согласился Вовка, — в конце концов Юра, «раздув» роман с Катей, понял: что-то не так — и поделился с Ниной своим недоумением. Та отругала отца и пообещала: «Вечером Сергей передаст тебе фото Евлампии».

Сергей Васильевич на самом деле забрал у невесты конверт, но он его не открыл, ему это ни к чему. Режиссер должен встретиться с Юрой и отдать тому снимок, кстати, его получили в паспортном столе, фото отвратительное, впрочем, как и большинство снимков на документах.

— Вот почему на его обороте было написано: «Идиот. Вот Евлампия Андреевна Романова!»

— Именно. Но Касаткин не успел передать снимок, он спешно уехал на похороны друга. Нину Сергей отловить не смог, у той выключен мобильный. Он без конца трезвонит Нине и ругается:

— Вот черт! Куда подевалась? Что случилось? Как передать конверт?

Связаться с Юрой Сергей не смог. Он купил Рагозину дешевый мобильный с карточкой, но Юра не привык к сотовому, истратив денежный лимит, он не приобрел новую карточку.

Нина же частенько забывает поставить свой мобильный на подзарядку. Сергей без конца напоминал будущей жене:

— Заправь аппарат, снова без связи останешься.

Но не в коня корм. Вот и сейчас Нинин сотовый превратился в бесполезный кусок пластмассы.

Так и не передав фото, Сергей уехал, он планирует отсутствовать в Москве всего несколько дней и полагает, что ничего за короткий срок не произойдет. Кстати, Нина, убежавшая в момент падения Свириденко на рельсы, была уверена, что девочка погибла под колесами поезда. Честно говоря, все происходящее напоминает дурацкий спектакль, и большинство участников событий ведут себя по-идиотски. Впрочем, не станем сейчас оценивать чужие умственные способности. Далее события разворачиваются следующим образом. Нина никак не может отловить Юру, но, поскольку тот в свою очередь не ищет дочь, Рагозина полагает, что Сергей передал ему фото. И вообще, Нина параллельно занимается еще одним «спектаклем»: «Арлекино-2» продолжает свою работу. Юра же, даже не получив снимков, понял наконец, ху из ху, и оказался в идиотском положении. Он оказывал знаки внимания Кате, та явно была благосклонна к новому знакомому.

Нина наконец дозвонилась до отца и начала ругать того:

— Как ты мог перепутать!

— Она сидела за рулем, меня это сбило с толку, — слабо оправдывается Юра.

— Кретин! Тебя же четко проинструктировали: Евлампия работает на радио! А ты связался с той, которая хирург! С ума сойти! Она ведь небось сто раз при тебе рассказывала про свою работу!

— Да.

— И ты не понял, что ошибся в объекте?!

— Ну... спутал!

— С ума сойти, — злится Нина, — распутывай назад.

— Как?

— Бросай Катю, приставай к Евлампии.

— Это невозможно.

— Почему?

— Ну... не получится. Вы сами виноваты, — ринулся в атаку Юра, — не предупредили, что ее Лампой зовут, вот я и подумал...

— Ничего ты не думал, — взвизгнула доченька, — столько усилий, и зря!

— Да нет, все нормально. Я видел на столе бумагу, — объяснил отец, — Евлампия написала завещание, она почти все Кате оставила. Мне Катя нравится, на ней женюсь, будем жить да поживать тихонько, ждать смерти Лампы, похоже, та совсем плохая, скоро помрет! Сразу видно, не жилица!

— Так тебе Катя по вкусу пришлась! — догадалась наконец Нина. — Слушай, ты ведь их не перепутал! Ты с самого начала знал, кто есть кто!

Рагозин молчит.

— Значит, порядок? — уточняет дочь. — Нашел себе жену и квартиру и теперь исчезнешь из нашей с Сережей жизни?

— Да.

— Считаешь, мы выполнили обещание?

— Да.

— Ну смотри, — грозит дочь, — потом не приходи, не ной: давайте переиграем, Екатерина бедная, а Евлампия богатая. Дело сделано.

— Евлампия скоро умрет, все будет наше! — воскликнул Юра. — Прощай, Нина.

Рагозина повесила трубку. Слава богу, неприятная ситуация разрешилась, можно спокойно жить дальше. Но Нина не предполагала, что в ее судьбу вмешается злой рок в лице любопытной, излишне активной и очень глупой Гликерии Петровны. Та постоянно подглядывала за сыном, подслушивала его разговоры, не всегда разбирая слова, делала неверные выводы и приняла Лампу за Нину.

— Фонарина — Лампа, — мрачно сказала я, — Гликерия Петровна помнила, что речь шла об осветительном приборе, но вот позабыла, о каком именно. Кстати, поспешность выводов, неумение дослушать собеседника до конца частенько свойственны пожилым людям. Когда я пришла на квартиру, которую снимали торговки овощами, то успела лишь начать фразу, сказала:

«Потеряла...»

А хозяйка тут же поняла все по-своему, впрочем, мне это было лишь на руку. Мораль: всегда выслушивай человека до конца.

Вовка снова стукнул кулаком по одеялу.

— Вы — идиотки!

— Сам хорош, — вскипела я, — ну сглупили, пожалели Юру, а ты куда смотрел?! Ведь рассказали, где познакомились.

— Не сразу!

— Но ведь сообщили, — я пошла в атаку на майора, — отчего ты, такой умный, не насторожился?

Вовка моргнул раз, другой, потом зашипел:

— Да Катерина вечно убогих притаскивает, своих бывших больных! Я решил сначала: парень из провинции в Москву лечиться прибыл, теперь переночевать негде! Сколько таких у вас перебывало, а? Ну-ка вспомни! Вот я и не словил мышей. Я с себя ответственности не снимаю, но с нынешнего дня все, слушай мой приказ: не открывайте двери чужим людям и не ведите в дом тех, с кем только что познакомились на улице.

— Очень ценное предостережение, — язвительно отметала я, — прямо для журнала «Веселые картинки». Покажи мне хоть одного человека, который в наше время способен на столь безрассудные поступки: открыть дверь в квартиру незнакомым и привести в дом того, с кем только что познакомился на улице!

Внезапно Вовка рассмеялся.

— Да уж, я всегда подозревал, что женщины не способны себя объективно оценивать! Это же вы с Катериной! Две вертихвостки, добрые самаритянки и неуправляемые человеколюбки.

Эпилог

Следствие шло довольно долго и наконец закончилось безрадостно. Наташа сумела вызволить Виталика из беды. Сначала упрятала парня в больницу, потом наняла адвоката, который быстро узнал: Римма действительно имела порок сердца, скончалась она от приступа, причем сразу. Когда Виталик бросил девочку на пол, та уже была мертва, поэтому парню ничего нельзя было поставить в вину, даже неоказание помощи. Какая помощь трупу? Наглый юноша выскочил из воды, не замочив ног.

Наташа узнала об изменах Бориса, но, ко всеобщему удивлению, не развелась с ним, супруги продолжают жить вместе.

Аллочка выздоровела и дала подробные показания. На память о мрачной истории у нее останется легкая хромота и патологический страх перед подземкой. Еще она теперь знает, кто является ее настоящим отцом, но продолжает держаться с Борисом Сергеевичем официально, а ректор тоже не изъявляет особого желания встречаться с единственной дочерью. У него возникли временные неприятности, но по закону Борис невиновен, на него распространился срок давности, и никакой уголовной ответст-

венности ректор не понес. Сергей и Нина тоже были
привлечены к ответственности. Правда, отделались
они легким испугом. Нине удалось убедить всех: и
следователя, и судью, — что смерть Лизы Романовой
трагическая случайность. Экспертиза была на стороне Нины. Положение тела, характер травмы — все
подтверждало слова Рагозиной. Сначала хозяевам
«Арлекино-2» попытались вменить в вину мошенни-
чество, но ничего из этой затеи не вышло, потому
что Нина уничтожила список клиентов, жалоб же ни
от кого из них не поступило. Сергей и Нина твердо
стояли на своем: ничем противозаконным не зани-
мались, просто помогали приятелям познакомиться
с понравившимися им людьми. В конце концов их
оштрафовали на крупную сумму за занятие бизнесом без должной регистрации. Последняя надежда
следователя была на Аллочку. Скажи девушка, что ее
столкнула вниз Нина, и Рагозиной бы не выкрутить-
ся. Но Алла неожиданно заявила:

— Меня смела толпа, я стояла очень близко к краю
платформы.

Я думаю, что Аллочка, жадная девочка, не просто
так «отмазала» Нину. Недаром же Сергей поспешно
продал родительскую квартиру и переехал вместе с
матерью и молодой женой в более скромные апартаменты. И дело тут не в большом выплаченном им
штрафе, хотя именно о нем Касаткин вспоминает,
если речь заходит о невыгодной для него смене жилплощади. Спустя год после всех событий Кира и Аллочка тоже сменили адрес. Они продали свою скром-
ную квартиру, а взамен купили трехкомнатные апартаменты в новом доме. Я догадываюсь, откуда у них
взялись деньги, но не пойман — не вор. У Аллы теперь, наверное, просторная спальня, впрочем, я думаю, все равно не такая, как у Леры Кисловой.

Кстати, о Лере. По сценарию, разработанному Рагозиной, Кисловой предписывалось в случае визита к ней соседки отвечать:

— Да! Моя сестра Галка — гадалка изумительная, предсказывает будущее, все, что она напророчит, непременно сбывается. Вот, приезжала сюда ненадолго и уже уехала, свекровь не разрешила ей у меня остановиться, куда Галка подевалась, не знаю.

Ну примерно такой текст, естественно, с соответствующими образу молдаванки из глухого места акцентом и лексикой. Испугавшись разоблачения, Лера пообещала Нине блестяще исполнить роль, но, увидев меня, испугалась и тут же малодушно заявила:

— Ничего не вижу, никого не знаю, ни о чем не расскажу.

После того как я ушла, Лера впала в панику. С одной стороны, она боится соседей, которые, не дай бог, пойдут в милицию, с другой — опасается Рагозиной. Та способна доставить ей кучу неприятностей. Написав записку и обвинив в своем побеге свекровь, Лера уходит и шляется по улицам. Идти ей некуда, денег нет. К бывшим подругам путь заказан, они все считают Кислову погибшей. Можно податься к Римме, которая, безусловно, приютит беглянку, но точного адреса Борискиной Кислова не знает, она никогда не бывала в бараке у подруги, телефона в доме у Риммы нет, мобильного тоже. Остается лишь одна возможность — подстеречь Борискину около академии, но там может появиться Павлик и обнаружить жену. В общем, куда ни кинь, везде клин. Лера проводит пару ночей на вокзале, днем опять скитается по улицам и понимает: роль бомжихи не для нее, хочется выпить кофе со сливками, съесть бутерброд с икрой, принять ванну. Спустя неделю Лера подалась к родителям. Встретили они ее с распростертыми объятиями, рыдали, узнав, на какие жертвы их Лерочка пошла ради любви к Павлику. Госпожа Кислова-старшая помчалась к зятю. Мать Павлика, Маша, пришла в буйный восторг, узнав, с кем она породнилась, одним словом, довольны были все, кроме Павла. Он не простил Леру и потребовал развода. Его не остановили ни слезы бывшей Марийки, ни уговоры мамы, ни посулы родителей Кисловой купить молодым все-все-все. Павел оказался непоколебим, пришлось разрывать отношения официально, что вызвало море проблем и бурю негодования в соответствующих органах.

Лера вышла замуж за Павла под чужим именем, женой парня стала безродная Марийка, и штамп о бракосочетании поставили в фальшивый паспорт, но деньги способны на многое. Сейчас Лера восстановлена в институте, окружена любовью и заботой родителей, совершенно не стеснена в средствах. Она по-прежнему ненавидит папу и маму, но замуж теперь хочет выйти за режиссера или продюсера.

Бараки, в одном из которых жила Римма, наконец-то снесли. Ире Масловой повезло, сбылось то, о чем она мечтала. Их семья, ютившаяся в крошечной каморке, получила сразу две квартиры: в одну поехали Ира, ее дочка и мама, в другую — Ирин брат и его жена. Деньги, оставшиеся от Риммы, Ира не пустила по ветру, она потратила их на свое обучение, стала парикмахером и теперь хорошо зарабатывает. И только спустя год после произошедших событий мне в голову вдруг пришел вопрос: а где же Нина, прикидываясь цыганкой, взяла на время голубоглазого младенца? Мне думается, что Ира могла бы рассказать кое-что интересное по этому поводу, только ее никто не спрашивал, все забыли про ребенка.

Сейчас наша жизнь течет по-прежнему. Заработанных Юлей и Сережей в командировке денег хватило на новую машину, поэтому свой старый, но вполне еще бойкий автомобиль они отдали мне.

Я была страшно рада избавиться от раздолбанных «Жигулей». В последнее время моя «лошадь» начала артачиться и отказывалась бегать. И еще, оказываясь за рулем «жигуленка», я постоянно вспоминала Юру, который исчез из нашей жизни так же, как и появился. Рагозин не сделал, по мнению следствия, ничего преступного, просто хотел познакомиться с женщиной, в его действиях не обнаружили злого умысла, а моральный аспект не волновал никого, кроме домашних. Мы старательно обходим в разговорах эту тему, я никогда не интересовалась у Кати, как она пережила известие о предательстве «жениха». Ведь, в конце концов, Юра-то на самом деле влюбился в Катюшу, хотел на ней жениться и весьма глупо врал и Нине, и Сергею, а потом и следователю, что просто перепутал «объекты». Но я думаю, Юре просто пришлась по душе Катя, вот он и совершил рокировку. Может, следовало закрыть глаза на все? Может, Катя могла бы быть с ним счастлива? Ох, навряд ли. Но на эти темы, как я уже говорила, мы стараемся не беседовать. Еще я пытаюсь не вспоминать Михаила Громова, неожиданно оживший призрак моей прежней жизни.

Впрочем, есть и положительный для меня момент во всей этой истории. Как большинство людей, узнав о скорой смерти, я безумно испугалась, перестала спать, страдала... Но потом страх ушел, и взамен ему появилась спокойная уверенность: все будет хорошо, даже после моей кончины. Прав поэт Рабиндранат Тагор, написавший когда-то;

> Смерть — не тушение
> Света,
> Она — задуванье лампады,
> Потому что настал час рассвета.

Ну и последнее, о чем я хотела вам рассказать. Когда меня наконец-то привезли из больницы домой, то собаки, естественно, бросились со всех лап к хозяйке. Радость их была бурной. Пришлось сесть на пол и начать обниматься с Рамиком, Рейчел, Феней, Капой и Адой. Перецеловав питомцев, я внезапно поняла, что в прихожей вертятся отнюдь не все члены стаи, и спросила:

— А где Муля? Почему ее нет?

Сердце сжала тревога. Обычно старшая мопсиха первой кидается к двери, не случилось ли чего? Вдруг от меня скрыли очередную неприятность, произошедшую в доме?

— Она загордилась, — с самым серьезным видом сообщил Кирюша.

— Кто? — изумилась я.

— Мульяна, — хихикнула Лизавета, — ею все восхищаются, вот у мопсихи теперь когти веером, нос кверху и полная звездность.

— Ничего не понимаю, — пробормотала я, — разве собакам свойственно подобное поведение?

— Я тоже думала, что нет, — вздохнула Катюша, — но теперь переменила свое мнение, ладно, выпускайте ее.

Вовка распахнул дверь гостиной и крикнул:

— Эй, Мульдозер, иди сюда.

Но в ответ ни раздалось никаких звуков.

— Мюльчетай, топай немедленно!

Снова тишина.

— Говорил же вам, — закричал Кирюша, — она теперь звезда и не откликается на зов.

— Муся, Мусяпина, Мулек, — принялась я выкрикивать все клички мопсихи, — сделай одолжение, покажись.

Послышалось цоканье, и на пороге возникла Муля.

— Мама родная! — взвизгнула я. — Что это с ней?

— Мы ее покрасили, — гордо ответили Кирюшка с Лизаветой, — краску в твоем шкафу нашли!

— Но собака темно-синего цвета, — ошарашенно прошептала я, — она похожа на перезрелую сливу.

— Ну, учитывая размер Мульяны, это скорей тыква, — заявил Костин.

— Тыква оранжевая, — возразила Катя, — а Муля синяя-синяя.

— Ну подгнившая тыква, — не сдался Вовка.

— Глупости, — рассердилась Лиза, — мы просто слегка передозировали краски, решили, что лучше погуще ее намазать, и получилось очень ярко. По идее, должен бы оттенок легкой голубизны возникнуть, такая дымка, а...

— Вышла гнилая тыква, — настаивал на своем Вовка.

— Никакая она не тыква! — обозлилась Лиза.

— Значит, дыня, — засмеялся майор.

— Нет, — завопил Кирюшка, — не смей ее обижать, это мопс!

— Мопсы не бывают такого цвета, — пробормотала я, — они бежево-палевые, а тут глубокая синева, цвет вечернего южного неба...

— Это синий мопс, — рявкнула Лизавета, — новая порода — синий мопс!

Внезапно Катюша рассмеялась:

— На мой взгляд, очень даже здорово получилось! Бывают же синие птицы, мне они, правда, не встречались, но я слышала, будто кое-кто их видел.

— Бог с ними, с птицами, — махнула я рукой, — у нас-то кое-что получше какого-то пернатого, синий мопс счастья, пятнадцать килограммов чистой радости.

Донцова Д. А.

Д 67   Синий мопс счастья: Роман. — М.: Изд-во Эксмо,
2004. — 384 с. (Иронический детектив).

ISBN 5-699-04543-0

Бедная я, бедная. Вот так жила я, Евлампия Романова, не будем
уточнять, сколько лет, на свете и не подозревала, что стою одной
ногой в могиле! Спасибо врачам. В аптеке мне сделали томограмму
головы, и доктор сказала, что я... олигофрен и у меня почти нет изви-
лин в мозгу. Теперь понятно, почему я впустила в квартиру цыганку
с младенцем. Она нагадала, что всё наше семейство ждут огромные
беды и спасет нас только случайно встреченный мною ангел. Несчас-
тья начались сразу после ухода цыганки: сначала отравилась чем-то
мопсиха Ада, потом выпили яд, неизвестно как попавший в пакетики
с соком, Кирюша и Лиза. Слава богу, не до смерти! Причем непонятно, как пакетики сока попали к Кирюше в ранец. Клянусь, я их туда
не клала. Решив все выяснить, я направилась в школу, где учатся
наши дети. Но там я узнала страшное: погибла полная тезка нашей
Лизы — ее одноклассница Лизавета Романова. Небось преступники
перепутали девочек! Похоже, кто-то охотится за членами семьи Романовых. Ангел, где же ты? Ау-у!..

УДК 882
ББК 84(2Рос-Рус)6-4

ISBN 5-699-04543-0

Оформление серии художника *В. Щербакова*

Литературно-художественное издание

Донцова Дарья Аркадьевна

СИНИЙ МОПС СЧАСТЬЯ

Ответственный редактор *О. Рубис*
Редактор *Т. Семенова*
Художественный редактор *В. Щербаков*
Художник *Е. Рудько*
Технический редактор *Н. Носова*
Компьютерная верстка *И. Ковалева*
Корректор *З. Харитонова*

ООО «Издательство «Эксмо»
127299, Москва, ул. Клары Цеткин, д. 18, корп. 5. Тел.: 411-68-86, 956-39-21.
www.eksmo.ru E-mail: info@ eksmo.ru

Подписано в печать с готовых монтажей 13.04.2004.
Формат 84×108 $^1/_{32}$. Гарнитура «Таймс». Печать офсетная.
Бум. газетная. Усл. печ. л. 20,16. Уч.-изд. л. 15,8.
Доп. тираж 20 000 экз. Заказ № 0402651.

Отпечатано на MBS в полном соответствии
с качеством предоставленного оригинал-макета
в ОАО «Ярославский полиграфкомбинат»
150049, Ярославль, ул. Свободы, 97.

Дарья Калинина

в новой серии "Дамские приколы"

Любовник для Курочки Рябы

Если за детектив берется Дарья Калинина,
впереди вас ждет встреча с веселыми и обаятельными героинями,
умопомрачительные погони за преступниками
и масса дамских приколов!